国家社会科学基金重大项目"中国新诗传播接受文献集成、研究及数据库建设（1917—1949）"（16ZDA240）

华中师范大学中国语言文学一流学科建设资助项目

革命话语与中国新诗

魏天真 魏天无 著

现代汉语诗歌传播接受研究丛书

王泽龙 主编

中国社会科学出版社

图书在版编目(CIP)数据

革命话语与中国新诗/魏天真,魏天无著. —北京：中国社会科学出版社，2022.10

（现代汉语诗歌传播接受研究丛书）

ISBN 978-7-5227-0682-5

Ⅰ.①革⋯ Ⅱ.①魏⋯②魏⋯ Ⅲ.①诗歌研究—中国—当代 Ⅳ.①I207.22

中国版本图书馆 CIP 数据核字（2022）第 144556 号

出 版 人	赵剑英
责任编辑	郭晓鸿
特约编辑	杜若佳
责任校对	师敏革
责任印制	戴　宽

出　　版	中国社会科学出版社
社　　址	北京鼓楼西大街甲 158 号
邮　　编	100720
网　　址	http://www.csspw.cn
发 行 部	010-84083685
门 市 部	010-84029450
经　　销	新华书店及其他书店
印　　刷	北京明恒达印务有限公司
装　　订	廊坊市广阳区广增装订厂
版　　次	2022 年 10 月第 1 版
印　　次	2022 年 10 月第 1 次印刷
开　　本	710×1000　1/16
印　　张	22.5
插　　页	2
字　　数	307 千字
定　　价	118.00 元

凡购买中国社会科学出版社图书，如有质量问题请与本社营销中心联系调换
电话：010-84083683
版权所有　侵权必究

总序　传播接受视域中的中国现代诗歌

王泽龙

在新文学经历了百年历程之后，系统考察中国现代诗歌的传播接受，是为了从新诗传播的历史语境与读者接受的视角，深入阐释中国诗歌现代缘起与变革，重现新诗经典建构过程中的历史图景，总结新诗变革的规律特征与经验教训，为当下诗歌理论建设与创作实践提供参照。

一　科学思潮传播与"五四"新诗变革的历史语境

清末民初现代科学思潮的传播与大众启蒙是中国新诗滥觞的重要语境，白话新诗运动在"五四"新文学运动中具有至关重要的意义。

中国诗歌的历史是古代中国文明历史的一个重要组成部分，史与诗是古代人文知识结构中最重要的内容。从《诗经》开始，中国诗歌几度辉煌。然而，在经历了唐宋诗歌诗体之变的探索与创新之后，中国诗歌再没有大的改观与新变，至清末民初，在外来科学与文化思潮的洪涛巨浪冲击中，中国诗歌显得更加衰弱萎靡，失去了中华帝国往日的精神气象，与20世纪初世界格局中的新思潮、新文化格格不入。20世纪初，一批留学海外的先进知识分子，强烈地感受到了中国古老文化的日趋没落，共同意识到只有传播西方现代文明的种子，才能改良中国文化的基因。经历过洋务运动、辛亥革命政治运动的社会变革与思考，一批精神界精英、思想家更加坚定且更加深入广泛地开展了思想文化启蒙运动。他们把办报与倡导文学改良运动作为传播新思想、启蒙大众的双翼。梁启超从1890年第一次在上海看到介绍世界地理的《瀛寰志略》和上海机器局所翻译的西书后，就萌发了创办白话报的初衷，先后在北京主笔《万国公报》，在上海主笔《时务报》；百日维新失败后，流亡日本，创办《清议报》《新民丛报》；同时，借助白话报这一新的传媒发起了影响广大的文学改良运动。陈独秀1903年协助章士钊主编《国民日报》，1904年在家乡芜湖创办《安徽俗话报》。从1908年开始，胡适参与、主编上海《竞业旬报》。白话报刊成了这两位新文学运动领袖在"五四"前大力传播启蒙思想与白话文的舞台。"五四"前这一代知识精英，大力借助现代报刊出版传媒，采用现代白话翻译外来科技、人文思想著作，广泛传播科学知识与现代文明。他们认识到，要启蒙愚弱的国民，提高大众智慧，了解现代科技文明，必须让老百姓有文化，必须对古老的汉字进行改革。有学人声言："今日议时事者，非周礼复古，即西学更新。所说如异，所志则一，莫不以变通为怀，如官方兵法、农政、商务、制造、开矿、学校。余则以变通文字为最先。文字者，智器也，载古今言语心思者也。文字之易难，智愚蠢强弱之所由分也。"[①] 从20世纪之初的白话文运动、国语运动到"五四"白话文运动，虽然文字改革策略不同，但是目标一致，就是要通过改革文字，实现文言合一，它们为"五四"白话新诗运动做了有力的铺垫与充足的思想准备。

　　清末民初的白话文运动、国语运动——包括诗界革命、文界革命，并没有完成语言的变革，因为当时仍然是文言、白话两套话语并行，

[①] 沈学：《盛世元音·原序》，载《盛世元音》，文字改革出版社1956年版，第4页。

知识分子也仍然在并用两套语言，文言分离问题没有解决，对传统文言文持保留立场。方言问题，白话文推广与运用得不到根本解决，中国语言与文学的现代转换不可能实现。"五四"文学革命的成功，最重要的就是公开坚持了白话文对文言文彻底革命的立场，主张了对文言文毫不含糊的取代。"五四"文学革命作为现代文学的标志，"五四"白话新诗运动作为新诗的界碑，是众多因素影响的结果——"五四"文学革命是一次有思想、有阵地、有组织、有纲领、有成果，通过广泛的传播，被大众较普遍接受，有广泛社会影响、被官方认可的自觉文学运动。

"五四"白话新诗运动与"五四"新文学运动相伴而生，白话新诗运动的成败是"五四"文学革命成败之关键。中国人的心目中只有诗歌是最纯粹的、最正宗的、最有成就的文学，也是不可以随便革命的。可以说，白话新诗运动是中国文学历史转变的一个界碑，它开启了中国文学一个崭新的历史时期，把中国诗歌带到了一个与20世纪西方现代诗歌一体化的新阶段，与中国新文化一道突破了传统文化的封闭与禁锢，开启了古老文明与西方现代文明全面汇通交流、共生发展的新时代。尽管我们的现代文明、现代文学与新诗还不尽如人意，但是我们的民族真正从"五四"开始新生，开始了人类共同追求的民主、自由、科学、平等的现代文明的崭新时代。19、20世纪之交的科学、民主、革命、自由的社会思潮的传播接受不同程度地成了中国诗歌转型的历史语境。

清末民初西方科学技术的迅速传播与接受，促进了中国现代报刊出版的兴起与发展。从1900年到1919年，中国有100多种科学刊物创刊，包括物理学、地理学、数学、生物学、气象学、医学、农业、水利等，其中最有影响的中国科学社1915年创刊的《科学》月刊，全部采用横排书写，成为现代传播方式的一个重要标志。《新青年》1915年创刊（原名《青年杂志》），1918年1月第4卷第1号改版，全部采用白话与新式标点。中国古代传统的竖排书写形式已经不能适应西方科技知识（大量的科学公式拟定与演示必须横排书写）的传播，西方表音文字横排书写成为与科学技术传播、人们阅读生理条件更加适应的书写符号。接受外来科学思潮与外来诗歌翻译的影响，白话诗歌开始迎来采用横排书写的时代。

现代报刊的横排书写，直接改变了中国读者的阅读习惯，为白话自由体诗歌的倡导与推广创造了传播接受的便利条件。书写、阅读习惯的改变，直接影响了诗歌形式与观念，诗歌可以不必歌，主要依靠固化的韵律声音节奏的口头传播传统开始被打破，镜像阅读逐渐成为普遍形式，分行书写、自由排列、多元现代节奏等成为可能，给自由诗体的自由实践提供了平台。现代报刊的白话文字，自由多样、便于阅读的诗体形式，提供了现代诗歌走向广大读者的新途径，没有现代报刊的广泛传播，就不会有新诗广泛而迅速的传播与诗歌形式的现代转变。

二　现代汉语传播接受与"五四"现代诗歌形式建构

现代汉语诗歌的新构型是建立在现代汉语广泛传播接受基础之上的现代形式。现代汉语与"五四"新诗形式变革的关系主要体现在以下几个方面。

一是大量现代汉语词构成了新诗的语言基础。大量的现代汉语词来自外来科技与人文社会科学新词汇的翻译与借鉴。语言学家王力指出：我们的现代汉语词汇大量来源于对外来词汇的接受，"近百年来，从蒸汽机、电灯、无线电、火车、轮船到原子能、同位素等等，数以千计的新词语进入了汉语的词汇。还有哲学、社会科学、自然科学各方面的名词术语，也是数以千计地丰富了汉语的词汇。总之，近百年来，特别是最近五十年来，汉语词汇发展的速度，超过了以前三千年的发展速度"。① 现代汉语词汇,其中包含了丰富的思想观念的内涵,这些词语的现代性与精确性从根本上顺应了现代人、现代生活与现代思想情感交流、表现的需要。

二是新的语义关系(现代汉语语法或汉语组织结构)改变了汉语诗歌的思维方式。现代语言的传播与接受带来的是语言思维、语言内部关系的新变化。傅斯年认为,在白话新词的产生中,"不得不随西洋语言的习惯","直用西洋文的款式,文法、词法、句法、章法、词枝……一切修词学上的方法"。② 现代汉语接受西方语言的影响,包括语法观念体系的影响,形成了文言一致与表意的完整与精密,改变了传统格律诗歌的文言分离,把古汉语超语法、超逻辑的功能转向了接受语义支配的表述功能,特别是虚词成分的激增,使得现代汉语具有了与讲究严密逻辑的西方语法相生相融的便利条件。

三是现代诗歌语言重新建构了新诗形式与新诗趣味。新诗的滥觞是与对西方诗歌的翻译借鉴直接联系的。朱自清认为,"新文学大部分是外国的影响,新诗自然也如此"。"新文学运动解放了我们的文字,译诗才能多给我们创造出新的意境来。"译诗不仅丰富了我们的语言,"它还可以给我们新的语感、新的诗体、新的句式、新的隐喻"。③ 在新诗发生期,新诗倡导者大都通过翻译自觉探索着新诗形式的建构。比如胡适自认为最满意的译诗《关不住了》,就是他对新诗自然口语节奏与新诗自由诗体的尝试。

现代汉语直接影响了汉语诗歌现代形式建构。比如人称代词在古代汉语格律诗中较少入诗,较多处在一种被省略或缺位的状态,或者以人物身份作为指代。受西方翻译诗歌与语法体系的影响,现代汉语

---

① 王力:《汉语浅谈》,见《王力文集》(第3卷),山东教育出版社1985年版,第680页。
② 傅斯年著,欧阳哲生主编:《傅斯年全集》(第1卷),湖南教育出版社2000年版,第132页。
③ 朱自清:《译诗》,见朱乔森编《朱自清全集》(第2卷),江苏教育出版社1988年版,第371—374页。

人称代词大量入诗，带来了诗歌书写观念与表达方式的转变。第一人称代词大量入诗，体现的是诗歌主体意识的觉醒、人物身份确定与叙写视角的变化。第二人称代词大量入诗，体现的不仅仅是对话的叙事方式，也是平等立场、客观交流的现代价值观念反映。人称代词的大量交叉使用，既是叙事方式的转换，也是丰富复杂的现代世界与现代人思想表达的必然要求。受西方科学主义思潮传播影响，在逻辑化、理性化诗思方式与知性化表现诗潮影响下，现代汉语虚词大量入诗，成了中国诗歌现代形式变革的一个重要因素，现代汉语虚词的入诗扩充了汉语诗歌的句式，改变了汉语诗歌语义关系与诗歌内部结构，是构成诗歌现代节奏形态最活跃的因素，增强了诗歌叙事与知性表达的功能，丰富了诗歌的表现形态，把抒情表意的传统诗歌风格推进到了宏阔、深厚、复杂的现代审美境界，有效地促进了汉语诗歌语言的转化、诗体的解放、诗意的深化与审美的嬗变。

三　中外诗歌传统的接受与新诗变革

毫无疑问，现代诗歌是自觉接受外来现代诗学观念、诗歌形式影响的结果。我们应该怎样评价"五四"以来新诗的欧化倾向呢？我们应该在历史语境中，发现、梳理现代诗人对外来文化与外来诗歌传统的取舍立场与探索实践；客观看待西方资源选择接受中的复杂性。从"五四"前的南社诗人开始，他们革新社会的态度受同盟会影响，政治上是激进的，但是对文学变革却持保守主义态度，像他们在上海成立国学保存会，出版《国粹学报》（陈去病主编）；柳亚子、苏曼殊等一批南社诗人用文言文翻译外国诗（胡适、郭沫若也曾尝试用文言文翻译外国诗歌，但是无一成功）。五四期间白话新诗派诗人在翻译与创作中都走上了现代白话、自由体诗歌的散文化路子。他们从正反两方面启示我们，现代白话与自由诗体是与外来诗歌语言、诗体最兼容的选择。

而这种接受选择中的中国文化、诗歌传统趣味,语言、节奏等传统形式都会不同程度地起作用,这都需要我们深入辨析。

西方诗歌的影响也不仅仅是艺术形式的。像郭沫若五四时期诗歌个性的张扬,发扬踔厉的青春气息;徐志摩诗歌呈现的自由个性、真诚人格、潇洒的抒情风格,分明体现的是西方现代浪漫主义个性解放、主体精神高扬的反传统思想。如徐志摩《雪花的快乐》:"假如我是一朵雪花,/翩翩的在半空里潇洒,/我一定认清我的方向——/飞扬,飞扬,飞扬——/这地面上有我的方向。//不去那冷寞的幽谷,/不去那凄清的山麓,/也不上荒街去惆怅——/飞扬,飞扬,飞扬——/你看,我有我的方向!//在半空里娟娟的飞舞,/认明了那清幽的住处,/等着她来花园里探望——/飞扬,飞扬,飞扬,——啊,她身上有朱砂梅的清香!//那时我凭藉我的身轻,/盈盈的,沾住了她的衣襟,/贴近她柔波似的心胸——/消溶,消溶,消溶——/溶入了她柔波似的心胸!"这一首诗的现代品格,采用的虽然是传统的拟物抒情的方式,但是自主的个性,真诚的人格,对爱情理想的坚定向往与追求,这在古代诗歌含蓄委婉的文人抒情诗里是较少见到的。徐志摩代表的新格律派诗歌注重形式对称、韵律和谐的传统烙印,在这一首诗歌中有鲜明体现。外来现代诗歌影响与中国古代传统作用互相交织,是中国现代诗歌演变的主流。

30年代以戴望舒为代表的现代派一方面接受西方现代主义诗歌的影响,同时他们对古代诗歌的优秀传统也用心吸纳。现代派诗人对传统的接受,主要继承了晚唐诗歌流派中的温李一派,它们都属于一种追求纯艺术的文学潮流,偏离"诗教"传统,社会担当意识削弱,文学功利性降低,主体性增强,注重表现丰富的"内宇宙";他们一反"乐而不淫,哀而不伤"的中庸传统,在情感表现上具有情韵缠绵、感伤忧郁、纵情声色、颓然自放的特征。在意象使用上超越了感物吟志的比兴传统,以心灵主观化打破时空界限,诗意晦涩朦胧;诗歌语言典丽精工，雕琢锻炼，注重韵律、对仗和典事使用，具有改造传统，化古为新的形式美和音韵美。

三四十年代现代派诗歌中的另外一脉，以废名为代表的京派诗人（包括废名、林庚、朱英诞、杜南星等）一方面接受了西方现代知性诗学的影响（像朱英诞就明确表示，他的诗受到了艾略特的影响）；另一方面，他们的诗歌中以议论为诗、诗思融合的知性特征，简练平实的语言，讲究用典，含蓄而晦涩风格等均有鲜明的宋诗传统的痕迹。当然，他们的出发点是与古为新，不是厚古薄今，是继承传统，别立新宗，对古代诗歌传统接受的辩证态度与现代立场是我们不应该忽视的。

新诗对外来诗歌的接受传播具有鲜明的阶段性特征。在新诗滥觞期，外来诗歌的翻译接受是为了突破古代诗歌僵化格律的限制，创造新生的语言词汇，对传统诗歌较多持有对立姿态，胡适倡导的"话怎么说诗就怎么写"，是为了建立一种白话的口语节奏，求得文言一致的目标，并不是要混淆诗歌与散文的界限。像周作人早期的白话诗集《过去的生命》，就是采用现代白话语言与口语自然节奏。有一些诗歌借鉴了西方现代主义诗歌散文化叙事结构，戏剧化手法，现代派的隐喻艺术（比如《小河》）探索新诗的道路。"五四"白话新诗运动高潮过后，新诗初步得到了接受群体的认可，可是新诗的艺术规范并没有建立起来，诗人们便开始了重建新诗秩序的艺术化探索。以闻一多、徐志摩为代表的新格律诗体实践，把视野向外转向英美近现代浪漫主义与古典主义诗歌的翻译借鉴，向内转向对传统诗歌的理性反观。同时期，以李金发、穆木天为代表的象征派诗歌，开始了对法国现代象征主义诗潮的引进与艺术模仿。30年代戴望舒代表的现代派，表现出对法国象征主义诗歌知性化现代传统与中国古代诗歌抒情传统的综合性融通与选择。40年代穆旦代表的现代主义诗潮，标举告别中国抒情传统，走向"象征、玄学、现实"，他们选择接受的主要是艾略特、叶芝、里尔克、燕卜荪、奥登为代表的现代主义诗学传统，但是，他们的创作中又无不含混地交织着古代诗歌精神与现代社会的民族情绪。外来诗歌的接受传播与现代中国诗歌艺术变革道路的探索，民族的现实国情与文化语境的紧密联系，外来诗歌接受传播的自主性、复杂性、含混性构成了中国现代诗歌接受传播语境的主导性历史态势。

在新诗外来诗歌的接受传播的影响研究中，我们有了许多可喜的成果，而中国古代诗歌优秀传统的接受传播与西方现代诗歌的会通是我们研究的薄弱环节，也是我们新诗传播接受研究新的生长点。

四 近现代学校教育与现代诗歌传播接受

清末民初，现代科学文化思潮的广泛传播，推进了中国现代学校教育的兴起与发展。基础教育主要是白话文的推广与普及教育。1903年，京师大学堂的一批学生上书北洋大臣："窃思国之强不强，视民之智不智；民之智不智，视教育之广不广。……如欲开民智以自强，非使人人能读书、人人能识字、人人能阅报章、人人能解诏书示谕不可。虽然时至今日，谈何容易，非有文言合一字母简便之法不可。彼欧美诸邦，所以致强之源，固非一端，而其文言合一，字母简便，实其本也。"[①] 当时基础学校教育为了推动白话文的传播，扩大教育启蒙的影响，借鉴西方与日本的乐歌教育，以白话歌谣对学生开展文化知识启蒙教育。早在1898年，康有为在《请开学校折》中就主张向西方与日本学习，废除科举，广开学校，培养人才，并提出了将乐歌课程纳入学校课程体系的建议。

1891年，在他开办的广州万木草堂，就开设了乐歌和体操等课

---

① 何凤华等：《上直隶总督袁世凯书》，见《清末文字改革文集》，文字改革出版社1958年版，第35页。

程。梁启超指出,"盖欲改造国民之品质,则诗歌音乐为精神教育之一要件"①。梁启超认为,西方儿童教育得法在于其注重实物教育和按照儿童心智发展规律来展开教学,并强调诗歌音乐教育在儿童教育中的重要作用,歌谣音乐,"易于上口也;多为俗语,易于索解也"。②在他主编的《新民丛报》上就刊载了他自己用白话作词的《爱国歌》《从军乐》《终业式》《黄帝歌》等,还刊登有黄遵宪的《出军歌》《军中歌》《旋军歌》等。

中国古代素有诗教传统,诵读古诗是儿童启蒙教育的重要课程;古代把眼看的诗称为"徒诗",用嘴唱的称"声诗"。清廷订立的《学堂章程》,到1904年小学普遍开始实施乐歌课堂教育(成为与物理、算术等同样的新式课程),学堂乐歌当时成为一种普及与时尚的活动。当时把这种有声音的乐歌也称为"新声诗"。不少文学改革者、倡导者都是学堂乐歌与新声诗的作者。在文学改良运动时期的黄遵宪就专门写有《小学校学生相和歌》;李叔同写有大量乐歌,像广为传唱的《送别》就是由他写词谱曲的。"五四"前后,大量的现代白话诗被谱曲成广为传唱的乐歌,如刘半农的《教我如何不想她》、胡适的《上山》、刘大白的《卖布谣》等。

还有不少教育界人士专门写有大量的现代白话教育诗。像陶行知共创作白话教育诗700多首,不少诗歌被谱曲后在学校与社会广为流行。民国初年,出版媒介专门出版有乐歌专辑,代表性的有沈心工编辑的《学校唱歌三集》(商务印书馆1912年版)、王德昌编辑的《中华唱歌集》(中华书局1912年版)。民国小学国文教科书中也选用有歌谣内容;官方还推荐出版有通用的乐歌教科书,像胡君复编辑的《共和国教科书新唱歌》(1—4册)(商务印书馆1914年版)。

如果说小学教育是白话诗歌教育启蒙与传播接受的基础,那么大

---

① 梁启超:《饮冰室诗话》,人民文学出版社1959年版,第58页。
② 梁启超:《变法通议》,见《饮冰室合集》,中华书局1989年版,第45页。

学教育则是现代诗歌启蒙教育与传播接受最活跃的成分。北京大学的《新青年》《新潮》，清华大学的《清华周刊》等，是"五四"新文化与新文学运动最为活跃的校园期刊。《新青年》作为倡导与推动"五四"文学运动与白话新诗运动最有力的前沿阵地，为学界所共知，《新潮》《清华周刊》作为"五四"文学革命运动与新诗运动的重要舞台，却较少被关注。美国学者维拉·施瓦支在《中国的启蒙运动——知识分子与五四遗产》一书中指出：新潮社及《新潮》是北大青年学生共同觉醒下的产物，作为学生杂志的《新潮》，通过与老师辈创办的《新青年》进行代际间的合作，在文学革命尤其是语言革命中发挥了重要作用，加速了"五四"新文化运动的进程。[①] 黄日葵在《北京大学二十五周年纪念刊》中指出："《新潮》于思想改造、文学革命上，为《新青年》的助手，鼓吹不遗余力，到今这种运动已经普遍化了。"[②]

新诗倡导与推广是《新潮》最重要的内容之一。《新潮》杂志除第 1 期外，每一期都开辟有新诗专栏，主要人物都是活跃在"五四"诗坛的主将。包括胡适在《谈新诗》中评价的新潮社的几个主要新诗人——傅斯年、俞平伯、康白情，《新潮》诗歌作者还包括汪敬熙、傅斯年、杨振声、周作人、罗家伦、顾颉刚、叶绍钧、江绍源等。《新潮》第 1 卷第 5 号刊登有周作人以笔名仲密发表的两首新诗——《背枪的人》和《京奉车中》。周作人是最早尝试散文化自由诗体方向的现代诗人之一。《新潮》主帅俞平伯与康白情十分活跃。俞平伯发表于《新青年》的《白话诗底三大条件》和康白情发表于《少年中国》的《新诗底我见》，在当时诗坛上非常有分量，前者得到了胡适的认同，后者则被闻一多视为新诗的"金科玉律"之一。《新潮》在《新

[①] ［美］维拉·施瓦支：《中国的启蒙运动——知识分子与五四遗产·序言》，见《中国的启蒙运动——知识分子与五四遗产》，李国英等译，山西人民出版社 1989 年版。
[②] 转引自张允侯、殷叙彝等编《五四时期的社团》（二），生活·读书·新知三联书店 1979 年版，第 35 页。

青年》的影响下诞生，它与《新青年》恰似一种结盟关系，二者不仅互相为对方刊登广告宣传，还在思想主张与新诗倡导方面彼此应和，为白话诗浪潮推波助澜。正如《新潮》主将罗家伦所说："我们主张的轮廓，大致与《新青年》主张的范围，相差无几。其实我们天天与《新青年》主持者相接触，自然彼此间都有思想的交流和相互的影响。"① 查阅《新青年》的目录，可以看到俞平伯的诗作经常和胡适、刘半农、周作人等老师辈的诗作共同刊登在《新青年》"诗"栏目里。如 1918 年《新青年》第 4 卷第 5 号第一次出现了俞平伯的诗《春水》，并且这一期还有唐俟（即鲁迅）、胡适、刘半农的诗作；《新青年》第 8 卷第 3 号在"诗"栏目刊登了俞平伯的三首诗《题在绍兴柯岩照的照片》《绍兴西郭门的半夜》《送缉斋》，胡适的《〈尝试集〉集外诗五首》，周作人的《杂译诗二十三首》。1921 年 1 月 1 日，俞平伯的两首诗《潮歌》《乐观》刊登于《新青年》第 8 卷第 5 号"诗"栏目上，同期还有胡适的三首诗《梦与诗》《礼》《十一月二十四日夜》。康白情、俞平伯作为《新潮》的代表诗人，不仅立足于自身的刊物《新潮》，还通过在当时社会的主流期刊上发表新诗创作与新诗理论文章，有力扩大了《新潮》的白话诗影响。事实上，《新潮》第 1 卷发行后，就受到了许多师生的欢迎，《新潮》作为传播"五四"新思想、新文学、新诗歌的期刊，每一期销量都远远超过预期，在青年读者中产生了广泛影响，"顾客要买而不得的很多，屡次接到来信，要求重版"。②

另一本影响较大的大学生校园期刊《清华周刊》，1914 年 3 月创刊，直到 1937 年 5 月结束。1914 年，年仅 15 岁的闻一多担任《清华周刊》编委，随后又当选总编辑，开始在周刊上发表诗作、评论文章。从创刊至 1925 年期间，闻一多在《清华周刊》及其副刊《文艺增刊》上共发表了 25 首新诗。1922 年，"清华文学社"出版了闻一多

---

① 罗家伦：《逝者如斯集》，传记文学出版社 1981 年版，第 169—170 页。
② 《启事》，《新潮》1919 年第 2 卷第 1 号。

的《冬夜评论》，闻一多差不多成了清华诗坛的新人领袖。《清华周刊》上发表新诗的主要成员有洪深、蔡正、陈达、汤用彤、李达、梁实秋、顾毓琇、朱湘、孙大雨、饶梦侃、陈铨、吴宓、杨世恩、罗念生、柳无忌等。《清华周刊》在"五四"前后的办刊倾向相对《新潮》较为激进的变革传统的姿态，显得较为理性平和，它既发表自由体白话新诗，也发表文言旧体诗，同时开展新旧诗歌的争论。对西化思潮的接受也较为中庸，创作上主张新创格律，艺术上倡导节制为美的原则，后来主要成员成为新月诗派的骨干。当时大学生期刊是学生社团活动的主要阵地，对新诗传播起到了有力的引领作用。

大学课堂新诗讲授在新诗教育传播与接受中的历史影响更是不可低估。废名1936年在北京大学开讲新诗，讲授内容包括胡适、沈尹默、刘半农、鲁迅、周作人、康白情、湖畔诗人、冰心、郭沫若的新诗，几乎涵盖了五四时期最有代表性的白话诗人及其诗集，抗战开始后中断。1939年朱英诞被林庚、废名推荐到北京大学中文系任教后，1940年至1941年接续废名讲授新诗。他讲授的诗人与诗歌群体有：刘大白、陆志韦、《雪潮》诗人群（包括俞平伯、朱自清、梁宗岱、徐玉诺等）、王独清、穆木天、李金发、冯至、沈从文、《新月》诗群（包括徐志摩、闻一多、朱湘、于赓虞、林徽因）、废名、戴望舒、何其芳、卞之琳、《现代》诗群（金克木、徐迟）等。废名抗战胜利后回到北京大学，继续讲新诗，讲授内容包括卞之琳、林庚、朱英诞、废名自己的诗歌。废名与朱英诞的新诗讲义（陈均编订《新诗讲稿》，北京大学出版社2008年版），可以说是"五四"以来至20世纪30年代，中国现代诗歌经典诗人较为权威性的发现与甄选，形成了对中国现代文学史诗歌经典建构的基本叙述内容与呈现框架，与中华人民共和国成立后的文学史现代诗歌叙述比较对照，各种文学史的叙述大多只是表现为对上述诗人不同的取舍，以及价值评述的差异，废名、朱英诞的讲义基本确定了中国现代诗歌学术研究与经典传播的对象。

1937年8月至1939年8月，英国诗人、著名的英美新批评派代表人物燕卜荪受邀到西南联合大学讲学。他对英美现代诗歌介绍与理论传播（包括他自己的创作），启发了以穆旦、袁可嘉、王佐良、赵瑞蕻、杨周翰、杜运燮等为代表的学生对英美现代主义诗歌的新认知，激发了他们现代主义新诗创作与理论探究的热情，叶芝、艾略特、奥登、霍普金斯等成了爱好新诗创作学生们的偶像，一时间在西南联大英美现代主义诗歌与理论成了时尚，西南联大校园诗歌与理论传播直接构成了影响40年代中国现代诗坛的一个新潮流，成为中国现代诗歌的一个新走向。

民国以来，现代学校教育制度的建立，白话文教育的推广，国语教材的改革，现代报刊在学校的创办，学生社团的勃兴，现代诗歌的课堂讲授，文学史教材的编撰等，为中国新诗的传播开辟了最广阔、最活跃的读者市场，学校教育是中国现代白话新诗传播接受最重要的途径，直接参与并深刻影响了中国诗歌的现代变革。

五 传播接受与中国现代诗歌经典建构

中国现代诗歌经典的建构是在中国现代诗歌的传播接受历史过程中形成的。经典是要经过文学历史的检验，被不同时代广大受众接受的文学遗留，文学经典需要历史的观照，需要经过不同时代接受主体的阐释、认同，在某种意义上经典是离不开读者参与的，经典是作者与接受者共同建构的。诗歌历史上有不少伟大诗人，在同时代没有被认可，是经过后人的发现与阐释被确认的。比如唐代山水诗人孟浩然，在他去世后100多年才被提及，开始引起文人关注；陶渊明经宋代苏轼的推崇才被彰显；杜甫也直到宋代才被尊崇为大诗人。

现代诗歌理论批评是一种重要的诗歌接受与传播活动，是对现代诗歌经典形成、历史建构的一种阐释与确认。其主要内容应该包括诗歌理论与批评（包括专家学者、诗人的评论与研究），包括历史上的诗歌选本（专家选本，比如朱自清编选的《中国新文学大系·诗集卷》、民间书商选本、诗人自选本、国文教材中的诗选等），包括不同时期文学史的叙述评价，还有序跋广告等副文本等，只有多视角的传播接受研究，才会形成对诗歌经典较为全面的认知。我们应该怎样把握上述不同层面的关系，研究主体价值观、考辨史料能力与历史意识将起到重要作用。比如我们对郭沫若《女神》经典性问题的阐释，首先应该在"五四"时代语境中、中国诗歌历史长河中这样一个时间空间交集的坐标上来讨论它。《女神》在中国诗歌历史演变中，以"天狗"般的自我高扬的现代主体精神，"凤凰涅槃"似的发扬踔厉姿态，浴火重生，冲破了传统思想与格律规范的禁锢，为中国诗歌思想解放与形式自由开辟了新境界、新天地，成为最能表现"五四"时代精神、最具现代审美气息的"五四"时代的镜像，闻一多称它是"五四""时代底一个肖子"。发表《凤凰涅槃》的《学灯》编辑宗白华称《凤凰涅槃》如惊雷闪电，"照亮了中国诗歌的天空"。当然，《女神》中的诗歌，有不少作品经过诗人多次修改，并且诗歌艺术水平参差不齐，需要我们在接受过程中细心辨析。其中，哪一些作品是经典，还需要我们继续探究，进一步接受后人的检验。经典的形成过程构成了经典作品的传播接受史。

传播接受会受时代语境的影响，经典阐释中常常会出现过度阐释或消解经典的倾向，经典建构的过程是历史再发现、再阐释，真正的经典是经得起历史检验的。我们今天的经典定位，是现代经典，不同于传统经典，我们不能简单地用唐宋诗歌经典价值与趣味来检验现代诗歌经典。然而，我们共同面向的是文学经典，不能搬用政治学、社会学的价值观来判断诗歌经典，古今中外的诗歌艺术有着共同的基本美学元素。总之，历史视野、现代观念、审美价值是我们共同要坚守的现代经典研究的原则。

诗歌的传播与接受是以读者为本位的。传播是向读者传播，读者的接受影响传播主体。传播主体一是诗歌创作主体，二是评价或批评主体。诗歌创作主体往往通过诗歌自选、编辑、序跋、注解（创作谈）推介自己的作品。现代文学史早期，大量诗歌集的出版，都是由诗歌作者自己编辑、自费出版，或者由名家推荐出版。胡适的《尝试集》自己编辑，初版于1920年3月，至1922年10月出版的《尝试集》是经过作者增删过的第4版，初版本与第4版有了很大不同。第4版在第1版基础上新增加诗歌15首，删减诗歌22首，同时删减序言3篇（钱玄同序1篇，自序2篇），第4版保留第1版诗歌仅32首，增删篇幅比保留的还要大。从自选本的不同版本中，我们可以看到作者思想与艺术探索变化的轨迹。《尝试集》增加的诗歌，是作者集中于民国九年、十年的创作，作品中增加了关注时事的诗篇（《平民学校校歌》《四烈士冢上的没字碑歌》《死者》《双十节的鬼歌》，另有4首写给亲友的诗）。这些诗歌更加注重自然音节与白话语言的探索，所删诗歌作者认为有较多旧诗词的气息，"是词曲的变相"①。他最满意的诗作集中在第二编，包括《鸽子》《老鸦》《老洛伯》《关不住了》《希望》《"应该"》《一颗星儿》《威权》《乐观》《上山》《一颗遭劫的星》等，几个版本都保留上述作品原样，未做修改，收集的主要是民国六年到民国八年的作品，在内容上具有新时代气息，艺术上作者认为是真正的"白话新诗"尝试。胡适在《再版自序》中说："我本来想让看戏的人自己去评判。……我自己觉得唱工做工都不佳的地方，他们偏要大声喝彩……我只怕那些乱喝彩的看官把我的坏处认做我的好处，拿去咀嚼仿做，那我就真贻害无穷。"② 胡适的《尝试集》自选本的变化与序言，包括自序（特别是再版自序）对接受者认识评价胡适的新诗实践与早期新诗观都具有较重要的作用。

---

① 胡适：《尝试集·再版自序》，《尝试集》，人民文学出版社1984年版，第193页。
② 胡适：《尝试集·再版自序》，《尝试集》，人民文学出版社1984年版，第193页。

作为《尝试集》副文本的钱玄同的《〈尝试集〉序》（初版本序，1918年1月），从文言一致的白话文学史的梳理辨析中，以评论者的身份、新文学同路人有力声援了《尝试集》的传播，旗帜鲜明地指出：我们现在作白话的文学，应该自由使用现代的白话，自由发表我们自己的思想和情感，这才是现代的白话文学，——才是我们所要提倡的"新文学"。① 可以说，这是五四文学革命时期最切近新文学或现代白话文学的定义，从思想观念上为《尝试集》的传播与现代诗歌经典阐释做了铺垫。以接受主体身份编选的权威诗歌选本，经过历时性的读者检验，对经典的形成会产生较重要的影响。比如1935年由上海良友图书印刷公司出版的《中国新文学大系》（赵家璧主编），其中由朱自清编辑的"诗集卷"对中国现代文学史与现代诗歌经典建构可谓影响深远。朱自清对新诗第一个十年主要诗人诗选与评述（导言），对自由诗派、格律诗派、象征诗派的分类，几乎影响了从王瑶的《中国新文学史稿》到钱理群等的《中国现代文学三十年》的写作。文学史的传播对诗人形象的建构与新诗经典的形成具有重要的作用。民国时期文学史对新诗的评介极为简略，对现代诗歌的历史性描述的系统框架是从王瑶的《中国新文学史稿》开始建立的，后来的文学史有了不同程度的观念性变化，对诗人经典性选择与意义定位也有不同。在王瑶的文学史中，40年代穆旦代表的西南联大诗群就是缺席的，对30年代现代派诗人的评介也是非常单薄的。后来文学史接受了80年代以来学术研究成果的影响，补充、丰富了现代主义诗歌在文学史中的评述，提升了现代主义诗歌的地位，而对某一些艺术性缺失的诗人评价有了改写。特别是官方性文学史或权威性文学史的写作，在现代文学经典的传播中对读者的接受有较重要的影响。

总之，现代传播接受从多元通道开启了中国诗歌的现代转型，决

---

① 胡适：《尝试集》，人民文学出版社1984年版，第131页。

定了现代诗歌嬗变的路向，成为建构中国现代诗学品格、形成现代诗歌丰富形态的重要动因与思想资源，为我们深入研究现代诗歌提供了广阔空间与新的生长点。

"中国新诗传播接受文献集成、研究及数据库建设（1917—1949）"是由我主持的国家社科基金重大项目。项目由五个子项目组成：一是现代汉语传播接受与中国现代诗歌形式变革；二是外来诗歌翻译传播与中国现代诗歌；三是现代报刊出版传播与中国现代诗歌；四是现代诗歌理论批评与中国现代诗歌传播接受；五是现代学校教育与中国现代诗歌传播接受。整个项目由华中师范大学诗歌研究中心、北京大学诗歌研究院、首都师范大学诗歌中心有关专家分别带领子项目团队共同实施。主要成果将陆续按专题结集出版，相关数据库平台建成后陆续向社会开放。我们殷切期待广大读者的建议与批评。

2021 年 4 月 18 日于武昌桂子山

目 录

绪论 革命话语对现代汉语诗歌的选择与塑形 …………（1）
    一 革命：事件、行为、话语的复杂性和变异性 …………（1）
    二 革命与现代文学史中的诗人面貌 …………………（7）
    三 革命作为百年新诗的关键词 ………………………（16）
    四 何以将话语分析用于中国新诗 ……………………（20）

第一章 何其芳：为革命话语所重铸的诗魂 ……………（27）
    一 《预言》时期：隔绝于革命的自我吟唱 ……………（28）
    二 《夜歌》时期：革命话语的虔诚演练 ………………（37）
    三 颂诗时期：艺术是如何"下来"的 …………………（44）

第二章 卞之琳：革命话语下的"另一个诗人" …………（53）
    一 政治与现实：在革命话语与个人话语间摇摆 ……（54）
    二 "协入一种必然的大节奏"：从虚拟到实写 ………（70）
    三 化洋与化古：革命话语掣肘下的新格律诗探索 …（86）

第三章 冯至：革命话语与后晚期诗歌的精神重建 ……（101）
    一 "决断"：从沉思的诗到回应的诗 …………………（103）

· 1 ·

二　在求真、求信仰中汇入革命话语的大潮 …………………… (115)
　　三　重论"死与变":后晚期诗的价值何在 …………………… (128)

第四章　艾青:"革命的诗学"与风景的美学 ……………………… (141)
　　一　"革命的诗学":为最广大人民群众服役 ………………… (143)
　　二　风景的美学:南方人视域下北国景观的无尽意蕴 ……… (162)
　　三　个案:朦胧诗论争中革命话语的潜流 …………………… (176)

第五章　绿原:精神异域的"陌生的流浪者" …………………… (183)
　　一　越过"童年":从唯美到"入党志愿书" ………………… (186)
　　二　断念、休停与再出发:"革命情结"的复杂与纠结 ……… (199)
　　三　理念化、"肉感"与新诗的传播、接受 …………………… (213)

第六章　废名:从诗性的自觉到革命的自觉 …………………… (223)
　　一　从"诗人之诗"写到"白话旧诗" ………………………… (223)
　　二　"新诗将严格的成为诗人的诗" ………………………… (232)
　　三　"新诗本不必致力于形式"? …………………………… (241)

第七章　徐玉诺:泯然众人的新诗先驱 ………………………… (249)
　　一　现实人生与现代性体验 ………………………………… (250)
　　二　先行者的标记与影响 …………………………………… (254)
　　三　时代话语的关联与扞格 ………………………………… (263)

第八章　穆旦:希望我们能有一个希望 ………………………… (278)
　　一　赋予普通生活以诗性 …………………………………… (279)
　　二　相向而行的写作 ………………………………………… (288)
　　三　沉默的声音 ……………………………………………… (294)

结论　新诗百年与现代汉诗传统的建构 …………………（304）
　　一　新诗百年:革命与传统的纠结 …………………………（304）
　　二　"回跃"与超越:建构新诗传统的可能性 ……………（313）
　　三　生产与接受:有待跨越的鸿沟 ………………………（318）

参考文献 ………………………………………………………（327）

后记 ……………………………………………………………（335）

绪论 革命话语对现代汉语诗歌的选择与塑形

现代汉语诗歌的传播接受被作为一个问题提出来，既是针对中国新诗发展的特征和种种现象，也是从诗歌的当下状态或生存困境着眼的。一方面，经过百年的发展积累，现代汉语诗歌为"解诗学"提供了充足的资源；另一方面，在当代文学生态系统中，其地位和影响远不如小说，诗歌的边缘化，以及诗歌生产和传播接受的圈子化、功利化、即时性的症候越来越突出，读者大众对于诗歌的怀疑和疏离也早已成为一种常态。可以说，现代汉语诗歌一直都同时面对着来自专业读者和普通受众的诘问：新诗是否以及如何作为一种独立自主的文学样式发展到今天，它的未来又在哪里？我们在革命和话语的参照系中讨论这一问题，也是一种尝试，是为了在最大限度地契合中国新诗演进的历史和现实的基础上，探寻现代汉语诗歌传统建构的可能性。

一 革命：事件、行为、话语的复杂性和变异性

"革命"是贯穿整个20世纪中国社会历史文化进程，并且无论从哪个角度解读这一进程，都无法忽略和回避的一个核心语词。总体上看20世纪的中国社会，可以说是以革命始，以革命终，其间则是不间断地进行指向不同、内涵各异、程度不一的种种革命。革命的含义和

所指可以在任何一种情境中——在物质或精神层面,在政治或文化领域,在普遍性或专门化的意义上——得到更生或再造。无论时代潮流如何变动,革命总是迅疾地适应甚至激发出新的目的,成为引领时代潮流、标示历史动向的社会神经中枢。众所周知的是,新文学的倡导者首先赋予了革命至高无上的意义。陈独秀说:

> 今日庄严灿烂之欧洲,何自而来乎?曰,革命之赐也。欧语所谓革命者,为革故更新之义,与中土所谓朝代鼎革,绝不相类;故自文艺复兴以来,政治界有革命,宗教界亦有革命,伦理道德亦有革命,文学艺术,亦莫不有革命,莫不因革命而新兴而进化。近代欧洲文明史,直可谓之革命史。故曰,今日庄严灿烂之欧洲,乃革命之赐也。①

为新文学运动主将所敬仰而援引的"革命",对现代中国的赐予自然是无比丰厚的。并且,自新文化运动以来,"革故鼎新"的革命在中国语境中不可避免地并入了"朝代鼎革"的意涵,以至于在20世纪中国特色的革命话语中,启蒙、民族斗争、阶级斗争、爱国主义、社会主义、现实主义、马克思主义、马列主义、集体主义、无产阶级专政、现代主义、个人主义,以及现代化、历史发展的必然性等,经济基础和上层建筑一切领域的理论实践,无一不与革命相关联。就文学领域而言,"革命"及其所指,从新诗萌发期直至当下,已经发生了很大的变异,或者说多次发生过位移。但无论怎么变化,以"革命"为核心的一套语汇,似乎自始至终都为中国社会最大多数成员所熟悉和使用。诸多文学史研究已经显示革命的语义演变:由黄遵宪、梁启超的诗界革命的"革命",到五四新文学时期的文学"革命",再到后

---

① 陈独秀:《文学革命论》,载任建树主编《陈独秀著作选编》第一卷,上海人民出版社2014年版,第289页。

来的革命文学的"革命"。此外，现代文学中的诸多为艺术而艺术的主张者践行的形式革命，新民主主义和社会主义革命时期的革命，以及无产阶级专政条件下的"继续革命"，显然也意味着革命语义的转化和增殖。同时在这一过程中，革命的意涵也越来越趋向单纯而鲜明，越来越集中在思想或精神的破旧立新上面。相应的，革命话语的作用力、行动力也越来越强化，最终在政治、道德乃至技术层面都占据了绝对的主导地位。

但是，其间一个现象却似乎并没有受到重视，即：在革命的含义和革命话语的迁延过程中，革命倡导者对革命的认知，以及革命者的自我意识发生了怎样的变化。比如，陈独秀在1938年发表《资本主义在中国》《你们当真反对资本主义吗?》《我们不要害怕资本主义》等文章，此时他的观点和思维方式与五四时期大为不同。他的这些文章力图证明，以资本主义方式发展工业、清除旧社会的落后性、开辟新社会的道路，不啻是真正意义上的革命。虽然说从精神和文化层面转向了经济和制度层面，但他心之所系依然是革命，革命也依然等同于社会的进步。

众所周知的是，现代中国的正史叙述已将此时的他界定为"投降分子"，普通大众也将在很长一段时间内认定他叛卖了自己早先倡导的"革命"，是一个政治上变节因而也在道德上沦丧的有罪者。很少有人想象并关心，此时的他依然是一位诗人和特立独行的革命家。在二战全面爆发前夕的1939年，获悉苏联和德国签订互不侵犯条约，陈独秀写了一首诗《告少年》，并赠予濮清泉、陈中凡、台静农等。濮清泉信中问这首诗"是对一般独裁而言，还是专指斯大林?"陈独秀回信道："我给所有独夫画像，尤着重斯大林。"[1] 在革命话语熏陶下成长起来的中国历史和中国文学的读者，很难理解写此诗的作者就

---

[1] 陈独秀:《告少年》，载任建树主编《陈独秀著作选编》第五卷，上海人民出版社2014年版，第334页注①。

是那位早期的马克思主义者和中国共产党的领袖，即使从文学立场看也是如此——曾经极端决绝地反对古典文学的他此时所写的都是旧体诗。事实上，陈独秀头脑中的矛盾因子从他的革命意识萌发之时就存在着，在他最激进的檄文中就蕴含着。但看他倡导新文学时所写的《文学革命论》——

> 际兹文学革新之时代，凡属贵族文学，古典文学，山林文学，均在排斥之列。以何理由而排斥此三种文学耶？曰：贵族文学，藻饰依他，失独立自尊之气象也；古典文学，铺张堆砌，失抒情写实之旨也；山林文学，深晦艰涩，自以为名山著述，于其群之大多数无所裨益也。其形体则陈陈相因，有肉无骨，有形无神，乃装饰品而非实用品；其内容则目光不越帝王权贵，神仙鬼怪，及其个人之穷通利达。所谓宇宙，所谓人生，所谓社会，举非其构思所及，此三种文学公同之缺点也。此种文学，盖与吾阿谀夸张虚伪迂阔之国民性，互为因果。今欲革新政治，势不得不革新盘踞于运用此政治者精神界之文学。①

发表革命主张和推翻旧文学的号召时，却毫不犹豫地采用旧文体，无论这是出于表达的习惯还是先知先觉者的下意识，都包含着需要具体分析的两个方面的问题：一是革命及革命主题的位移是不可避免的；二是文学无论如何革命都无以摆脱与作为革命对象的"旧传统"的关联。五四先驱身上显露的矛盾，意味着对于所有中国新诗诗人而言，这两个问题乃是与生俱来的。我们知道，陈独秀越到晚年越不见容于国共双方，直至蛰居江津孤独终老，恢复了具体而微的个人的身份。这时在他身上的革命性，不再是社会领袖和精神导师的先锋风范，转

---

① 陈独秀：《文学革命论》，载任建树主编《陈独秀著作选编》第一卷，上海人民出版社2014年版，第291页。

而凸显为一种传统文人/诗人的心性和气质。陈独秀写于1941年7月的《闻光午之渝静农及建功夫妇于屈原祭日聚饮大》,"除却文章无嗜好,世无朋友更凄凉。诗人枉向汨罗去,不及刘伶老醉乡",在带着苦涩的自嘲中,表达了失意文人的孤独和愤懑。表面看来,写旧体诗的陈独秀无疑背离了五四文学革命的方向,皈依了曾经断然弃绝的古典文学传统。然而就其众多旧体诗的意蕴来看,充满了对革命及其话语的警觉和对社会现实的反思,这种怀疑和批判精神无疑是五四精神的延续。如果说,主张文学革命者所要弃绝的是旧式文学的诸种弊端,诸如"藻饰依他,失独立自尊之气象","铺张堆砌,失抒情写实之旨","深晦艰涩,自以为名山著述","与阿谀夸张虚伪迂阔之国民性,互为因果"等,他们当初无暇虑及、未及阐明的乃是,这些弊端并不必然地与旧文学的"古体""文言文""格律"等形式相关联;白话文的写作,甚或以最革命的语汇织造的文本,对那些旧文学的痼疾也并非能够先天性的免疫。

事实上,革命和革命者的复杂性也存在于更早的"诗界革命"及其倡导者身上。梁启超起初提出"诗界革命"时,思想尚处于一种模糊状态;后来他明确地界定和强调了革命中"变革"的真义,申明了革命的意义中包含多种意欲,暴力即是其一。从《释"革"》到《中国历史上革命之研究》,这两篇文章的观点的差异,反映了梁启超思想的转变和自省。诚如有论者指出的,梁启超希望在"变革"的意义上使用和传播革命,是基于对革命一词蕴含的民族历史记忆和文化心理习惯的深刻认识。梁启超追述了数千年的中国"革命史",指出其后的革命实际上都涤除了"汤武革命"中"顺天应人"的人文精神,以致任何一种暴行都有可能被冠以"革命"的名头。不幸的是,梁启超对中国历史上的这种革命的恐惧和反思,在唤醒黑暗的民族记忆的同时,也为这种革命及其暴力进行了义务的推销;更为不幸的是,当年围绕革命的一系列论争,使对革命的理解更加集中在暴力革命上,也使包括梁启超在内的争论者的思路和话语愈加狭隘。①

众所周知，所谓"双轮革命"（法国政治革命和英国工业革命）曾经改造并在继续改造整个人类世界，迄今为止依然保持两种基本的运动模式，即政治体制的激烈变革或暴力的颠覆和以科学技术为主导力量的社会的渐变式演进。但是，对于20世纪的中国而言，"一旦当这个西来的'变革'意义的'革命'被等同于进化的历史观，并与中国原先'革命'一词所包含的王朝循环式的政治暴力相结合，就只会给现代中国政治和社会带来持续的建设和破坏并具的动力"②。这一观点现在看来也许不算新颖，越来越多的读者能够以自己的方式看待某种已成为历史的真实状态，但这一陈述中强调的革命及其相关话语的歧义和复杂性，依然值得重视。毋庸置疑的是，革命话语之作用于文学，只是其作用的一部分，但是对于文学而言，"革命"的作用往往是全面的、整体的——在20世纪中国文学史中，"革命"经常成为左右文学的根本力量。这意味着，以"革命"为切入点探究新诗生产、传播的问题，不是因为它鲜明、纯粹、有力，因而成为理解和评价现代汉语诗歌的一种方便快捷的工具或方法，而是要将它也置于审视之中："革命"既是现代汉语诗歌研究的参照物，也是研究的对象。也可以说，鉴于以往的研究和讨论常常处于革命话语的笼罩之下，现在尤其需要以出离或超拔的视点，客观地考量革命与现代汉语诗歌的关系，在这种"关系"中厘清新诗百年的演进路径。在充分理解革命之于新诗的意义（大致显现在如下几个维度：作为新诗外部处境的革命，作为新诗写作的核心语汇、表达现代汉诗之普遍性追求的革命，以及作为新诗的特征后果的革命）的同时，还须对"革命即是话语"、

---

① 参见陈建华《"革命"的现代性——中国革命话语考论》（上海古籍出版社2000年版，第48—53页）的阐述。

② 陈建华：《"革命"的现代性——中国革命话语考论》，上海古籍出版社2000年版，第14—15页。

"革命及其话语"、"革命"与"话语"等关联性的问题，保有具体而清晰的认知和辨识。

二 革命与现代文学史中的诗人面貌

革命作为政治话语取得对意识形态的绝对优势和巨大影响力，是在20世纪40年代直至80年代。在这一时期，"革命"左右了现代汉语诗歌的创作，也逐渐成为新诗书写的最重要的内容。也就是说，革命话语在新诗的生产过程中，在不同层面同时发挥巨大的作用。

众多新诗研究和文学史撰述中的现代汉语诗歌的发展历程，对应着四个十年，呈现出各异的时代特特征：20世纪10年代，是新文化运动和五四新文学中的各种狂飙突进；20年代以后，是从文学革命到革命文学的过渡，后者成为主潮；30年代是诗歌写作及其理论观念相对成熟的多元化时期；进入40年代后是差异性在革命的主导下逐渐消失而走向当代的过渡期。新中国以后即当代文学时期，新诗进入政治思想一元化、革命和生产（创作）一体化时代。可以说新诗自发生开始就一直变动不居，处于一波未平一波又起的状态。对于20世纪30、40年代的诗歌在百年新诗史上的重要性，人们已有充分的共识，但是，这一时期的新诗生产及理论观念的那种"过渡"特性，并未得到充分重视。以超越新诗百年历史的当下视野来打量，30年代之所以是中国新诗的成熟期或多元化时期，是因为其间具有真正意义上的理论和实践、传播和接受的种种"探索"，而不是"民族战争"、"阶级斗争"或其他政治意识形态意义上的"革命"因素，当然这些因素也是此时新诗自身的"革命"性状态的构成——现在我们可以看到，诗歌写作中激进的民族斗争、阶级斗争、布尔乔亚个人主义等各种话语，都在强烈地作用于社会，与现实相互生发，更重要的是它们都有着各自独立存在的可能性和差异性。激进的社会革命和纯粹的艺术革命相互激荡，诗人依循各自的原则、理念、方向各自进行诗歌的探索实践，这一切的重要性也比既有文学史叙述中的流派纷呈、诗社林立、理论辈出更有实际意义。无论何种流派风格、信奉何种社会理想、秉持何种艺术观念的诗歌写作，都保持了某种自觉意识，因而诗人们不再像此前那样执着地寻找替代旧形式的新格律，而是更注重人的价值理念和诗歌精神的舒张，因而诗歌的形式和内容、言辞和格律、具象和抽象，乃至一个具体意象的本体和喻体，都不再是截然分明而对立的。正是因为这一切，30 年代的新诗才对汉语言文学有了真正的贡献。其中一个重要的贡献，是新旧学者都曾阐述过的"诗原质"的更新。

林庚 1948 年就在《诗的活力与新原质》一文中讨论过新诗的"新原质"现象，在此基础上，奚密正式将"诗原质"作为诗歌理论的一个重要范畴。她认为诗原质必须具备三个要素，即"诗人独有的敏锐感知力赋予一意象以生动的情绪和深刻的内涵"，"经过时间沉淀"，"和社会文化背景之间的有机关系"。[①] 古典诗歌中典型的如风、雨、山、水、月亮等原质，在漫长的演变发展中，出现"衰化"，成为"现成意象"（stock image），即由"动感的、多层次的、言不尽意的"，变成"僵化的、平面的、不再能引发深刻的美感经验"，就可能被弃绝、代换。[②] 这是现代汉诗之"革命"的主要动因。30 年代在新诗史上之所以重要，就在于白话诗的写作在这一时期产出了新的诗原质：

> ……我们可以说"星"是现代汉诗发展出来的一个新的"诗原质"。相对于古典诗里的"月"，星在现代诗里蕴含了丰富、多层次的感情。诗人憧憬它的孤独绝世、永恒光芒，一方面表现了

---

① [美]奚密：《从边缘出发：现代汉诗的另类传统》，广东人民出版社 2000 年版，第 124—125 页。

② [美]奚密：《从边缘出发：现代汉诗的另类传统》，广东人民出版社 2000 年版，第 129 页。

崇高理想的向往与执着，一方面又同时流露出寂寞伤感的情怀。前者包括星与诗、星与爱、星与美的联想，后者则通过星与泪、孤星、流星等意象来表达。……固然"星"的卓然独立代表着诗人对诗的肯定和追求，但是同时也隐射诗人在现代社会里随着边缘化而产生的孤独和疏离感。①

如此看来，所谓的多元化不是指各种流派风格异彩纷呈，也不是各种阵营各领风骚，而在于诗歌的写作和传播、接受中的生产性；不是抛弃旧传统刻意锻造新形式，而是不再拘泥于新与旧、形式与内容的对立，应和现实人生和诗歌生成的节律，在以自由精神追寻更高境界的过程中，探索、积累、化育出新的生命元素和审美元素。本著各章即将专门讨论的各位诗人，除了穆旦和绿原，无论其出道之先后，写作生涯之短长，30 年代对于他们都是一个极其特殊的时期，一个最重要的阶段。当然，新的问题也正是从这一时期开始出现的。

在一次又一次的论争中，不同的价值观念及艺术追求在民族和社会的危机情势中逐渐分化，最终，各种诗歌实践纷纷整合进革命话语中，要么敛声匿迹。进入 40 年代，革命话语的一元化或纯粹化趋势就开始并加速了。在描述 40 年代的诗坛状况时，有研究者注意到，"40 年代末的'中国新诗'派所提倡的'现代主义话语'与同时期所风行的'革命话语'（包括'革命现实主义'的诗歌话语）之间的距离、分歧也是深刻的"②，但论者也许未曾注意到，这种"分歧"及其"深刻"与其说是因为此时新诗依然保有多元性及对话性，不如说是因为处于整合过程的某个阶段；深刻的分歧不在于不同阵营之间的差别有多大，而在于发声的各方中，一方的声音越来越强而其他各方终于沉

---

① [美] 奚密：《从边缘出发：现代汉诗的另类传统》，广东人民出版社 2000 年版，第 148—149 页。
② 钱理群：《1948：天地玄黄》，山东教育出版社 1998 年版，第 112 页。

默的过程。这是传播学所谓的"沉默螺旋"的开始——"沉默螺旋"的作用就在于螺旋成为唯一的正确声音的放大器。

上述论者论及的40年代末的诗歌争论,发生在后来被命名为"七月派"和"九叶诗人"的两个群体间。九叶诗人在当时被斥为"才子佳人",这意味着革命者对异己者的宣判:"才子佳人"自五四文学革命开始就意味着逆时代潮流而动的遗老遗少,在40年代的语境中更显出腐朽而妖异的特征。因而这一宣判在以这种尖刻锐利的方式为宣判对象定性的同时,使自己的声音融入甚至代表了时代的最强音,仿佛自告奋勇地代表历史潮流行使权力。事实上,正是出于同样的理由,被批判的九叶诗人无法不对这种判决感到委屈、愤恨,并且长期耿耿于怀。因为他们也是同样的激进,也是同样热切地投身于时代潮流的一群人,他们自以为与批判他们的七月派诗人至少是同等地投身革命、参与时代的。九叶诗人除了在当时进行辩解和申诉,事隔数十年之后还一再旧事重提,更能证明这一点。他们自始至终都认为自己是需要辩解、值得申诉的,因为他们与对方的社会理想、政治立场、艺术追求都是一致的,不被接受和认同乃属"误判"。多年以后九叶诗人之一回忆道:

> 自称为"诗翁"的某诗人的《新诗潮》派还开会讨论如何对付我们这些"唯美派",幸亏还有位女诗人紫墟为我们说了几句公道话。一位前辈,30年代的现代派诗人李白风与一些我们的熟人则怂恿领衔发起创办《诗创造》的臧克家先生,提出要"收回"这个刊物,辛迪才建议我们另办一个《中国新诗》。①

另一位的回忆亦可补充:

---

① 唐湜:《九叶诗人:"中国新诗"的中兴》,上海教育出版社2003年版,第173页。

绪论　革命话语对现代汉语诗歌的选择与塑形

　　他（曹辛之）和唐祈是九叶中两位真正视中国新诗的发展如自己的生命。辛之在抗战胜利后的两年内全身心地投入新诗的创作和诗歌运动。他忘我的为他所创办的"诗创造"和"中国新诗"奔走熬夜，舍去身家性命地干，但是由于自己阵营内的过激思想，轻视艺术，以革命宣传代替诗歌艺术探索的倾向，和对方阵营对他的不当顺民的姿态不满和敌视，他在心理上承受了来自内部的压力，在人身安全方面又顶着特务的敌视，终于只能放弃他用心血培植起来的两个刊物，流浪他方。①

唐湜所说的被当作"唯美派"对付，正是郑敏所谓"来自内部的压力"。从为了办刊物而"舍去身家性命地干"，"过激思想"，"轻视艺术"，"以革命宣传代替诗歌艺术探索"以及"特务的敌视"等，今天的读者完全能够理解，无论九叶诗人还是七月派，其共同性远大于差异性。但在当时他们承受的"内部的压力"事实上是一种"敌视"性"攻击"：

　　在40年代时，我们已受到很大攻击。当时是攻击沈从文先生，认为我们这些诗人是南北方的才子才女围着沈从文这个大粪坑转的苍蝇。这是40年代的革命者给我们的封号。到50年代后，当时比我们更多一些革命色彩的诗歌也被打成资产阶级、小资产阶级情调之类，我们就更不用说了。"遮蔽"这两个字还不太合适，应该说被埋葬，也可以说是把我们当作旧时代的殉葬品给埋葬了。②

与批判对象同属左翼、革命、进步阵营的七月派，他们凶猛地批判九

---

①　郑敏：《辛之与九叶集》，载《诗歌与哲学是近邻——结构—解构诗论》，北京大学出版社1999年版，第402页。
②　郑敏：《遮蔽与差异——答王伟明先生十二问》，载《诗歌与哲学是近邻——结构—解构诗论》，北京大学出版社1999年版，第460页。

叶诗人时,无论如何也料不到,世易时移,到了新中国初期社会主义革命时代,类似的宣判会以另外一种方式更严酷地落在他们自己身上。然而真正荒诞的是,直到 80 年代,面对过去的这种相似的遭际,各位亲历者、当事人还在"革命"的指标下细加区分、纵情数说。除了"比我们更多一些革命色彩的诗歌也被打成资产阶级、小资产阶级情调之类,我们就更不用说了",下面引文中的"盆景"之说,以及对此说的辩难也是如此,唯有"革命"才是诗人赖以存在的宇宙,或无以逃脱的如来佛掌:

> 当时艾青写了一篇回忆中国新诗六十年的文章,里头就说我们是盆景。后来杜运燮说这个评价有点不太合适,我们的诗里头在当时抗战的时候也有非常严肃的,不光是盆景啊。但当时甚至这盆景也引起很多愤怒,抗战时胡风对沈从文、还有我们这些南北的诗人非常讨厌,说沈从文是个大粪坑,我们这些南北才子佳人围着这个粪坑乱转。①

郑敏回忆中提到的杜运燮也是九叶诗人之一。毕竟进入新时期良久,归来并反思着的艾青,其措辞缓和多了。虽然如此,面对当年的"异己",那种傲视、鄙视的态度并没有改变;与此相应,一同归来也一同进入老境的九叶诗人的不平和委屈也没有改变。

综上,40 年代的革命诗人将"中国新诗"派视为颓废和唯美而大加挞伐,很大程度上并不如论者所说"实在是可悲的历史误会"。所谓误会者,应该有"弄错了""不知情"的前提,但九叶诗人与七月派的过节,是建立在知彼知己的基础上的。唯有"革命"——不断的革命、革命程度的不断提高、革命话语的不断纯化——才是根本原因。

---

① 徐丽松:《读郑敏的组诗〈诗人与死〉》,郑敏著:《诗歌与哲学是近邻——结构—解构诗论》,北京大学出版社 1999 年版,第 431 页。

但也有令人欣慰之处，就是斗争双方各自内部也并非绝对的同一或始终如一，即便当年气盛的一方或胜利者也并非全无或毫无反思之意。我们看到，没有赶上新时期的九叶诗人穆旦自始至终置身事外，也看到有的七月派诗人似乎宁愿忘掉这些往事。绿原在新时期（1980年前后）对唐湜说，"现在不必提'七月派'了，'七月派'已成了历史名词"①。这一不想提及的态度也可以说是历史性的，回避中带着揭疮疤的痛楚，也只有在经历了与对手相似的痛楚后才能同情地理解对方。

从传播学的角度看，50年代是组织传播、集体接受取代各种大众传播和接受，而成为最重要乃至唯一的文学传播接受方式的开始。在文学理论和观念方面，革命现实主义成为指导思想和价值准则。从此，得以存在并留名于史的诗人，社会大众能够接触并接受的诗人，经过了革命的反复淘洗和锻造之后，所剩无几。30年代诗坛丰富杂多的现实，在40年代的此消彼长，毕竟还是以争论及"自然"淘汰的方式延续着，只是由于激进话语和激烈的话语方式日渐强势，"革命"随之席卷、销蚀了各种杂音，成为时代最强音。到50年代，我们从当时的文学研究和历史叙述中就能看到，革命话语如何不断地进行选择、清扫，以符合不断进展的革命形势需要，不符合新形势下革命话语规范的诗人，即使曾经以其"革命"而各领风骚，也很快地在历史中隐没。这体现了"革命"的终极能效：前进是历史的必然规律，落后于时代者终将被扫进"历史的垃圾堆"。在不断纯化的语境中，不仅诗人、批评家和文学界领导人当然地成了革命话语的践行者，学者和文学史家也不例外，他们的专业研究也反映着与其时完全一致的状况。

王瑶《中国诗歌发展讲话》出版于"双百"方针提出前后。众所周知这是一段相对宽松的时期，这本小册子向前承接《在延安文艺座谈会上的讲话》精神，以文艺大众化和为工农兵服务作为现代汉语诗歌

---

① 唐湜：《九叶诗人："中国新诗"的中兴》，上海教育出版社2003年版，第33页。

革命话语与中国新诗

的选择和评价的原则；向后则与毛泽东关于新诗发展道路的"民歌加古典"观点相呼应。书中"新诗"部分的上节讲到的诗人有鲁迅、郭沫若、蒋光慈、殷夫、臧克家、艾青、田间、柯仲平、何其芳。著者选择的这些诗人可以分为三类：首先是鲁迅、郭沫若这类革命文学的导师和榜样，其次是以鲁迅提到的或团结在鲁迅周围的、以他为榜样的诗人，再次是经受革命的考验和洗礼的全身心投身革命的诗人。其"新诗"部分下节则专门阐述延安诗人的诗歌。在论及五四时期的诗歌时他说：

> 正因为新诗是五四时期文化革命的前哨，因此初期的诗篇除了形式是白话的自由诗以外，内容也一般都有显明的新的倾向。譬如人道主义的社会意识，真挚健康的爱情诗，对劳动和劳动人民的歌颂，对反抗情绪的赞美，就都是初期新诗中常见的主题；这是与当时澎湃的革命思潮完全适应的。因此新诗很快地便得到了青年读者的拥护，爱好的和写作的人都逐渐多起来了。①

"革命"是评价新诗的标准。在这一标准下，为了不致一笔勾销早期白话诗的地位，论者竭力找到它与时代话语的契合点：谈人道主义必须将之归属于"社会意识"，肯定爱情诗则必须定位于"真挚健康"，更不用说"劳动和劳动人民""反抗情绪""革命思潮"等语词及其所指。如果不采用这一套语汇，而沿用过去的言辞如"人性""普罗大众""悲哀""苦闷""情思""呐喊"等，哪怕它们出自鲁迅之口或者所指都是同一对象，也很难被"合法"地提及。尽管如此，论者谈到相关作品时，也不得不降格以求，说它们适应的是"当时的革命思潮"（所以值得一提），虽然使用了"文化革命"这一语词，但是，按照革命标准选择出来的诗人，作为新诗史的主角，"革命"（作为政

---

① 王瑶：《中国诗歌发展讲话》，中国青年出版社1956年版，第122—123页。

治话语）的特性突出强化而"文化"含义被滤掉了。

在谈论郭沫若的《女神》时，作者首先解读的自然是、必定是"反封建和反抗不合理社会的精神"，其价值和意义是对"革命浪潮所初步觉醒起来的青年们以精神上的鼓舞"。① 今天看来，《女神》时期的郭沫若固然歌颂了工人农民，歌颂了马克思恩格斯列宁，但无可置疑的是，他诗中那种决绝的态度、叛逆的基调、热烈的情绪，也是基于青春期所特有身心特征的自由浪漫的表达。作者把个人主义的激情奔放再三地强调为"表现出了五四的反帝反封建的革命精神的"，虽然不得不承认其中"人道主义的"，又一再将它们附会到"革命浪潮"上，尤其说他的诗"对于中国现实主义新诗歌的发展也奠定了基础"，② 所有这些，满足了当时革命现实主义的期待，却不符合郭诗的实际情况，因而这些肯定和赞美很难令人信服，也必将与此前和以后的、论者自己和别人的对郭诗的评价相矛盾。

在分析郭沫若"对于中国新诗之所以有如此重要的贡献"的原因时，作者说他"一贯是中国人民革命运动的积极参与者；在他的诗中表现出了热烈的革命情绪，而艺术上也很优美的缘故"③。"艺术上也很优美"在这里被一笔带过，但无论诗人还是作者都不能否认，这是文学读者以及诗歌接受者对诗歌的阅读选择的重要标准。正因为如此，作为诗人的蒋光慈和殷夫只能是一种光荣的历史遗迹而不是经典性诗人，"艺术上也很优美"的实际作用远远大于当时受重视的可能性。这足以说明，文学史讲述与大众读者的不一致，专业读者与普通读者的不同喜好所造成的裂隙，在宽阔的历史视野中，应该既是诗歌成长的空间，又是一个阐释的空间。

革命话语对诗歌的选择，今天看来应该视为关于中国新诗史的讲

---

① 王瑶：《中国诗歌发展讲话》，中国青年出版社 1956 年版，第 123 页。
② 王瑶：《中国诗歌发展讲话》，中国青年出版社 1956 年版，第 123 页。
③ 王瑶：《中国诗歌发展讲话》，中国青年出版社 1956 年版，第 125 页。

述之一，也是新诗出现以后中国社会演进方式的写照。如果说"五四以来汉语诗歌的现代性应视为诗人在多种选择中探索不同形式和风格以表现复杂的现代经验的结果"①，那么，这种复杂的现代经验是否被简化，为什么被简化？那些被洗滤、被淹没的诗人，他们作品的传播和接受经历了怎样的过程？他们的崭露和隐没，与后来的再见天日有怎样的关联？探究这些问题时，"革命"既是天然的背景，也是一个考察的维度；可以说"革命"的行进、变异和衍生，铺就了现代汉诗的整个成长路径。

三 革命作为百年新诗的关键词

社会大众和普通读者在表达对当下诗歌的意见时，一个普遍的看法是"不像诗歌"，与之相关的很多负面的认知和判断就不一定只局限于大众读者了。这种现象在 21 世纪语境中虽然无法以是非对错来判别，却也足以促进对于新诗百年的重新审视。现有的对新诗的反思，也注意到这个问题：肇始于革命的现代汉语诗歌，在诞生之初就埋下了分裂的种子。在 21 世纪之初，就有学者对于作为革命话语之构成的诗歌是否属于文学，对其文学的意义和文学史的意义都提出了质疑。既然新诗自从滥觞时期，其"革命"即是含混而虚弱的，那么作为新诗的存在理由以及独特的价值也就是极其有限的：

> 清末的"诗界革命"主张以白话作为诗歌的媒介，对中国现代汉诗的诞生做出了贡献；然而它既无法恢复诗歌过去所享有的崇高地位，也没有为未来诗歌的阅读和写作提供新的理论向度。早期的现代小说家负有某种"自任为时代发言人的使命"，寻求

---

① [美] 奚密：《从边缘出发：现代汉诗的另类传统》，广东人民出版社 2000 年版，第 63 页。

改变国民意识,以建设富强中国。同时期的诗人则缺少明确的使命和方向感。①

白话新诗和现代小说一样肇始于革命,却未能像小说那样发生影响或担负起使命;在后来的发展过程中,却又因为完全献身于革命而丧失了诗之为诗的属性。即使是对诗歌作为革命的构成分子抱以毫无保留的赞同的人,面对读者对革命诗歌之"诗"性的怀疑,解释起来也不免有强为之说的技穷之态:

> 革命是诗,革命文学的一切体裁都像诗。而革命的诗歌却常常令一些诗歌爱好者觉得不大像诗。或许是"诗上加诗"的缘故,或许是那些爱诗者对诗的理解过于窄了些。马雅可夫斯基说诗歌是旗帜是炸弹,也有人说诗是婴儿的微笑。但婴儿最动人的诗其实不是微笑,而是他刚刚入世之初的那一声刺耳的啼哭。在婴儿派的诗歌爱好者看来,蒋光慈的诗歌大概就是有几分刺耳的。②

这一段阐述的表达方式延续了某种革命话语遗留下来的反智主义倾向,措辞痛快淋漓,内容和思路却虚幻而闪烁,既无真实所指,也不顾基本逻辑,诸如此类的论说可能加剧了读者大众对白话新诗合法性的疑虑。深切而具体的反思来自新诗写作者,他们是历史——革命的历史和新诗的历史——的亲历者,从他们的实践和内省中可以看到革命的动因与新诗创作的动因之间的关联或分割。在社会动荡和民族危亡的年代,诗人是最敏锐也最急切地投身其中的,在迎接和走进新中国时,

---

① [美]奚密:《从边缘出发:现代汉诗的另类传统》,广东人民出版社2000年版,第65页。
② 孔庆东:《1921:谁主沉浮》,山东教育出版社1998年版,第250页。

他们也是抱以最大热诚的人。下面两位九叶诗人的回忆片段不过是千百万诗人和知识分子中的两个案例,当然也是颇具代表性的:

> 兄弟俩(指曹辛之和他弟弟)1937年先到山西进民族革命大学,1938年才转到延安,进陕北公学。之后,他由于爱好文艺,与弟弟分手,进了鲁迅艺术学院美术系第二期。1939年与鲁艺几个同学一起跟随李公朴先生到敌后的晋察冀边区。在那儿,"为动员民众,鼓舞士气,演剧、歌咏,在墙上画漫画、刷大标语、办墙报、写诗……"什么都干,枪杆诗、诗传单、朗诵诗、顺口溜、短诗、长诗、歌词,什么诗都写。①

选在《九叶集》第一首《神话》(1943)、第二首《拓荒》(1944),都是歌颂陕甘宁边区大生产运动的。他们写在抗战之后的诗,如杜运燮的《狗》《善诉苦者》,杭约赫的《知识分子》,唐湜的《沉睡者》等,对知识分子的剖析和自我批判显得非常凌厉而尖刻。因此今天的读者可能很难理解,他们为什么会遭到同是革命诗人的七月派诗人那种极端的蔑视和贬斥,毕竟,他们的信念、行为以及体现在诗行里的"革命性"丝毫不逊于后者。

1955年从海外回国的九叶诗人郑敏回忆说:

> 当时我的乌托邦幻想是很厉害的,回来以后,我本是念哲学的,我就大读起马列,可以说是非常认真的。我不是读小本本,我真的是去读马列。读完了我当时也觉得恐怕这是唯一的出路吧,所以就把诗歌割舍了,认为应当先把这个国家建起来再说。②

---

① 唐湜:《九叶诗人:"中国新诗"的中兴》,上海教育出版社2003年版,第66页。
② 徐丽松:《读郑敏的组诗〈诗人与死〉》,郑敏著:《诗歌与哲学是近邻——结构—解构诗论》,北京大学出版社1999年版,第431页。

在这一代诗人身上,革命以什么方式、在多大程度上影响了他们,这种影响的后果如何,当下读者穷极想象也难以探测其深度和高度。个中原因,21世纪的研究者们有着旁观者式的清醒认知,其中的一种共识是,现代汉语诗歌走到20世纪后半叶,在中国大陆呈现为那样一种纯正的革命状态,也是"历史的必然",根本原因在于毛泽东思想的普及。毛泽东在中国文学中的地位和影响——"20世纪中国文学第一人",这一界定很有代表性:

> 毛泽东拥有一整套以他命名的文艺体系,所有的作家都以他的思想为指南投入写作。这且不说,从批评史角度看,他无疑是20世纪下半叶头号文艺批评家,他的批评权威笼罩了从50年代至70年代的整个文坛,几乎所有重大批评事件均由他发起,跟他相比,别的批评家只是缺乏个性的复述者。他在创作上也做出表率,他的诗词是最高典范……但最能说明毛泽东"文学第一人"地位的,是"毛文体"那无所不在的影响;在这里,毛泽东的精神遗产升华成一种文风、一种语态,被过去及今天一代又一代人所窃慕、模仿、袭蹈。用毛的口吻说话、用毛的风格措辞、用毛的逻辑论说,成为不少人的语言潜意识,成了他们所陶醉、愉悦的语言境界……①

毛泽东思想的影响在新诗的现代时期虽还没有达到顶峰,但在40年代后期,即使是在国统区也是非常广泛而深刻的了。如果说毛泽东文艺思想的传播、接受还有尚未波及之处,可能是在这两个方面:一是社会空间意义上的,国统区的意识形态封锁;二是个人意识方面的,诗人那种天生的自由主义还没有完全净化或"革命化",虽然身处边缘

---

① 李洁非、杨劼:《解读延安——文学、知识分子和文化》,当代中国出版社2010年版,第123页。

但还保有一定的空间,知识分子作为个体的人的怀疑能力和对话意愿还没有止息。当然,也有一些诗人是有意识地疏离或逃逸这种影响的。在现代文学史研究中,关于赵树理、孙犁等作家与革命的关系,关于毛泽东文艺思想的接受、践行的动因和效果,都有深入的研究,但关于诗人与革命话语的牵扯、磨合、纠结的讨论,相形之下显得简单而粗率。因此,以毛泽东文艺思想为核心的革命话语如何作用于诗人个体和诗歌传播,如何造成诗人在文学史中的显隐,值得更深入的探讨。

四 何以将话语分析用于中国新诗

革命话语对中国新诗的选择和塑形,可从两个维度展开讨论:一是分析革命话语的传播对于现代汉诗的影响,二是对受革命影响的诗人及其创作进行话语分析。关于前者,已有众多的从各个角度展开研究的成果;而后者"话语分析",作为研究新诗百年传播与接受的重要方式,大有开拓的空间。

革命话语,既包括以"革命"为核心词的一套相关语汇,也包括这一套语汇在社会中的生产传播及效力。也就是说,"话语"是一种语言表达的结构,也是一种行为或实践。革命话语在中国现代文学的生成发展过程中的影响或作用,有待充分的认识和阐释。

从"诗界革命"到新文学运动,从20世纪20年代的左翼革命文学到延安和革命根据地的文学,直至进入当代文学阶段,产生于社会历史语境中的革命话语,在逐渐广泛深入的传播和接受中,催生出一种普遍性的意识,进而塑造文学的观念和形式。在诗歌领域内,革命话语的意涵也随着时代而有所变异,关键词也会发生更迭和替换。例如,指代生活在同一疆域内的最大多数的社会成员的语词,在整个20世纪的革命潮流中,出现过"平民""普罗大众""同胞""人民""工农兵""贫下中农"等的次第更迭。这种更迭相应地作用于诗歌生产传播的方方面面，包括价值定位、阅读期待、批评标准、接受趣味等，进而使诗歌性质、写作观念和表达方式发生变化，塑造了现代汉语诗歌进入当代之后的基本面貌。

　　大众传播理论将话语视为一种"行为"。革命话语之所以对百年新诗的影响如此深远，即源于其"行为"的特性。在文学史及新诗研究中已经形成这样的共识：革命话语的行事目标是改造知识分子，行动方式是组织起来进行批评与自我批评，预期效果是产出足以担当服务于人民、服务于工农兵的作品。同时，这些共识也可以说是集合了分歧和斗争的动态性构成。比如，毛泽东思想及其文艺理论原则要求文艺工作者"要向人民群众学习语言"①，这一字面上清晰明确的要求，往往使包括很多诗人在内的文艺工作者感到紧张，甚至处于无所适从的窘急中。他们甚至从未掌握也从不明了到底什么是人民的语言，他们只是明白无误地表达出来那种满腔热忱的响应的态度。在这种态度的支配下，他们抛弃了自己的语言，却并没有学会使用人民的语言；在某些特定情景中，他们以为自己使用了人民的语言（可以具体到工农兵所使用的语言），比如方言俗语、大实话乃至粗话，一旦现实情景有所改变，这些他们自以为是的人民的语言的东西几乎成为"反人民"的东西，至少是不符合革命话语要求的语言：有时是"封建落后"的，有时是"庸俗化"的，有时是"不严肃"的，更为严重的是"丑化人民"的。所以，当不同情景中革命的要求不同，话语的行为指向也随之变化，这是很多诗人无法继续创作的原因。他们抛弃了自己残余着资产阶级、小资产阶级或封建主义流毒的语言，无奈却找不到人民的语言，尽管他们真诚地竭力按照

---

　　① 毛泽东在《反对党八股》中说，"要向人民群众学习语言。人民的语汇是很丰富的，生动活泼的，表现实际生活的，我们很多人没有学好语言，所以我们在写文章做演说时没有几句生动活泼切实有力的话，只有死板板的几条筋，像瘪三一样，瘦得难看，不像一个健康的人"。载《毛泽东选集》第三卷，人民出版社1991年版，第837页。

革命的要求行事。

就现代汉语诗歌的表达方式而言,经历了从"平民歌谣"到"大众歌调"到"人民群众的语言",再到革命现实主义与革命浪漫主义相结合这样一个更迭过程,一个大浪淘沙般的过程。对于在这个过程中诗人及其写作的转变,已有许多不乏深邃而独到的解读,几乎各种前沿的理论都被用于解释分析。但是,另外,在有中国特色的后现代语境中,新诗研究也出现了新型的错位和分裂:思想上、技术上走得越远越高,实践和操作上不免由于僭越现时环境所能容受的限度而难以为继。

比如,许多诗人、研究者喜用解构主义方法,他们师承法国解构主义理论,不认为语言有确切意义的观念,任何文本都不能被解释为特别意义或特定思想的表达,任何一个人从一个文本中找到的任何意义都不过是他个人一厢情愿的选择。许多论者仿照德里达的这一思路,将革命话语以及相关的理论观念,进行解构和颠覆,而罔顾其已经发生和仍在发生的重大影响。再如,有人热衷沿用拉康的理论,以拉康认为任何的个人根本没有什么自我或主体,人们通常所说的自我或主体只是话语的产物,于是就套用"大他者"某些说法来解释一众现代作家的当代转型,对新诗诗人在当代所遭受的炼狱般的痛楚和椎心泣血的生存状态毫无"了解之同情"。还有更多的论说喜欢搬用福柯,诸如话语即权力、惩罚与规训等,于不知不觉间使自己的阐述和结论重蹈他们要否弃的简单武断,而他们所借鉴的理论中应有的启示却并未发挥作用。也许,众多看似前沿性的解读达到了某种片面的深刻,激发或赢得了专业研究者或普通接受者情感共鸣,但也不可避免地陷于窘境:要么产生大量敏感词,要么以话语的缠绕而疏离或拒斥大众读者。传播学虽也借重各种理论,也与后现代主义观念、方法多有交集,但由于其学科属性天然地亲和大众,不失为更有效地分析解读新诗百年发展的视角。

比如，伯克戏剧主义理论一个重要的概念"负疚"①，就可以清晰地用于解释现代汉语诗人的命运轨迹和心路历程。按照伯克的观点，人们要用语言进行说教，在这个过程中建构了多种多样的规则，而这些规则不可能达到一致。当某人遵守其中的一条规则，就可能会、甚至一定会违反另一规则，他极有可能因此而产生负疚感。伯克认为负疚产生的另一个重要的原因是追求完美。人受本性驱使，尽其一生追求自己所认为的完美，当现实与理想出现差异时，也会导致负疚。他还指出社会各阶层、各群体的竞争和分裂也会导致个人的负疚。在伯克的戏剧主义理论中，与负疚相关的概念是"认同"。认同可以消除负疚，去除负疚达到认同则要通过话语的传播。在传播过程中人与人之间的认同程度以螺旋方式上升时，共同的意义也在增多，这意味着人们彼此增加了理解而达成协调一致。所以认同既是说服和有效传播的手段，同时也是一个目的。认同包括物质性认同、思想性认同、形式性认同。需要注意的是，这三个方面不是三个层次，无所谓高下，而是相互交叉、相互重叠的。物质性认同，比如说拥有同样的财产，在衣着方面有类似的品味等。思想性认同就是共同的思想态度、情感倾向和价值观。形式性认同，就是在双方都参与的行为或事件中，以怎样的形式来组织安排行动。比如两个初次见面的人，过去是握手，现在出于卫生的考虑而提倡拱手，这握手和拱手就是产生认同的形式；如果不是为了防范新冠肺炎疫情，拱手这一形式在初次见面的人之间就不是形成认同的有效形式。传播理论认为，在一个群体中层次较低的人，常常会与层次最高的人有认同关系，尽管他们之间有明显的、巨大的区分和差别，比如说群众对领袖的狂热追随。这种情况的发生，首先是个人在他人身上感受到了他们自己所追求的那种完美的东西，其次

---

① "负疚"是伯克戏剧主义理论的一个关键词，他认为负疚是由于符号的使用而造成的一种状况。参见[美]斯蒂文·小约翰《传播理论》，陈德民、叶晓辉译，中国社会科学出版社1999年版，第295页。

是富有魅力的领袖所处的那种遥远而崇高的位置是一种神秘甚至神圣的环境,它掩饰了差别和疏离——这是通过神秘化而得到的认同关系。

上述伯克戏剧主义理论中的这些观点,对于我们理解新诗诗人的转向及转向过程中的心灵挣扎,尤其是他们那种不断的自我否弃,相较于解构主义的艰深和其他后现代主义理论的激进,显然更有现实针对性。

当然,以任何一种权威的、经典的、前沿的主义或理论,来阐释20世纪文学的历史状貌和发展历程,都难以完全融和,或者说难免有所扞格,中国新诗在社会进程当中的具体差异性和错综复杂的关联,很容易被忽视。对百年中国新诗的研究即使有很多视角,这些视角也都自有独到发现,但也还是有所失漏。这与其说是理论方法的局限,不如说是观念的更新、视野的扩展、期待完美而带来的永恒的不满足。比如从科学主义的角度探讨新诗的现代化,可能就难以顾及具有中国国情的"民族主义""国家意识""家国情怀"的强大作用;当人们以西方启蒙运动为尺度来衡量文学革命及其意义时,可能会低估帝国主义给中国造成深重苦难的现实,忽视中华民族被动地接受现代化的历史的屈辱;而当我们换以民族主义或爱国主义价值观来贯穿对现代文学的解读的时候,有可能看轻了中国式的布尔乔亚在时代潮流中的自我探索,个人主义者的奋斗在社会演进方面的作用也可能被抹杀;如果从阶级斗争意识形态角度来解读,作为文学创作主体的知识分子的思想转换及心路历程,尤其是曾作为诗歌生产者的普通大众的创造动因,也可能被遮蔽和误解。正是考虑到这一切,话语研究才更有它存在的理由和发挥的空间。

白话新诗的发展,在革命影响下的新诗写作,为革命话语所左右和塑造的现代汉诗,也并非百年新诗的全部。百年新诗的复杂性是怎么强调也不为过的。我们将通过个案分析来考察革命语汇是怎样纯化的,又是怎样对创作发生影响,对诗人进行选择的。

如果说每一个案代表现代汉诗生产传播的一种现象，那么他们之间的关联和差异性、各自的典型性应给予充分重视。比如，艾青和何其芳是革命话语塑造和认可的诗人，但何其芳在所谓"思想上去了艺术下来了"的状态中停止了新诗创作，而艾青最终成为现代汉诗从新中国到21世纪的实际权威。何其芳和查良铮都是没有赶上文学的新时期的诗人，但查良铮是作为革命的对象，很早就失去了写作和发表的机会，成为当代文学史之"潜在写作"的一分子；与此同时，何其芳成为革命话语的载体和布道者。何其芳和卞之琳青年时代是"汉园三诗人"中的两位，并且卞之琳也有延安文学的经历，但他们的诗歌写作在革命浪潮中走向不同的状态。绿原是新诗的"新生代"诗人，"七月派"的命名者和其中一员，他极为推崇艾青。废名和何其芳都极为推崇李商隐，但他们对李商隐的发扬却是完全不同的向度：废名是以他作为现代汉诗的源头之一并追随其诗歌精神的自由，何其芳则把他作为对当下精神苦闷和心灵贫瘠的疗愈和补偿。废名、徐玉诺在新中国时期，创作上也处于无以为继的状态，但他们与何其芳、查良铮皆不同，从某个角度可以说是主动放弃了诗歌的写作。然而，他们二人之间也有区别：不仅放弃写作的时间有先后，各自从新诗的历史中"走失"的动因和方式也不同。卞之琳、艾青、冯至、绿原等都有自己的诗歌观念和主张，甚至有一套成熟的理论，但最终无论怎么努力进步、改造，都难以赶上时代而被革命潮流所驱逐，直至新时期才以不同的方式归来。徐玉诺、废名、查良铮等都是在新时期以后等待重新发现的诗人，在备受推崇的同时似乎都被贴上了某种标签。还有，卞之琳、查良铮、冯至、绿原都受惠于欧美现代主义甚多，尤其是他们所从事的外国文学的研究、翻译，不但滋养个人的写作，也为当代文学提供着养料。他们之中似乎只有冯至在革命话语的冶炼中与之达到相当深度的契合，查良铮被彻底抛弃，绿原被打入"胡风集团"而身陷囹圄，卞之琳是若即若离……读者可能还自有发现。比如，在传播与接受中，艾青是现代汉语诗歌无可争议的代表，查良铮是所谓被严重低估的诗人，徐玉诺是文学史叙事的不合作者，何其芳是不断净化和提纯的革命话语的结晶体，卞之琳是一个从不显赫也从来不可绕过的人，废名至今依然是带给接受者神秘感的异质性存在，绿原的理念化或"钙质化"常被人提起……总之，他们构成现代汉诗丰厚的肌理，为当下和未来的诗歌写作及传承，为现世诗人的安身立命提供了启示和范例。还应该注意的是，百年新诗生产传播的复杂性，经典诗人在当下语境中显示的差异性，跟以往相比又发生了变化，与20世纪80年代"发现与重评"时的状况也不一样了。总之，现代汉语诗歌理应置身于一个更广阔的语境和更高远的视角得到充分的阐释和理解，为现代中国的文学传统和人文精神的建构发挥更大的作用。

第一章　何其芳:为革命话语所重铸的诗魂

　　以何其芳作个例来探讨革命话语与现代汉语诗歌的生产传播的关联,基于如下理由:首先,他是新文学运动及白话新诗发展到相对成熟阶段的20世纪30年代出现的诗人。其次,无论文学史和研究者对其诗歌创作实绩如何评价,何其芳都是有着一套相对完整的新诗理论观念的诗人和文艺界要人。再次,他的创作及其蜕变的历程,被命名为当代文学史上典型案例,即所谓"何其芳现象"。

　　关于何其芳的诗歌创作历程,有人以诗人奔赴延安为界,有人以中华人民共和国成立为界,分为前后两个时期,也有分为"汉园三诗人"时期、延安时期和当代时期三个时期,无论哪种划分都有各自明显而充足的理由。为阐述方便,本著依据《何其芳诗全编》[①],参考《何其芳全集》的相关文本,把他的诗歌写作分成三个时期:《预言》时期(1931—1937)、《夜歌》时期(1938—1945)和颂诗时期(1946—1977)。如此分期的理由下文展开阐述时自当呈现。《何其芳诗全编》的主体部分为"预言""夜歌""何其芳诗稿"三辑,大体对应着这三个阶段。略有出入的是,本著将《新中国的梦想》《我们最伟大的节日》两首诗作为第三阶段,即颂诗时期的开端,而《何其芳诗全编》的编

[①] 何其芳著,蓝棣之编:《何其芳诗全编》,浙江文艺出版社1995年版。

者是将其作为《夜歌》时期的结束编排的。该书除以上三辑之外，还有"何其芳佚诗三十首""集外诗（14首）"两辑，其中的诗作分别属于第一阶段和第三阶段。

何其芳的诗艺探索和诗风变化，显示出革命话语的传播如何强有力地作用于现代汉语诗歌的价值定位、阅读期待和批评标准。《预言》时期的何其芳，被批评家和同行指为"忽视和逃避"现实。奔赴延安，经历革命生活洗礼后，《夜歌》时期的何其芳热忱追寻和接受革命话语，诗歌表达方式发生巨大变化，适应着向民众传播革命话语的需要。进入颂诗时期，革命话语已内化为诗人的思想意识，其创作随着思想精进而日益纯粹，在主体和内容上表现出很强的时事性。他的旧体诗创作同样体现出鲜明的时代感，革命话语作用于他的人生的同时被自如地嵌入诗歌中。从青春期的自我"独语"，到对时代潮流的追寻，再到对新时代的颂赞，何其芳的诗歌创作历程体现出"由原始的单纯"到"新的圆满的单纯"的精神追求。

一 《预言》时期：隔绝于革命的自我吟唱

《预言》时期是何其芳诗歌创作的第一阶段[①]。1931—1935年，何其芳就读于北京大学哲学系，此间的诗歌创作收入1936年与卞之琳、李广田的诗歌合集《汉园集》中。这一阶段的作品在《何其芳诗全编》中除了"预言"一辑，还包括"何其芳佚诗三十首"辑中的绝大多数，"集外诗"中的《梦歌》《砌虫》《短歌两章》《枕与其钥匙》等。这一阶段的诗歌在文学史叙述中，在何其芳诗歌研究者看来，是所谓的"逃避现实"时期。这一论断既出于左翼革命诗人和批评家，也是自延安时期之后何其芳本人的自我评价，所以把赴延安之前的创

---

① 《预言》作为何其芳诗歌的代表作，收在《汉园集》中，也是何其芳在新中国时期出版的诗集名。《预言》由新文艺出版社1957年出版。《何其芳诗全编》第一辑亦名"预言"。

作归于第一个阶段的理由确乎是不言自明的。何其芳在《〈夜歌〉(初版)后记》中说:

> 抗战以前,我写我那些《云》的时候,我的见解是文艺什么也不为,只为了抒写自己,抒写自己的幻想、感觉、情感。后来由于现实的教训,我才知道人不应该也不可能那样盲目地、自私地活着,我就否定了那种为个人而艺术的错误见解。①

诗人还以《云》为例,批判自己在前一阶段诗歌创作的"盲目"和"自私"。其实,相比于同时期的其他作品,《云》所写的内容与现实应该算是很有关联的,诗中写道:"我走到乡下。/农民们因为诚实而失掉了土地。/他们的家缩小为一束农具。/……//我走到海边的都市。/在冬天的柏油街上/一排一排的别墅站立着/像站立在街头的现代妓女,/等待着夏天的欢笑/和大腹贾的荒淫,无耻。"即使以今天的读者眼光来看,这首诗也是很有现实性的:诗人不仅描写了农民的困境、都市的丑恶,而且以冷静的语气、讽刺的眼光,在简略和节制的语调中透出不平与义愤——还有什么能比这更体现对现实的批判精神的吗?所以,与其说他的诗歌缺乏现实性,不如说,他的表达方式以及所表达出来的现实性,不符合当时革命话语的要求。在已参加革命的批评家和作者自己的眼里,应该批判的是诗里透出的阴暗情绪或颓靡诗风,它披露出的表达方式有着可疑的师承。这是这首诗一开头就明白道出了的——来自波德莱尔:"'我爱那云,那飘忽的云……'/我自以为是波德莱尔散文诗中/那个忧郁地偏起颈子/望着天空的远方人。"事实上,"抒写自己的幻想、感觉、情感"这种倾向,在这一阶段的其他作品中表现得更突出。比如那首著名的《预言》:

---

① 何其芳:《〈夜歌〉(初版)后记》,载蓝棣之主编《何其芳全集》第一卷,河北人民出版社 2000 年版,第 517 页。

这一个心跳的日子终于来临！呵，
你夜的叹息似的渐近的足音
我听得清不是林叶和夜风私语，
麋鹿驰过苔径的细碎的蹄声！
告诉我，用你银铃的歌声告诉我，
你是不是预言中的年轻的神？

你一定来自那温郁的南方，
告诉我那儿的月色，那儿的日光，
告诉我春风是怎样吹开百花，
燕子是怎样痴恋着绿杨。
我将合眼睡在你如梦的歌声里，
那温馨我似乎记得，又似乎遗忘。
……

这首诗标明写作时间是 1931 年秋天。读者只要对现代中国历史稍有常识，这个时间在国人记忆中的最深刻印痕就随着这个年份数字一起显现，也就完全能够理解为什么它的"脱离现实和时代"令人难以容忍。再如《欢乐》：

告诉我，欢乐是什么颜色？
像白鸽的羽翅？鹦鹉的红嘴？
欢乐是什么声音？像一声芦笛？
还是从簌簌的松声到潺潺的流水？

是不是可握住的，如温情的手？
可看见的，如亮着爱怜的眼光？

会不会使心灵微微地颤抖,
或者静静地流泪,如同悲伤?

欢乐是怎样来的?从什么地方?
萤火虫一样飞在朦胧的树阴?
香气一样散自蔷薇的花瓣上?
它来时脚上响不响着铃声?

对于欢乐,我的心是盲人的目,
但它是不是可爱的,如我的忧郁?

全体中国人关于 30 年代的记忆乃是"中华民族到了最危险的时候"。在这样一种集体无意识面前,这首诗简直可以说是现代加强版的"为赋新词强说愁",当然也可说是唯美主义的。但如果撇开社会背景,也不去理会历史叙述预留给我们的认知模式,抹去时间记号,单纯面对这两个文本,也自有另一番理解。它们不愧为何其芳诗歌的代表作。诗中透露出青年人特有的那种热忱饱满的情绪,挚情浪漫的幻想,都在潇洒明快的节奏和韵律中稍微带点颓废的气息,这一切都令人陶醉。还可以说,前一首是行云流水般的自由诗,后一首则是完美的商籁体……这些诗可能给不同的读者以各自的阅读体验和美的愉悦。

　　这一时期的青年诗人何其芳专注于美的体验,善于用各种修辞手法把抽象的事物具象化,从而带给读者新异的认知,所以他赢得了许多青年读者,不论他的诗歌主题与现实是否关联,只因为他将个人体验以独特的方式传达出来,而激发了某种青春期的共通情感。另外,从内容上看,这些诗歌的确与时代氛围、社会现实全不相干,诗人仿佛生活在与世隔绝的桃花源中。因此,一般读者也完全能够理解革命文学的生产和传播者对这类小资情调的个人主义的吟唱会感到愤怒或不齿——为了他那莫名的浪漫和感伤。下面这首《花环》，还有一个副标题"放在一个小坟上"：

> 开落在幽谷里的花最香。
> 无人记忆的朝露最有光。
> 我说你是幸福的，小玲玲，
> 没有照过影子的小溪最清亮。
>
> 你梦过绿藤缘进你窗里，
> 金色的小花坠落到你发上。
> 你为檐雨说出的故事感动，
> 你爱寂寞，寂寞的星光。
>
> 你有珍珠似的少女的泪，
> 常流着没有名字的悲伤。
> 你有美丽得使你忧愁的日子，
> 你有更美丽的夭亡。

站在文学的甚或人生的角度看，一来诗人正值青春年华，二来虽然国势艰危，却也还没有到"华北大地放不下一张安静的书桌"的时候，身处校园的诗人，此时此刻还可以自由地、全身心地沉浸在自我的艺术世界里，还有理由有机会进行个人技艺的历练，何况他所表达的一切也极为真诚热情。另外一些诗歌，比如《扇》，更像是诡异而无意义的"独语"：

> 设若少女妆台间没有镜子，
> 成天凝望着悬在壁上的宫扇，
> 扇上的楼阁如水中倒影，

染着剩粉残泪如烟云,

叹华年流过绢面,

迷途的仙源不可往寻,

如寒冷的月里有了生物,

每夜凝望这苹果形的地球,

猜在它的山谷的浓淡阴影下,

居住着的是多么幸福……

鉴于李商隐对于何其芳的至关重要的意义,读者很容易看出这首诗应该是对李商隐那首《嫦娥》的诗意的改写:"云母屏风烛影深,长河渐落晓星沉。嫦娥应悔偷灵药,碧海青天夜夜心。"李商隐对何其芳诗歌创作的影响后面还将涉及,这首诗只是初次显示了这种影响,主要在于它透露出作为校园诗人的何其芳的文学追求和写作风格,是古典诗人作用于一个青春期躁动的灵魂的结果,"古典"的趣味借了白话/现代汉语的媒介得以表现出来。

所以,如果不考虑当时的民族处境和社会时代主旋律,以纯文学的心态来面对"汉园诗人"何其芳的这些文本,普通读者确实可以从中感受到语词、节奏、韵律的轻灵之美,诗行间充溢的怆然而超然也不无优雅动人之处,或许从这些诗里还能够看出《再别康桥》《沙扬娜拉》那一类新月派诗歌的格调。

但是,如前所述,这个时代在中国人的记忆中实在太重要了,那一种集体无意识直到今天也未曾衰减,所以只要稍加考虑这些诗歌诞生的时代背景和文化语境,即这是万众一心以血肉铸长城的时候,相应的,在文学艺术领域则是"个人主义资源已经耗尽,无产阶级文化派倡导自己阶级的艺术"[1] 的时候,何其芳的这种自顾自的独语式写

---

[1] 南帆:《四重奏:文学、革命、知识分子与大众》,《文学评论》2003年第2期。

作确实显得乖悖而忤逆。身在校园而处于青春期这样的辩护理由,在时代潮涌中根本不可能立得住脚。因此读者也可以想象,当时来自左翼和革命文学阵营的批评无论如何激烈都不为过。艾青在茅盾主编的《文艺阵地》(1939年6月)上发表过一篇文章《梦·幻想与现实——读〈画梦录〉》,他批评的是何其芳的散文,对何其芳这一时期的诗歌来说也很能击中要害。今天读来该文也许显得过于忿激而刻薄,但艾青的观点在当时无疑是很有代表性的一种看法:

> 何其芳没有勇气把目光在血腥的人间世滞留过片刻,他永远以迷惘的,含有太息的,无限哀怨的眼睛,看着天上的浮云,海上远举的船帆,空中掠过的飞鸟……

> 何其芳有旧家庭的闺秀的无病呻吟的习惯,有顾影自怜的癖性,词藻并不怎样新鲜,感受与趣味都保留着大观园小主人的血统。他之所以在今日还能引起热闹,很可以证明那些旧精灵的企图复活,旧美学的新起的挣扎,新文学的本质的一种反动!①

这个批评对何其芳的触动之强烈,可从他的回应中看出来。何其芳写了《给艾青先生的一封信——谈〈画梦录〉和我的道路》,回应艾青的指责,但何其芳在文章中却无法与艾青针锋相对了。也可以说,他的申辩也不单纯是为了《画梦录》,也是为了对自己的文学写作进行反思,甚至不如说就是一种自我批判。因为在这封长信中,他首先就承认了"我过着一种可怕的寂寞的生活。孤独使我更倾向于孤独",这个时期的文字的确是属于"逃避""独语",虽然他还有所保留——只承认"有一些虚无的悲观的倾向"。他写道:"独语是不能长久地继

---

① 艾青:《梦·幻想与现实——读〈画梦录〉》,载李怡编《艾青作品新编》,人民文学出版社2010年版,第350、351—352页。

续下去的。接着我就编织一些故事来抚慰我自己。正如我们有时用奇异的荒唐的传说来抚慰那些寂寞的小孩子一样。这自然不过是一种逃避。"① 同时他也在强调自己"对于人生,对于人的不幸抱着多么热情的态度",并且特别举出一个读者的例子来证明。这位读者先后两次写信给他,为了他书中的"热情"。据此何其芳又道出自己的驳难:"我在思索着:为什么他能感到我是热情的,而书评家们却谁都没有找到这个字眼吧?"② 从这里读者才真正地感受到何其芳的委屈和不平。

从何其芳这篇回应艾青的批评的信中可以看出,他多么想为自己辩解,可是辩解起来又是多么的无力!艾青批评他逃避现实,他也不得不承认,他能够辨明的只是自己在某种程度上的情有可原。也许今天的任何一位读者都比艾青能够同情地理解他:何其芳对现实世界的"忽视和逃避",不是由于他浑然不觉,而是因为感到了现实的强大压力,于是,对现实的逃避也是一种申诉。这本身就映现了现实的一种面相,因而也有现实的意义。当初何其芳辩解的效力只能实现在两个问题上:其一,他从来就不是什么"大观园小主人",即便不是出身于劳苦阶级,也勉强可以算作普罗大众的一员;其二,毕竟他的作品受到读者的喜爱甚至引起"热闹",所以,他虽不那么理直气壮、声色俱厉,却也可以低调而执拗地申辩——青年读者从我的书里感到了你们看不到的"热情"!如果是在当下,面对艾青式的指摘和斥责,任何一个读者可能都做得到同样疾言厉色地还以颜色;或者不必是现时,在20世纪80年代初期,在关于朦胧诗的论争中,急躁而暴虐的青年诗人们面对诗坛泰斗是怎么起而战斗的……幸而不幸都在世易时

---

① 何其芳:《给艾青先生的一封信——谈〈画梦录〉和我的道路》,载蓝棣之主编《何其芳全集》第六卷,河北人民出版社2000年版,第472、473、475、480页。
② 何其芳:《给艾青先生的一封信——谈〈画梦录〉和我的道路》,载蓝棣之主编《何其芳全集》第六卷,河北人民出版社2000年版,第475、480页。

移，不同的观念、不同的立场、不同的价值体系，提供了真正的"交锋"的可能。

在艾青和何其芳就《画梦录》商榷的时代，他们已同属于革命阵营了。相对于何其芳而言，艾青是先行者；作为初入道者的何其芳，无论是对现实的理解还是他自己所代表的那一种现实，都不符合当时革命话语的规范。而这种规范之所以能够成为规范，是因国家民族的命运、社会最大多数成员的愿望、历史发展趋势，以及社会群体中最高的道德价值而获得合法性的。作为个体的人的何其芳，既已置于这一规范中，必得遵循的是同一套价值，使用的也是同一套语汇。所以尽管他十分委屈，十分想为自己辩解，但全部身心已然处在"对方辩友"的位置上，怎么可能不得出支持论敌、反对自己的结论呢。

随着革命话语更加广泛深入的传播，在把革命的文学书写导向时代主潮的同时，它对文学的形式也进行着筛选。独语、颓废、逃避、悲观、反动等语词，不再是描述性的语汇，其价值判断的色彩越来越强烈，最终成为追求进步的写作者们竭力避免的特性。这一过程，也就是何其芳的"思想上去"的过程。

如果把何其芳《预言》阶段同时期的革命文学放在一起，很容易看出两者的差异。现在读者可以毫不避讳地说出，革命文学的社会性、时代性要求导致了形式的粗放，因而很难作为语言的艺术作品存留在时间中。这也证明了革命意识形态和艺术自身规律、革命话语和审美追求之间存在着裂缝。也就是说，当时批评家对何其芳的批判，包括何其芳对自己的批判，还有人们普遍持有的关于文学与现实的关系，以及对新诗艺术标准的认知，都属于当时的革命话语的一部分。

本来，在新诗发展过程中，另有一种革命话语，这类革命话语是在文学领域内部适用的，也可以说是新文学发展的流脉之一：从早期的"为艺术而艺术"到30年代现代主义诸流派，文学写作的理论、实践都已相当成熟了，其中的诗歌成果尤为可贵，可以说是对五四时期白话诗的再次革命。但是这种艺术领域的革命，在强大的社会革命、民族战争构成的时代主潮中确实难有存在的合法性，遂逐渐弱化而成为潜流。表面上看，《预言》时期的诗歌，是何其芳运用革命语汇进行彻底的自我否定的一个旧物，但何其芳究竟有没有舍下他的旧我，一直是一个问题。

二 《夜歌》时期：革命话语的虔诚演练

何其芳创作的第二阶段是《夜歌》时期。他和卞之琳等一起奔赴延安。当卞之琳选择离开时，何其芳虔诚地投身"革命"。他出人意料地、迅速地成为一位热忱而纯粹的"现实"的书写者，仿佛从一个极端走向了另一个极端。从《成都，让我把你摇醒》和《大武汉的陷落》开始，风雷激荡的现实世界伴随革命语汇植入了他的文本世界，从此再也没有褪去。

这两首诗可以说是打开的一个序幕。作为序幕，它们在语言风格上还可以看到与此前《预言》时期的关联。当然，何其芳的诗风在《预言》阶段末期已经发生了一些转变：他从校园走向社会以后，精神上逐渐坚强，思想也走向成年，作为一个有良知的、热情的个人，置身于黑暗的时代，写了像《送葬》《云》《醉吧》这一类揭露现实丑陋、邪恶和病态的作品。不过，诗歌的精神气质和表达形式上还是个人化的"独语"。

当他投身延安火热的新生活，急切地接受了革命话语，也就找到了全新的调子来表现沉睡的成都和受难的武汉。特别是当他写《大武汉的陷落》时，比之《成都，让我把你摇醒》又过去了半年，到了1938年底，这时革命语汇于他已经相当熟稔，于是我们看到了一些与以前的诗句截然不同的全新的词句：

听完了收音机的，

> 看完了日报或者晚报的，
> 全中国的兄弟们呵
> 翻开毛泽东同志的《论持久战》
> 看下去，看下去。
> 我们的路途还很辽远，
> 还未走完抗战的第一阶段。
> 苦难还在扩大，还在加深，
> 大武汉完成了它必然的牺牲。
> 我们用坚定、团结和勇敢，
> 必然可以走完这长长的苦难，
> 看见自由的幸福的新中国
> 微笑着，站在我们面前。

此时他的诗歌比《预言》末期的作品更直露，诗歌语言从阴郁斑驳变得爽朗而铿锵。这时的何其芳主动选择革命文学的规范，在承担知识分子社会和道义责任的同时，意识到亟须摆脱知识分子的语言腔调，否则难以担当向民众传播革命话语的使命。就像在《成都，让我把你摇醒》里写的一样，他强烈地希望唤醒更多耽于享乐、疲于奔命或麻木不仁的人，促使他们加入民族战争的社会革命中来。他自觉、努力地寻觅革命理论来指导自己的写作，以革命的标准审察自己的灵魂，以革命的话语锻造自己的诗歌语言：

> 把我个人的历史
> 和中国革命的历史
> 对照起来，
> 我的确是非常落后的。

中国第一次大革命的时候，
我才离开私塾到中学去，
革命没有找到我，
我也没有找到革命。

内战的时候，
我完全站在旁边。

一直到西安事变发生，
我还在写着：
"用带血的手所建筑成的乐园
我是不是愿意进去？"
虽说我接着又反问了自己一句：
"而不带血的手是不是能建筑成任何东西？"

但是，难道从我身上
就看不见中国吗？
难道从我的落后
就看不见中国的落后吗？

难道我个人的历史
不是也证明了旧社会的不合理，
证明了革命的必然吗？

难道我不是
一个活生生的具体的中国人的例子？

这是何其芳的长诗《解释自己》的第三节，创作日期标明是 12 月 19 日，应该是指 1941 年。这首诗写得已经很像是记叙文了。值得注意的是，他对自己的质问从此以后就没有间断过。

从《解释自己》这首诗中似乎看不出那种跳跃的诗意的语句或诗性的思维，也没有那种富于音乐性的语感节奏了，只有散文化的陈述，借助各种疑问句式表达缜密的思考；或许，还有"革命没有找到我，/我也没有找到革命"这类似乎平淡的语气表达着"我"和革命相见恨晚的情感，也属于一种崭新的浪漫诗意？议论、阐述式的诗歌写法，可能与诗人何其芳的身份及自我认同的转变有关："这其中有些诗可以看作是作为鲁迅文学院文学系主任的何其芳给鲁艺学员做思想工作的诗性纪录：亲切、善意与富于哲理性、启示性。"① 如果说这些还是诗歌的话，就是这种亲切、善意、哲理性、启示性中显示的诗意；何其芳在《预言》时期诗歌中的寻觅、冥思、幻想、感觉、印象的呈现，所表达的对现实的——以"逃离"的方式——怀疑和超越的"诗性"荡无余存，尽管他经常在反问自己。"做思想工作"这一特征——并非如蓝棣之所说是"诗性"特征——在那些题为"给××同志"的诗中显得特别突出：

    有了恋爱的人因为恋爱而苦恼。
    没有恋爱的人因为没有恋爱而苦恼。
    这真使人感到人生是多么可怜，
    假如我们不是想到
    另外一个提高人生的名字：革命。
    （《给 T. L. 同志》）

---

  ① 蓝棣之：《前言》，何其芳著：《何其芳诗全编》，浙江文艺出版社 1995 年版，第 5 页。

第一章 何其芳：为革命话语所重铸的诗魂

……为了革命
很多同志比我们缺少更多的东西
(《给 L. I. 同志》)

我感到我们有这样多的好同志，
这样多的寂寞地工作着的同志，
就是为了这我也想流一会儿眼泪。
(《给 G. L. 同志》)

当然，上面所引这些例子也证明了蓝棣之的观点：由于诗人意识到自己的身份，诗中的抒情主人公是面向特定的人说话，有着诚恳的谈心的语调；也因为是谈心，又不可避免带着私人性的语调和情绪。后一点将会在革命话语的衡量下，显出小资情调或人性论的色彩，也很快会在诗人的自我反省中被过滤、否弃。

在诗集《夜歌》中，还有一部分直接以"革命"为题或内容的诗歌，《革命——向旧世界进军》《生活是多么广阔》《我为少男少女们歌唱》《北中国在燃烧》等，都是充满朝气的明朗活泼的风格，显示出一种获得坚定信念和伟大奋斗目标之后，焕发出来生命的激情和意欲，其果决和肯定的基调与《预言》时期的忧伤绮丽形成对照。

掌握了革命话语还在孜孜以求进步的何其芳始终不会止步，更不会满意自己已有的表现。他诚恳地以革命话语来观照自己的诗歌，指导自己的内省，正如在诗歌中用"革命"作为参照系来清理自己的人生道路那样。这时期他有一篇论文《谈写诗》，其中谈到诗歌的内容和形式问题，"形式上的差别是由于诗的内容上的特点而产生的"，"今天是一个新的群众的时代，最好的诗的源泉，或者说我们最应该感到富于诗意的，不是个人的哀乐，不是自然的美景，而是人民大众的生活与其斗争。最好我们抒情能抒人民之情，叙事能叙

· 41 ·

人民之事"。① 显然，这是对毛泽东文艺思想的发挥。在诗集《夜歌》出版时，他在后记中还引用这篇文章的另一段话来对《夜歌》进行总结：

"这个时代，这个国家，所发生过的各种事情，人民，和他们的受难，觉醒，斗争，所完成着的各种英雄主义的业绩，保留在我的诗里面的为什么这样少呵。这是一个轰轰烈烈的世界，而我的歌声在这个世界里却显得何等的无力，何等的不和谐！"②

多么谦逊而诚恳的自我批评。由此可见，在延安文艺座谈会以前，何其芳已经是一位坚定、热忱的无产阶级革命的信仰者和革命文艺实践者了。经历整风以后，他更进一步认识到自己虽然加入了无产阶级的队伍，但身上还有一多半是小资产阶级的成分。1943年3月，何其芳写了《改造自己，改造艺术》一文，再次检讨自己身上如何存在着小资产阶级知识分子的痼疾。他的愿望和要求又真诚又具体："在鲁艺整风结束之后，我很希望有机会下乡去参加我所热爱的解放区的实际工作。"③ 他的实际工作就是做一个革命话语的传播者，新的文学规范的倡导者、传播者。这一工作始于1944年5月，中共中央派何其芳、刘白羽到重庆去宣传贯彻文艺座谈会和《讲话》的精神。

何其芳曾经说过，"任何道理我都要经过了我的思索，理解，承认，我才相信"④。他之所以毫无保留、心悦诚服地接受革命话语的训

---

① 何其芳：《谈写诗》，载蓝棣之主编《何其芳全集》第二卷，河北人民出版社2000年版，第373、374页。
② 何其芳：《〈夜歌〉（初版后记）》，载蓝棣之主编《何其芳全集》第一卷，河北人民出版社2000年版，第518页。
③ 何其芳：《改造自己，改造艺术》，载蓝棣之主编《何其芳全集》第二卷，河北人民出版社2000年版，第352页。
④ 何其芳：《给艾青先生的一封信——谈〈画梦录〉和我的道路》，载蓝棣之主编《何其芳全集》第六卷，河北人民出版社2000年版，第477页。

伤，全身心地投入毛泽东文艺思想的传播，正是基于他的这种思索、理解、承认。并且，他还在担负革命话语的传播者的使命中，不断地学习，以求更好的理解和更大的进步。于是，当革命——社会历史和政治意义上的，同时被赋予阶级的、民族的道义力量的"革命"——成为诗歌写作最重要的，甚至是唯一的内容时，诗歌的形式的确需要相应的调剂、平衡。在《夜歌》时期，要说何其芳的诗歌在形式上有什么创新，只能说是实现了文体的多样性。何其芳尝试各种文体来歌唱革命，有自由体抒情诗、叙事诗、诗剧、哲理散文诗等。或许，从题材或表现对象上看也有所扩展，毕竟抽象的、具体的，集体的、个人的题材都有涉及；在人物方面虽然集中于写革命者或同志，也是各种各样的革命同志。比如，以泥水匠王补贵为主人公的叙事诗《一个泥水匠的故事》写道："'同志，请你告诉我／一个叙述着人的意志的坚强的故事。／告诉我一个人怎样用意志／征服了困难，痛苦或者甚至死亡，／光荣地完成了他的胜利……'"系列诗《夜歌》既有小资情调而又努力地摆脱小资情调，抒情对象、抒情主人公是"你"。诗剧《快乐的人们》则反复咏叹"我们什么也没有丧失"，综合使用合唱、独唱、领唱、小合唱、重唱等形式，其中"第五个女子"有一节写道："那么让我的歌声／还是投入你们巨大的合唱里，／在那里面谁也听不出／我的颤抖，我的悲伤，／而且慢慢地我也将唱得更高更雄壮！"当诗歌内容、主题变得简明、集中而纯粹以后，这种外形式因素及其多样性的凸显也是必需的。此后，对于文体的丰富生动的追求这一特征会越来越突出，以至于诗人后来写了一首长诗，题目就是"我们的革命用什么来歌颂"。这表明，革命在塑造诗人的心灵、统领诗歌的内容之后，的确也主宰了诗歌的形式。

1949年以后，何其芳发表一系列关于诗歌创作的理论文章，如《关于现代格律诗》《话说新诗》《关于新诗的百花齐放问题》《关于诗歌形式问题的争论》《再谈诗歌形式问题》等。在这些文章中，他提倡"和现代口语的规律相适应"的形式，主张在现代格律诗还不成熟的时候保留和借鉴民歌，倡导劳动人民的歌调，甚或建议把新出现的民间文学冠以"群众创作"之名。所有这一切都着眼于探索歌颂革命的新形式，以及向大众传播推广革命理论及其文艺观念。他编选民歌，也是为了践行这一宗旨：诗歌应该作为"群众自己表现他们的思想感情和为了一定的目的向群众作宣传的工具"；民歌和民歌体之所以有价值，也是因为它们能够服务于宣传群众的需要，"在文化水平不高的群众中间，民歌体和其他民间形式完全可能是比这种格律诗更容易被接受的"。[①]

从整个现代文学的发展历程看，诗歌文体形式的探索，或者更简单地说，每当诗歌文体倾向于歌谣（民歌）体，总因革命话语的传播而又以其为目的。早期白话诗人如刘大白、刘半农、康白情等，都是以写反映下层劳动人民的疾苦的新诗出名的。他们采用歌谣体或主张歌谣文学化，是一种有人文情怀或社会责任担当意识下的文体探索，服从于当时"文学革命"的主张。30年代左翼文学阵营日益强大时，中国诗歌会倡导的"新诗歌谣化"则赋予歌谣体以无产阶级革命的意义，"要使我们的诗歌成为大众歌调"（《新诗歌发刊诗》）。中华人民共和国成立后，何其芳的这些文章，既是40年代延安和解放区文学中兴起的民歌体热潮的延续，又在很大程度上引起和推动了"新诗发展道路"的论争。民歌在这一时期受到的重视，意味着诗歌形式的多样性就是歌颂革命的形式的多样性。

三 颂诗时期：艺术是如何"下来"的

何其芳为中华人民共和国诞生而写的《我们最伟大的节日》是一

[①] 何其芳：《关于现代格律诗》，载蓝棣之主编《何其芳全集》第四卷，河北人民出版社2000年版，第298页。

个标志，而写于1946年的《新中国的梦想》则可以说是颂诗阶段的滥觞。革命话语的传播、普及在中华人民共和国成立前后培育出一种社会大众的普遍性意识，这种意识又由历史和文学的叙事进行确证和加固。这一时期中国大陆的诗歌中有众多的激情澎湃的表达：四五十年代之交是中国历史新旧交替的时刻，是中华民族的新纪元，是革命人民的创世纪。新中国诗歌的抒情模式将建立在这一意识的基础上，并显出崭新的时代特征：热烈豪迈的情绪，激昂铿锵的音调，直白铺张的言辞，宏大崇高的意象。

正是中华人民共和国宣告成立的前后，五四新文学运动以来最重要的诗人们激情满怀地写出了一大批颂诗：郭沫若的《新华颂》、冯至的《我的感谢》、何其芳的《我们最伟大的节日》、卞之琳的《天安门四重奏》、胡风的《时间开始了》、艾青的《国旗》、田间的《天安门》等。即便还不那么重要的诗人，也发表了非常重要的颂诗作品。如1949年10月1日《人民日报》第7版发表徐放的长诗《新中国颂歌》。王亚平的长诗《迎接——中华人民共和国》，发表在1949年10月2日《人民日报》副刊"星期文艺"，语言表达也代表当时所有这些颂诗的面貌和风格：

> 敬礼吧！
> 面向掌握历史车轮的舵手——毛主席！
> 马列主义的实践者，
> 苦难人民的救星，
> 中国无产阶级革命的导师！
> 我们——全国的人民
> 用颠不倒、扑不灭的信心，
> 用山样高海样深的热爱，
> 迎接年青的中国！

革命话语与中国新诗

迎接建设的年代!

在新中国的颂诗大潮中,何其芳不过是其中的一缕细流;他从《我们最伟大的节日》开始的自己的颂诗时代,也不过是整个现代汉语诗歌新潮流中的一滴水。这时,革命话语早已内化为诗人的思想意识,"革命"对于包括何其芳在内的所有作家诗人而言,既是歌颂对象,也是创作原则,又是写作者自我意识中最高的、不可替代的价值标准。无奈的是何其芳写不出诗歌来了,但必须要写,新社会新生活必要以一腔赤诚来歌颂。于是,从50年代到"文革"之前,何其芳硬写的一些诗歌,整体风貌相对《夜歌》以来的诗,愈加高昂和纯粹起来,在内容方面则表现出很强的时事性。如1965年的《我们的革命用什么来歌颂》,是在观看全运会闭幕式团体操"革命赞歌"之后写的。还有《欢呼我国第一颗人造卫星上天》《写给寿县的诗》等,都是用空泛的散文化的语言,平铺直叙地诉说普遍性的观点、情感,艺术形式上跟《夜歌》时期已经大为不同了。其间也有一个例外,就是写于1952—1954年的组诗《回答》。如《回答》之二:

有一个字火一样灼热,
我让它在我的唇边变为沉默。
有一种感情海水一样深,
但它又那样狭窄,那样苛刻。
如果我的杯子里不是满满地
盛着纯粹的酒,我怎么能够
用它的名字来献给你呵,
我怎么能够把一滴说成一斗?

《回答》之四:

> 一个人劳动的时间并没有多少,
> 鬓间的白发警告着我四十岁的来到。
> 我身边落下了树叶一样多的日子,
> 为什么我结出的果实这样稀少?
> 难道我是一棵不结果实的树?
> 难道生长在祖国的肥沃的土地上,
> 我不也是除了风霜的吹打,
> 还接受过许多雨露,许多阳光?

从这些诗句可以看出,诗人的自我追问在继续,相比《解释自己》中"难道我不是／一个活生生的具体的中国人的例子?"的反省,这里是更深层的内心纠结,也更为具体。以前责备自己不够革命,觉悟得太迟太低;现在纠结的是作为诗人,更是作为觉悟高的革命者,却无法为革命做出应有的贡献,因为自己结不出果实写不出诗来。可以说,这是他这一时期唯一具有诗的特性的作品,正因为他写的是个人的真情实感。还可以看出,何其芳是一个时时保有内省意识的人,在那个时代,他的内心矛盾必定更甚于旁人。因为,这组诗与他同时期对毛泽东文艺思想的阐释宣传,以及对胡风文艺思想的批判,形成了强烈反差。1949年11月为论文集《关于现实主义》写序时,他多次说到胡风文艺思想"抽象地强调主观精神,实质上是提倡资产阶级的主观精神的理论倾向"[①]。1952年12月他身为文学研究所副所长,主持召开"胡风文艺思想讨论会",并发表题为《现实主义的路,还是反现实主义的路?》的讲话,开始"清算胡风文艺思想"。在1955年的

---

① 何其芳:《〈关于现实主义〉序》,载蓝棣之主编《何其芳全集》第二卷,河北人民出版社2000年版,第294—295页。另一处又说:"事实已经证明了这种抽象地强调主观精神,即实质上是强调资产阶级的主观精神的文艺理论的结果是产生不出来什么好作品的。"《〈关于现实主义〉序》,载蓝棣之主编《何其芳全集》第二卷,河北人民出版社2000年版,第291页。

文章《胡风的反动文艺理论批判》中,他将"胡风及其党羽"以"黑帮"相称……如此看来,即便《回答》表现了诗人创作上的危机感,这种创作危机也绝不仅仅是何其芳一个人的。另外,他也必定是有意无意地努力地抑制这种心态,把它关在内心深处。这只是一种偶然性的泄露,但正是这一泄露,显现出诗人归属于革命之后的命运走向。

写不出诗来的何其芳开始了古体诗的写作。关于何其芳和他那一代人在20世纪六七十年代的古体诗写作,有不少研究者论及。以下这种观点恐怕有很大的代表性:

> 从《回答》的遭遇可以看出,相对于旧体诗所使用的语言,新诗语言太过于透明。……于是,为了安全起见,他回避了新诗形式,而借助旧体诗词的艺术形式,更含蓄地表达自己的真实感情和体验。……由于新文学的信念在新中国尤其是"文化大革命"的文化语境中遭到某种挫折,显现出白话作为诗歌语言的不足。白话文这个过于透亮的容器藏不住本事及作者的心事。新诗作者要么缄默,要么流于艰涩,要么顾左右而言他,要么说违心之言。于是,何其芳捡起了旧体诗。[①]

白话文作为诗歌语言是不是有先天的不足,是不是"过于透亮"而"藏不住本事及作者的心事",就一般情况而言也不难提出反证。因为,既不能说何其芳的白话诗没有表达真实自我或真实情感,更不能说旧体诗一定比白话诗更含蓄。最重要的是,这种说法并不符合何其芳旧体诗写作的实际情况。

《何其芳诗全编》收入何其芳古体诗一共15首(组)(含《集外诗》中一组),绝大多数都有鲜明的时代主题,或者说时事性非常突

---

① 赵思运:《何其芳晚年旧体诗探幽》,《文学评论》2015年第6期。

出。这一特点跟他这一时期的白话诗是大体一致的。时事性、直白性的特点有时体现在诗的标题上，例如组诗《忆昔（十四首）》副题为"纪念《在延安文艺座谈会上的讲话》发表三十三周年"，《古国》副题是"为北京师范大学附属女子中学庆祝从事教学工作三十年以上教职工大会作"，还有《讨叛徒、卖国贼、反革命修正主义分子林彪（二首）》，《欢呼毛主席〈词二首〉的发表（四首）》。有的是在诗句中表达得直接明了，试看几例：《效杜甫戏为六绝句》中有"革命军兴诗国中，残音剩馥扫除空"，"莫道黄河波浪浊，人间锦绣更无瑕"。《偶成（三首）》中有"欲播群花遗后代，也需百炼胜钢坚"，"喜看图书陈四壁，早知粪土古诸侯"（或许需要特别解释的是这组诗第三首中有一句"营馔和羹用地盐"，倒真的显得过于晦涩。作者也料到这一点，于是专门为此注释道："旧俄罗斯有谚语云：'知识分子乃土地之盐。'……此亦或可作知识分子必须与工农群众结合之喻。"①）。《诸葛亮祠》中有"英雄自古超成败，群众于今乐见闻"。《太白岩（二首）》有"人民哺乳孪生子，后代终应共敬崇"。其他一些旧体诗，虽说诗题和文句都不见得如此浅显明白，其鲜明的时代意识、昂奋的基调、铿锵的音色、明快的节奏也是相当突出，《杂诗十首》《杜甫草堂》等即属此类。

总之，读者很容易发现何其芳旧体诗中大量革命语汇的自如的嵌入，表达情感和体验时也并不追求含蓄蕴藉的效果。这也意味着此时的何其芳依然是坦荡而真诚的，并没有什么本事或心事需要以隐晦婉曲的方式来言说。

何其芳诗歌写作的问题，不是使用白话文还是文言文的问题，而是不论采用什么样的形式，都能从中见出革命话语及其深刻影响。《预言》时期的写作遭到批评是因为他"逃避现实"，晚年的旧体诗再次被视为"逃避现实"，但在后来的这种相同的判断中，似乎带上了

---

① 何其芳：《偶成（三首）》，载蓝棣之编《何其芳诗全编》，浙江文艺出版社 1995 年版，第 341 页注①。

一种同情的色彩。还有一种看似客观的评价，是说何其芳的写作"与时代语境的脱离"①。当我们站在历史的制高点上，或者说在现时当下语境中的我们，如能以超越时代或意识形态局限的眼光打量的话，对这种观点可以有更全面和客观的理解。

何为现实，何为逃避，所谓现实又如何逃避得了，今天的读者可能会有全然不同的理解。因为，以孤绝的姿态疏离于时代潮流之外，以个人化的言说抗拒大众或主流话语，在文学的新时期以来经常被视为坚守理想的理性而崇高的行为，这也可视为社会现实之一种。至于何其芳的晚年，现实对他来说更是无以逃避也无须逃避的。如前所述的"逃避现实"这一判词及其贬抑的意涵，也是革命话语的传播中催生的思维和表达模式，正如现在人们用来表达自己与现实的关系时所用的"疏离""坚守自我""反抗遗忘""个体的抵抗"是后现代语境和多元化意识催生的语汇一样。

不过，应该看到在何其芳的旧体诗中确实有些例外存在。《何其芳诗全编》中的15首（组）旧体诗，前面已经提到的有10首（组），另外的几首（组）可能有许多论者所谓的"郁闷、迷茫、忧伤、哀怨"，"对自我灵魂进行探触与凝视，幽深地披露了特殊历史时期中国知识分子的心灵世界"者。② 其一是《有人索书因戏集李商隐诗为七绝句》，集于1964年11月；将近十三年后，1977年3月又有《锦瑟——戏效玉溪生体（二首）》。这也是何其芳最后的几首诗作了。虽然题目表明这些诗属于游戏之作，也足以见出诗人对李商隐熟悉和景慕的程度。如前所述，《预言》时期的作品《扇》就透露出这一信息，晚年的戏作足以表明李商隐的影响对何其芳是终其一生而刻骨铭心的。除了与现代主义及新月派的声气相通，李商隐是养成他《预言》时期

---

① 何休：《个人话语与时代语境的脱离与融合——何其芳前期思想与创作》，《文学评论》2003年第2期。

② 赵思运：《何其芳晚年旧体诗探幽》，《文学评论》2015年第6期。

的唯美追求或为艺术而艺术观念的重要因素。正如论者指出的，何其芳有着一种李商隐情结。这一点还有一个证明，《文学知识》从1958年10月创刊号一直到1959年8月号，连载了何其芳的《新诗话》共10篇。何其芳把李贺、李商隐专列为其中一节，反对把二李当作唯美主义和形式主义加以否定。这也证明《预言》时期的他与时代氛围、社会现实格格不入，并不是他本人真要逃避或能够逃脱现实，而是他的艺术追求和趣味使批评者将他误认为逃避现实。当他接受革命话语的洗练和锻造，革命意识形态对他发出召唤并内化为他的创作原则时，他自觉区分革命与非革命的写作，也自觉摒弃了后者。现在，这一类题材、内容以游戏的面目出现，也是以一种反讽式的自我观照嵌入无以名状的内心欲求，以保证无损于革命的"自我"。

对于颂诗阶段的何其芳，当题材、题旨都牢牢地系于革命，使诗的内容、情思显得拘泥、单一的时候，"玉溪生体"及其他旧体诗的表达方式成为一种艺术性的补偿。如果真如研究者所言，何其芳晚年的旧体诗写作可以看作他的又一个"创作喷发期"[1]，这意味着晚年的他试图向早年的艺术理想进行一次返归，以形式的考究和语言的个人化，赋予革命话语以更丰富细腻的肌理。何其芳的最后一首诗，是晚于《锦瑟——戏效玉溪生体（二首）》约二十天写成的《偶成》：

天涯芳草碧如茵，无复追风与绝尘。
花若多情应有泪，臣之少壮不如人。
笑看鼠辈冰山倒，能令龙骖晓日新。
敢惜蹒跚千里足，还教田野踏三春。

这首诗署完稿时间为"1977年4月18日晨4时，于心脏病复发后"。

---

[1] 李遇春：《论何其芳的旧体诗创作》，《长江学术》2007年第3期。

这的确是一首人生总结式的诗，的确透露着诗人的矛盾性和复杂性，绝世骏马与老骥伏枥，对敌人的嘲弄与对未来的向往，李商隐的句式和毛泽东的句式，浪漫情怀和敌我观念等，全都明显地交织在诗里。此外，从"追风""绝尘""龙骖"所代表的豪壮意气，与"无复""能令"语式结构形成的对照和张力中，也不难看出诗人那种乐观中的颓丧，志在千里而脚下无力的情状。如果我们把他的一生的创作和人生遭际与这最后的诗句结合起来，更能看出这一切此刻投射在一位行将离去的革命者身上，就像美丽绚烂的余晖，为阐释提供了太多的线索和空间。这个谦逊而真诚的人，革命话语塑造了他的人格和世界观，思维方式和表达方式，他才会一边这样真诚地反省，一边又不由自主地说着习语和套话。如果我们还要不避残忍地继续追问，诗人既然自认为"少壮不如人"，老了又何以期冀"踏三春"呢……

  从何其芳诗歌创作历程，可以看到革命话语对现代汉语诗歌表现形式的深刻影响。这种影响的效果从正面来看，使现代汉语诗歌一直保持着不断革新的生机和活力，自始至终以反叛、超越、前进为常态。另外，也不得不承认，不断革命的意识使现代汉语诗歌未尝形成过相对稳定的价值标准，受制于"革命"的冲动的诗艺探索也缺乏一以贯之的原则和目标。可以说，现代汉语诗歌与读者的疏离以及其他各种问题，在很大程度上都与此有关。这有待于更深入的探讨。

第二章 卞之琳：革命话语下的"另一个诗人"

有关卞之琳诗歌创作的研究，大多集中在 1933—1937 年，尤其是 1935—1937 年，以《尺八》《距离的组织》《断章》等为其代表作，对他 1938 年之后诗歌创作的研究相对较少。比如，蓝棣之将卞之琳的创作分为三个阶段：1930—1932 年为早期，1933—1937 年为成熟时期，1938 年以后是"转向"之后。但蓝文并未讨论诗人"转向"之后，即从《慰劳信集》开始的诗的成败得失，"因为这些诗的作者多少像是另一个诗人，虽然风格的一贯性还是有迹可寻"。[①] 陆耀东认为，卞之琳如果沿着《断章》《妆台》的创作路径走下去，也许会有更大成就，但在国家、民族生死存亡之际，他"和中国大多数诗人告别了自己钟爱的一种类型的诗，义无反顾地向着与自己过去异趣的路飞奔"[②]。蓝文指出卞之琳"转向"后成为"另一个诗人"的同时，并未否认其诗具有"风格的一贯性"，但对卞诗前后艺术价值高低的判断是很明确的。陆文认为时代浪潮和个人经历的双重动因，促使诗人奔向另一条"异趣的路"。他希望研究者历史地看待卞诗的变化，给予"了解之同情"。

[①] 蓝棣之：《现代诗的情感与形式》，人民文学出版社 2002 年版，第 86—87 页。
[②] 陆耀东：《中国新诗史（1916—1949）》第二卷，长江文艺出版社 2009 年版，第 216—217 页。

我们要探讨的是,以革命为核心词汇的意识形态话语,如何渗入卞之琳的诗歌创作,使他成为"另一个诗人"。如果说"转向"之后的卞之琳保有其诗歌"风格的一贯性",这种一贯性体现在哪里;诗人又如何在普遍性的革命话语压力与个人化的诗艺追求之中,维持某种张力与平衡。

一 政治与现实:在革命话语与个人话语间摇摆

卞之琳诗歌创作初期,正是国家、民族内忧外患、动荡不安之时,战争的阴霾笼罩大地。直至1931年"九一八"事变爆发,全民抗击日本侵略者的决心被激发。在文艺领域,继1928年前后"革命文学"论争之后,1930年,左翼展开了对所谓"第三种人""自由人"的大批判。接受了马克思主义理论武装的中国早期马克思主义文学批评家,开始以阶级性、党性来严格审视作家的立场、态度,并作为评价文艺作品艺术价值的重要标准。文艺是否具有超越阶级性、党性的"绝对自由",成为论争双方的焦点。

北上求学的卞之琳,与那个时代大多数知识青年一样,心情苦闷、彷徨,找不到明确的人生方向。此时的诗歌既成为他疏泄情感压抑的方式,也折射了初学诗者的心理状态及其流变。1949年,作为教师重返北京大学讲授英国诗的卞之琳回忆道:"我在1929年秋初到荒凉的北方故都来找'五四运动'的发源地,这个回想起来颇有意味而当时并不自觉的行动,也就多少反映了革命高潮与低潮的心理影响对于知识未成熟、认识还朦胧的中学青年,尤其是倾向文学的青年,所起的作用与反作用。当时'五四'时代的空气在这里罩上了一片苍凉,英国诗的门很方便地为我开了。"[①] 三十年后,在《雕虫纪历(1930—

---

① 卞之琳:《开讲英国诗想到的一些体验》,《卞之琳文集》中卷,安徽教育出版社2002年版,第416页。

1958)》(增订版)自序中,他又说:

> 我从乡下转学到上海,正逢"四一二"事件以后的当年秋天,悲愤之余,也抱了幻灭感。当时有政治觉醒的学生进一步投入现实斗争;太不懂事的"天真"小青年,也会不安于现实,若不问政治,也总会有所向往。我对北行的兴趣,好像是矛盾的,一方面因为那里是"五四"运动的发祥地,一方面又因为那里是破旧的故都;实际上也是统一的,对二者都像是一种凭吊,一种寄怀。经过一年的呼吸荒凉空气、一年的埋头读书,我终于又安定不下了。说得好听,这也还是不满现实的表现吧。我彷徨,我苦闷。有一阵我就悄悄发而为诗。①

卞之琳彼时的心境是矛盾的,一方面北行的动机是对五四运动——对传统文化摧枯拉朽的、充满激情的文学革命——策源地的向往:一方面是现实的突变带来的向往的幻灭感;另一方面想以埋头读书获得某种安定,又不能不受现实动荡的影响而安定下来。一个人可以远离他所认为的政治斗争,但不可能超脱于现实之上——试图在狭义的"政治"与泛化的"现实"之间画出界线,进而保持个人生活和写作的独立性,但最终发现泛化的"现实"其实可以狭隘化为"政治",而狭义的"政治"可以泛化并覆盖掉"现实",这可以看作卞之琳诗歌创作在革命话语与个人话语之间摇摆的一条线索。可为佐证的,是卞之琳回忆主持《文学集刊》副刊《水星》月刊的编务时说过的一段话:

> 我们,至少是我,当时还不知道"统一战线"这个名词,当然更想不到今日的"双百"方针。我们没有想拟发刊词。无言中

---

① 卞之琳:《自序》,《雕虫纪历(1930—1958)》(增订版),香港三联书店1982年版,第2页。

一致想求同存异，各放异彩。不是要办同人刊物，却自有一种倾向性——团结多数，对外开放，造船架桥。……这里是否有一条政治路线的引导，郑振铎也许明白，巴金、靳以当时似乎并未意识到，我们另外几个人更少考虑。我自己按既定方针干，倒更像纯出于艺术良心。①

更少考虑"政治路线的引导"而刊物自有其倾向性，这种倾向性纯粹来自编辑的艺术良心；某种意义上，这种颇具个人意味的艺术良心何尝不是对"北平昔日的低潮时代，苟安时代，苦闷时代"② 的一种抵抗，乃至挽救。对艺术良心的持守也可视为卞之琳诗歌创作中引人注目的特征，尽管在不同历史时期，其呈现方式有所变化。

在"星、水微茫"时代，很难说青年卞之琳是以自觉远离政治的方式，来维护内心对纯粹的诗的向往——他虽然深受法国象征主义诗歌的影响，但对"纯诗"的提法并不感冒③——只能说，他的现实是混沌、晦暗不明的，他只相信并书写他所观察到、感触过的具体现实。或者说，虽然彼时左翼诗人作家已开始自觉考虑阶级性、党性之于创作者世界观、立场的重要性，并付诸实践，但政治还没有强大到渗入每一个人的日常生活，为"现实"涂上单一的色彩并进而成为它的代名词。也可以说，在政治与现实之间存在灰色地带，卞之琳早期的诗游弋于其中。当然，苦闷、彷徨、迷惘、消沉等情绪属于"时代病"，尤其为不甘沉沦的青年人所共有，但卞诗一开始就形成凭吊以怀远的抒情方式，亦即他所说的，"当时以凭吊开端，我写诗总富于怀旧、

---

① 卞之琳：《星水微茫忆〈水星〉》，《卞之琳文集》中卷，安徽教育出版社2002年版，第74页。
② 卞之琳：《星水微茫忆〈水星〉》，《卞之琳文集》中卷，安徽教育出版社2002年版，第80页。
③ 卞之琳谈到西方"现代主义"的发展、演变时说："其实，'新'固然会转瞬即'旧'，'纯'更净化不了政治作用，'反'还是跳不出艺术范畴。"见《分与合之间：关于西方现代文学和"现代主义"文学》，《卞之琳文集》中卷，安徽教育出版社2002年版，第475页。

怀远的情调"①。触发诗人凭吊的是眼前的人与景，但也是因为，眼前的人与景蕴含让人生发思古之幽情的元素；不是从现实的景观中咀嚼它们对人的现实存在的意味——就像许多同时代诗人一样，而是遁入遥远、缥缈的过去，并经由怀旧、怀远而使现实沾染上苍凉、悲凉的情调。如《影子》（1930）：

一秋天，唉，我常常觉得
身边像丢了件什么东西，
使我更加寂寞了：是个影子，
是的，丢在那江南的田野中，
虽是瘦长点，你知道，那就是
老跟着你在斜阳下徘徊的。

现在寒夜了，炉边的墙上
有个影子陪着我发呆：
也沉默，也低头，到底是知己呵！
虽是神情恍惚些，我以为，
这是你暗里打发来的，远迢迢，
远迢迢地到这古城里来的。

我也想送个影子给你呢，
奈早已不清楚了：你是在哪儿。

诗中的"你"按照诗人的解释可与"我"互换，是另一个"我"，亦即过去的"我"，现在以影子的形象出现在"我"眼前。"你"的出现

---

① 卞之琳：《自序》，《雕虫纪历（1930—1958）》（增订版），香港三联书店1982年版，第3页。

使文本构建起西方现代主义诗歌的"戏剧性处境",潜在地形成"你"与"我"的对话,也拉近了与读者的距离。鲁迅曾写有《影的告别》(1924),其中也使用了"你":"有我所不乐意的在天堂里,我不愿去;有我所不乐意的在地狱里,我不愿去;有我所不乐意的在你们将来的黄金世界里,我不愿去。/然而你就是我所不乐意的。/朋友,我不想跟随你了,我不愿往。/我不愿意!/呜呼呜呼,我不愿意,我不如彷徨于无地。""我愿意这样,朋友——/我独自远行,不但没有你,并且再没有别的影在黑暗里。只有我被黑暗沉没,那世界全属于我自己。"这两首写到影子、使用"你"而具有戏剧性处境和潜在对话的诗,表达的也是相近的"彷徨于无地"的情感。不同的是,鲁迅诗中只有"我"—"你"即影子;卞诗中是"我"—"你"—影子:"你"是"我"丢在江南田野中的影子,而"你"同样有个影子跟随着。鲁迅的诗是直抒胸臆,通过将"我"转换为"你",抒情力度得以强化,直击人心;而借助于"你",卞诗则在"我"与影子之间增加了一层间隔,使诗人的情感得以更好的客观化或客体化,尤其是最后一节"我也想送个影子给你呢"却不知"你"在何处,显示出"你"不仅仅是过去的"我"的化身,实际上也具有自己的主体性,是独立存在的生命个体。至于说这首诗是继承了中国诗歌传统抒情方式,即"因象生情",还是借鉴了西方现代主义诗歌"为情造象"的方式,即诗人先有了寂寞、失魂落魄的情绪,然后寻觅到秋天、斜阳、寒夜、炉边——中国古典诗歌常见意象——等"客观对应物",这种分野并不重要:化古(用意象营造意境)与化洋(将主体情感隐藏在意象或"客观对应物"中以达到克制、冷静的效果)并存,是卞之琳诗歌创作的自觉的选择。如果说,《影子》一诗还是让读者更多感受到中国传统诗歌抒情方式的"影子",那么几年后的《古城的心》(1933),则显示了诗人更为娴熟地运用西方现代主义诗歌的非个人化手法:

你可以听到自己的脚步声
在晚上七点钟的市场
（这还算是这座古城的心呢。）

难怪小伙计要打瞌睡了，
看电灯也已经睡眼蒙眬。

铺面里无人过问的陈货，
来自东京的，来自上海的，
也哀伤自己的沦落吧？——

一个异乡人走过也许会想。

得，得，得了，有大鼓——
大鼓是市场的微弱的悸动。

古城意象在《影子》中也出现过，它既是诗人写作展开的具体情境，也是以"北国风光的荒凉境界"[①]来影射颓废、晦暗的时代景观。全诗的特征无疑是在客观展示、描摹场景，尤其聚焦于场景中人与物的细节：打瞌睡的小伙计，睡眼蒙眬的电灯，无人过问的陈货，大鼓飘忽的声音。这些都属于 T. S. 艾略特所言"客观对应物"（objective correlative，一译"客观关联物"）。艾略特指出："用艺术形式表达情感的唯一方法是寻找一个'客观对应物'；换句话说，是用一系列实物、场景，一联串事件来表现某种**特定**的情感；要做到最终形式必然是感觉经验的外部事实一旦出现，便能立刻唤

---

① 卞之琳：《自序》，《雕虫纪历（1930—1958）》（增订版），香港三联书店 1982 年版，第 4 页。

起那种情感。"① 现代诗歌强调间接抒情,即通过意象之象或"客观对应物"表达情感。其理想效果是,诗人在文本中置入的象或"客观对应物",能够立刻在阅读者心中唤醒诗人想要传达的某种情感,并与之产生共鸣。因此,流沙河说:"卞之琳三十年代写的《古城的心》用电灯的朦胧弱光对应商店小伙计的闷倦,用商店内'无人过问的陈货'对应漂泊的异乡人'哀伤自己的沦落'。……谐调古风洋风,两位前辈诗人堪称国手。"② 不过尚需注意的是,这首诗第一节前两行并未像其他各行使用标点符号:诗的起始并非完全着眼于客观物象的描写,其中混杂着诗人亦即走过的异乡人的心理感受,是一种感受到"古城的心"将死未死、似活似死的情感。它既有"因象生情"(将市场的细节描写视为写实),也有"为情造象"(将市场的细节描写视为特定情感传达的手段,是虚拟的)。这要看解读者的视角转向哪里,而卞之琳早期的诗已经为解读者留下了多维度阐释的空间。

如前所述,对卞诗的研究主要集中在 1935—1937 年,研究者认为这一阶段的创作代表其最高的艺术水准。研究者对卞诗艺术特征、抒情方式与表现技法的探讨,主要围绕卞之琳以下两段自述展开:

> "一个人能力有大小",气魄自然也有大小。回顾过去,我在精神生活上,也可以自命曾经沧海,饱经风霜,却总是微不足道。人非木石,写诗的更不妨说是"感情动物"。我写诗,而且一直是写的抒情诗,也总在不能自已的时候,却总倾向于克制,仿佛故意要做"冷血动物"。规格本来不大,我偏又喜爱淘洗,喜爱提炼,期待结晶,期待升华,结果当然只能出产一些小玩艺儿。

---

① [英] T. S. 艾略特:《哈姆雷特》,载王恩衷编译《艾略特诗学文集》,王恩衷译,国际文化出版公司 1989 年版,第 13 页。黑体字原有。
② 流沙河:《客观对应物象》,《星星》诗刊 1984 年第 11 期。另一位前辈诗人指王辛迪。

第二章 卞之琳：革命话语下的"另一个诗人"

我始终只写了一些抒情短诗。但是我总怕出头露面，安于在人群里默默无闻，更怕公开我的私人感情。这时期我更多借景抒情，借物抒情，借人抒情，借事抒情。没有真情实感，我始终是不会写诗的，但是这时期我更少写真人真事。我总喜欢表达我国旧说的"意境"或者西方所说"戏剧性处境"，也可以说是倾向于小说化，典型化，非个人化，甚至偶尔用出了戏拟（parody）。所以，这时期的极大多数诗里的"我"也可以和"你"或"他"（"她"）互换，当然要随整首诗的局面互换，互换得合乎逻辑。①

在他看来，诗出自真情实感；但在早期创作中，他往往有意隐藏或克制情感，其表现方式则是间接抒情。这种方式存在于中国古典诗歌，亦为西方现代诗歌所推崇，是诗歌创作的基本原则之一。若分而论之，中国古典诗歌是通过借景、借物、借事抒情，融情于景，情景交融；同时，通过意象串联、叠加形成的意境，获得"境生于象而超乎象"②的多重意蕴。西方现代诗歌则借助意象或"客观对应物"，虚拟某种"戏剧性处境"，并以"戏拟"③或穿插对话、典故、引文等方式，达到非个人化抒情效果。卞之琳所译 T. S. 艾略特《传统与个人才能》中，艾略特关于"诗不是放纵感情，而是逃避感情，不是表现个性，

---

① 卞之琳：《自序》，《雕虫纪历（1930—1958）》（增订版），香港三联书店1982年版，第1、3页。
② 袁行霈：《中国古代诗歌的意境》，载《中国诗歌艺术研究》，北京大学出版社1987年版，第56页。
③ 戏拟，parody，又译戏仿、滑稽模仿。关于它的含义、特征和效果，存在诸多争议。法国批评家蒂费纳·萨莫瓦约视其为互文性的一种特殊形态，认为"戏仿是对原文进行转换，要么以漫画的形式反映原文，要么挪用原文。无论对原文是转换还是扭曲，它都表现出和原有文学之间的直接关系。……与通常采用的意义有所不同的是，话语理论认为戏仿的特点有其特殊性，它并不就是低人一等的手法，而是依赖与独立的混合，如此一来，戏仿便成为矛盾的概念"。见《互文性研究》，载王先霈、王又平主编《文学理论批评术语汇释》，高等教育出版社2006年版，第296—297页。

而是逃避个性","艺术的感情是非个人的"表达,① 常被研究者引用来分析卞诗。不过,在卞之琳上述自述中,中国传统诗论的意境说与西方现代诗歌的戏剧性处境,并不是对立("非此即彼")而是选择("或者")关系。换言之,我们既可理解为在不同的诗歌文本中,诗人时而以意象营造意境而取回归传统的姿态,时而借鉴西方现代诗歌手法建构戏剧性处境,当然也可理解为,意境说与戏剧性处境本就有相通相会之处,因而为深受传统浸染又接受异域诗歌洗礼的诗人兼容并蓄,融会贯通。② 李健吾曾对《鱼目集》不吝赞美,认为"从《尝试集》到现在,例如《鱼目集》,不过短短的年月,然而竟有一个绝然的距离"③。这种"绝然的距离"的产生,一方面当然是因为卞之琳既熟谙古典诗歌,又精研西方现代诗歌,受益于两者;另一方面也是因为,卞之琳习诗之初就注意寻找中西诗歌、古今诗歌的遇合点,并逐步使之圆融于个人创作,化古风洋风以为"和风"。也可以说,西方现代主义诗歌只有在与中国古典诗歌相遇合中,才能在诗人的写作中迸发出别样的火花。

然而,受益于中西、古今诗歌两面的诗人并不只有卞之琳,前辈诗人徐志摩、闻一多,与其同时代诗人冯至、穆旦等都是如此。因此,如果只是在具体文本中讨论"客观对应物"、戏剧性处境、抒情主体转换、时空交织等技法,或者以之说明卞诗何以是客观冷静、卓然独立的,还不足以说明诗人的艺术追求和诗学理念的特殊之处。卞之琳

---

① [英] T. S. 艾略特:《传统与个人才能》,载王恩衷编译《艾略特诗学文集》,卞之琳译,国际文化出版公司1989年版,第8页。
② 诗人、学者流沙河认为,西方象征主义诗歌的"对应说"和T. S. 艾略特的"客观对应物"理论,与中国古典诗论有相通之处:"艾略特的'客观对应物'理论可以说是亦旧亦新。说它旧,是因为在中国古代的象征原理中能找到它的胚胎,是因为在唐代李商隐和李贺的诗中,宋代周邦彦和姜夔的词中,能找到它的实践;说它新,是因为它开创了二十世纪的现代派诗风,是因为它对我国当代新诗的影响确实存在着,而且不时地引起争议。在这个问题上,我主张中西合璧,谐调古风洋风,化为和风。"参见《客观对应物象》,《星星》诗刊1984年第11期。
③ 李健吾:《〈鱼目集〉——卞之琳先生作》,载《咀华集·咀华二集》,复旦大学出版社2005年版,第62页。

谈到西方现代主义文学时说,虽然很难给广义的"现代主义"文学下一个定义,但是,它"最初是对19世纪资产阶级正统文学规范、习尚、风格的反响,甚至于公然叫'拆台'(debunking)。这不仅牵涉到不同的表达方式,也牵涉到不同的感觉性(sensibility),有所谓'现代感觉性'(modern sensibility)"①。卞诗使用的各种各样似古似今、亦中亦西的技法手段,指向的是"现代感觉性",也为它所统摄、所圆融;也正是这种"现代感觉性",使他既与传统诗歌,也与其他新诗诗人拉开距离。李健吾很早就注意到卞诗于"繁复的现代"中所具有的"繁复的情思":

> 我们的生命已然跃进一个繁复的现代;我们需要一个繁复的情思同表现。真正的诗已然离开传统的酬唱,用它新的形式,去感觉体味糅合它所需要的和人生一致的真淳;或者悲壮,成为时代的讴歌;或者深邃,成为灵魂的震颤。在它所有的要求之中,对于少数诗人,如今它所最先满足的,不是前期浪子式的情感的挥霍,而是诗的本身,诗的灵魂的充实,或者诗的内在的真实。②

他在评论"汉园三诗人"时又说,对于卞之琳和他的伴侣何其芳、李广田,"言语无所谓俗雅,文字无所谓新旧,凡一切经过他们的想象,弹起深湛的共鸣,引起他们灵魂颤动的,全是他们所伫候的谐和。他们要文字和言语糅成一片,扩展他们想象的园地,根据独有的特殊感受,解释各自现时的生命。他们追求文字本身的瑰丽,而又不是文字

---

① 卞之琳:《分与合之间:关于西方现代文学和"现代主义"文学》,载《卞之琳文集》中卷,安徽教育出版社2002年版,第466页。
② 李健吾:《〈鱼目集〉——卞之琳先生作》,载《咀华集·咀华二集》,复旦大学出版社2005年版,第62页。

本身所有的境界","决定诗之为诗,不仅仅是一个形式内容的问题,更是一个感觉和运用的方向的问题"。①"感觉和运用的方向"决定了卞之琳如何化古化洋,也决定了他这一阶段的诗歌极少写真人真事,而多采用虚拟场景。这与他"转向"之后的诗歌形成鲜明对照。

卞之琳所言"现代感觉性"至少有两个理论来源:一是T. S. 艾略特对诗人与传统、与历史的意识的认知;一是法国象征主义诗人波特莱尔对现代性的理解。艾略特在论及传统时认为,传统是具有广泛得多的意义的东西,包含着深刻的历史的意识,而历史的意识又含有一种领悟,即诗人"不但要理解过去的过去性,而且还要理解过去的现存性,历史的意识不但使人写作时有他自己那一时代的背景,而且还要感到从荷马以来欧洲整个的文学及其本国整个的文学有一个同时的存在,组成一个同时的局面。……就是这个意识使一个作家成为传统性的。同时也就是这个意识使一个作家最敏锐地意识到自己在时间中的地位,自己和当代的关系"②。诗人要用现代人的眼光观照传统,理解和阐释传统的现代意义,将它的永久性和现时性结合起来。诗人写作时要意识到自己在历史时间中的地位,意识到自己与传统和现代之间的关系,因此他的写作不再是纯粹的个人行为。艾略特同时指出,从诗人与传统的关系看,任何诗人都不能脱离传统而单独具有他的意义。诗人隶属于诗歌的传统,他的作品存在于整个诗歌的有机链条之中;即使是其中最个人的部分,也包含前辈诗人的痕迹。当然,传统不是恒定不变的过去的秩序,而是处于不断生成、调整之中。如果把文学传统设定为现存的艺术经典所构成的秩序的话,那么,一旦出现了真正的新的艺术作品,就意味着产生了一个新的事件,传统的理想

---

① 李健吾:《〈鱼目集〉——卞之琳先生作》,载《咀华集·咀华二集》,复旦大学出版社2005年版,第64页。
② [英] T. S. 艾略特:《传统与个人才能》,载王恩衷编译《艾略特诗学文集》,卞之琳译,国际文化出版公司1989年版,第2页。

秩序就会发生变化。因而,诗人要做的不是极度个性化地背叛传统或试图消灭传统,而是要主动地适应传统,并促进传统的理想秩序的更新。卞之琳早期以意象或"客观对应物"来间接抒情,追求非个人化、典型化的艺术效果,以及从传统中寻找适应现代经验的抒情方式,都是受到艾略特的启发。除了艾略特,卞之琳自述"我前期最早阶段写北平街头灰色景物,显然指得出波特莱尔写巴黎街头穷人、老人以至盲人的启发"[①]。他虽未提及波德莱尔有关现代性的美学观念是否影响了他,但波德莱尔将现代性定位在现时性与永恒性的结合上,与艾略特要求诗人重塑历史的意识,并认为"这个历史意识是对于永久的意识,也是对于暂时的意识,也是对于永久和暂时的合起来的意识"[②],有异曲同工之妙。波德莱尔评价同时代画家 G(Constantin Guys,贡斯当丹·居伊)先生时说:

> 现代性就是过渡、短暂、偶然,就是艺术的一半,另一半是永恒和不变。每个古代画家都有一种现代性,古代留下来的大部分美丽的肖像都穿着当时的衣服。……这种过渡的、短暂的、其变化如此频繁的成分,你们没有权利蔑视和忽视。如果取消它,你们势必要跌进一种抽象的、不可确定的美的虚无之中……
>
> 为了使任何现代性都值得变成古典性,必须把人类生活无意间置于其中的神秘美提炼出来。[③]

[①] 卞之琳:《自序》,《雕虫纪历(1930—1958)》(增订版),香港三联书店1982年版,第20页。
[②] [英] T. S. 艾略特:《传统与个人才能》,载王恩衷编译《艾略特诗学文集》,卞之琳译,国际文化出版公司1989年版,第2页。
[③] [法] 波德莱尔:《现代生活的画家》,载《1846年的沙龙:波德莱尔美学论文选》,郭宏安译,广西师范大学出版社2002年版,第424、425页。

波德莱尔理解的现代性是"现时性"的另一种表述，具有"过渡、短暂、偶然"的特征。每个时代的艺术都有自己的"现时性"，因此也都具有"现代性"，只要具备上述特点。现代性与古典性并不是一个二元对立结构，也没有等级区分，任何一位艺术家都需要在现代性中提炼永恒和不变的"神秘美"；正是这种浑然一体、难以言传的"神秘美"，使艺术家既深深迷恋于现代性，又执着于从中超拔而去。也可以说，是现代性使艺术家在历史长河中被烙上鲜明的时间印痕，又由于包孕在现代性中的古典性——永恒和不变的"神秘美"——使不同时代杰出的艺术家遥相呼应，一脉相承。美国学者马泰·卡林内斯库认为，在《现代生活的画家》一文中，波德莱尔的观点是，"现代性最显著的特征是其趋于某种当下性的趋势，是其认同于一种感官现时（sensuous present）的企图，这种感官现时是在其转瞬即逝中得到把握的，由于其自发性，它同凝固于僵化传统中、意味着无生命静止的过去相反"。波德莱尔的现代性概念体现出一种"时间意识的悖论"，他用它来"意指处于'现时性'和纯粹即时性中的现时。因而，现代性可以被定义为一种悖论式的可能性，即通过处于最具体的当下和现时性中的历史性意识来走出历史之流"。[①] 无论艾略特阐述的对历史的意识的领悟，还是波德莱尔对现代性的界定，指向的都是诗人、艺术家对"感官现时"的认同。"感官现时"也就是现代人的"现代感觉性"，可视为现代性的另一种表述。我们以众说纷纭的卞之琳《距离的组织》（1935）为例，来分析其"现代感觉性"是如何体现出来的：

想独上高楼读一遍《罗马衰亡史》，
忽有罗马灭亡星出现在报上。
报纸落。地图开，因想起远人的嘱咐。

[①] ［美］马泰·卡林内斯库：《现代性的五副面孔》，顾爱彬、李瑞华译，商务印书馆2002年版，第55、56—57页。

> 寄来的风景也暮色苍茫了。
> （醒来天欲暮，无聊，一访友人吧。）
> 灰色的天。灰色的海。灰色的路。
> 哪儿了？我又不会向灯下验一把土。
> 忽听得一千重门外有自己的名字。
> 好累呵！我的盆舟没有人戏弄吗？
> 友人带来了雪意和五点钟。①

诗人自注的七条注释里，涉及这首诗的时空相对关系，实体与表象关系，戏拟手法，抒情主体转换，（间接）引文，用典，存在与觉识关系等。它几乎涵盖了卞诗早期所使用的抒情方法和结构方式，从不同角度看，比如，以意象或"客观对应物"抒情（"独上高楼"、"罗马灭亡星"、报纸、地图、"寄来的风景"、"暮色苍茫"、"灰色的天。灰色的海。灰色的路"、验土、盆舟、"雪意和五点钟"等）②，意境的营造（"寄来的风景也暮色苍茫了""醒来天欲暮""灰色的天。灰色的海。灰色的路""友人带来了雪意和五点钟"），"戏剧性处境"的建构（抒情主体的转换、戏剧性独白），戏拟（"醒来天欲暮，无聊，一访友人吧"既是对旧戏独白的戏拟，其中的"醒来天欲暮"也是对"晚来天欲雪"的戏拟），随机的插入，即"醒来天欲暮，无聊，一访友人吧"③等。正因如此，历来研究者对这首诗有着不同的阐释和评价。朱自清

---

① 作者有七条注释对诗句予以说明，此处略。
② 意象在中国古典诗论中主要指客观物象，也指人世间的悲欢离合，即事象。西方现代诗论中的意象，除物象和事象外，还包括场景、对话、引文、用典等。
③ 这首诗括号中的语句属于西方现代主义诗歌中的插入语，用以阻断诗歌正常的抒情线路，形成复义，同时构成"戏剧性处境"；插入语可为独白，也可为对话。诗人自释这一行是来访友人的内心独白。如果不借助注释，确实容易让读者误以为是抒情者（说话人）的独白。但插入语属于西方现代主义诗歌常规的而非特殊手法，多见于 T.S. 艾略特等的诗中。关于插入语的效果，卞之琳在回忆闻一多时说，闻先生曾"就我一首松散的自由诗，不自觉的加了括弧里的一短行，为我指出好像晕色法的添一层意味的道理"。见《完成与开端：纪念诗人闻一多八十生辰》，《卞之琳文集》中卷，安徽教育出版社2002年版，第152页。

认为,"这篇诗是零乱的诗境,可又是一个复杂的有机体,将时间空间的远距离用联想组织在短短的午梦和小小的篇幅里。这是一种解放,一种自由,同时又是一种情思的操练,是艺术给我们的"①。李健吾用简洁有力的"神秘的交错!"评价它②。袁可嘉以此诗为例证,称赞卞之琳是"优秀的感觉诗人",认为他"对感情透过感觉而徐徐向广处深处伸展的有效运用,无论就其变化的众多或技巧的娴熟而言,都实在惊人"。③ 蓝棣之认为,从1935年开始卞诗的声音有了很大变化,此诗标志着他"用新的思维方式、感觉方式和灵感来写诗",诗的底蕴"是表现一个思想复杂但是诚实,感觉敏锐细腻,耽于白日梦的青年知识分子,在令人失望的时代里,为灰色氛围所困扰的窒闷与失落感。这首诗没有任何寓意,诗人只表达自己的感觉,但却相当真实地表现了大时代氛围与一部分知识分子的精神面貌"。④ 陆耀东则将它视为卞诗前期晦涩难懂的"最典型的例子"。⑤ 前已述及,这首诗所使用的抒情方法和结构方式在卞诗前期诗中都有明确体现,它之所以晦涩难懂,是因为它几乎是卞之琳唯一一首综合运用各种西方现代主义诗歌技法的诗,而"综合"正是广义的现代主义诗歌的基本艺术特征,其中包含诗人化用各自传统诗歌技法;当然也是因为,卞之琳试图捕捉并用语言符号定格变化莫测的现代生活中现代人的"现代感觉性"。因而,袁可嘉以"优秀的感觉诗人"来赞誉,蓝棣之说该诗"没有任何寓意,诗人只表达自己的感觉",是相当准确的。李健吾惜字如金的"神秘的交错!"的印象式感悟,在批评方法上则是以阅读的感觉对应于诗人创作的感觉:诗中包含时空、抒情主体、实体与表象、微

---

① 朱自清:《解诗》,载《新诗杂话》,生活·读书·新知三联书店1984年版,第14页。
② 李健吾:《〈鱼目集〉——卞之琳先生作》,载《咀华集·咀华二集》,复旦大学出版社2005年版,第68页。
③ 袁可嘉:《诗与主题》,载《论新诗现代化》,生活·读书·新知三联书店1988年版,第72页。
④ 蓝棣之:《现代诗的情感与形式》,人民文学出版社2002年版,第89、90页。
⑤ 陆耀东:《中国新史诗(1916—1949)》第二卷,长江文艺出版社2009年版,第209页。

观与宏观、存在与觉识的多种交错，目的在于揭示波德莱尔所说的存在于世间万物的永恒不变的"神秘美"。但以"现代感觉性"去把捉"神秘美"，对诗人来说，只是一种悖论式的可能。这种情形有些类似马泰·卡林内斯库所言，诗人想"通过处于最具体的当下和现时性中的历史性意识来走出历史之流"①，其难度可想而知。这也可以解释为什么卞诗往往从即景开始，却一步步遁入梦幻的旋涡。《距离的组织》起首两行给人以天人之语的感觉，是因为它们写的是最具体的当下时刻，却又牵连出邈远的沧海桑田。T. S. 艾略特所言的历史的意识，即诗人需要同时领悟过去的过去性和过去的现存性，在卞诗中的《罗马衰亡史》和罗马灭亡星两个语义互涉的意象/"客观对应物"中，得到近乎完满的诠释。

卞之琳这一阶段的创作自然离不开其个人经历，也与他求学时对五四文学革命策源地的想望相关；但他的个人经历与时代生活之间存在某种隔阂，至少在文本中是有意地保持间距，而且明显缺乏对五四文学革命先驱重视和倡导的现实主义/写实主义的自觉响应。这也可以从一个事例中得到说明。新诗"新生代"诗人之一、后来命名了"七月诗派"的绿原自述，初中时在同学那里发现一本前辈诗人的诗集，像发现了一盘珍珠，虽然其题目偏偏叫"鱼目"。抗战爆发后，他在流亡中开始接触"蒺藜和陷阱"所构成的社会，觉得那本诗集"诗里的幽趣同严酷的现实怎么也协调不起来。我望着那本诗集发呆，就像故事里说的，沙漠上一名渴得要命的过客，狂喜地拾到了一个水袋，不料打开来，竟是一满袋子猫儿眼"。② 从把卞之琳奉为新诗的"楷模"③，到毅然决然地离开卞诗的"幽趣"，这种一百八十度的转向一

---

① ［美］马泰·卡林内斯库：《现代性的五副面孔》，顾爱彬、李瑞华译，商务印书馆2002年版，第56—57页。
② 绿原：《〈人之诗〉自序》，《当代》1982年第6期。
③ 绿原自述，五四以来的前辈诗人中，"真正被我一度奉为楷模的是《鱼目集》的作者卞之琳先生"。见《磨杵琐忆》，《诗探索》1999年第3期。

方面与绿原的成长，与他逐渐形成自己的诗学观念有关，但另一方面也是时代环境造就和强化的革命话语的威力所致：不合时宜的"幽趣"，与革命话语格格不入的诗和诗人，不仅开始在传播与接受中被离弃，诗人自己也同样面临新的抉择。

二 "协入一种必然的大节奏"：从虚拟到实写

卞之琳把第一阶段的创作界定在1930年到1937年春末，是因为此阶段的创作有着基本相同的艺术追求和诗学理念，即在化古化洋基础上，以意象或"客观对应物"间接抒情，营造意境或构建戏剧性处境，综合采用现代主义诗歌各种表现技法，在克制情感的同时兼用叙事性手法，以达到非个人化、典型化的艺术效果。诗中的"现代感觉性"来自创作主体，对应于现代人的生存状态，具有西方现代主义文学"向内转"的倾向。在此阶段，革命话语对卞诗的影响微乎其微，尽管他从未否认社会现实对文学的作用力，也承认"我自己写在三十年代的一些诗，也总不由自己，打上了三十年代的社会印记"①，但这只是就作家诗人不能脱离现实而存在的意义上说的。他回忆这一段写作经历时说道：

> 三十年代我国左翼文学形成了一股激流。西欧、英美文学同时也有为后人过分贬抑的所谓"粉红色十年"。虽然，由于主客观条件不同，二者之间有质的区别，发展也不同，后者昙华一现，前者到抗日战争已经形成了我国的文学主流，这也总表明了三十年代不分东西的时代潮流。我自己思想感情上成长较慢，最初读到二十年代西方"现代主义"文学，还好像一见如故，有所写作

---

① 卞之琳：《自序》，《雕虫纪历（1930—1958）》（增订版），香港三联书店1982年版，第3页。

不无共鸣,直到一九三七年抗战起来才在诗创作上结束了前一个时期。①

自觉接受马克思主义理论,强调作家必须改造世界观,坚持文艺阶级性、党性的左翼文学,在当时只是一股"激流"。"第三种人""自由人"的立场和观点虽然遭受左翼阵营的激烈批判,但主张文艺创作自由,认为文艺有超越阶级性、党性的存在价值的人,依然可以按照自己的方式进行艺术探索。直到抗战全面爆发,"民族革命战争的大众文学"取代"国防文学"成为主流,革命话语也才开始深入人心,并为不少不问政治或政治意识不敏感、沉溺在个人情感小天地的作家诗人所接受。卞之琳是其中之一。

只有把诗人的个人经历放在30年代的潮流中,以此理解其前期诗歌的艺术特征,才能去探讨其"转向"的所指,以及文学主流形成之后的革命话语对其诗歌创作的影响。从创作主体角度说,促成卞诗转向的最直接原因,是他个人生活经历的大转折。他说:

> 全面抗战起来,全国人心振奋。炮火翻动了整个天地,抖动了人群的组合,也在离散中打破了我私人的一时好梦。我和小说家芦焚从雁荡山奔回上海,随后自己又转经热闹一时的武汉,到了成都。在那里,在不到一年的时间里逐渐会见了经过一番离乱的旧识新交。大势所趋,由于爱国心、正义感的推动,我也想到延安去访问一次,特别是到敌后浴血奋战的部队去生活一番(这和当年敌军日益深入我国而我出于好奇心反过去转到人家的本土看看住住,自然完全不同了)。由于何其芳的积极活动、沙汀的积极联系,我随他们于一九三八年八月底到了延安。

---

① 卞之琳:《自序》,《雕虫纪历(1930—1958)》(增订版),香港三联书店1982年版,第3页。

一九三八年十一月，还在延安客居的时候，响应号召写"慰劳信"，我在又是相隔了一年半以后，用诗体写了两封。这就是我这个后期的开始，在一年后的十一月继续在峨嵋山完竟的又是一个短短的写诗时期的开始。①

《慰劳信集》是这一阶段卞诗的代表作。同一时期，他还创作有实录性文章《第七七二团在太行山一带》（初版题名《第七七二团在太行山一带一年半战斗小史》），与《慰劳信集》形成互文关系。卞之琳在国难当头之时选择奔赴被誉为"革命圣地"的延安，又主动选择跟随八路军的一个团在太行山生活了半年，在战争的最前沿接受炮火的洗礼。他怀着赤诚之心迫切地"想知道"一切，又希望那些和他一样的人能够"知道"他所知道的一切。如果说前后两阶段的诗歌有什么是始终不渝的，那就是真情实感，"没有真情实感，我始终是不会写诗的"②。只不过就总体而言，由原来的因"方向不明，小处敏感，大处茫然"③而拘泥于私人的情感天地，逐渐让渡给方向明确、动机明确的"大我"的情感世界；倘若前一阶段写诗"总像是身在幽谷，虽然是心在峰巅"④，这一阶段则可谓身、心俱在"峰巅"——时代风云变幻的中心点。中国新诗发展的一条主线，是诗人在"小我"与"大我"之间的情感转换。在主流文学及其革命话语的冲击下，诗人面临不同的抉择：要么坚执于"小我"而不动摇，要么以"大我"取消或覆盖"小我"，要么在"小我"与"大我"之间维持某种平衡或张力。

---

① 卞之琳：《自序》，《雕虫纪历（1930—1958）》（增订版），香港三联书店1982年版，第9、10页。
② 卞之琳：《自序》，《雕虫纪历（1930—1958）》（增订版），香港三联书店1982年版，第3页。
③ 卞之琳：《自序》，《雕虫纪历（1930—1958）》（增订版），香港三联书店1982年版，第4页。
④ 卞之琳：《自序》，《雕虫纪历（1930—1958）》（增订版），香港三联书店1982年版，第4页。

第二章 卞之琳:革命话语下的"另一个诗人"

卞之琳属于第三类诗人,他采取的方式无疑具有鲜明的个人色彩。

卞诗转向之后第一个也是最大的变化:不再沉溺于以诗传递复杂、晦涩的"现代感觉性",且黏附于私人感情(尽管被竭力隐藏),而是写真人真事,且与"邦家大事"相连,不再隐讳个人情感。与之相应,前期诗中常常出现的虚拟梦境、幻象,为真切的现实场景所取代。他曾明言前期诗作"更少写真人真事"①;即便是从眼前的具体物象或实景出发,目的也是为了营造虚实相间、亦真亦幻的艺术情境,具有梦幻般的朦胧色彩,如《影子》《寄流水》《古城的心》《圆宝盒》《断章》《寂寞》《音尘》《归》《距离的组织》等。可作例外的,是卞之琳在《尺八》(1935年6月)之前创作的同一题材诗《在异国的警署》(1935年4月)。他对这两首诗的一存一删,颇耐人寻味;这种抉择同时也让我们看到前后两阶段的卞之琳,对何为好诗的判断的微妙变化。《尺八》一诗好评如潮,为人熟知;《在异国的警署》则谈论者较少:

一对对神经过敏的眼睛
像无数紧张的探海灯
照给我一身神秘的鳞光,
我知今是一个出海的妖精。

重叠的近视眼镜藏了不测的奥妙?
一枚怪贝壳是兴风作浪的法宝?
手册里的洋书名是信息的暗码?
亲友的通讯录是徒党的名单?……

我倒想当一名港口的检查员

---

① 卞之琳:《自序》,《雕虫纪历(1930—1958)》(增订版),香港三联书店1982年版,第4页。

专翻异邦旅客的行李、

看多少不相识手底下传递的细软、

不相识知好的信札、像片,

驰骋我海阔天空的遐思。

但凝此刻我居然是什么大妖孽

其力量足与富士比——

一转身震动全岛?

敌对、威吓、惊讶、哄骗的潮浪

在我的周围起伏、环绕

可怜可笑我本是倦途的驯羊。

4月3日

卞之琳曾提及《尺八》明白地表达了"对祖国式微的哀愁"①,《在异国的警署》则毫不掩饰对日本警察无端搜查、传唤、审讯的愤怒。但卞之琳认为:"这首诗我自己从艺术性考虑,认为写得太差,不耐读,不想留存。"② 这是从什么样的"艺术性"考虑而肯定前者、否定后者呢?《尺八》采用的是诗人惯常使用的以"客观对应物"抒情,兼用插入语(独白)来丰富其层次;它同时具有卞诗前期虚实相间、时空转换而带来的"神秘的交错",体现出现代诗人的"现代感觉性"③。《在异国的

---

① 卞之琳:《自序》,《雕虫纪历(1930—1958)》(增订版),香港三联书店1982年版,第6页。
② 卞之琳:《难忘的尘缘——序秋吉久纪夫编译日本版〈卞之琳诗集〉》,《新文学史料》1991年第4期。
③ 日本学者秋吉久纪夫认为,《尺八》是"1935年前后中国现代诗的一个成果,显然受到他所翻译的艾略特的诗歌理论的启迪",并援引艾略特在《传统与个人才能》中对"历史的意识"的论述。见秋吉久纪夫《卞之琳〈尺八〉一诗的内蕴》,何少贤译,《新文学史料》1993年第4期。

警署》则过于写实，接近于对个人经历的实录；虽则结句的意象"倦途的驯羊"颇有现代诗歌的反讽意味，但全诗缺少卞诗的独特韵味。

乍看之下，这一阶段的卞之琳走向了另一条大多数诗人已经或正在走的诗歌之路："与前期相反，现在是基本上在邦家大事的热潮里面对广大人民而写（和解放后偶尔有所写作一样），基本上都用格律体（也和以后一样）写真人真事（和以后又不大相同）。"① 当然，《在异国的警署》写的是自己的真实经历，缺乏艺术创造所需的审美间距，很难避免被个人无法控制的愤怒所裹挟。诗中一连串的疑问其实是反问，也是讥嘲，情感指向单一而明确；它是有"寓意"，也是有态度、立场的诗。《慰劳信集》所写真人真事属于他者，那些诗人认为值得书写的人与事，因此与审美对象保持着间距。诗人也可以像前期一样隐藏个人情感，但它只是融入他人情感之中：个人情感汇入诗人所赞许的集体情感之中。这是卞诗的第一个比较大的变化。比如诗集中最早完成的《给前方的神枪手》（1938）：

> 在你放射出一颗子弹以后，
> 你看得见的，如果你回过头来，
> 胡子动起来，老人们笑了，
> 酒涡深起来，孩子们笑了，
> 牙齿亮起来，妇女们笑了。
>
> 在你放射出一颗子弹以前，
> 你知道的，用不着回过头来，
> 老人们在看着你枪上的准星，
> 孩子们在看着你枪上的准星，

---

① 卞之琳：《自序》，《雕虫纪历（1930—1958）》（增订版），香港三联书店1982年版，第10页。

妇女们在看着你枪上的准星。

每一颗子弹都不会白走一遭，
后方的男男女女都信任你。
趁一排子弹要上路的时候，
请代替痴心的老老小小
多捏一下那几个滑亮的小东西。

这首诗写神枪手射击之后的场景，整体上也可视为前期诗歌所惯于营造的戏剧性处境的一种方式。神枪手是来自现实生活的真实人物，但老人们—胡子、孩子们—酒涡、妇女们—牙齿只是借代某类人，并不具备个性或细节特征。诗人的情感依附在"痴心的老老小小"的情感上，以对他人神态、目光的描写表达他与"后方的男男女女"一样，给予神枪手"信任"。当诗人偏离他习惯的抒情方式，直抒胸臆，就难掩诗的寡淡与苍白。如《给空军战士》（1939）："要保卫蓝天，/要保卫白云，/不让打污印，/靠你们雷电。//与大地相连，/自由的鹫鹰，/要山河干净，/你们有敏眼。//也轻于鸿毛，/也重于泰山，/责任内逍遥，//劳苦的人仙！/五分钟死生，/千万颗忧心。"这首诗几乎每一行都有意象/物象，其显赫的象征义（包括"鹫鹰"的象征义）使之在传播接受中不会产生任何歧义，确保了抒情效果的实现。尽管"人仙"一词别出心裁，且贴合飞行员在蓝天白云间翱翔、既平凡又非凡的形象；尽管收尾两句有抒情视角的变换（一从飞行员，一从民众），但诗里极具辨识度的个人声音不复存在，它已融入千万人的心声之中。

这一阶段卞之琳的第二个变化是，诗不再以细腻、敏锐的感觉见长，而是以对细节的精准捕捉来辉耀全景，含蕴无限于有限之中。诗人谈到《慰劳信集》时说："文学创作本来总是以偏概全亦即以特殊表现一般的，这里的覆盖面也可说不小，遍及前后方（包括当时所谓的'西南大后方')。写人及其事,率多从侧面发挥其一点,不及其余(面),也许正可以辉耀其余,也可能不涉其余而只是这一点本身在有限中蕴含无限的意义,引发绵延不绝的感情,鼓舞人心。"① 前已述及的《给前方的神枪手》中对各类人物的摹写并不具备文学性细节的特征,与其说是实写,不如说是出自诗人的想象——符合其情感需要的想象,仍可视为虚拟手法。诗集中的《给一位政治部主任》《给委员长》《给〈论持久战〉的著者》《给一位集团军总司令》四首,所写皆为可"对号入座"的要人。有论者认为,"这四首诗都能在十四行有限的篇幅内,勾勒出诗中人物在抗战中所表现的特质"②。要凸显人物特质,使其形象跃然纸上,并获得熟悉他们的将士与民众的认同,只能从细节入手。如《给〈论持久战〉的著者》(1939):

手在你用处真是无限。
如何摆星罗棋布的战局?
如何犬牙交错了拉锯?
包围反包围如何打眼?

下围棋的能手笔下生花,
不,植根在每一个人心中
三阶段:后退,相持,反攻——
你是顺从了,主宰了辩证法。

如今手也到了新阶段,
拿起锄头来捣翻棘刺,

---

① 卞之琳:《重印弁言》,《十年诗草》(1930—1939)[增订本],《卞之琳文集》上卷,安徽教育出版社2002年版,第5页。
② 张曼仪:《卞之琳与奥登》,载《蓝星》诗刊(台北)第16号,1988年7月出版。

号召了,你自己也实行生产。

最难忘你那"打出去"的手势
常用以指挥感情的洪流
协入一种必然的大节奏。

这首诗聚焦于毛泽东的手:是对战局运筹帷幄的手,也是笔下生花的手,还是拿起锄头丰衣足食的手。他的形象定格在"打出去"的手势中,这一动作细节既充满豪情与气魄,又令读者感到熟悉和亲切。其他三首中,《给一位政治部主任》的细节是人物语言("起身号。那我要睡了"),《给委员长》的是容貌("霜容")和人物语言("以不变驭万变"),《给一位集团军总司令》的是意外事件("火柴的夜袭")和人物语言("有味道")。

卞之琳的第三个变化是,前期诗歌只是应和个人情感的悸动,是小众的,为少数人而写的,往往引发争议;这一阶段的诗则是明确为人民大众而写,要考虑受众的接受欲望、习惯和能力。曾给予前期卞诗以极高评价的李健吾,在肯定了李金发、戴望舒等的艺术探索后认为,"目前最有绚烂的前途的,却是几个纯粹自食其力的青年。来日如何演进,不可预测;离开大众渐远,或许将是一个不可避免的趋止。一个最大的原因,怕是诗的不能歌唱。然而取消歌唱,正是他们一个共同的努力。因为,他们寻找的是纯诗(Pure poetry),歌唱的是灵魂,不是人口"。卞之琳和何其芳、李广田"追求的是诗,'只是诗'的诗"。李健吾在此句后注释道:"当然,有一部分诗人特别置重内容,尤其是在国势危殆的今日。他们着眼主旨,一则要情感有所流泻,一则要内容有所宣传。"[1] 事过境迁,卞诗似乎也换了一番面目,像从前与他判然有别的

---

[1] 李健吾:《〈鱼目集〉——卞之琳先生作》,载《咀华集·咀华二集》,复旦大学出版社2005年版,第60—61、61页注①。

诗人那样,"特别置重内容","着眼主旨",而其理由也如出一辙。

　　这一阶段的卞诗是否脱胎换骨,走向一条其他年轻诗人与老诗人曾经走过的路,自可讨论;今日的文学史家、评论家,是否有意无意地以"纯诗"为标准而溢美前期卞诗,排斥这一阶段和中华人民共和国成立后的卞诗,将后两者视为"不纯的诗",亦可斟酌。不过,《慰劳信集》是"响应号召",是顺应政治形势要求而写,以达到"鼓舞人心"的效果,是毋庸置疑的。它是顺应大众的,也是面向大众呼声的写作。应该是从这一阶段开始,卞之琳开始偏离前期"纯诗"——只为诗而写的诗——的路径而朝向雅俗共赏的方向。其雅的一面,如张曼仪指出的,四首给抗战时期要人的"慰劳信",使用的是奥登式十四行体。① 诗人自述《给空军战士》套用的是瓦雷里一首变体短行十四行体诗。② 这些诗体不要说一般读者,即使是专事诗歌创作的同人也难以辨识。其俗的一面,一是语言的口语化倾向和喜剧性色彩,浅显易懂,诙谐动人。张曼仪认为:"《慰劳信集》用浅白的口语,气定神闲地摆事实,说道理,描述当前大事能语带幽默和机智,在风格上与奥登不无共同之处。"③ 与晦涩的 T. S. 艾略特相比,W. H. 奥登因其诗更好懂而赢得30年代中国许多年轻诗人的喜爱和模仿。英国学者、奥登文学遗产受托人爱德华·门德尔松说,奥登有时会自称喜剧诗人,其诗作"经由喜剧化方式揭示了深刻的真理,因为采用任何其他方式都有可能毁于浮夸。……因为深沉的情感总是夸张而极端的,而就效果而言,一首喜剧的诗要比一首故作正经的诗更具感染力"④。《慰劳信集》中的《给地方武装的新战士》《给一位政治部主任》《给放哨的儿童》《给一位刺车的姑娘》《给一位夺马的勇士》《给实行空室清野的农民》《给一位

---

① 张曼仪:《卞之琳与奥登》,载《蓝星》诗刊(台北)第16号,1988年7月出版。
② 卞之琳:《自序》,《雕虫纪历(1930—1958)》(增订版),香港三联书店1982年版,第21页。
③ 张曼仪:《卞之琳与奥登》,载《蓝星》诗刊(台北)第16号,1988年7月出版。
④ [英]爱德华·门德尔松:《奥登文学遗产受托人爱德华·门德尔松教授为〈奥登诗选:1927—1947〉所写的前言》,[英] W. H. 奥登:《奥登诗选:1927—1947》,马鸣谦、蔡海燕译,上海译文出版社2014年版,第4页。

集团军总司令》等，都因鲜明的喜剧性而感染力倍增。二是采用百姓喜闻乐见的民歌形式，如《给前方的神枪手》使用复沓、对仗等手法。比较有意思的是《给放哨的儿童》（1939），首节五行押韵上采取 aabbc 韵脚方式，次节两行押 c 韵：

> 交给了你们来放哨，
> 虽然是路口太重要，
> 打仗的在山外打仗，
> 屯粮的在山里屯粮，
> 算贴了一对活封条。
>
> 可是松了，
> 不妨学学百灵叫。

其后韵脚是 ccdde/e；以此循环，具有儿歌韵味，俏皮而流畅。中华人民共和国成立后，卞之琳在新民歌浪潮中探索新格律诗，在此时已见端倪。三是采用中国传统诗歌的呼告手法——即把不在眼前的人和事当作在眼前来倾诉和陈述——也拉近了与读者的距离。集中多数诗歌使用"你""你们"来抒情，即是为了增强呼告效果。如《给修筑公路和铁路的工人》（1939）：

> 过去就把它快一点送走，
> 未来好把它快一点迎来，
> 劳你们加速了新陈代谢，
> 要不然死亡：山是僵，水是呆。
>
> 你们辛苦了，血液才畅通，

新中国在那里跃跃欲动。

一千列火车，一万辆汽车

一齐望出你们的手指缝。

诗中的呼告手法与经过提炼的口语相得益彰，是集中最短的一首——诗本身即给人以"跃跃欲动"之感。

卞诗的第四个变化是宣传功能的强化。30年代左翼革命文学强调文艺的宣传功能，提出"一切文艺都是宣传"，甚至将文艺等同于革命的宣传品。鲁迅主张辩证地看待文艺与宣传的关系，"我是不相信文艺的旋乾转坤的力量的，但倘有人要在别方面应用他，我以为也可以。譬如'宣传'就是"。他并未否定文艺的宣传功能，"但我以为当先求内容的充实和技巧的上达，不必忙于挂招牌。……一说'技巧'，革命文学家是又要讨厌的。但我以为一切文艺固是宣传，而一切宣传却并非全是文艺，这正如一切花皆有色（我将白也算作色），而凡颜色未必都是花一样。革命之所以于口号，标语，布告，电报，教科书……之外，要用文艺者，就因为它是文艺"。① 鲁迅着眼的是文学，是从文学的特质去思考其宣传作用，而不是相反。前期卞诗远离政治风云，极少具有"革命文学"意义上的宣传色彩。《慰劳信集》则不同，是响应号召而作，目的是引发读者大众延绵不绝的情感，鼓舞人心；他选择真人真事也有宣传抗战的考虑。或许，用卞之琳自己所说的"我知道了"和"想让别人也知道"来说明他的写作动机和意图达到的效果，更为贴切。他在谈到同一时期的小书《第七七二团在太行山一带》时说：

写这篇文字，我有这一点动机：我知道了，至少自以为知道了，至少暂时自以为知道了，就想让别人也知道，至少让和我一

---

① 鲁迅：《文艺与革命》，载《鲁迅全集》第四卷，人民文学出版社1998年版，第83、83—84页。

样想知道的一些朋友也知道，虽然只这么一点点。知道了我当然希望会有点好处，或大或小，或远或近，或直接或间接，对于各方面，对于目前正在进行的抗战。我去年夏末离开成都，老远地出去走一年，主要的也就是为的想知道。①

他在该书重印时又说："这本小书出版到现在已经整整40年了。原先写它和发表它的意图无非是'宣传'抗战。而我认为宣传最好还是让事实说话，所以写出一本实录。"② 他不希望别人对他写这样的文字产生误解，自然也不希望别人对他现在的诗报以怪异眼光。"想知道"，并因此想让和他一样的人"知道"，是卞之琳这一阶段包括诗歌在内的创作的主要动机；而纪实或实录，以及在生活的真实中兼顾而不是只顾文学的真实，③ 成为其诗不同于以往的艺术特色。这一特色尤其体现在《慰劳信集》里不是书写个体形象而是雕塑群体面貌的诗章中。比如最后一首《给一切劳苦者》(1939)：

一草一石都有了新意味，
今天是繁夥与沉重的日子。
一只手至少有一个机会
推进一个刺人的小轮齿。

等前头出现了新的里程碑，

---

① 卞之琳：《第七七二团在太行山一带·初版前言》，载《卞之琳文集》上卷，安徽教育出版社2002年版，第397页。
② 卞之琳：《第七七二团在太行山一带·重印说明》，载《卞之琳文集》上卷，安徽教育出版社2002年版，第385页。
③ 卞之琳说，《第七七二团在太行山一带》"完全谈不上具备了新闻记者的眼光，军事的眼光，或政治的眼光，我又不大清楚历史的哪一部门是否有这样的写法。可是我在设法于叙述中使事实多少保留一点生气的时候，我并不曾利用小说家的自由，只顾文学的真实性"。见《第七七二团在太行山一带·初版前言》，载《卞之琳文集》上卷，安徽教育出版社2002年版，第397页。这一观点同样适用于写真人真事的《慰劳信集》。

世界就标出了另外一小时。

啊！只偶尔想起了几只手，
我就像拉起了一串长链，
一只牵一只，就没有尽头，
男女老少的，甚至背面
多汗毛的，拿着锄头、铁锹、
枪杆、针线……以至于无限。

无限的面孔，无限的花样！
破路与修路，拆桥与造桥……
不同的方向里同一个方向！
大砖头小砖头同样需要，
一块只是砖，拼起来才是房，
虽然只几块嵌屋名与房号。

不怕进几步也许要退几步，
四季旋转了岁月才运行。
身体或不能受繁叶荫护，
树身充实了你们的手心，
一切劳苦者。为你们的辛苦
我捧出意义连带着感情。

这首诗很好地体现了诗集"在有限中蕴含无限的意义，引发绵延不绝的感情，鼓舞人心"① 的创作动机，情感真挚、深沉、有力，绝无只

---

① 卞之琳：《重印弁言》，《十年诗草》（1930—1939）[增订本]，《卞之琳文集》上卷，安徽教育出版社 2002 年版，第 5 页。

盯着"生活的真实"以求得最大化宣传效果的诗的空洞乏味。某种意义上，这类诗的艺术水准并不逊色于其前期诗作，它们同样徜徉于有限与无限的辩证关系中；此有限与无限同样不只是指诗中有限的个体与无限的力量，也指涉时空，指涉人类前行的脚步。

有学者认为，"真正能够体现卞之琳的诗学主张，同时也真正能够体现卞之琳艺术成就的，是一些写物的诗。我们可以借用翻译者对里尔克的一类诗的翻译的名词，称为'物诗'"①。倘如此，可以借用绿原的诗集名，把卞之琳这一阶段的《慰劳信集》称为"人之诗"。尽管存在如许变化，卞诗依然保持着前期的抒情方式和风格，即"四借"（借景、借物、借人、借事抒情），只是借人、借事抒情的分量大大加重；尽管这些诗篇都属于"有我之诗"，偶尔也会因无法自已而情感外溢，但总体上仍不失克制、内敛的特征，尤其当抒情对象是抗战政要、公众人物之时。集中的诗确实极少出现抒情主体视角的转换，也没有严格意义上的戏剧性独白（插入语）、用典等，"末世之音"亦荡然无存，整体趋向平实、明朗、轻快，但仍然是有劲道的诗。这里值得一提的是，戏剧化处境的营造依然是卞之琳最喜爱也最擅长的创作手段。可以设想，当诗人遴选、确定要书写的对象后，将他/他们置于何种处境之中，赋予其何种独具个性、魅力的神态、动作、言辞、心理等，就上升为诗歌创作的核心任务；此时，戏剧化处境不只是单纯的场景的描摹，也将同时确定整首诗的结构框架。除前述例证外，《给一位用手指探电网的连长》（1939）是其典型代表：

    夜摸的时机熟透了，
    像苹果快要离枝——
    可动手不得，三尺外

---

① 陈太胜：《象征主义与中国现代诗学》，北京大学出版社2005年版，第156页。

就是意外的毛铁丝!

可是后面是全营
将一涌而至的人潮,
要停也无法挡住,
急杀了你这个前导:

……

你就无视了铁丝毛,
直指到死亡的面额。
勇气抹得煞死亡?
"没有电,我还觉得!"——

你又觉得了全生命、
信赖、责任、胜利……
此外,你还该觉得罢
我们都松了一口气?

全诗定格在连长用手指触探电网的一刹那,在戏剧性处境中营造出紧张的戏剧氛围,并预置悬念,背景、心理、动作、语言描写绵密交织,刻画出一位当机立断、有胆有识的英雄形象。因此,或许用"转向"一词来概括卞之琳第二阶段诗歌创作的变化,并不是十分妥帖:只有在确认了卞诗所拥有的基本的审美追求和艺术特征之后,"转向"说才能够成立;易言之,辨识和确认前者,比断言后者更为困难。但卞诗的变化是显而易见的,这一变化主要体现在抒情题材或对象上,以及与之相适应的语言表达方式上。但是,研究者可以理解卞诗这一阶段发生变化的主因,却很可能没有意识到,当我们这样来把一首诗分成"抒情题材/对象""语言表达方式",或类似的表述方式时,我们同样处于革命话语的笼罩之下:它已内置在我们的思维方式和语言方式之中,我们和诗人都不可能置身其外。

三　化洋与化古:革命话语掣肘下的新格律诗探索

从前期到第二阶段,从极少写真人真事到以真人真事为抒情题材/对象,从"物诗"到"人之诗",卞诗褪去小说化、戏拟而转向纪实风格,"非个人化"隐遁而转以"小我"传递"大我"的声音,西方式的"世纪末"情调为建设新世界的康健声音所取代。不过卞之琳认为,此时的自己"在倾向上比较能跳出小我,开拓视野,由内向到外向,由片面到全面,而在诗创作上为自己的写诗后期以至解放后写诗新时期,准备了新的开端",实际上得益于前期诗歌的小说化、"非个人化"。[①] 这种变化并不是诗人在持续写作中自我完成的,而是来自投身抗战洪流的切身体验,来自政治形势的要求和革命话语的呼唤,是奉命而写。当然,诗人可以选择不做违心之作。卞之琳对其后长达十一年诗歌创作空白期的解释,也印证了这一点。他之所以埋头于长篇小说,是因为受"皖南事变"影响而意气消沉,"当时思想上糊涂到以为当前大事是我实际上误解的统一战线的破裂,以后就是行动问题,干就是了,没有什么好谈,想不到这种想法正表明我当时还不能摆脱也不自觉的'调和论'的破产,反而进一步妄想写一部'大作',用形象表现,在文化上,精神上,竖贯古今,横贯东西,沟通了解,挽救'世道人心',妄以为我只有这样才会对人民和

[①] 卞之琳:《自序》,《雕虫纪历(1930—1958)》(增订版),香港三联书店1982年版,第9页。

国家有点用处"①。如何才能对人民和国家有点用处，是与卞之琳有大致相同背景、经历的知识分子共有的焦虑，并不是写作本身向创作者提出的，而是迅速发展的革命形势向尚处于摇摆立场的知识分子提出的、决定其人生道路的重大问题。

第三阶段即中华人民共和国成立后卞诗写作环境的一个显著变化，是知识分子接受思想改造，与工农兵打成一片，为人民大众写作，成为思想文化战线的主旋律；革命话语的内涵不再是摧毁旧世界、建立新世界，而是在新世界"昂扬气氛"② 中如何自我革命，在深入基层的劳动实践中虚心向工农兵学习，端正立场、态度。如果说，卞之琳当年奔赴延安、深入抗战前线体验生活，是在时代感召和个人向往之下的自由抉择，那么，这一阶段的卞之琳与其他作家诗人一样，要么在不适应中沉默、辍笔，要么以某种方式应和革命的主旋律要求。他回忆1978年之前的写作时说：

> 解放后这个新时期，我多次到社会实际生活中，以下乡参观、劳动或工作为多，时间有短有长，偶尔写起诗来，除了感性和理性认识开始有了质的不同，坚信要为社会主义服务，除了由自发而自觉地着重写劳动人民，尤其是工农兵，此外诗风上基本是前一个时期的延续，没有什么大变：同样基本上用格律体而不易为读众所注意，同样求精炼而没有能做到深入浅出，同样要面对当前重大事态而又不一定写真人真事而已。③

---

① 卞之琳：《自序》，《雕虫纪历（1930—1958）》（增订版），香港三联书店1982年版，第11页。他在《完成与开端：纪念诗人闻一多八十生辰》中又说，"我从'皖南事变'以后开始意气消沉，教书以外，就悄悄埋头写诗到1943年中秋才完成草稿的一部长篇小说"。载《卞之琳文集》中卷，安徽教育出版社2002年版，第151页。

② 卞之琳自注，《谣言教训了"神经病"》一诗的主旨"在于反映当时普遍的昂扬气氛"。见《半世纪诗钞（1951—1996）》，载《卞之琳文集》上卷，安徽教育出版社2002年版，第142页题注。

③ 卞之琳：《自序》，《雕虫纪历（1930—1958）》（增订版），香港三联书店1982年版，第11页。

他坦承对诗歌创作的感性和理性认识有了"质的不同","坚信要为社会主义服务","由自发而自觉地着重写劳动人民,尤其是工农兵";创作的自由当然存在,但至少在抒情题材/对象上,可供诗人转圜的余地越来越小,随之而来的是艺术探索的天地也越来越窄,或者说,被逐渐锁定在革命现实主义的单轨上。始于早期的"四借"抒情方式依然存在,只不过在借人、借事上,前期的不写真人真事,转为第二阶段的写真人真事,再变为此时的"又不一定写真人真事",似乎是一个轮回。但是,前期的不写是因为涉及隐私,避免读者把诗中所写直接当作诗人本人的真实经历,如《无题》一类;第二阶段的写,表明诗人完全相信自己所写的能给读者以强烈的真实感,并热情期待和欢迎读者"对号入座";此一阶段的"又不一定写",则映射出诗人极其微妙的心理矛盾:一面要关注、反映火热的现实生活("当前重大事态"),另一面又怕引起读者对诗中人与事的真实性的苛求、质疑,引发误解而惹来麻烦。类似《金丽娟三献宝》(1951)这样"指名道姓"的诗,很容易让人产生确有其人其事的感觉,但诗人特意用题注说明:"这里写的并非真人真事,当时却实有类似的情况。"[①] 同样的情形也出现在《谣言教训了"神经病"》(1951)中,诗人的题注说:"试用讽刺体起鼓动作用,算是学'单口相声'也罢,主旨显然不在于嘲笑个别糊涂虫听了谣言做糊涂事,而在于反映当时普遍的昂扬气氛。"[②] "试用""算是""显然"的言辞间,折射的是诗人谨小慎微、生怕犯错而好心做坏事的心理;增加看似不必要的题注的做法,实则是矛盾心理中的一种无可奈何的写作策略。

这一阶段卞诗最令人关注也令人赞赏的是对新诗格律的探索。虽

[①] 卞之琳:《金丽娟三献宝》,《半世纪诗钞(1951—1996)》,载《卞之琳文集》上卷,安徽教育出版社2002年版,第144页题注。

[②] 卞之琳:《谣言教训了"神经病"》,《半世纪诗钞(1951—1996)》,载《卞之琳文集》上卷,安徽教育出版社2002年版,第142页。

然这种探索贯穿其创作全过程,但无论从理论还是实践上说,这一阶段都是他用力最多,也最有心得的时期。同时,在诗艺的化古化洋的坚持中,在追求两者的有机融合、为我所用中,卞诗的变化体现在更偏重于化古;也可以说,化古为今的力道在某种程度上遮掩了化洋为中的试验,前者为"实",而后者为"虚"。卞之琳曾谈道:

> 我在前后期写诗,试用过多种西方诗体,例如《白螺壳》就套用了瓦雷里用过的一种韵脚排列上最较复杂的诗体,正如我也套用过他曾写过的一首变体短行十四行体诗来写了《给空军战士》。
>
> 实际上我全部直到后期和解放后新时期所写不多,存心用十四行体也颇有几首,只是没有标明是十四行体,而读者也似乎很少看得出。这可能说明了我在中文里没有达到这样诗体的效果,也可能说明了我还能用得不显眼。我较后的经验是在中文里写十四行体,用每行不超过四"顿"或更短的,可能用得自然,不然就不易成功。①

前期卞诗的情形则是相反的:"欧化""主要在外形上,影响容易看得出","古化""完全在内涵上,影响不易着痕迹"。② 这当然与诗人不同时期诗体探索的侧重点不同有关,但更重要的是在革命话语影响下所做出的某种倾斜;这种倾斜也体现在,早期深受西方现代主义诗歌影响的诗人,现在逐渐汇入革命现实主义文学的洪流。现实主义文学当然不能说是属于中国的,但它被认为是符合国情需要的、能够深刻反映中国现实的文学类型。毛泽东《在延安文艺座谈会上的讲话》

---

① 卞之琳:《自序》,《雕虫纪历(1930—1958)》(增订版),香港三联书店1982年版,第21页。

② 卞之琳:《自序》,《雕虫纪历(1930—1958)》(增订版),香港三联书店1982年版,第18—19页。

(1942)中提出批判地继承古今中外的丰富遗产和优良传统:

> 对于中国和外国过去时代所遗留下来的丰富的文学艺术遗产和优良的文学艺术传统,我们是要继承的,但是目的仍然是为了人民大众。对于过去时代的文艺形式,我们也并不拒绝利用,但这些旧形式到了我们手里,给了改造,加进了新内容,也就变成革命的为人民服务的东西了。

> 我们必须继承一切优秀的文学艺术遗产,批判地吸收其中一切有益的东西,作为我们从此时此地的人民生活中的文学艺术原料创造作品时候的借鉴。……文学艺术中对于古人和外国人的毫无批判的硬搬和模仿,乃是最没有出息的最害人的文学教条主义和艺术教条主义。中国的革命的文学家艺术家,有出息的文学家艺术家,必须到群众中去,必须长期地无条件地全心全意地到工农兵群众中去,到火热的斗争中去,到唯一的最广大最丰富的源泉中去,观察、体验、研究、分析一切人,一切阶级,一切群众,一切生动的生活形式和斗争形式,一切文学和艺术的原始材料,然后才有可能进入创作过程。[①]

批判地继承,目的是"为了人民大众",为了"从此时此地的人民生活中的文学艺术原料"创造作品时作为镜鉴。因此,卞诗的倾斜还有对受众的考量。在普及与提高的辩证关系中,革命话语认为普及是第一位的,"提高是应该强调的,但是片面地孤立地强调提高,强调到不适当的程度,那就错了。……我们的文艺,既然基本上是为工农兵,那末所谓普及,也就是向工农兵普及,所谓提高,也就是从工

[①] 毛泽东:《在延安文艺座谈会上的讲话》,载《毛泽东选集》第三卷,人民出版社1991年第2版,第855、860—861页。

农兵提高"①。化欧既然不易被大众察觉,那么向化古为今倾斜就很自然,尤其是化用民间歌谣,在语言上适当吸收江南的方言俚语,更符合文艺为人民大众服务的需要,也更贴近革命现实主义文学的要求。

卞诗对新诗格律的探讨和实践,这一阶段主要围绕"音组"或"顿"这一格律的核心,辅之以灵活多变的押韵、跨行等技艺,形成诗歌语言外在与内在节奏的融合,并划分出哼唱型(吟调)和说话型(诵调)两种主要节奏。他对新诗格律的认识是建立在对汉语基本规律的认识之上的,"中国字是单音字,中国语言却不是单音语言"②,故此,是音组或顿而不是脚韵、平仄等,成为新诗格律的中心;按照旧体诗计算字数而做成的"方块诗"或"豆腐干块诗",即便有脚韵,也不被他认同。他说:

> 我们说诗要写得大体整齐(包括匀称),也就可以说一首诗念起来能显出内在的像音乐一样的节拍和节奏。我们用汉语说话,最多场合是说出二三个单音字作一"顿"也,少则可以到一个字(一字"顿"也可以归附到上边或下边两个二字"顿"当中的一个而合成一个三字"顿"),多则可以到四个字(四字"顿"就必然有一个"的""了""吗"之类的收尾"虚字",不然就自然会分成二二或一三或三一两个"顿")。这是汉语的基本内在规律,客观规律。一句话,可以因人而异,因时而异,说得慢说得快,拉长缩短,那是主观运用,甚至一篇社论的几句话也可以通过音乐家之手,谱成一首歌,那是外在加工。所以用汉语白话写诗,基本格律因素,像我国旧体诗或民歌一样,和多数外国语格律诗类似,

---

① 毛泽东:《在延安文艺座谈会上的讲话》,载《毛泽东选集》第三卷,人民出版社1991年第2版,第859页。
② 卞之琳:《哼唱型节奏(吟调)和说话型节奏(诵调)》,载《卞之琳文集》中卷,安徽教育出版社2002年版,第424页。

主要不在于脚韵的安排而在于这个"顿"或称"音组"的处理。

由一个到几个"顿"或"音组"可以成为一个诗"行"（也像英语格律诗一样，一行超过五个"顿"——相当于五个英语"音步"，一般也就嫌冗长）；由几行划一或对称安排，加上或不加上脚韵安排，就可以成为一个诗"节"；一个诗节也可以独立成为一首诗，几个或许多个诗节划一或对称安排，就可以成为一首短诗或一部长诗。这很简单，可以自由变化，形成多种体式。①

从汉语的客观规律、内在规律出发，将新诗格律定位在音组或顿，来自卞之琳对白话新诗格律上已有各家各说的梳理和考察。1979年，他在纪念闻一多的文章中指出，闻一多的新诗格律理论尽管有偏激甚至偏差，但抓住了关键问题，即"音尺"（metric foot，一译"音步"），也就是"音组"或"顿"。"由说话（或念白）的基本规律而来的新诗格律的基本单位'音尺'或'音组'或'顿'之间相互配置关系上，闻先生实验和提出过的每行用一定数目的'二字尺'（即二字'顿'）'三字尺'（即三字'顿'）如何适当安排的问题，我认为直到现在还是最先进的考虑。"② 1980年，他在访美的英文讲稿中也有新诗格律的专论，认为"音组或顿的适当运用，而不是押韵，在建立新格律体上占关键性的位置，因为，有如韵式一样，音组也可以容许各式各样的组合和变化"③。1982年，在为《徐志摩选集》所做序言中，卞之琳指出，朱湘对徐志摩诗艺有过精辟见解，但对徐诗在声律上的指摘不得要领。朱湘"忽略了白话与文言基本区别所在，他以为白话

---

① 卞之琳：《自序》，《雕虫纪历（1930—1958）》（增订版），香港三联书店1982年版，第13、14页。着重号原有。
② 卞之琳：《完成与开端：纪念诗人闻一多八十生辰》，载《卞之琳文集》中卷，安徽教育出版社2002年版，第158—159页。
③ 卞之琳：《今日新诗面临的艺术问题》，《诗探索》1981年第3辑。

也和文言一样，基本单位是单音字，没有注意到现代汉语的说话规律是自然停逗，两三个音节一顿最多，一音节一顿或者连收尾一音节语助词在内的四音节一顿也有，符合我们的单、复音节词或基本词组……我们的汉语从书写上看是单音字，但也和任何语种一样决不是单音语言（所以现在的汉语拼音就显示了这点真实性）"。在卞之琳看来，徐志摩后期思想感情日益消沉，写诗技巧日益圆熟，"但是他的音律实践既始终不注意严格以'音组'或'顿'来衡量，他的韵律（押韵方式）也还是不大讲究"。① 1989 年，卞之琳在纪念梁宗岱的文章中指出，梁宗岱在译莎士比亚十四行体诗时主张节拍整齐，字数也划一，是走过了头，"我认为主要以现代汉语最普通的二、三单字（即单音节）成组为顿为拍而说出，新格律诗中每行求长短齐一的场合，字数也就自然大致平衡，而不需各行字数一刀切齐。否则（不幸如他所译的一些实例所证明）字数划一了，更基本的节拍反而不整齐了"②。我们分别举卞之琳这一阶段一首字数整齐的"方块诗"和一首字数参差不齐的诗，来看看他的实践。先看《采菱》（1953）：

莲塘｜团团｜菱塘圆，
采莲｜过后｜采菱天，
红盆｜朝着｜绿云飘，
绿叶｜翻开｜红菱跳。

"采菱｜勿过｜九月九，"
十只｜木盆｜廿只手，
看谁｜采菱｜先采齐，
绿杨村里｜夺红旗。

---

① 卞之琳：《〈徐志摩选集〉序》，《新文学史料》1982 年第 4 期。
② 卞之琳：《人事固多乖：纪念梁宗岱》，《新文学史料》1990 年第 1 期。

革命话语与中国新诗

这首诗颇有古风古意，起句也运用了古诗的即景起兴。每行七字，整齐划一，形似古体七言诗，也形似当时常见的"方块诗"或"豆腐干块诗"。不过后者的问题不是诗句的匀称整齐，而是强求每行字数一样而忽略音组或顿。卞诗首节均为三个音组，也都采用的是二、二、三的节奏，有脚韵（两行一韵）。第二节前三行完全相同，最后一行则变为两个音组，节奏换为四、三，整齐之中寓变化，避免了音组、节奏完全一致导致的呆板。全诗均用三字顿收尾，按卞之琳的看法，"一首诗以两字顿收尾占统治地位或者占优势地位的，调子就倾向于说话式（相对于旧说'诵调'），说下去；一首诗以三字顿收尾占统治地位或者占优势地位的，调子就倾向于歌唱式（相对于旧说'吟调'），'溜下去'或者'哼下去'"①。《采菱》属于"歌唱式"，不仅意境上古韵十足，而且生动再现了江南百姓边劳作边吟唱的场景，令人联想到"诗三百"中风诗的诸多诗篇；不仅从抒情题材/对象上，也从格律形式和情调上，继承了风诗以降的民歌传统。与此同时，卞之琳也提出，"在新体白话诗里，一行如全用两个以上的三字'顿'，节奏就急促；一行如全用二字'顿'，节奏就徐缓；一行如用三、二字'顿'相间，节奏就从容"②。《采菱》以二、二、三字顿为主体，节奏舒缓、悠扬。最后一行转为四、三字顿，节奏遽然加快，传达的是自豪、喜悦的情感。再看另一首《纽海文游私第荒园》（1982）：

　　凭借了｜红叶的｜掩映，
　　小山包｜圆鼓鼓｜笑迎；
　　红蓼｜随金风｜萧疏，

---

①　卞之琳：《哼唱型节奏（吟调）和说话型节奏（诵调）》，载《卞之琳文集》中卷，安徽教育出版社2002年版，第429页。
②　卞之琳：《自序》，《雕虫纪历（1930—1958）》（增订版），香港三联书店1982年版，第16页。

· 94 ·

第二章 卞之琳:革命话语下的"另一个诗人"

甘泉｜待新承｜玉露……
该就是｜故园的｜梦境,
远隔了｜分外｜相近?
旧时｜亲切的｜风物,
距离｜加深了｜眷顾。

这首诗以七字句为主,兼用三个八字句,诗行相对匀称整齐。全诗八行,一二行为三、三、二字顿,三四行则变为二、三、二字顿。五六行如果按照齐整的基本规律(一二行、三四行与七八行,每两行的字数与顿完全一样),按照每两行表达一个完整的语义(从标点符号即可见出),应为三、二、二字顿(即第六行),但第五行"该就是｜故园的｜梦境"却是三、三、二字顿。诗人完全可以删去其中的"的"字而不会对语义表达有任何影响,因此这只能看作有意为之,以打破过于齐整的节奏。最后两行恢复到三四行的二、三、二字顿。"红蓼随金风萧疏,/甘泉待新承玉露"两句用典很自然,吻合"荒园"予人的氛围和感慨[1]。而"梦境""旧时""风物""距离"等词语,令人联想到前期卞诗的情调。全诗两句一韵并交替用韵(一二与五六句韵同,三四与七八句韵同),都用二字顿收尾,属于"说话式"节奏。"疏"与"露"、"物"与"顾",韵脚上属于姑苏辙,均为入声,声出即收,给人以无语凝噎之感。

说到押韵,卞之琳认为,"脚韵与格律不可分,但与更属诗艺的双声叠韵一样,不是格律的中心环节"[2]。虽然押韵是中国诗歌传统方式,有"无韵不成诗"之说,但是,"今日写白话新诗不用脚韵是否

---

[1] 诗人在题注里说,这里是"一处华人私家大园,久荒别具野趣,无意中恰恰合故国风味"。见《纽海文游私第荒园》,载《卞之琳文集》上卷,安徽教育出版社2002年版,第168页注①。
[2] 卞之琳:《哼唱型节奏(吟调)和说话型节奏(诵调)》,载《卞之琳文集》中卷,安徽教育出版社2002年版,第425页。

行得通，其实关系不大：我国今日既习惯于有韵自由体，也习惯于无韵自由体，和外国一样。我国旧诗较多一韵到底，换韵也不稀罕，旧词小令里更为多见。民间大鼓词严格要求一韵到底；'信天游'就经常换韵。我们听觉习惯改变了，听一韵到底也会感到单调（现代英国诗里有时故意押近似韵或坏韵）"①。卞诗几乎看不到一韵到底的，常见的是每节换韵（如《金丽娟三献宝》《从冬天到春天》等）或一节之内换韵（采用 aabb、ccdd……的方式，如《采菱》《采桂花》等）。比较特别的是《谣言教训了"神经病"》（1951），两行一韵，类似"单口相声"，收尾两行"谁也不曾走回头路，／我们又跨前去一步！"在句式、语义和脚韵上又回到起首两行"我们跨前去一步，／造谣家说是走回头路"。更为复杂的是《布鲁明屯小机场待发》（1982），以下以 a、b 表示脚韵的更换：

坐飞机穿梭惯了，谁在乎（a）
无情的关山、无心的燕雁？（b）
十二座小客机就在眼前，（b）
送客的可以上舱口招呼。（a）
小机场并不是古书的插图，（a）
却一样亲切，就像个驿站。（b）

这里不需要重门、叠栅，（b）
自动梯、输送道，也不怨进步，（a）
人进出计算机——必由的道路（a）
明日和昨日却一线相牵。（b）
且小享旷远，看天上、人间，（b）

---

① 卞之琳：《自序》，《雕虫纪历（1930—1958）》（增订版），香港三联书店 1982 年版，第 14—15 页。

回头再穿织东、西——和今、古！（a）

全诗脚韵为：abbaab，baabba，次节脚韵为首节的反推，似乎在循环，又像是交织——正呼应了诗的在东、西和今、古间"穿织"的意涵。当然，正如诗人所言，这种借鉴西方诗歌押韵方式的写法，很难被一般读者看出。同时，两节诗的第一、二行都采用了跨行方式。

从中华人民共和国成立到1958年，尤其在1953年，卞诗在化古与化欧中偏向前者，语言上多吸收江浙地区的方言俚语，其诗风具有江南民歌调子。这可以看作在革命话语指导下的一种自我调整，也是对《在延安文艺座谈会上的讲话》中"大众化"指示的继续贯彻。中华人民共和国成立之初，在回顾知识分子写诗与民间文学的关系时，卞之琳说：

> 直到抗战起来，知识分子写诗的才从各方面汇集到一条革命性的统一战线上。可是还是直等到延安文艺座谈会以后，知识分子写诗的才大多数全心地去接受民间文学的影响，与未受西洋影响、纯从民间文学中成长的新诗歌工作者会合了。每一个写诗的人现在在普及基础上提高的原则下，都面对着一些问题，首先是：受过西洋资产阶级诗影响而在本国有写诗训练的是否要完全抛弃过去各阶段发展下来的技巧才去为工农兵服务，纯从民间文学中长成的是否完全不要学会一点过去知识分子诗不断发展下来的技术？[①]

会合了的两类诗歌写作者，在建设新中国的昂扬气氛中，都要更多、更好地向民间文学学习；知识分子诗人要更多地向新诗歌工作者学习

[①] 卞之琳：《开讲英国诗想到的一些体验》，《文艺报》1949年11月10日。

而不是相反,也是必然的。《在延安文艺座谈会上的讲话》已指明文艺"大众化"的方针和知识分子思想改造的必要性:"许多同志爱说'大众化',但是什么叫做大众化呢?就是我们的文艺工作者的思想感情和工农兵大众的思想感情打成一片。而要打成一片,就应当认真学习群众的语言。如果连群众的语言都有许多不懂,还讲什么文艺创造呢?""我们知识分子出身的文艺工作者,要使自己的作品为群众所欢迎,就得把自己的思想感情来一个变化,来一番改造。没有这个变化,没有这个改造,什么事情都是做不好的,都是格格不入的。"① 因此,卞诗中的化古(古为今用)的一面得到凸显,而化洋(洋为中用)的一面被遮蔽,不引人注意,也是诗人必然的选择。某种意义上,在抒情题材/对象亦即"内容"受到很大局限之时,将注意力转向格律亦即"形式"探索是最稳妥、最不受争议的。而当十年浩劫过去,卞之琳于80年代再度提笔写作时,虽然写的是一些记游诗,但能让人感受到放松与愉悦,感受到放松与愉悦的诗人的怀旧与遐思。除了前文已从格律角度分析过的《纽海文游私第荒园》《布鲁明屯小机场待发》之外,《波士顿水轩晚眺》(1982)也依稀仿佛让我们看见,曾经沧海、饱经风霜的老诗人的青春年少时的身影,在文字间的叠印:

    山掩水,水映山,秋色斑斓,
    山水消融,调匀了浓淡。
    夕阳好,有限;黄昏更好;
    好景还在前?——夜随灯到!

    客地的暝色、祖国的晨光,
    桑榆和东隅,在来和已往,

---

① 毛泽东:《在延安文艺座谈会上的讲话》,载《毛泽东选集》第三卷,人民出版社1991年第2版,第851—852页。

关系也正像红颜、白发,
都化泥也好——秋叶,春华!①

灵动的诗行,舒缓的节奏,节内的换韵,以及破折号、感叹号的运用等,映射的是一颗不老的、依旧在憧憬美好的心。中国古典诗歌的意象和意境历历在目、清晰可辨,西化的戏拟手法亦在眼前②,"非个人化"似乎不再是一条铁律。《香港小游长洲岛》(1989)则体现出诗人思接千载、心游万仞,借景抒情、情景交融的特征,化古远甚于化欧:

天涯、咫尺,翻尽了悲欢,
岛外岛好在有家常风貌。
孤庙独顾盼时空的转换,
双湾共排遣寂寞与尘嚣。
洲名送古梦回春日江南,
潮浪应秋深杨柳的萧骚。
岁暮空回首佳胜曾揽,
北窗风遥祝木棉花常好!③

当然,这并不是说革命话语此时已销声匿迹,但在新时期拨乱反正的新气象中,它不再像以往那样成为诗人写作的唯一或铁定的律令。在放松与愉悦中,似乎可以感觉到卞之琳"偏离"了他所嗜好的"非个人化"写作,诗中流露浓浓的个人真情。但这恐怕是出于对"非个人化"意指的狭隘理解。"非个人化"既是指诗人于诗中不是放纵而

---

① 原诗有三条注释,此处略。
② 卞之琳在首节第二行诗作注:"反'夕阳无限好,只是近黄昏'古意。"《波士顿水轩晚眺》,载《卞之琳文集》中卷,安徽教育出版社2002年版,第169页注①。
③ 原诗有四条注释,此处略。

是逃避感情（T. S. 艾略特意义上的），也有其他所指。有学者认为，艾略特之所以敬佩瓦雷里的诗歌，是因为后者能确保这样一种方式，即"并非我们的情感，而是我们将我们的情感发展成某种范式，才是价值的核心"。艾略特后期诗歌，倾向于规避和忽略人生感情，是为了让范式成为"价值的核心"。① 除去艾略特，卞之琳青年时期即熟悉和热爱的英国诗人奥登说："在诗歌中，就像在其他方面，有一条规律坚不可摧，即越是想要拯救自己的生命，越是会失去它；除非诗人彻底牺牲自己的情感，将它们献给诗歌，这些情感不再是他自己的，而属于诗歌，否则便会失败。"② 在这个意义上，"非个人化"与其说是"逃避"情感，不如说是"牺牲"情感，目的是全身心于诗本身，将个人情感发展成某种"范式"——"非个人化"不过是"个人化"的另一种表述。就中国新诗来说，不同时期的革命话语塑造、强化了若干诗歌"范式"，但并非基于诗本身的艺术考量。因此，在革命话语之外和之中，卞之琳诗歌在诗艺上形成的独具特色的"范式"，值得认真总结和反思。

---

① ［英］约翰·沃森：《T. S. 艾略特传》，魏晓旭译，江苏人民出版社 2017 年版，第 162 页。
② ［英］W. H. 奥登：《染匠之手》，胡桑译，梵予校，上海译文出版社 2018 年版，第 96 页。

第三章 冯至:革命话语与后晚期诗歌的精神重建

对冯至诗歌的研究,其情形与卞之琳研究大体相同,即着眼于诗人早期、中期创作,尤以《十四行集》为聚焦点,作上溯和衍生式的阐释与比较,对他中华人民共和国成立后的诗歌所言甚少,评价也很低;虽未以"另一个诗人"名之,庶几近之。如何其芳认为,冯至"解放后所写的诗,矫揉造作的毛病没有了,但多数都写得过于平淡,缺乏激情",除《韩波砍柴》《人皮鼓》,"从其他的作品就很难再见到作者早期的诗歌的特色了"。[①] 捷克汉学家高利克认为:"新中国成立之后,冯至写的诗没有逃出公式主义的藩篱和粉饰现实的窠臼。这是那个时代中国文学的通病。他不仅再也没有达到《十四行集》的水平,甚而至于离那水准越来越远。"[②] 美国学者朱利亚·C.林指出,冯至"最后的诗集《十年诗抄》收有他战后的作品(1947—1957)。这最后一卷诗纯粹写来'歌颂中国共产党,和在中国共产党领导下

---

① 何其芳:《诗歌欣赏》,载冯姚平编《冯至与他的世界》,河北教育出版社2001年版,第53页。

② [捷克] 马立安·高利克:《冯至的〈十四行集〉:与德国浪漫主义、里尔克和凡高的文学间关系》,载冯姚平编《冯至与他的世界》,伍晓明、张文定等译,河北教育出版社2001年版,第550页。

取得的成就……',人们不再听到十四行诗里那充满洞察与艺术感的声音"①。当然,也有部分研究者持论较为平和。如周良沛认为80年代冯至写得极少,水平也不尽一致,"但它是诗人创作里程重要的标志。也许体现着诗人创作的最终追求:幽深不晦,明道通幽径,幽径通明道,深入浅出"②。袁可嘉则高度评价《十年诗抄》(1959)和《立斜阳集》(1989),认为两者分别具有"歌谣体的现实主义诗风"和接近"新古典主义风格"。③

  不过总体上,对冯至早、中期和1949年之后诗歌的研究,存在比较严重的失衡状况。重要的也许不是研究者是否关注、如何评价其后期诗歌,而是很多人习惯性地把冯至归中华人民共和国成立后失去创作独立性,因而丧失创造活力、激情的作家诗人行列,缺少对群体现象中个体创作心理、写作方法和艺术精神的细微差异的辨析,也缺乏对诗人从接受到热情投入革命话语的动因、过程的讨论。很明显的问题是,冯至1949年之后的诗歌创作,是否也是他所信奉与践行的"死与变"的辩证关系的体现;他是否仍然以"否定"从前的"我"求得蜕变,因而是在探索新的诗歌的可能性。如果说"担当"是理解《十四行集》前后诗人的诗学观念和艺术经验的关键词,它还存在于1949年之后创作中吗?如果不存在,这一切是如何发生的?如果存在,又当如何理解呢?

  从1921年写出第一首诗《绿衣人》,到据手稿编入全集的最后一首诗《题〈乐园诗刊〉》(作于1992年),中间虽经两次长时间辍笔,冯至诗歌创作时间为三十六年,与其辍笔时间相当。他将写诗历程分

---

  ① [美]朱利亚·C.林:《冯至》,载冯姚平编《冯至与他的世界》,陆建德译,河北教育出版社2001年版,第514页。《十年诗抄》收录1949—1959年的诗作,而非作者所言"1947—1957"。《十年诗抄》之后,《立斜阳集》1989年由工人出版社出版,除收有散文22篇,还有诗歌五组共32首。1949年10月之后,另有未收入诗集、选集的诗作23首,其中新诗15首。参见《冯至全集》第二卷《集外》,河北教育出版社2001年版。

  ② 周良沛:《中国新诗库·冯至卷·卷首》,载冯姚平编《冯至与他的世界》,河北教育出版社2001年版,第133、136页。

  ③ 袁可嘉:《一部动人的四重奏——冯至诗风流变的轨迹》,《文学评论》1991年第4期。

为 20 年代、40 年代、50 年代三个阶段,以 1985 年以后为第四阶段。①冯姚平据此认为,"1985 年 3 月《新绝句十首》的发表开启了他诗歌创作的第四阶段——老年人的诗。……诗作的主题,或表达他对祖国的挚爱和忧患,或沉思自省,或针砭时弊,辛辣讽刺和无情鞭笞社会上的歪风邪气,显示了他作为诗人所怀的强烈责任感,袒露了他对祖国和人民的赤子之心,同时也表明,他的思想达到了一个新的高度,进入了一个如巴金所说——'说真话'的境界"②。袁可嘉将冯至四个阶段的创作风格概括为浪漫主义、现代主义、现实主义和新古典主义,但他对后两阶段创作的论述,其分量显然不能与前两阶段相比,有些简略。③ 这实际上体现出研究者的共性问题。我们将 1947—1959 年作为冯至创作的第三阶段,1985—1992 年为第四阶段。学界一般将其第一、二阶段称为早期、中期创作,我们这里把第三、四阶段分别称为中后期、晚期创作,亦将这两阶段合并简称为后晚期创作。

一 "决断":从沉思的诗到回应的诗

冯至后晚期诗歌创作的显著特征,是从沉思的诗到回应(歌唱)的诗。李广田、方敬皆用"沉思的诗"评价《十四行集》④,唐湜则用"沉思者"勾画诗人肖像⑤,袁可嘉认为《十四行集》"显然属于沉思

---

① 冯至:《立斜阳集·引言》,《冯至全集》第四卷,河北教育出版社 1999 年版,第 265 页。冯至曾说:"我想,假如 20 年代是青年人的诗,40 年代和 50 年代是壮年人、中年人的诗,那么 80 年代就是老年人的诗了。"参见冯姚平《编后记:冯至诗歌创作的历程》,载冯姚平编《悲欢的形体:冯至诗集》,新星出版社 2018 年版,第 245 页。

② 冯姚平:《编后记:冯至诗歌创作的历程》,载冯姚平编《悲欢的形体:冯至诗集》,新星出版社 2018 年版,第 247—248 页。

③ 袁可嘉:《一部动人的四重奏——冯至诗风流变的轨迹》,《文学评论》1991 年第 4 期。

④ 参见李广田《沉思的诗——论冯至的〈十四行集〉》,载《诗的艺术》,开明书店 1943 年版。另载冯姚平编《冯至与他的世界》,河北教育出版社 2001 年版。方敬《沉思的诗——评冯至的〈十四行集〉》,《抗战文艺研究》1986 年第 3 期。另载冯姚平编《冯至与他的世界》。

⑤ 参见唐湜《沉思者冯至——读冯至〈十四行集〉》,载《新意度集》,生活·读书·新知三联书店 1990 年版。

的一类，而非戏剧的"①。沉思是冯至早期诗作，更是他十四行体的艺术特征。1947年，特别是中华人民共和国成立后，沉思的诗演化为回应（歌唱）的诗：一方面是回应时代要求，放声歌唱，迅速地反映现实，鼓舞人心；另一方面也是回应他人对自己创作的不满意，但唯独无法再回应内心要求。或者说，在强劲的革命话语裹挟下，新时代对每一位知识分子诗人的革命要求，内化为诗人内心唯一的要求。唐湜曾说：

> 沉思者：
> 回到朴素，回到自然，
> 回到生命的最初的蜜。②

后晚期的冯至似乎已无法回到生命的最初。他坚定地取舍了自己的人生道路，无论在这条道路上是尝尽幸福的甜蜜，还是徒留难言的苦涩，都显示着求真、求信仰的诗人，在不断否定自我中，寻找精神重建的可能。

我们把1947年划为冯至诗歌创作第三阶段的起始，是因为这一年他发表了《那时……——一个中年人述说五四以后的那几年》③。这首诗在篇幅上不同于《十四行集》中形式规整的短抒情诗，长达76行；体式上也不是叙事诗，而如标题所示，是一首沉入回忆的抒情诗。如同浪漫主义诗人华兹华斯所说："诗是强烈情感的自然流露。它起源于在平静中回忆起来的情感。诗人沉思这种情感直到一种反应使平静

---

① 朱光潜、沈从文、冯至等：《今日文学的方向——"方向社"第一次座谈会记录》，天津《大公报·星期文艺》第107期，1948年11月14日第四版。
② 唐湜：《沉思者冯至——读冯至〈十四行集〉》，载《新意度集》，生活·读书·新知三联书店1990年版，第107页。
③ 冯至：《那时……——一个中年人述说五四以后的那几年》，《大公报·星期文艺》1947年5月1日，先后收入《冯至诗选》、《冯至选集》第一卷和《冯至全集》第二卷。

逐渐消逝,就有一种与诗人所沉思的情感相似的情感逐渐发生,确实存在于诗人心中。一篇成功的诗作一般都从这种情形开始,而且在相似情形下向前展开……"① 这首诗保有诗人十四行体的沉思品格,于其中使情感平静,又在涟漪般的扩展中激发出一种新的强烈情感:对过往的深切眷恋,对未来的深情眺望,"如今的平原和天空,/依然/照映着五月的阳光;/如今的平原和天空,/依然/等待着新的眺望"。如果把它与诗人前一年的随笔《论历史的教训》作互文阅读,就能清楚地看到,其抒情意向是读史以明志,鉴往而知来。战争即将结束,国家、民族何去何从,不能不为每一个深受战争戕害的人所沉思。诗人回忆道:

那时我们爱谈论

历史上

新发现的诗人;

那时我们相信

一个

俄国的革命者。

一切为了真理。

一切为了正义。

这种继承五四精神,无论经过"无数的歧途与分手",也无论"在前途/有无限的艰难",都必须义无反顾、勇往直前的信念,使诗人很容易接纳随着全新时代到来的革命话语。北平解放后,冯至所作第一首

---

① [英]华兹华斯:《〈抒情歌谣集〉一八〇〇年版序言》,曹葆华译,载伍蠡甫主编《西方文论选》下卷,上海译文出版社1979年新1版,第17页。

诗是《第一首歌（为北平解放后的第一个"五四"作）》①，依然是在回顾五四中看待今天的胜利，"三十年的青年的血/换来了灿烂的今天"，"三十年前的一粒光/如今照遍了山川"。在诗人的思想意识中，是五四不畏艰难险阻的革命、反叛精神换来了今日灿烂的果实，这也为诗人较为顺利地融入，继而满怀真诚地拥抱新中国、新时代打下基础。也正是在这首诗里，诗人"起始歌唱"。同时，它的民间歌谣风格也使之易于"歌唱"；而革命话语的印痕，也开始在"锁链""红颜"（"脖子上没有了锁链，/脸面上恢复了红颜"）的语词上浮现。

冯至中后期诗里，《韩波砍柴——记母子夜话》《人皮鼓》两首叙事诗是最受称道也最少争议的，被公认为保留并发扬了其早期叙事诗《吹箫人》《帷幔（乡间的故事）》《蚕马》艺术风格的佳作。不过，正如有学者指出的，它们都加入了新观念。这种新观念虽不能以"题材决定论"名之，但诗人的写作明显受到后者制衡，亦即它们在题材选择、主旨、情感指向上都是符合革命话语要求的：揭露万恶的旧社会对劳动人民的盘剥、压榨，控诉残虐的统治者视人命为草芥而终将被觉醒的人民推翻。冯至这一时期的抒情诗，"放声歌唱"成为基调，赞美新中国、新时代的新气象、新面貌，感谢、讴歌领袖、英雄、劳动模范、平凡而意气风发的建设者等，成为重复奏响的主旋律。王德威以冯至《我的感谢》（1952）和何其芳《回答》（1952—1954）为例，分析其中所表现出的两位诗人40年代后期以来的变化——或者缺乏变化。他认为，"冯至诗中实事求是的态度、理所当然的语调，让我突然理解在他'幽婉'的风格甚至人格下，其实潜藏着难测的韧性和我执"；"与其说冯至的政治狂热代表他和过去的精神追求一刀两断，还不如说是一种激进的总结"，以至于论者怀疑："果真如此，十年之内，冯至从一个存在主义诗人到社会主义号手的蜕变是如此干脆

---

① 冯至：《第一首歌（为北平解放后的第一个"五四"作）》，《北京大学五四纪念特刊》1949年5月3日，收入《冯至选集》第一卷、《冯至全集》第一卷。

彻底，就不免让人怀疑他是否对里尔克或歌德的理念——决断，选择，承担——真正理解？"①《我的感谢》最后三节写道：

你让我有了爱，
爱祖国的人民、祖国的山川，
爱祖国的今日和明天，
爱我们做不完的工作，
爱工作里的顺利和艰难。

我无论走到哪里，
都感到你博大的精神，
你比太阳的光照还要普遍，
因为太阳还有照不到的地方，
它每天还在西方下沉。

你却日日夜夜地照着我，
也照着祖国的每个人民。
你是党，你是毛主席，
你是我们再生的父母，
你是我们永久的恩人。

诗中的爱、工作，以及艰难、博大等语汇，还残存着三四十年代的诗人深受里尔克和存在主义哲学影响的痕迹，但其对象已从宇宙万象的唇齿相依、人在世间的存在价值，转到新中国，更确切地说，转到"你"——党与毛主席。沉思不再必要，隐喻被象征替换。直抒胸臆

---

① ［美］王德威：《史诗时代的抒情声音：二十世纪中期的中国知识分子与艺术家》，生活·读书·新知三联书店 2019 年版，第 196 页。

乃至面目苍白，固然是这一时期革命话语对新诗的束缚所致，但一定要与诗人已做出的"决断"，与他内心诉求相吻合。此"决断"、此诉求，很难以媚俗名之而否认其中的真诚。由此也不难理解诗人在《歌唱鞍钢》(1954)中插入的"英明的指示"：

> 为了一句名言，
> 我歌唱鞍钢。
> "我们必须学会
> 自己不懂的东西。"
> 这里处处体现
> 这个英明的指示。
> 为了一句名言，
> 我歌唱鞍钢。

同样在50年代，卞之琳以有意识地探索新民歌体，部分地规避革命话语的强大压力，试图尽可能保持自己习惯、擅长的诗思方式和诗艺技巧。冯至并无这样的自觉意识，尽管他的诗因主动吸收新民歌的抒情方式而变得直白、浅显，却很少考虑如何在新时代召唤下，形成个人的艺术技巧，以致他的诗显得散漫而随意。《决心信心和雄心》(1958)同样是纪念五四的，是诗人在编选《十年诗抄》时删去不满意的五首后增补的五首新作之一。如果将它与1947年的《那时……》作对比，其间的反差如此鲜明：

> 我们纪念"五四"，
> 要有这样的决心，
> 任何一个角落
> "五气"无法生存。

我们纪念"五四",
要有这样的信心,
红要红得透,
专要专得深。

我们纪念"五四",
要有这样的雄心,
在党的领导下
做顶天立地的人。

让北大一花一树,
都和过去不同,
为社会主义生长,
为社会主义繁荣。

让北大一楼一水,
都改变了面容,
为社会主义存在,
为社会主义流动。

让北大一言一笑,
都在助长东风——
加强东风的风势,
永远压倒西风。

决心信心和雄心,
是三股烈火熊熊,

革命话语与中国新诗

它们拧绕在一起，
让北大万紫千红。

在《那时……》中偶露端倪的、属于五四时期激进革命家所频繁使用的话语（"真理""正义"），在这里扩展为全新时代的全新革命话语；为北大学生会纪念五四墙报所作的诗，成为展示革命话语的宣传橱窗。复沓中变换的句式和变动的韵脚（前三节每节最后一句押韵；后四节换押统一韵脚，每一节内二、四句也押相同韵脚），从写作者来说是为了避免诗的呆板、僵硬，从接受者来说却更让人生出打油诗的感觉；但诗人的立场、态度是极其严肃、真诚的。

当然，这一阶段冯至的诗歌也有为人称道的佳作，如《一个罗马尼亚的老农夫》（1954）、《三门峡》（1955）、《半坡村》（1956）、《煤矿区》（1956）、《戈壁滩》（1956）、《杜甫》（1956）等。尤其是《西安赠徐迟》（1956）：

你来自西南，我来自西北，
明天我们又要各自西东；
飞机场上皎洁的明月
照耀我们偶然的相逢。

你说，西南有多少美妙的歌舞，
凉山在转变，忽然跨过两千年；
我说，西北的宝藏多么丰富，
矿石在山里，故事在人民的口边。

金沙江的水，大戈壁的砂，
都在我们的心里开了花。

这里我们也没有他乡的感觉，
我们到哪里，哪里是我们的家。

我们为了偶然的相逢欢喜，
却不惋惜明天的各自东西；
只觉得我们处处遇到的
是新的诗句，是美的传奇。

与其说这首诗某种程度上保有诗人早中期所谓"智性"的抒情方式，与同时代诗人，也与他自己同时期诗作拉开距离，让欣赏者有在"十年诗抄"中发现奇珍异宝的欣喜；还不如说，是它在轻快中传递的与老友"偶然的相逢"的欢喜，让经历过那个火热年代的人怦然心动，也使后来的读者备感亲切而产生共鸣。在那个激情四射、活力充沛的年月，无数人为了新中国建设事业离开故园，辗转各地，如诗人书写的地质勘探者，三门峡、刘家峡大坝的建设者，戈壁滩上的矿工等，"我们到哪里，哪里是我们的家"正是对他们四海为家的生活态度和方式的真实写照。而无论是过去还是现在，我们也常常因在机场、车站或一座陌生的城市邂逅朋友而有意外的惊喜。因此，这首诗超越具体时空，也超越历史语境而发散出独特辉光。相对整齐的诗行，一节一韵，自然的句读，也为这首诗增色不少。

冯至中后期诗歌的总体风貌，是在心悦诚服接受革命话语的前提下，吸收、借鉴新民歌的抒情方式，立足现实，讴歌新时代，赞美新人物和新事物，诗风转向以现实主义为主，亦有浪漫主义遗韵。袁可嘉以现实主义概括冯至第三阶段的诗，认为《十年诗抄》"歌颂祖国和人民，感情真挚，明快平实，是歌谣体的现实主义诗风"[①]。冯至40年代末到

[①] 袁可嘉：《一部动人的四重奏——冯至诗风流变的轨迹》，《文学评论》1991年第4期。

革命话语与中国新诗

50年代末的转向，有时代主潮的驱动力，也有他在抗战结束之际，认真思考未来道路所做的个人"决断"。这一"决断"与即将到来的新的革命话语，呈现榫卯对接的状态（这一点后文将展开讨论）。因此，很难说中华人民共和国成立后冯至的写作是"另起炉灶，重新从零开始"①，也无法用简单的"公式主义"或"粉饰现实"来予以否定。

1985年《新绝句十首》②的发表，标志着冯至长达二十六年诗歌写作间歇期的终止，以及晚期写作的开始。这些诗来自1983年诗人参加全国首届新诗评奖所阅读的十本诗集的召唤。组诗第一首《也算是一首序诗》亦可看作诗人晚期创作的"序诗"：

> 在这无眠的后半夜，
> 像走进一个生疏的世界，
> 寂静中是谁向我唱小诗？
> 我听着又讨厌，又亲切。

我们似乎又听见了诗中如涟漪般荡开的、熟悉而亲切的、属于冯至独特的低频声音；"后半夜""生疏的世界""寂静"等，既是饱蘸个人化生命体验的隐喻，也不妨说是读者皆可领悟的公共象征。设问句中的"谁"究竟是谁？可能是令诗人感到熟悉而陌生的自然万物，也可能是某种把捉不定的"虚无"，是里尔克式的难以捉摸的美。去声和入声字的韵脚（夜、界、切），透露出类似"近乡情更怯"的心理感受。组诗最后一首《答客问》，则体现出诗人晚期诗歌情感的多向度——相较于中后期诗的单向度抒情而言：

---

① 陆耀东认为，中华人民共和国成立后，冯至和其他诗人一样，面临艺术道路的抉择，"是从《十四行集》往前走？还是从《昨日之歌》《北游及其他》往前走？或是另起炉灶，重新从零开始？诗人选择的是最后一条路"。《冯至传》，北京十月文艺出版社2003年版，第240页。
② 冯至：《新绝句十首》，《诗刊》1985年第5期。收入《立斜阳集》、《冯至全集》第二卷。

第三章 冯至:革命话语与后晚期诗歌的精神重建

"你的眼光有些狭窄——"
"但我的心里有憎也有爱,
爱憎缺一,都对不住
与我们血肉相连的时代。"

历经劫波的诗人,应该比任何时候都更深刻地理解了何为"与我们血肉相连的时代"。唐湜曾说,"历史的庄严的现实在人的性格里化成了生命的存在,生机盎然,而不再是孤立的,人性的温厚给了它们灿然的意义"[①]。这些话虽然评价的是冯至早期诗歌,也可以作为其晚期写作精神趋向的写照;或者说,晚期冯至返回沉思者形象,在思想之光的照耀下,抽象的现实再度转向活生生的人性的现实。袁可嘉把冯至第四阶段的创作风格称为"新古典主义的警世格言",认为其诗作"大都是醒世之言,警世之作",[②] 也是着眼于沉思的作用力。在同样是因参与新诗评奖而有感而发的《还"乡"随笔》中,冯至反思50年代创作历程,提出新诗要有"新的伦理学":"我认为,新诗不仅是要创立新的美学,还要有益于新的伦理学(当然不是道德的说教)。""诗人说真话,既是美学的,也是伦理的。"[③]"说真话"既呼应新时代拨乱反正的浪潮,也是诗人调整写作方向,再度回到早中期求真、求信仰的选择之中。美学与伦理并行,是诗人探索精神重建的路径。

"说真话"、抒真情是冯至晚期诗歌的突出特征,语言中有批判和质疑,有愤懑与讥讽,也有调侃兼自嘲,在"醒世之言,警示之作"以外还有"自省之语",切实表达了诗人所说:"我欣赏浮士德失明后的一句话:/眼昏暗,心里更光明。"(《给一个患白内障的老人》)比

[①] 唐湜:《沉思者冯至——读冯至的〈十四行集〉》,载《新意度集》,生活·读书·新知三联书店1990年版,第108页。
[②] 袁可嘉:《一部动人的四重奏——冯至诗风流变的轨迹》,《文学评论》1991年第4期。
[③] 冯至:《还"乡"随笔——读十本诗集书后》,《诗刊》1983年第5期。另载《冯至全集》第四卷,河北教育出版社1999年版,第276页。

如组诗《独白与对话》（1986）之一《各抒己见》：

"不要让意象任意驰骋，
像舞厅里五颜六色的闪光，
它们急促地闪来闪去，
把世界闪照得破碎而荒唐。"

"破碎和荒唐是客观存在，
因为这世界并不完整；
意象不是舞厅里的闪光，
它们是现实的反映。"

"它们反映的是一个方面，
另一方面还很有秩序，
人世间有它的辩证法，
自然界有必然的规律。"

诗采用诗人擅长的对话方式，具有元诗意味，但在关于意象运用的辩论中，指向的是诗人对于世界、现实的体认，涉及认知主体与客观存在之间相互映射的关系，表达的是诗人尊重人世的辩证法和自然的必然规律——这让我们联想到《十四行集》中蕴含的哲学意蕴。不过，类似《新绝句十首》中的《宫廷糕点》《大观园》，《独白与对话》中的《神鬼和金钱》，《杂诗四首》（1988）中的《我痛苦》《我不忍》《剪彩》，以及《某单位的"人材政策"》（1990）等，由于与丑陋、滑稽、荒诞的社会现象粘连紧密，很难获得超越现实的意味，往往只具有"立此存照"的社会效果。相反，《读〈距离的组织〉——给之琳》（1990）、《重读〈女神〉》（1992）这样重读前辈和友人旧作的诗作，既是与同行的跨时空而又"无距离"的对话，是对逝去岁月的深情回首，也是对共渡患难、同历风雨者的"了解之同情"。如前一首诗最后一节写道：

> 今天我要抗拒无情的岁月，
> 想召回已经逝去的年华，
> 无奈逝去的年华不听召唤，
> 只给我一些新的启发。
> 你斟酌两种语言的悬殊，
> 胜似灯光下检验分辨地区的泥土；
> 不管命运怎样戏弄你的盆舟，
> 你的诗是逆水迎风的樯橹。
> 大家谈论着你的《十年诗草》，
> 也谈论你迻译的悲剧四部，
> 但往往忽略了你的十载《沧桑》
> 和你裁剪剩下的《山山水水》，
> 不必独上高楼翻阅现代文学史，
> 这星座不显赫，却含蓄着独特的光辉。

"不管命运怎样戏弄你的盆舟，／你的诗是逆水迎风的樯橹"是对卞之琳的由衷赞美，也是诗人的自况与自勉，同时还是对有着共同运命者的惺惺相惜。夜语般呢喃的语调，自如的韵脚转换，以及结句在句读中形成的有意的停顿及其转折，都使这首诗洋溢着人世间知音般的温情和冲淡的神韵。

二 在求真、求信仰中汇入革命话语的大潮

研究者青睐冯至早中期创作而忽视其后晚期作品，褒扬前者而贬

抑后者，与诗人晚年的自我反思和评价是基本一致的。冯至在编选《十年诗抄》时说，这本诗集只是对《西郊集》的部分调整，删去五首而新增1957年后的五首，"这样更可以看得清在这伟大的十年内我写诗的微小的过程。至于删去了五首诗，是由于它们缺乏诗所应该具有的艺术性，读起来和用散文写的一般短论差不多"。他接着说："这里的五十首诗，除了表现出作者对于党和人民事业的热爱外，思想是不深刻的，艺术技巧上也存在着许多缺陷，它们远远不能符合人民在今天向新诗提出的要求。"[①] 1985年编选《冯至选集》，他再度反思道："若将我五十年代十年内的诗与二十年代的诗相互比较，内容的差异真是判若云泥，我青年时只是空幻地渴望光明，眼前却一片阴暗，绝没有想到两个十年以后，祖国有一次这样巨大的翻身。但我究竟是从旧社会成长起来的，自己的笔惯于写旧社会的事物，写新事物往往不能深入，写与旧社会有关联的诗则比较成功。"[②] 需要进一步探讨的是，促使冯至诗歌创作发生转变，顺应革命话语的心理动因是什么？是诗人的自觉抉择，如同他一贯将"取决"或"取舍"作为人生、作为创作的重大问题，还是一种无奈之举，一种"站队"的表示？毕竟不止一位诗人在同一时期完全沉默，或选择专事学术研究，而冯至直到1959年才因政治冲击等原因停止新诗的写作。

最早撰写长文评论《十四行集》的诗人李广田认为："生活第一，艺术是第二。只有那忠实于生活的人，才能作为艺术家，才能忠实于艺术。真正的艺术家者，该是那过了最值得过的生活，生活得最像样子的人们。艺术并不是独立存在的，它植根于生活，却又创造生活，就在这创造的意义上，它又高出于生活。最好的艺术家，其所向往者

[①] 冯至：《十年诗抄·前言》，载《冯至全集》第二卷，河北教育出版社1999年版，第137—138、138页。

[②] 冯至：《诗文自选琐记（代序）》，《冯至选集》第一卷，四川文艺出版社1985年版，第16页。

都是那至善尽美，都是那最合理的世界，那最美好的人类生活。"他以此评价冯至在诗集中所敬仰、歌颂的鲁迅、杜甫、凡·高、歌德等艺术家，但目的在于从中看出敬仰者、歌颂者的人格，"这人格，也正是那一人我，一万物，一久暂，认一切均在关联变化中向前向上的宇宙观之最切实的体现，所谓：'天行健，君子以自强不息'"。①《十四行集》的作者虽不能与他笔下的"真正的艺术家"相提并论，但显然与他们一样，向往至善至美的世界和人类生活；他同样会认同李广田所阐发的"生活第一，艺术是第二"的理念，以忠实于生活而忠实于艺术。只是在新的形势下，"生活"逐渐被革命话语定格在"现实"，直至被"政治生活"所取代。唐湜评论冯至早期诗作时，谈及现实与历史的关系，指出"现实本不是孤立的，历史是绵延的河流，历史的现实只有溶解在人性的现实里面，为思想的光所照耀，才能是活生生的现实"②。但在冯至创作的中后期，"人性"已成资产阶级、小资产阶级者冥顽不化的、反动立场的标签之一，是必须即刻改造的；"思想"则被统一到政治意识形态之中；"活生生的现实"自然还在，但更多的时候已被视为外在于知识分子诗人的工农兵的现实，私人的、书斋式的生活已不再被认可为文学可以表现的"现实"。

也有学者认为，中华人民共和国的成立使冯至认为他所理想的世界已经到来，原有的诗与现实的紧张对峙关系不复存在；沉思不再需要，歌唱与赞美成为诗的通衢大道。如蓝棣之指出，冯至50年代的诗之所以失去了相当魅力，正在于"缺乏生命的体验，因此这些诗看上去没有等待发掘的深层"，"好像他平生所追求的，都在这里实现了、圆满了，诗境与尘境的矛盾在这时候消失了，好像经过几十年的寂寞

---

① 李广田：《沉思的诗——论冯至的〈十四行集〉》，载冯姚平编《冯至与他的世界》，河北教育出版社2001年版，第17—18、22页。
② 唐湜：《沉思者冯至——读冯至〈十四行集〉》，载冯姚平编《冯至与他的世界》，河北教育出版社2001年版，第33页。

才开一次的那朵珍奇的花,在这个时候火一样地开放了"。① 当代诗人、学者张枣从现实与隐喻——真实生活与虚构世界——的角度,解释为什么现代主义诗人在1949年后有了突变:

> 无须赘言,虽然有了较强的社会参与度,20世纪40年代现代主义诗人的作品绝不等同于同期较为活跃的左翼文学家的创作。二者对于想象力以及真实性的看法是截然不同的。即便是以内战为主题,现代主义诗作也与党派斗争或意识形态的宣传保持距离,因此绝不能被视为简单的"战歌"。无论投身于怎样的事业,他们的诗歌依然是在生活的戏剧中探讨人性。这或许可以解释,为何到了1949年以后,这些诗人会突然一致地,而且似乎是主动放弃了写作的延伸。因为他们看上去真的相信,社会现实已经出现了符合知识分子道德良心的主观愿望的变化,现实超越了隐喻,写作的虚构超度力量再无必要,理应弃之。这是中国现代主义者最大的死穴之一。……因此,只要他们认为,现实已按照他们的意愿而改变,他们几乎真的可以为了现实而放弃诗。②

早期的现代主义诗人在进入全新的时代、崭新的国家时,要么像左翼文学家一样,变"战歌"为"赞歌",全身心拥抱新的现实;要么如同张枣所言,"为了现实而放弃诗"——放弃原有的诗,从观念到形式——自然也就随之放弃了原有的诗对"现实"的个人化理解。张枣以"死穴"隐喻现代主义诗人面临的困境,王德威则以"绝对的生存危机"言之。他认为,尽管何其芳与冯至转向共产主义革命的理由各

---

① 蓝棣之:《现代诗的情感与形式》,人民文学出版社2002年版,第79—80页。另见《论冯至诗的生命体验》,《贵州社会科学》1992年第8期。与此相近的意见也出现在其他学者对绿原在中华人民共和国成立后诗歌的研究中。

② 张枣:《现代性的追寻:论1919年以来的中国新诗》,亚思明译,四川文艺出版社2020年版,第39页。

有不同,但是,"他们都理解在历史狂飙下,抒情主体产生绝对的存在危机,也都努力重新定义抒情主体存在的理由。但无论是何其芳的审美幻梦还是冯至的观念超越,最终都指向唯一的出路,那就是革命。剩下的问题就是革命如何从他们各自的抒情计划中产生"①。

无论从何种意义上界定"现实",它都需要经由创作者心灵和情感的过滤产生作用,需要其艺术人格和艺术观念的陶铸;创作者置身其中的现实,并非文学文本中的现实,而后者又不可能离开前者的召唤与激发。鲁迅显然不是在直面现实的严酷的意义上,称赞冯至是"中国最为杰出的抒情诗人"②。盛名之下的《十四行集》中,唯一没有直接触及的主题是战争,战争及其带来的后果只是这些诗诞生的背景。③ 面对急剧变化的现实,冯至及其创作的转变有心理、情感、方式上调整、适应的过程,但与他对现实、对现实与诗歌关系的先在的认知结构不无联系。

1944年,冯至在《论历史的教训》一文中说道:

> 一位著名的史学家,他"读史早疑今日事",由于东晋与南宋都没有能够恢复中原,便写出"南渡自应思往事,北归端恐待来生"这样没有希望的诗句。这位史学家,在当前的史学界是有杰出的贡献的,但是这两句诗所表达的看法却很不妥切。我们对于现在的种种现象,最好就事论事,才不至失之支离。

文中所言"著名的史学家"即陈寅恪,所引诗出自陈氏《南湖即景》。

---

① [美]王德威:《史诗时代的抒情声音:二十世纪中期的中国知识分子与艺术家》,生活·读书·新知三联书店2019年版,第191页。
② 鲁迅:《〈中国新文学大系〉小说二集序》,载《鲁迅全集》第六卷,人民文学出版社1981年版,第243页。
③ 参见[美]王德威《史诗时代的抒情声音:二十世纪中期的中国知识分子与艺术家》(生活·读书·新知三联书店2019年版,第186页)相关论述。

冯至将它视为"以古乱今"的例子,认为"援引古事以推论现在,与复古主义者援引古事以支持一个日趋腐朽的势力,不管二者的出发点是怎样不同,却都是同样容易犯张冠李戴的时代错误"①。这一指摘是很严重的。且不论冯至对两句诗的理解是否妥帖,至少表明他对当时政治上"日趋腐朽的势力"的厌恶和对光明的向往。他所言的"就事论事"并非只看眼前,而是从事态发展中看到未来的希望。就像此前一年冯至在谈里尔克时所说:"无视眼前的困难,只捕风捉影地谈战后问题,有些近乎痴人说梦,但真正为战后作积极准备的,正是这些不顾艰虞、在幽暗处努力的人们。他们绝不是躲避现实,而是忍受着现实为将来工作,在混沌中他们是一些澄清的药粉,若是混沌能够过去,他们心血的结晶就会化为人间的福利。"②冯至视自己为"在幽暗处努力""为将来工作"的人中的一员,他相信这样的努力能够"化为人间的福利"。某种意义上,陈寅恪诗句中呈现的是沉思者、忧患者形象,而冯至的坚忍中带有积极、乐观的情绪。此时同在昆明的陈寅恪,在冯至眼中不啻于杞人忧天者。而迟至1989年,冯至在《我同情忧天的杞人》一诗中才写道,"我为那忧天的杞人鸣不平","从屈原到杜甫,从杜甫到鲁迅,/谁的头脑里没有忧的成分?/他们受到崇高的尊敬,/因为他们写下了不朽的诗文。/杞人只知道忧虑,不会发言,/在众人眼中是又疯又蠢"③。冯至在1944年前后之所以要求自己"忍受着现实为将来工作",是因为内心有真诚,有信仰。1948年,冯至在纪念新诗社成立四周年的文章中,引英国诗人Stefen Spender(斯蒂芬·斯彭德)的话说,现代的文化中"每一个个人只有两条路可走,一条是被摧毁,一条是与恶同化。现代诗歌是企图追求在毁灭腐

---

① 冯至:《论历史的教训》,载《冯至选集》第二卷,四川文艺出版社1985年版,第178页。
② 冯至:《工作而等待》,载《冯至选集》第二卷,四川文艺出版社1985年版,第175页。
③ 《我同情忧天的杞人》为冯至《放言三首》之一,原刊《诗刊》1989年第5期,收入《文坛边缘随笔》。另载《冯至全集》第二卷,河北教育出版社1999年版。

化之外，还存在着真率与信仰"。他由此发挥道：

　　是的，人在濒于毁灭（腐化也等于毁灭）时，只要感觉没有麻木，良心没有丧尽，总该有对于真与信仰的迫切的需求吧。诗是时代的声音，同时也是求生意志的表现；诗人写出他的诗句，不只是证明他没有死，还要表示他要合理地去生活。……

　　可是这企图不是说出来就完事了。这企图是一种执着的精神，是一种不断的要求：要我们把它当作一生的责任，当作生命的意义；不要以为写出几首诗便算有了交待，情感一发泄便算完成了任务。诗人之可贵，不在于写几首好诗，而在于用诗证明了他的真诚的为人的态度。

　　现代社会的腐朽使我们很自然共同走上追求真、追求信仰的正路。……我们现在的问题不在于寻找道路，而在于怎样在这道路上坚持下去。①

诗的时代声音与诗人的求生意志相辅相成：诗人在时代中选择人生道路，其求生意志中回旋着时代声音。对冯至而言，一以贯之的是，诗不是情感发泄的工具，也不是时代的传声筒；诗见证人之为人的责任，也证成写诗者的生命意义，如同他一生所钦佩、颂扬的伟大诗人杜甫，也如同他从伟大诗人里尔克处所得的教诲一样，"谁若是要真实地生活，就必须脱离开现成的习俗，自己独立成为一个生存者，担当生活上种种的问题，和我们的始祖所担当过的一样，不能容有一些儿代替"②。

　　求真、求信仰是诗人人格的体现，同时也是诗的艺术精神的指向，

---

① 冯至：《从前和现在——为新诗社四周年作》，《冯至全集》第四卷，河北教育出版社1999年版，第130—131页。

② 冯至：《里尔克〈给一个青年诗人的十封信〉译序》，《冯至选集》第二卷，四川文艺出版社1985年版，第162页。

为的是反抗"现代社会的腐朽",追求至善至美的理想。一旦诗人认定"腐朽"不再,"混沌"已得澄清,"人间的福利"即在眼前,诗人汇入时代潮流、诗歌接受并顺从革命话语就是水到渠成的。北平即将解放之时,冯至在北大的一次座谈会上说:"日常生活中无不存在取决的问题。只有取舍的决定才能使人感到生命的意义。一个作家没有中心思想,是不能成功的。"他所言"中心思想"指的是文以载道之"道","文学史上第一流的文章都是载道的文章,如韩退之的文章,杜甫的诗。作家对某一种'道'有信仰,即成为他自己的信仰。至于应否强迫别人同'道'是另一个问题"。① 与会者中有人提出"道"的定义有宽狭之别:

  江(泽垓):文是否载道,完全看"道"的定义的宽狭如何。"道"如果是广义的,则文学家求不载道亦不可得的。
  沈(从文):驾车者须受警察指导,他能不顾红绿灯吗?
  冯(至):红绿灯是好东西,不顾红绿灯是不对的。
  沈:如有人要操纵红绿灯,又如何?
  冯:既要在这路上走,就得看红绿灯。
  沈:也许有人以为不要红绿灯,走得更好呢?②

我们自然不能把诗人所言"中心思想"或"道"比喻为红绿灯,但是,在冯至那里,既在路上走就要接受红绿灯管控的心理趋向是很明显的。只是冯至,也包括在座的许多学者未曾料想,本可作宽泛理解的"道",很快变成只能按照一种"道"——革命之道——的红绿灯

---

① 朱光潜、沈从文、冯至等:《今日文学的方向——"方向社"第一次座谈会记录》,天津《大公报·星期文艺》第107期,1948年11月14日第四版。另,陈建军编订《我认得人类的寂寞:废名诗集》附录了座谈会记录全文,新星出版社2018年版。

② 朱光潜、沈从文、冯至等:《今日文学的方向——"方向社"第一次座谈会记录》,天津《大公报·星期文艺》第107期,1948年11月14日第四版。

来行走。座谈会的召开，事实上正折射出知识分子对未来文学的方向——文学之"道"——把握不定、无所适从的心理。对左翼文学家不成问题者，成为摆在每一位非左翼知识分子面前的一道难题。然而，求真、求信仰，在追求至善至美的世界中获得个人生命意义的圆满，这种从未改变的信念，使冯至很容易接受革命话语，并将之纳入"中心思想"或"道"之中，完成个人立场、态度的转换。1949年7月第一次文代会召开前夕，冯至撰文说：

> 这次大会是五四以来，也就是自从新文艺运动以来，文学艺术工作者第一次的大会合。老解放区的和新解放区的文艺工作者，他们彼此隔离了一个相当久的时间，文学工作者和艺术工作者，这两种工作者过去往往是彼此不相谋，各自走着各自的道路——如今他们能够会合在一起，共同检讨过去，规划将来，这对于中国文学艺术的发展，该有多么大的重要的意义！但是这个会合在过去三十年内任何一个时间都是不可能的，而现在能以实现，我们不能不视为是革命胜利的一个成果，同时也是毛泽东的文艺思想给号召起来的。所以每个参加这次大会的人都会从内心里迸发出感谢的深情，向着中国人民的战士们，解放军，向着中国人民的引导者，毛泽东，表示敬意。

> 我个人，一个大会的参加者，这时感到一种从来没有这样深切的责任感：此后写出来的每一个字都要对整个的新社会负责，正如每一块砖瓦都要对整个的建筑负责。这时我理会到一种从来没有这样明显的严肃性：在人民的面前要洗刷掉一切知识分子狭窄的习性。这时我听到一个从来没有这样响亮的呼唤："人民的需要！"如果需要的是更多的火，就把自己当做一片木屑，投入火里；如果需要的是更多的水，我们就把自己当做极小的一滴，投

入水里。①

冯至已娴熟使用新时代的革命话语，真心诚意接受"中心思想"的改造，"洗刷掉一切知识分子狭窄的习性"，并将之作为重大责任和艰巨任务承担起来。第二段引文中三次使用"从来没有这样"，也昭示着诗人——至少在公开表态中——要与过去的自我划清界限。"人民的需要"是写作者必须遵循的最大、也是唯一的"道"，个人的需要微不足道，其价值仅体现在"投入"中。六年后，冯至在编选诗文选集时检讨道：

> 我在编选的过程中，翻阅过去的写作，觉得实在没有什么像样子的东西，这正如萨尔蒂科夫—谢德林在1871年所说的，"我们认为世界观的不明确是一个严重的缺点，它能以使一个艺术家的全部活动成为一无所有"。同时内心里却起着迫切的要求，此后要努力写出对人们有益的作品；为了这个要求，我必须努力学习，加强劳动，不断地改造自己。②

明确的"中心思想"已为明确的世界观所取代，里尔克式的"工作而等待"已转化为"努力学习，加强劳动，不断地改造自己"的迫切要求，从前的"赤裸裸地脱去文化的衣裳，用原始的眼睛来观看"③，必须转到以人民性、党性的眼睛来观看。冯至自称没有写出像样子的东西固然是自谦，但这表明他已把世界观的彻底改造摆在文艺创作的第一位。这一点，在从前国统区的左翼文学家那里早已获得统一、明确

---

① 冯至：《写于文代会开会前》，《人民日报》1949年7月2日特刊。另载《冯至全集》第五卷，河北教育出版社1999年版，第341、342页。
② 《冯至诗文选集·序》，载《冯至全集》第二卷，河北教育出版社1999年版，第4页。
③ 冯至：《里尔克——为十周年祭日作》，载《冯至选集》第二卷，四川文艺出版社1985年版，第156页。

的认识：对于文艺家来说，彻底改造世界观，把立场、态度、方法完全转移到人民性、党性原则上来，是创造优秀作品的前提。对此时的冯至来说，明确的世界观已超越红绿灯的喻义，而成为诗歌创作走向正确道路的永不熄灭的明灯。也因此，两年后为《西郊集》写后记时，针对有人写"公开信"说诗歌界处于"冻结状态"，有人指着他的脸骂他解放后写的诗没有人爱看，他回击道：

……新中国并不曾"冻结"我写诗，而恰恰相反，对于我正是春风解冻。这些诗在质量上也是粗糙的，但是比起我解放前的诗，我是走上了正确的道路，这道路不是旁的，就是一切为了人民，不是为了自己。在这美好的今天，诗人若不为广大的劳动人民的利益而歌唱，那么无论有多么新奇的感觉或巧妙的比喻，都不免是徒劳无益、枉费心机。[①]

倘若说，冯至在前一篇序言中对解放前的诗做了部分否定，是自谦也是检讨，这篇后记则对自己解放后的诗做出肯定——质量的粗糙并不会妨碍诗人的自我肯定，"正确的道路"才是唯一的评价标准；政治标准第一、艺术标准第二的观念已牢固树立。而后记中使用"不共戴天的仇恨""恶毒的叫嚣"这样的革命话语的基本语汇，表明的不是文艺的批评与反批评，而是政治立场、阶级立场之争，是两条路线之争。

诚然，在时代环境中，大多数文艺家主动或被动地接受并拥抱革命话语，冯至只是其中一员；也不能否认在特定环境中，他的文章有言不由衷之处。不过，冯至能够顺利地融入新时代、赞美新中国、歌唱劳动人民、讴歌共产党，乃至在诗歌创作中紧跟政治形势，与他早

[①] 冯至：《西郊集·后记》，载《冯至全集》第二卷，河北教育出版社 1999 年版，第 133 页。该后记写于 1957 年 8 月 30 日。

年的经历，与他先在的对世界、人生和艺术的认知结构，有着千丝万缕的联系。① 诸多研究者注意到冯至诗歌写作受歌德、里尔克、奥登等诗人，雅斯贝斯、克尔凯郭尔等存在主义哲学家的影响；蜕变与新生，毁灭与涅槃，由此成为研究者解读《十四行集》寓于斑斓色彩和意象中的深刻内涵的主线。的确，在德国留学期间，冯至与德国友人谈及歌德《幸运的渴望》："在我的想象中，蛇蜕皮和毛虫化蝶这两个古老的象征是非常生动和富有教益的。"② "'死和变'是我至高无上的格言。"③ 冯至曾解释道："原文'Stird & werde'里的'werde'除了'变'以外，还有'完成'的涵义，只译为'变'不能完整地表达原义，但想不出其他更为恰当的单音动词了。"④ 或许，从旧社会踏进新时代，从借鉴西方现代主义诗歌、为自己而写到吸收新民歌、为人民的需要而写，也会在诗人心中引发"死和变"的感应；而"变"（werde）之中内含的"完成"，要求诗人不断地否定自己，更新自我，而从未获得过"一举而叫什么都有了个交代"⑤。就像他在晚期诗歌《自传》中咏叹的："三十年代我否定过我二十年代的诗歌，／五十年代我否定过我四十年代的创作，／六十年代、七十年代把过去的一切都说成错。／／八十年代又悔恨否定的事物怎么那么多，／于是又否定了过去的那些否定。／我这一生都像是在'否定'里生活，／纵使否定的否定里也有肯定。"冯至在海德堡期间听过雅斯贝尔斯的课，直接了解

---

① 周棉认为，实质上，冯至政治观的巨变乃是他长期、严肃地对待人生和文学的必然。在1948年春至1949年初这一年左右的时间内，冯至对文学与人生的一致性有多处论述，而且反映了存在主义的倾向。参见周棉《冯至传》，江苏文艺出版社1993年版，第268—269页。
② 冯至：《致鲍尔》（1934年6月），载《冯至全集》第十二卷，河北教育出版社1999年版，第181页。
③ 冯至：《致鲍尔》（1934年底），载《冯至全集》第十二卷，河北教育出版社1999年版，第188页。
④ 冯至：《浅释歌德诗十三首》，载《冯至全集》第八卷，河北教育出版社1999年版，第149页。
⑤ 卞之琳所译奥登一首称赞里尔克的十四行诗的诗句，冯至在《工作而等待》一文中引用："他经过十年的沉默，工作而等待，／直到在缪佐他显了全部的魄力，／一举而叫什么都有了个交代……"见《冯至选集》第二卷，四川文艺出版社1985年版，第169—170页。

后者对于存在主义和信仰的阐释,也被克尔凯郭尔"非此即彼"的哲学观念所吸引。① 雅氏认为:

哲学思维的最终问题,还是追求现实的问题。

在任何情况下,人只由于他是历史的,才是现实的。所谓把握作为历史性的现实性,并不是说我要从历史上认识现实,然后按照这种认识来安排自己……相反,意思是说,我要跟我生存于其中的那个在时间里具体显现着的现实合为一体,从而深入于本原。②

对现实的追求,要求追求者与近在咫尺、触手可及的现实"合为一体",因此冷眼旁观、保持距离很难成为冯至的选择。而克氏的"我死于死亡"③表达着他对邪恶时代的鄙弃;新生也许不可企及,但并不能阻止诗人在众人的误解中执着前行。"……每个人都曾以自己的方式伟大过,每个人就其所热爱的东西而言都曾是伟大的。那爱自己者曾因他自己而变得伟大,那爱他人者曾因他的献身而变得伟大……"④ 冯至《十四行集》所赞颂的伟大艺术家皆是如此,他对他们不可抑制的仰慕也会把自己导向这条道路:热爱世间值得热爱的一切,献身世间值得献身的一切。此外,冯至早年丧母,继而失去继母,有弃儿的心态。他曾写道:"我生长在衰败的国、衰败的家里,免不了的是孤臣孽子

---

① 参见[美]王德威《史诗时代的抒情声音:二十世纪中期的中国知识分子与艺术家》,生活·读书·新知三联书店2019年版,第183页。
② [德]卡尔·雅斯贝尔斯:《生存哲学》,王玖兴译,上海译文出版社2005年版,第55、64页。着重号原有。
③ [丹麦]克尔凯郭尔:《间奏曲》,载《非此即彼:一个生命的残片》,京不特译,中国社会科学出版社2009年版,第25页。
④ [丹麦]克尔凯郭尔:《亚伯拉罕颂》,载《恐惧与战栗》,刘继译,贵州人民出版社1994年版,第2页。

的心肠。"① 中华人民共和国的成立确实让他有投身母亲怀抱、重建衰败家园的冲动和热望。他不能不做出"非此即彼"的选择。这不能被简单地视为重压之下的无奈或迎合时势的媚俗。

三 重论"死与变"：后晚期诗的价值何在

冯至作为杰出的抒情诗人和学养深厚的学者、翻译家，尽管在历次编选诗文选集、全集时，对自己的作品做了不同程度的增删、修改，但他十分清楚历史长河对诗人作家作品的无情淘洗，也完全了解作品一旦行世，将面临不同时代、读者的阐释和评价，它们只能靠自己的心脏搏动。1979年，冯至访问联邦德国，重回涅卡河畔。他深有感触地说：

> 从一个诗人的被忽视或被重视，被这样或那样评价，都可以看出时代潮流和社会风尚的不同；反过来说，时代潮流和社会风尚随时都影响着一个诗人在人们心目中的形象。一部作品的产生，像树木之于土壤那样，离不开产生它的社会；一部作品的存在（如果它有存在的价值），更是离不开社会；往往随着时代的不同改变它的地位，人们从不同的角度分析它，评论它，所谓最后的定论是不会有的。但社会是进步的，分析和评论越来越接近作品的实际，也不是不可能的。②

那么，今天该如何评价冯至一生的创作，尤其是如何将其后晚期作品放在其创作序列中评骘，并尽可能地接近作品的实际？

冯至熟悉和热爱的诗人奥登在评价前辈诗人叶芝时说："小诗人

---

① 冯至：《礼拜日的黄昏二·智慧与颓唐》，《冯至全集》第三卷，河北教育出版社1999年版，第361页。

② 冯至：《涅卡河畔》，《冯至选集》第二卷，四川文艺出版社1985年版，第277—278页。

和大诗人的区别不是看谁写出来的诗好看。确实有时候我们看到小诗人的作品单独拿出来，比大诗人的要完美得多。但大诗人有一个明显的优点，那就是他总是持续地发展自己，一旦他学会了一种类型的诗歌写作，他立刻转向了其他方向，去寻找新的主题和新的形式，或两者同时进行，有时实验会失败。叶芝始终如一地，就像他说的'始终对最困难事情着迷'……"① 无论怎样评价冯至后晚期诗歌的得失，他无疑属于大诗人；至于他后晚期创作是在"持续地发展自己"，还是呈现出"断崖"式的下滑，或令人不忍直视的"罅隙"，各人自可评说。但是，冯至不愿继续走在现代主义诗歌的老路上，转而寻求"新的主题和新的形式"则是有目共睹的。这并非像某些人断言的那样，是迫于时代潮流和社会风尚；是不得不服从于革命话语的铁定法则，而全然没有基于艺术创造方面的考虑。在上文述及的1948年北大座谈会上，朱光潜认为："文学的发展往往是兴衰交替的。从某种文学的初期到它的正式成立，路子较宽，为多数人所了解。慢慢的人们讲求技巧，路子渐隘起来，而成为 Decadence。……新文学在开始接受西方影响时，路子较宽，欧洲文学目前在 Decadence 之中，我们如只学隘的，似不合适。"冯至接过话头说："我的意思正如朱先生所说的。目前我们所接受象征派的影响恐怕是不很健康的。"其后又说："我虽喜欢现代一部分的东西，但总觉得有些问题。"② 当时谈话所处的情境，与他后来服膺革命话语而对旧作做出否定的情境，不可相提并论。他在中华人民共和国成立后的写作的转变，是有其心理动因的。也许关键在于，如果我们认可一位大诗人，就要能正视他在转变之中、之后可能出现的失败，并将此失败视为大诗人作品必不可少的一部分。在此意义上，奥登说：

---

① ［英］W. H. 奥登：《以叶芝为例》，叶美译，《上海文化》2014年第11期。
② 朱光潜、沈从文、冯至等：《今日文学的方向——"方向社"第一次座谈会记录》，天津《大公报·星期文艺》第107期，1948年11月14日第四版。

对于一位成名作家，如果即使我们仍然愿意读他的作品，我们知道，除非忍受他的令人遗憾的缺陷，否则就无法欣赏他那令人钦慕的优点。而且，我们对于成名作家的评价绝不仅仅停留于美学上的判断。对于其新作，就好像对待一个我们瞩目已久的人的行为，除了关注可能具有的文学价值之外，我们还具有历史的兴趣。他不止是一位诗人或小说家，他还是融汇到我们生命历程中的人物。①

大概没有人会否认冯至对新诗、对后辈诗人的持久影响力。诗人、翻译家黄灿然认为："他有历久常新的语言魅力；他在文学领域或体裁上表现出多样性；他不断成熟和不断变化；他有深刻的思想性；他把后辈引向其他重要作家和更广阔的脉络。"② 同为诗人、翻译家的王家新指出，冯至的诗闪耀着夺目的知识分子精神的光辉，其写作是"严肃"的，"这种'严肃'不仅要求他从此严格排除一切在诗人那里常见的自伤自怜和自爱自炫的作风……更重要的是，要求他把写诗与一个人对生存意义的追索，与人格磨练和真实生存与信仰的最终建立必然地联系起来"③。问题在于，我们能否像奥登所言，去忍受大诗人"令人遗憾的缺陷"；同时像冯至后晚期身体力行的那样，去做自我反省——今天的研究者是否有可能在面对其人其诗时，有意无意地止步于"美学上的判断"？更应当令人警醒的是，我们所持的"美学"判断，是否也因时代潮流、社会风尚的左右而经历了由狭隘（十七年和"文革"十年）到宽广（新时期），再到狭隘（20世纪90年代重兴的

---

① ［英］W. H. 奥登：《阅读》，载《染匠之手》，胡桑译，上海译文出版社2018年版，第5页。
② 黄灿然：《前辈》，载冯姚平编《悲欢的形体：冯至诗集》，新星出版社2018年版，第1页。
③ 王家新：《冯至与我们这一代人》，《诗双月刊》（香港）1991年7月号。另见《读书》1993年第5期。

纯诗热）的曲折过程。或者，由于言人言殊，我们是否有可能为了维护一己之诗学观念，而导致"会己则嗟讽，异我则沮弃；各执一隅之解，欲拟万端之变：所谓'东向而望，不见西墙'也"（刘勰《文心雕龙·知音》）？

　　这种经由自我反省而产生的担忧并非庸人自扰。早在1936年，朱自清梳理从自由诗派、格律诗派、象征诗派的变迁，提及从新诗运动开始，就有社会主义倾向的诗，"现在似乎有些人不承认这类诗是诗，以为必得表现微妙的情境的才是的。另一些人却以为象征诗派的诗只是玩意儿，于人生毫无益处。这种争论原是多少年解不开的旧连环。就事实上看，表现劳苦生活的诗与非表现劳苦生活的诗历来就并存着，将来也不见得会让一类诗独霸。那么，何不将诗的定义放宽些，将两类兼容并包，放弃了正统意念，省了些无效果的争执呢？"[①] 时过境迁，现在大概很少有人把象征诗派当作"只是玩意儿"，也不会不承认有社会主义／现实主义倾向的诗也是诗；但实际情况往往是，将前者当作"真正的诗"或有艺术水准的诗，而把后者当作"稀释的诗"或无诗味的诗。当这两类诗出现在同一个诗人的创作中，情形更是如此。这已不单单是接受者、研究者的艺术容受力问题，还涉及诗学观念和批评伦理。就冯至而言，文学史家、批评家往往在不经意间，以《十四行集》为标杆来衡量诗人早期和后晚期创作，以之为"纯正的诗"，而以其早期诗作为通往"纯正"的开端，以其后晚期诗为"非纯正"，乃至将其中大部分作品视为只供一声叹惋的"非诗"，而极少去反思这样的诗学观念、批评方式有何问题。扩而言之，迄今为止，新诗研究界大体上以现代主义为中国新诗的"正宗"，其余者似乎不过是映衬前者"艺术"存在的背景板。王德威从抒情话语演变的角度指出，何其芳和冯至历经现代主义和革命主义的双重考验，追求自我重生的

[①] 朱自清：《新诗的进步》，载《新诗杂话》，生活·读书·新知三联书店1984年版，第9页。

尝试,"尽管两位诗人力图接受新意识形态洗礼,他们却无法不假抒情形式来表达重生前后的困惑与狂喜。因此,'再生'不仅引发他们创作风格的间歇(caesuras)——诗歌因为情感或韵律需要引发的停顿;更带来思想志业无从回避的罅隙(aporias)——话语产生自我矛盾与解构的裂缝"①。间歇与罅隙确实存在,无以否认;将"再生"视作冯至告别过去、"从零开始"亦合情合理,因为诗人在革命话语熏陶下,业已做出明确而坚定的抉择,并付诸创作实践。然而,如前所述,研究者、批评家倾心于《十四行集》"死与变"、毁灭与涅槃的辩证关系的探讨,却不愿用同样的视域去看待其后晚期诗的流变:好像这一阶段的"死"是铁定事实(仅个别诗作幸免于难),"变"却无从谈起;或者,此一时期的诗仅被当作浩浩荡荡天下大势中的一滴水、一片木屑,如诗人自我承认的那样;好像"变"是更深重的"死",而非"逆之者亡"之"亡"。"死与变"的辩证关系在这种研究和评价中,演变为"变即死"的单向度判断;这一判断被诸多研究者运用于现代主义时期卓有成就,如在革命风暴中"陨落"的诗人:何其芳、卞之琳等。然而,即便在毁灭中,浴火重生的还是那只凤凰,并不会是始祖鸟。

上文已论述冯至的转向与他先在的对世界、对文学的认知结构之间的关联,下面再结合相关研究中常见的意见,分析革命话语是如何使诗人自我认同,并仍然以"担当"姿态献身于新时代革命话语的新要求。

首先,空泛的赞美所带来的空洞的抒情,是冯至后晚期诗歌最遭人诟病者之一;这也被视为诗人丧失创作个性的标志之一。不过,每一位成熟、优秀的诗人面对革命律令时的反应和对策,是有细微差异的;更重要的是,革命律令只有在与诗人内心诉求和美学追求相合拍时,才能在其身上激发出令旁人惊异的能量,否则只能被视为政治投机式的曲意逢迎——冯至显然不在后者行列。虽然"文革"结束后,

---

① [美]王德威:《史诗时代的抒情声音:二十世纪中期的中国知识分子与艺术家》,生活·读书·新知三联书店2019年版,第14页。

诗人对后期诗歌多有反思和批判，但当时他的所作所为不能说不是真诚态度的体现。前已述及，冯至早年深受克尔凯郭尔存在主义哲学影响。克氏曾说："诗人或雄辩家不能为英雄之所为，他只能赞美、热爱和喜欢英雄。不过，他也是愉快的，而且其愉快决不亚于后者；因为后者可说是他所迷恋的更好的存在；他很高兴后者不是他自己，很高兴他的爱的表现方式可以是赞美。"① 赞美是诗人向英雄表达爱的方式，同时表达对英雄创造的"更好的存在"——至善至美的世界和人类生活——的迷恋。在后期诗歌中，冯至执着地赞美鞍钢劳动模范、三门峡工程建设者、半坡村旁的纺织工人、延安的民间歌手，以及苏联、东德人民的生活等，并不完全是应和革命话语，其中有他对伟大人物、对创造更美好世界的平凡人物的敬仰。这种抒情方式，与《十四行集》赞美世间万象，赞美那些看似不起眼的一草一木的方式，是一致的。克氏也曾说："……很清楚，成为有意思的人，过着令人感兴趣的生活，这并不是垂手可得来之事，而是一项重大的荣幸，它之获得也像精神世界的任何殊荣一样来自于深重的痛苦。"② 如果认为中华人民共和国成立后的冯至在革命话语与个人抒情话语之间陷入两难境地，那么，这不仅不会阻碍，反而会激发他一往无前的勇气和信心。而赞美，也是冯至所领悟的里尔克艺术精神和抒情方式之一。他评价里尔克经过长期停顿而创作出《杜依诺哀歌》和几十首十四行诗时说："这时，那《新诗》中一座座的石刻又融汇成汪洋的大海，诗人好似海夜的歌人，独自望着万象的变化，对着无穷无尽的生命之流，发出沉毅的歌声：赞美，赞美，赞美……"③ 面对新中国的万象更新，

---

① ［丹麦］克尔凯郭尔：《亚伯拉罕颂》，载《恐惧与战栗》，刘继译，陈维正校，贵州人民出版社1994年版，第1页。

② ［丹麦］克尔凯郭尔：《问题》，载《恐惧与战栗》，刘继译，陈维正校，贵州人民出版社1994年版，第58页。

③ 冯至：《里尔克——为十周年祭日作》，载《冯至选集》第二卷，四川文艺出版社1985年版，第159页。

革命话语与中国新诗

新人新事新面貌的层出不穷,诗人以赞美为诗的主旋律,既是融进革命话语的体现,也是他固有抒情话语的复苏,只不过诗之"情"已为时代的文之"道"填充。此外,诸多研究者引用冯至论里尔克的一段话:"'选择和拒绝'是许多诗人的态度,我们常听人说,这不是诗的材料,这不能入诗,但是里尔克回答,没有一事一物不能入诗,只要它是真实的存在者……"[①] 似乎这段话只适用于分析冯至《十四行集》,而与其后晚期创作无关。事实上,只要诗人认定他在 1949—1959 年十年间所写的是"真实的存在者",革命话语进入其文本是自然而然的;甚或,诗人越是真诚,其赞美的声调便越是上扬,直至革命话语在文本中变形为"庞然大物":

> 我们的生活是这样美好,
> 我们最热爱的是党的生活,
> 从这里眺望出最远的远景,
> 从这里展开了最好的工作。
>
> 思想在这里发出来光辉——
> 泉水在这里流得最通畅。
> 什么水都永远不会干涸,
> 当它们投入了大海的波浪。
>
> 党的根深深地生在人心里,
> 这里接触到六万万颗心。
> 高山高呵,没有党的威望高,
> 海水深呵,没有党的智慧深。

[①] 冯至:《里尔克——为十周年祭日作》,载《冯至选集》第二卷,四川文艺出版社 1985 年版,第 158 页。

《毛泽东选集》和党的历史
使我们感到今天的自豪,
有史以来哪一天有过
这样的道德,这样的崇高!

我们的生活是这样美好,
我们最热爱的是党的生活;
在我们永远做不完的工作里
要唱出人间最美的高歌。①

其次,有些研究者认为,由于沉思及其经验的匮乏,冯至后晚期诗中描写的现实是表面、贫乏的现实,类似新闻报道的分行,少有艺术价值。台湾诗人罗门说:"'人'生出来,最可悲的,是没有能力保持住'生命',而不断被解体变为现实存在的'材料';同样,作为一个文学与艺术家,如果只抓住一大堆可观的文学与艺术的'材料',而不能使文学与艺术靠近生命与进入生命,他在最后是注定要失败的。"② 他以此反衬《十四行集》所具有的"唤醒人类对生命省思"的精神力量,却无意之中似乎印证了一些人对冯至后晚期诗歌的阅读感受。倘如此,其间的反差确实令人嗟叹。不过,我们还是尝试去"还原"诗人的情境,看看他的现实观是如何形成的,在诗中又是如何感知现实的。冯至当年在德国留学时上过雅斯贝斯的课,自己也是权威的歌德研究者。雅氏认为:"一切现实的东西,其对我们所以为现实,纯然因为我是我自身。""我自己的现实,取决于我如何认识现实和我把什么当作现实来认识的方式。"又说:"现实只有通过思维这

---

① 冯至:《党的生活》,《诗刊》1959年7月号。收入《十年诗抄》,为增补的五首诗之一。
② 罗门:《诗人冯至的〈十四行集〉——一部唤醒人类对生命省思的启示录》,载冯姚平编《冯至与他的世界》,河北教育出版社2001年版,第166页。

一内心行为才能被找到。在一切事实里运用这种思维，都为的是要超越它们而达到真正的现实。"① 歌德也曾这样评价莎士比亚的伟大："我就是我自己的一切，因为我只有通过我自己才了解一切！每个有所体会的人都这样喊着，他（高视）阔步走过这个人生，为（踏上）彼岸无尽头的道路作好准备。"② 每个人都是借由自身来看取现实；在他人眼里为现实的"材料"者，在诗人眼里很可能是现实的真正存在，是值得关注和赞颂的。这里自然不能排除革命话语对个人话语空间的挤压，但如前所述，只有当两者吻合时，后者才会心甘情愿地让位于前者。一旦诗人认定新的革命话语是构建新世界、新生活所不可或缺的，他会把他眼中的现实——经由革命话语择取的现实——转化为内心的现实，即"真正的现实"。冯至在《半坡村》（1956）中写道：

> 这里不只需要灵巧的手，
> 更需要社会主义的心——
> 心和手它们互相呼应，
> 让生活和工作不断地翻新。

"心和手"的呼应，可以作为新时代诗人开启的新的写作的隐喻：只有首先在内心转换需要，手中的笔触才能随之而变；内心转换需要的是学习，学习"怎样歌唱"：

> 你受了十多年党的关怀，
> 你去年加入了共产党；

---

① ［德］卡尔·雅斯贝斯：《生存哲学》，王玖兴译，上海译文出版社2005年版，第1、70、12页。着重号原有。

② ［德］歌德：《莎士比亚纪念日的讲话》，载伍蠡甫主编《西方文论选》上卷，史兆瑜译，上海译文出版社1979年新1版，第453页。

入党的那天你扯开喉咙，
热情地从傍晚唱到天亮。

延安的天空是这样晴朗，
歌声和弦声是这样高亢；
今天的下午我一生难忘，
我向你学习了要怎样歌唱。
(《给韩起祥》，1956)

这些诗在今天看来，也许只是诗人单纯回应时代和人民的需要，是政治宣传，是诗人失去艺术独立性的表现；但冯至曾针对何其芳对他在新中国成立后诗歌的评价说："我同意其芳的评语，但我从《十年诗抄》选入选集里的二十多首诗自己确信是从真实的感受出发的。"这是诗人在十年浩劫后认真反思第三阶段创作的真诚之语，他甚至懊悔自己没有遵循在《十年诗抄》前言里用诗句许下的诺言："在我们永远做不完的工作里/要唱出人间最美的高歌。"[①] 我们在这两句诗里，依然可以清晰听到写作《十四行集》的诗人那令人熟悉的声音。而"唱出人间最美的高歌"确乎发自诗人的内心，包含着真情，但也确乎与革命话语完全合拍。

也正是在这个意义上，首本《冯至传》著者周棉给予了冯至十年诗歌较高的评价。她认为：

> 由一个正直向上，不断追求光明的民主主义诗人、散文家，到一个具有共产党员政治身份的人民作家；从一个深受晚唐五代诗词、德国浪漫派和存在主义文艺思想影响，具有独特风格的、

[①] 冯至：《诗文自选琐记》，《冯至选集》第一卷，四川文艺出版社1985年版，第16、17页。

"阳春白雪"式的文人，到一个倾其热忱表现工农和现实生活的大众作家，他在几乎并行的轨道上都接近了顶点；他得到了他原来模糊而希望的东西。同时，他又模糊了他原来坚持，当时舍弃，后来又追悔的东西——艺术个性。当一个人决心为他的祖国和人民牺牲一切时，他并不会为失去自我而遗憾，相反会感到幸福；而当一个人希望通过自我为祖国和人民歌唱时，他也就不能不为这种丢失而惋惜。①

存在于冯至身上的悖论，以及因献身伟大事业而幸福，又因丢失某种艺术个性而惋惜的撕裂，同样存在于古今中外伟大诗人、艺术家身上——可以说，悖论与撕裂是我们认可一位诗人、艺术家之伟大的理由之一。何况，对于冯至早中期诗的评价本就存在不同意见。② 1983年，冯至回顾50年代诗歌创作时，谈及当时诗人对现实的认识。他说：

新诗有六十多年发展的历史，每个时期都有它独自的特点，既受到时代与生活的培育，也受着时代与生活的局限。解放前的三十年且不必说，就以解放后的50年代而论，那时诗人们满怀激情，写出许多歌颂革命胜利与宏伟建设的诗篇，眼前无限光明，纵情歌唱，起着积极的鼓舞人心的作用。现在回顾一下那时期的

---

① 周棉：《冯至传》，江苏文艺出版社1993年版，第303页。
② 例如，何其芳认为，"1941年他写了一本《十四行集》，文字上的修饰好像多了一些，技巧上的熟练好像也增进了一些，然而如作者后来所不满的，这些诗'内容与形式都矫揉造作'"。若说冯至的自我批判是迫于形势需要，何其芳则无此必要，他认同冯至的自我评价。参见何其芳《诗歌欣赏》，载冯姚平编《冯至与他的世界》，河北教育出版社2001年版，第53页。王德威介绍，1962年，何其芳出版了一本中国诗歌欣赏选本，入选的诗歌充满了政治考量。有趣的是，在冯至众多诗作中，何其芳挑选了《蛇》和《南方的夜》。参见[美]王德威《史诗时代的抒情声音：二十世纪中期的中国知识分子与艺术家》，生活·读书·新知三联书店2019年版，第197页。

第三章 冯至:革命话语与后晚期诗歌的精神重建

诗,其中优秀的依然放射着光彩。但总的看来,也存在着缺陷。诗人们把革命胜利后许多更为艰巨的任务看得太单纯、太容易了,他们似乎不懂得任何的路途上都会遇到险阻,任何革新的事业都不会一帆风顺,他们所歌咏的,努力只有成功,战斗一定胜利,苦的是一去不复返的旧日的苦,甜的是今天无处不在的甜……在这样的情况下,除了一部分从生活中来、有深刻体会的诗歌外,有不少平庸的作品把廉价的乐观主义跟诗歌画了等号。这种略带一点甜味的、微温的诗歌,是不受人们欢迎的,若是掺杂几句空洞的豪言壮语,更使人感到烦厌。①

现实——今人眼中的历史——作为具体的存在,在当时确实被诗人做了肤浅化乃至庸俗化的理解和描摹:"现实"只能是革命话语中的"现实",是借由强大的革命话语择取、淘洗并呈现给所有人的"现实"。但是彼时的诗人们,包括冯至在内,都把它当作真实的现实来拥抱。如果说"观看"是早中期冯至诗学观念的关键词之一,那么在50年代,诗人的"观看"从对象到方式,都是被革命话语塑造而成的:里尔克式的严肃的"工作"理念犹存,但里尔克式的"观看",已被悄然置换为革命话语中的"观看",沉思及其"经验"的丧失无可避免。

好在冯至晚期的诗歌创作再次进入"死与变"的进程。他是一位在不断的"否定"中摸索前行的杰出诗人,也是在严肃地探索精神重建的可能性。他撰写了许多回忆文坛人与事的诗文,如同克尔凯郭尔所说:"活在记忆之中是一种人所能想象到的最圆满的生活,回忆比所有现实更丰富地使人心满意足,并且它有着一种任何现实都不具备的安全感。一种被回忆的生活状态已经进入永恒,并且不再有任何俗

---

① 冯至:《还"乡"随笔——读十本诗集书后》,载《冯至全集》第四卷,河北教育出版社1999年版,第268—269页。

世的兴趣关注了。"① 在历经一生的努力、精进之后，他也将如里尔克所言，变得"宽广、无名"：

    我们与之搏斗的，何等渺小，
    与我们搏斗的，大而无形；
    要是我们像万物一样
    屈服于伟大的风暴脚下——
    我们也将变得宽广、无名。②

---

  ① ［丹麦］克尔凯郭尔：《间奏曲》，载《非此即彼：一个生命的残片》上卷，京不特译，中国社会科学出版社 2009 年版，第 19 页。
  ② ［奥］里尔克：《观看者》，载《里尔克抒情诗选》，杨武能译，四川文艺出版社 1988 年版，第 32—33 页。

第四章 艾青："革命的诗学"与风景的美学

用"时代的吹号者"①描摹艾青的诗人形象是十分准确而贴切的。为反对封建主义、帝国主义，反对法西斯侵略战争鼓与呼，为中华人民共和国的成立和光辉成就鼓与呼，为人类更加美好、光明的未来鼓与呼——一言以蔽之，为人民鼓与呼，是诗人艾青创作的主旋律与最强音。"革命的诗学"可以概括其写作生涯。终其一生，无论诗作还是诗文论，艾青都秉持现实主义文学道路不动摇，毫不犹豫地选择"为人生的艺术"而鄙弃"为艺术而艺术"。他的诗也因其现实性、批判性和预言性，因其迸发的火热激情与崇高理想，为读者所喜爱与敬重。同时，艾青以南方人的视域，以画家的眼光，在文本中构建了中国大地的恢宏景观。风景——以北方大地典型景观为代表——成为其文本中引人注目的元素，其中内蕴着人的存在、人的命运的美学。这种风景的美学与他在诗学上所追求的中国气派、民族风格息息相关。

与卞之琳、冯至等不同，艾青对革命话语的接受和服膺既迅速又诚恳，几乎没有遭遇思想观念、心理意识的障碍。这既与他对地主家庭、对父亲的期待的叛逆有关，又与他在法国巴黎、马赛等地的亲身

---

① 骆寒超、骆蔓合著的艾青传记以"时代的吹号者"为题。《时代的吹号者——艾青传》，杭州出版社2005年版。

经历，而对资本主义社会的贪婪、腐朽、淫荡的揭露和鞭挞有关①，还与他归国后即加入世界反帝大同盟和左翼美术学家联盟，并因此被捕入狱的革命经历相联系。叛逆性格，浪迹法国的所思所感，使他很容易接受左翼激进的革命主张；作为五四之后成长的一代青年，他也能毫无障碍地认同左翼阵营对中国新文学已由"文学革命"转向"革命文学"的判断，迅疾地投身其中。概言之，尽管在不同历史时期有理解上的些许变化，要民主、争自由是艾青作为诗人一以贯之的政治主张；从革命现实主义到社会主义现实主义，是他的创作所遵循的路径；"斗士"或"战士"是他为自己，也是他为这一代诗人群体所画的肖像；而与"战争""作战"相关的语汇，如"行军""士兵""将军""指挥""千军万马"等，既是其文本中革命话语的显在表现，也是理解其诗学特征的关键词。

当然，这并不是说在中国新诗发展的特殊历史阶段，如20世纪三四十年代，艾青是如此这般的特例。诚心实意地接受革命话语，将文艺等同于革命，甚至等同于即时政治策略的诗人不在少数，但艾青是在不同历史时期，创作成就得到政治领袖、革命家、同人和文学史家、批评家，以及不同时代的读者较为广泛认同和赞扬的少数诗人之一；他也是少数有自觉的理论意识，构建起个人诗学的诗人之一。某种意义上，在诗人艾青身上，艺术家的良知、诗人的写作信条，与他作为文坛"权威"、诗坛"泰斗"或"圣火"②而发声的形象之间，存在罅隙；在其文本中，"革命的诗学"与风景的美学之间，存在某种张力。

---

① 《巴黎》（1934）诗中云："巴黎，你——噫，/这淫荡的/妖艳的姑娘！"《马赛》（1934）诗中道："你是财富和贫穷的锁孔，/你是掠夺和剥削的赃库。"两首诗均写于狱中。

② "中国诗坛泰斗"的说法出自智利诗人巴勃罗·聂鲁达，参见骆寒超、骆蔓《时代的吹号者——艾青传·引言》，杭州出版社2005年版，第1页。"诗坛圣火"一说来自徐刚为艾青所写传记，见《诗坛圣火——艾青传》，北岳文艺出版社1994年版。

第四章 艾青:"革命的诗学"与风景的美学

一 "革命的诗学":为最广大人民群众服役

同时代诗人中,艾青是形成个人诗学体系的少数诗人之一。他的诗学是在革命话语体系中生根、开花、结果的,只是随着后者在不同政治形势下意指的不同而有所不同。由于他没有受过系统的学院教育,写诗是自学而成①,这在一定程度上既使他的诗论有别于主要吸收西方文论资源的诗人诗论,也使他更为依赖革命话语中关于文艺方针、政策的阐述,也更加敏感于其中的动向,其诗论、文论话语也随着革命话语的波动而联动。

本节先研讨艾青诗论,兼及文论,并非因为著者认为诗人的创作是"理论先行",也不是为了以其诗论作为解读诗歌的依凭,尽管两者有无法割舍的联系;而是因为,革命话语在其诗文论中的痕迹更为明显,这种明显又与其诗作中革命话语某种程度上的"隐形匿迹"形成对比。本节因此将讨论重点放在革命文学论争中的三个基本问题上,即:诗与现实、诗与语言、诗与大众。这三者自然不是彼此割裂的,而是你中有我、我中有你;它们也都涉及革命文学论争中的另一个基本问题,即诗与"我"之间的关系。

第一个问题是诗与现实。总体上,艾青始终坚持现实主义文学道路,从左翼倡导的"革命文学",到《在延安文艺座谈会上的讲话》前后的革命现实主义,再到中华人民共和国成立后的社会主义现实主义。"文革"结束后,作为"归来"的诗人,他的诗文同样是以现实主义的激情,撼动久已板结的人心。虽然部分诗歌意在揭橥、声讨十年浩劫对人的戕害,但难以用批判现实主义名之。他在回顾历史中讴

---

① 艾青自述:"我没有上过文科大学,自己写诗,也没有人指导。看到人家那样写,得到一点启发,就写开了。"《答〈中国青年报〉记者问》,载《艾青全集》第三卷,花山文艺出版社1994年版,第540页。

革命话语与中国新诗

歌、赞美新时代，憧憬美好未来，与前期的写作风格大体一致。因此，艾青对诗与现实关系的理解，与其他现实主义诗人并无根本差异，也完全符合革命话语的要求；他的很多论述都是以诗为例，对革命话语做具体阐释和延伸。不过，艾青在长达半个多世纪的诗文论中，其主要观点大同小异，看不出明显的思想变化，显得有些单调。例如1954年，艾青撰文说：

> 社会主义现实主义所企望于诗人的是：诗人必须具有正确的世界观，强烈的、社会主义革命的感情，以现实主义的创作方法，描画我们这个时代物质和精神的伟大变革，向人民进行共产主义的教育。
>
> 社会主义现实主义对于文学形式的要求是多样的。……在多种多样形式中，要求它们自己的统一与完美，生动地反映新的现实，具有民族的气派，为广大的群众所欢迎。①

可以把文中"社会主义现实主义"更换为"革命现实主义"，而同样适用于三四十年代艾青的革命诗学。

与其他接受革命话语的诗人一样，"现实"一词在艾青诗文论中可与"生活"互换，亦可合并为"现实生活"；它含有不言自明的"当下"意指，而且也有无须修饰的火热、沸腾、战斗的衍生含义，既在写实意义上，也在象征意味上。作于30年代末的《诗论·生活》篇中说：

> 诗的旋律，就是生活的旋律；诗的音节，就是生活的拍节。
>
> 只有忠实于生活的，才说得上忠实于艺术。

---

① 艾青：《诗的形式问题——反对诗的形式主义倾向》，载《艾青全集》第三卷，花山文艺出版社1994年版，第330页。

诗，永远是生活的牧歌。①

《诗论·主题与题材》篇又说：

从现实生活中多多汲取题材；
从当前群众的斗争生活中汲取题材。②

后一段引文上下两行可理解为包含与被包含的关系（现实生活不只是指"当前群众的斗争生活"），也不妨理解为阐释与被阐释的关系（现实生活指的是"当前群众的斗争生活"）③。但无论怎样理解，在革命话语中，现实生活都不可能是指个人象牙塔式的或小阁楼里的生活，后者正是前者要批判和否定的。文学来源于现实生活是真理，也是各种现实主义文学的铁律，但它不可能也不应该来源于个人的现实生活。这一点被看作革命文学、无产阶级文学或革命现实主义文学，与"庸俗的艺术至上主义"之间截然分明的界线。艾青在《〈北方〉序》（1939）中明确指出：

近来常常有一种企图抹煞刻画现实面貌的任何诗作的恶劣的倾向。而坚持这种倾向的人，却又是那些无论在理论上或在技巧上都早已成了僵死的陈尸的人。这些人的头脑之昏庸，实可令人惊叹！

中国新诗，已走上可以稳定地发展下去的道路：现实的内容

---

① 艾青：《诗论》，载《艾青全集》第三卷，花山文艺出版社1994年版，第17、18页。
② 艾青：《诗论》，载《艾青全集》第三卷，花山文艺出版社1994年版，第21页。
③ 1948年夏，艾青在华北大学文艺研究室的发言中，提出深入生活问题，"所谓生活，指的是社会生活"；"所谓深入生活，就是深入现实斗争，我们要深入生活，丰富自己的生活经历"。《创作上的几个问题》，载《艾青全集》第五卷，花山文艺出版社1994年版，第449、451页。

和艺术的技巧已慢慢地结合在一起。新诗已在进行着向幼稚的叫喊与庸俗的艺术至上主义可以雄辩地取得胜利的斗争。而取得胜利的最大的条件，却是由于它能保持中国新文学之忠实于现实的战斗的传统的缘故。①

"忠实于现实的战斗的传统"，一方面要求创作者"刻画现实面貌"，另一方面要求向抹杀现实主义创作的恶劣倾向作斗争。"庸俗的艺术至上主义"者的创作中不能说没有现实，但那不是革命现实主义所规范、认定的"现实"。同一年在《诗与时代》中，艾青回顾中国新诗历程时说：

> 中国新诗，是和中国的革命文学在同一起点上开始它们的历程的。……"五卅"时代的呐喊，强烈地抒发了被帝国主义与军阀残害的中国人民的悲愤与怨言。"九一八"与"一二·八"相继而来（啊，自以为在写着"真正文学的诗"的人真是何等幸福！他们说"七七"事件来得"奇突"），诗人们在这辛酷的现实面前选取了两条路：一些诗人是更英勇地投身到革命生活中去，在时代之阴暗的底层与艰苦的斗争中从事创作。他们的最高要求，就在如何能更真实地反映出今日中国的黑暗的现实；另一些诗人，则从这历史的苦闷里闪避过去，专心致志于一切奇瑰的形式之制造和外国的技巧的移植上。②

新诗历程与革命文学发展，与人民革命斗争进程，是唇齿相依的。此段论述暗含的是：只有"投身到革命生活中去"，诗人才能创作出无

---

① 艾青：《〈北方〉序》，载《艾青全集》第三卷，花山文艺出版社1994年版，第62—63页。
② 艾青：《诗与时代》，载《艾青全集》第三卷，花山文艺出版社1994年版，第70—71页。

愧于时代,也无愧于艺术的作品;逃避现实者似乎只有一条路可走,即走上"奇瑰的形式之制造和外国的技巧的移植上",成为"艺术至上主义"者。围绕对抗战诗的不同评价,艾青为之做出辩护,"我只要指明,诗人能忠实于自己所生活的时代是应该的。最伟大的诗人,永远是他所生活的时代的最忠实的代言人;最高的艺术品,永远是产生它的时代的情感、风尚、趣味等等之最真实的记录"。① 忠实于现实生活的诗人,其身份定位是时代的"代言人",这一定位在艾青那里从没有改变过。

也正因如此,艾青在《旷野》前记中,为这本诗集没有触及现实生活而自我"辩护",认为这些诗"或因远离烽火,闻不到'战斗的气息',但作者久久沉于莽原的粗犷与无羁,不自禁而歌唱,每一草一木亦寄以真诚,只希望这些歌唱里面,多少还有一点'社会'的东西,不被理论家们指斥为'山林诗'就是我的万幸了"②;但如果其他诗人也写这样的诗,恐怕难免被指斥为远离战斗现实的"山林诗"。艾青也是以此为标准来褒贬其他诗人的创作的。例如,他在《梦、幻想与现实》(1937)中批评何其芳"有旧家庭的闺秀的无病呻吟的习惯,有顾影自怜的癖性,词藻并不怎样新鲜,感觉与趣味都保留着大观园小主人的血统",被人关注则证明了"旧精灵的企图复活,旧美学的新起的挣扎,新文学的本质的一种反动"。旋即又以《好消息》为题向读者报告,他写完上文不久,读到何其芳的《刻意集》,"我发现了他寂寞的灵魂在它摸索的中途到了一个可喜的转机:何其芳已感到而且不再隐瞒那'现实的鞭子'了。……现在他已达到完全的'清醒':能'用带着愤怒的眼睛注视这充满了不幸的人间,而且向这制

---

① 艾青:《诗与时代》,载《艾青全集》第三卷,花山文艺出版社1994年版,第71页。案:"最伟大的诗人"云云,与1984年《〈中国新文学大系1927—1937〉诗集序》中的表述一致,后者只是将"最伟大的诗人"改为"伟大的诗人",在"情感"(改为"感情")前加"思想"。见《艾青全集》第三卷,第636页。

② 艾青:《〈旷野〉前记》,载《艾青全集》第三卷,花山文艺出版社1994年版,第104页。

造不幸的人类社会伸出了拳头'"。① 也就是说，他认为何其芳不再沉溺于《画梦录》中"'倔强的灵魂'的温柔的、悲哀的或是狂暴的独语的纪录，梦的纪录，幻想的纪录"②，开始睁眼看现实，并且进行斗争，这是"可喜的转机"。同样，艾青评价卞之琳"可喜的'突变'"，就在于后者用《慰劳信集》加入了抗战的节奏：

> "新月"这系列的最后支持者卞之琳写了许多很精练道劲的十四行（《慰劳信集》），那上面已不只因为诗人对抗战的关心显得可贵，即在诗人本身的创作历史的发展上，也可看出了显然的进步。
>
> 因此，他感兴趣于它所写的人物的"'打出去'的手势"，因为那手势：
>
> > 曾用以指挥感情的洪流
> >
> > 协入一种必然的大节奏。
>
> 由为艺术而艺术的"鱼化石"，而进到"协入一种必然的大节奏"，该是一种可喜的"突变"吧。③

至于集中这首《给〈论持久战〉的著者》采用的十四行体是否属于移植外国技巧，又如何与描写革命领袖的风范相结合，已无关紧要；对于一位诗人，要紧的只是"协入""对抗战的关心"，这一"必然的大节奏"。

第二个问题是诗与语言。在诗学中，语言虽不能涵盖形式的全部

---

① 艾青：《梦、幻想与现实——读〈画梦录〉》，载《艾青全集》第五卷，花山文艺出版社1994年版，第360页。

② 艾青：《梦、幻想与现实——读〈画梦录〉》，载《艾青全集》第五卷，花山文艺出版社1994年版，第352页。

③ 艾青：《抗战以来的中国新诗》，载《艾青全集》第三卷，花山文艺出版社1994年版，第139—140页。

内涵，却是构成形式的基本元素。因此，诗与语言涉及诗与形式的关系，亦关乎内容与形式的辩证法。在内容与形式的关系上，艾青是坚定的"内容决定论"者，并在某些论述中将之推演为"题材决定论"。形式的相对独立性这一为马克思主义文学批评所认同的观点，在艾青诗文论中从未被明确提出。这是特定时期革命话语在其诗文论中另一个显著的表现。尽管他在《诗论·美学》篇中提出一首诗的胜利不仅是"思想的胜利"，也是"美学的胜利"，并且指出后者常被理论家所忽略，也明确表示"每种存在物都具有一种自己独立的而又完整的形态"，① 但是，形式只有在与内容相适应的情形下才具有价值，才会被提及。而且，他反复强调的是语言暨形式是工具、武器，是用以"服役"于诗人对现实生活的表达。《诗论》各篇的如下观点，与上述"美学的胜利"的主张是矛盾的：

> 宁可失败于艺术，却不要失败于思想；宁可服役于一个适合于这个时代的善的观念，却不要妥协于艺术。
>
> 高尚的意志与纯洁的灵魂，常常比美的形式与雕琢的词句，更深刻而长久地令人感动。
>
> 对一个献身给人类改造事业的诗人的诗，强调了对他的艺术的关心而忽视了他的内容，或者肯定他的艺术而否定他的内容，这是对于诗人的最大的亵渎。——因为他早已把艺术看成第二义的东西了。②

---

① 艾青：《诗论》，载《艾青全集》第三卷，花山文艺出版社1994年版，第10—11页。
② 艾青：《诗论》，载《艾青全集》第三卷，花山文艺出版社1994年版，第16—17、42、44页。

一方面承认每种存在物都有自己独立而完整的形态,另一方面又将思想(内容)与艺术(美学)对立起来:思想外在于艺术,艺术仅是思想的外壳,甚或仅是可有可无的修饰物。将艺术看成第二义的东西,实际上是否认内容与形式(艺术)间的辩证关系,是把马克思主义文艺理论做机械化、庸俗化理解的产物,普遍存在于左翼文艺家、文艺理论批评家中,① 艾青只是接受了这种观念。

然而,若进一步探究,在其《诗论》中存在上述矛盾的主要原因,在于艾青将每种存在物拥有的"独立的而又完整的形态",视为诗与散文两种体裁的形态,而没有继续探讨在每一种体裁如诗歌中,是否也具有多样的艺术(美学)形式。从宏观上说,革命现实主义被艾青视为新诗发展唯一正确的道路,亦即它应当遵循和追求的形态;从微观角度说,使用生动活泼、浅显易懂的口语,是他认为的革命现实主义诗歌的必由之路,其他无足轻重。长期以来,人们对艾青所主张的诗的"散文美"争议不断,除了争议者对诗和散文的体裁及其美学特征各有见解,也与艾青表述上的含混有很大关系。他在《诗的散文美》(1939)里,将古典的韵文与非韵文的区别,等同于现代文类中诗与散文的区别,是不恰当的;同时他又把作为文体体裁的诗,与作为语言技巧及其效果的"诗意"混同起来——任何非诗的作品都可具有诗意。不过,这种混同并不意味着艾青不懂文体的界线,而主要是因为他要否定的是韵文对韵的恪守——这种否定指向的是他认为的"庸俗的艺术至上主义"者对技巧的痴迷。因此,这一否定的目的是为了肯定、崇尚口语——来自日常生活的、劳动人民的口语。他的这种旗帜鲜明的主张,与革命话语要求到群众中去、深入工农兵的生活、学习并运用他们所熟悉的语言是高度一致的。有学者用"以文为诗"

---

① 对马克思主义文艺理论的这种机械化、庸俗化理解,在 20 世纪二三十年代主要是由于左翼阵营所受的列宁文艺观点的影响。文艺理论界对此已有大量讨论,此处从略。

来概括艾青的诗歌变革①。实际上,艾青看重的是,散文文体的自由性给诗的形象塑造所提供的最大便利。他认为:"最能表达形象的语言,就是诗的语言。""散文的自由性,给文学的形象以表现的便利;而那种洗炼的散文、崇高的散文、健康的或是柔美的散文之被用于诗人者,就因为它们是形象之表达的最完善的工具。"② 文学是形象的艺术,文学语言是形象的语言,认为"诗的语言"最能表达形象,这里的"诗"指的是有别于叙事体的文体;而"散文的自由性"说的是散文化语言的自由性,并非指文体。从文体来说,散文确实比诗自由得多;但从语言形式来讲,诗可以使用(散文化的)无韵的语言,也可以运用(格律化的)有韵的语言,或者其他。不同的语言方式皆可表达形象:自由性有表现形象的便利,格律性同样也有。唐诗中有白居易,也有杜甫。晚年杜甫的律诗如《登高》,正是在韵律极其严苛的限制中获得了最大的形象自由,"无边落木萧萧下,不尽长江滚滚来"已成千古名句。艾青在语言形式上推崇散文的自由性而贬抑格律性,作为一家之言无可非议,但很难说是出自诗歌艺术创新的考虑。朱自清40年代就注意到,"我国抗战以来的诗,似乎侧重'群众的心'而忽略了'个人的心',不免有过分散文化的地方"③。他认为艾青正是新诗散文化趋势的代表者④。朱自清将诗的散文化,与侧重"群众的心"的抒情取向相联系,是颇有见地的。诗人侧重"群众的心"就必须考虑诗的鼓动、宣传力量,考虑群众的阅读、接受能力,因此会倾向于使用口语的、无韵律限制的方式写诗,并由此发展出关于诗的"内在韵律"的一套见解。在这个意义上,艾青"以文为诗"的初衷并不是基于美学或艺术上的考虑,而是出于对革命话语的真诚接受;

---

① 李怡:《艾青作品新编·前言》,人民文学出版社2010年版,第2页。
② 艾青:《诗的散文美》,载《艾青全集》第三卷,花山文艺出版社1994年版,第66页。
③ 朱自清:《诗的趋势》,载《新诗杂话》,生活·读书·新知三联书店1984年版,第67页。
④ 朱自清:《抗战与诗》,载《新诗杂话》,生活·读书·新知三联书店1984年版,第40页。

也不妨说，在他那里，革命话语对新诗的要求必须自觉地以美学的方式加以表征，而不能仅仅是革命话语的排列组合。

80年代初，艾青把原本抽出的《诗的散文美》又补充进新版《诗论》。他说："强调'散文美'，就是为了把诗从矫揉造作、华而不实的风气中摆脱出来，主张以现代的日常所用的鲜活的口语，表达自己所生活的时代——赋予诗以新的生机。"① 又说："我说过诗的散文美，这句话常常引起误解，以为我是提倡诗要散文化，就是用散文来代替诗。我说的诗的散文美，说的就是口语美。"② 因此，"以文为美"不妨称为"以口语为美"。艾青的这一主张并不新颖，但相较之前的新月派、象征派等现代主义诗派偶尔的实践（如闻一多），它确实成为革命诗学中带有原则性的观念和写作方法，也被上升为关乎诗与政治能否携手并肩，关乎新诗前途与命运的关键命题。艾青指出：

> 诗，不外是语言的艺术。人类的语言，是由人类的生活情感所由发出的。人类的生活每天都在突飞猛进，作为表达生活的工具的语言，当然也每天都在变化进步中。这是一种最低限度的常识，没有这常识的人，无论他曾写过多少年的诗，或将还要写多少年的诗，也不过是像一头被蒙了眼的驴子，绕着磨床兜圈子，而自以为是在走着无数的路一样。③

> 最富于自然性的语言是口语。
> 尽可能地用口语写，尽可能地做到"深入浅出"。④

---

① 艾青：《〈诗论〉前言》，载《艾青全集》第三卷，花山文艺出版社1994年版，第456页。
② 艾青：《与青年诗人谈诗》，载《艾青全集》第三卷，花山文艺出版社1994年版，第461页。
③ 艾青：《诗与时代》，载《艾青全集》第三卷，花山文艺出版社1994年版，第69页。
④ 艾青：《诗论》，载《艾青全集》第三卷，花山文艺出版社1994年版，第38页。

他认为，诗的语言应当随着人类生活的发展而变化，变化的方向就是使用口语，目的是达到"深入浅出"的效果，以影响和引导大众。在前述《诗的散文美》中，艾青举例说：

> 我在一家印刷厂的墙上，看见一个工友写给他同伴的一张通知：
> "安明！
> 你记着那车子！"
> 这是美的。而写这通知的应是有着诗人的秉赋。这语言是生活的，然而，却又是那么新鲜而单纯。这样的语言，能比上最好的诗篇里的最好的句子。①

最后一句显得很夸张的断定，反映出诗人如此心理：语言来自生活，但美的、新鲜而单纯的语言来自"工友"的生活；来自书斋或书本的语言则可能是涂脂抹粉的、僵尸般的。语言中既有口语与书面语之分，实际上也代表不同阶级写作者的不同追求，代表不同的美学趣味。直到50年代，艾青在谈诗的形式的长文中，仍然坚持既往的主张：

> 诗是不是自己有一种特殊的语言呢？没有的。诗的语言也还是、而且必须是以日常用语做基础的。
>
> 文学艺术的原则问题，是内容问题，是一个作品所包含的思想——作者对待现实生活的态度。形式问题只是形式问题。只有当某种形式的发展妨害了内容——形式和内容存在着严重的矛盾的时候，形式问题才有了特殊的意义。今天中国的诗，最根本的问题，

---

① 艾青：《诗的散文美》，载《艾青全集》第三卷，花山文艺出版社1994年版，第65页。

革命话语与中国新诗

也还是内容问题，是诗人对于国家现状的态度、诗人与人民的关系、诗人的感情和人民的建设社会主义的感情更进一步结合的问题。①

他在论述中也有举例说明，只不过，彼时的"工友"变成今时的农民的孩子：

> 最近，在《人民日报》的副刊《农村速写》上有一张画，画着四个小孩在看合作社的四匹马，下面标题——
> 　　你家的，
> 　　我家的，
> 　　都是咱们社的！
> 这是由新的思想感情所产生的新的语言，是充分地表现了内容的语言。②

倘若诗的语言必须以日常用语做基础，散文的语言更是如此，两者的不同就只在于创作者对日常用语加工或提炼的方式，但艾青又一再坚持抹去诗的语言的特殊性，向"散文美"不断靠拢。这是否意味着取消诗与散文的文体界线自可讨论，但可以肯定的是，艾青对日常用语的尊崇是为了内容的需要；确切地说，是为了将诗人的思想情感与国家、人民，与现实斗争无缝对接。这就是为什么艾青评价戴望舒的诗说，"就其艺术——采用的口语，却比所有同一时期的诗人都明快。而这也是他的诗具备了比他们进步的因素"③。

---

① 艾青：《诗的形式问题——反对诗的形式主义倾向》，载《艾青全集》第三卷，花山文艺出版社1994年版，第341、344页。
② 艾青：《诗的形式问题——反对诗的形式主义倾向》，载《艾青全集》第三卷，花山文艺出版社1994年版，第340页。
③ 艾青：《中国新诗六十年》，载《艾青全集》第三卷，花山文艺出版社1994年版，第481页。

第四章 艾青:"革命的诗学"与风景的美学

诗与语言(形式)的关系,已触及我们要讨论的第三个问题,即诗与大众的关系,同时涉及诗的大众化方向。对此,艾青严格遵循革命话语对新文学运动发展历程的概括,即由五四时期的"文学革命"向反帝反封建的"革命文学"迈进。他在后期诗文论中不惮重复阐明这一中国新诗发展的主线。① 早在20世纪20年代后期就有了关于"革命文学"的论争,30年代初期左翼阵营与苏汶、胡秋原等"第三种人""自由人"展开"革命文学"与"自由"文学的大讨论,文艺与大众的关系是讨论焦点之一。作为党的高级领导人和左翼文化运动领导者的瞿秋白,被公认为中国第一位提出"革命文学"为人民大众服务的马克思主义文艺批评家。他把"革命文学"看作五四"文学革命"之后的第二次文学革命,其核心任务是用"活的语言"——"完全的白话文"或"现代中国文"——来表现"活的现实",让工农大众听得懂、看得懂。② 在瞿秋白与冯雪峰商议之后,由瞿代冯执笔、署名"洛扬"的《并非浪费的论争》(1933)中,他们批驳胡秋原说:

> 普洛革命文学运动是工农贫民无产阶级大众的文学运动,应当竭力的使其和大众连结起来,竭力的使大众参加到里面来,我们的运动应当是大众本位的,应当使其成为大众本位的,不应当停留在智识阶级上,不应当是智识阶级本位的。这是问题的根本点。③

其后,毛泽东在《在延安文艺座谈会上的讲话》中阐述了文艺的普及

---

① 参见艾青《新诗应该受到检验》(1979)、《中国新诗六十年》(1980)、《〈中国新文学大系1927—1937〉诗集序》(1984)相关论述。上述论文均收入《艾青全集》第三卷,花山文艺出版社1994年版。
② 参见魏天无《中国早期马克思主义文学批评形态研究》第三章《瞿秋白:"文学革命"的批判与"革命文学"的建立》第三部分相关论述,人民出版社2020年版。
③ 瞿秋白(洛扬):《并非浪费的论争》,载《瞿秋白文集》"文学编"第三卷,人民文学出版社1989年版,第92页。着重号原有。另收入冯雪峰《论文集》上卷,人民文学出版社1981年版,第92页。"智识阶级"改"知识阶级"。

与提高的辩证关系，明确指示文艺要为最广大人民服务。艾青早期对诗与大众关系的理解和阐述，并没有也不可能跃出上述左翼文艺运动领导者、马克思主义文艺理论家、党的领导人文论中的基本原则；[①]"大众本位"是他在诗与现实、诗与语言（形式）、诗与大众关系的论述中的核心观念。及至80年代，为人民而写作也是他坚定不移的信念。

诗与大众的关系，首先涉及诗人情感与大众情感的融合，亦即将"小我"（个我）投入到"大我"（群我）之中，使之变身为大众心声的代言人。艾青《诗论·服役》篇的观点，可理解为诗服役于人民，服役于理想，因而服役于革命，应当为革命、为理想而奋斗。"个人的痛苦与欢乐，必须融合在时代的痛苦与欢乐里；时代的痛苦与欢乐也必须糅合在个人的痛苦与欢乐中。""诗人的'我'，很少场合是指他自己的。大多数的场合，诗人应该借'我'来传达一个时代的感情和愿望。""精神的劳役者，以人民的希冀为自己的重负，向理想的彼岸远行。"[②] 在《开展街头诗运动》（1942）中又说：

> 诗必须成为大众的精神教育工具，成为革命事业里的，宣传与鼓动的武器。

> 那些绅士们，教授们，诗人们，都以为文学是贵族们的东西；以为得使大家不了解为光荣，他们嘲笑一切写给大众看的东西为"粗俗"，或者有意无意地无视它们，抹煞它们，甚至给以冷嘲，使文学变成了统治者的第四个姨太太才算满足。

[①] 冯雪峰曾以小说、绘画为例，指出文艺大众化即为"去知识分子化"或"去西洋化"。见《关于革命的反帝大众文艺的工作》（1931），载《论文集》上卷，人民文学出版社1981年版，第54页。由他执笔的中国左翼作家联盟执行委员会决议《中国无产阶级革命文学的新任务》（1931年11月）中，文艺的大众化被提升为无产阶级革命文学面对急剧变化的国际国内形势，完成一切新任务"所必要的道路"。载《论文集》上卷，人民文学出版社1981年版，第63页。艾青对中国新诗发展中"绅士，教授，诗人"的诗歌的鄙夷，与此有关。参见后论。

[②] 艾青：《诗论》，载《艾青全集》第三卷，花山文艺出版社1994年版，第40、42页。

第四章 艾青:"革命的诗学"与风景的美学

> 文学艺术只有从那些绅士,教授,诗人……的包围里挣脱出来,才能同时从颓废主义、神秘主义、色情主义的泥沼里救出自己。①

当然,这不是也不可能是艾青的"小我"之见,反映的只是他坚定站在无产阶级革命文学之中的立场,与其他革命诗人并无不同。不过,从论述中可以看出,艾青的诗学中存在某种"反智"倾向。这种倾向既与其个人身世、经历相关,更与特定时期的革命话语的鲜明立场相吻合。他对远离大众、逃避现实、走另一条道路的、类似"学院派"诗人的憎恶,似乎已脱离诗学范畴,但又确实属于"革命的诗学"领域,是他身体力行地将"小我"与"大我"捆缚在一起的表征:

> 有些教授与绅士非难中国新诗,假装公正地批评着中国新诗,说他们对这些东西"不喜欢"或是说"这些东西总没有旧诗有趣味"等等。天晓得他们说的是什么话!他们在云南或是四川的小城里,远离了烽火,看不见全国人民的流离之苦与抗争的英勇,在小天井的下面抚弄着菊花,或者凝视着老婆的背影而感到人民无限幸福地过日子,他们的情感需要的是鸭绒被上的睡眠,他们的审美力早在成见与对于新的事物的胆怯与戒备里衰退到几乎没有的程度了;他们早已失去了理解中国新诗的公正态度与评论中国新诗的为公众所承认的权利。②

这种"反智"倾向,也体现在他对中国新诗发展历程的概述中,即:以具有战斗精神的革命诗歌为红线,排斥或批判具有"学院"背景的

---

① 艾青:《开展街头诗运动——为〈街头诗〉创刊而写》,《艾青全集》第三卷,花山文艺出版社1994年版,第198、200页。
② 艾青:《论抗战以来的中国新诗——〈朴素的歌〉序》,载《艾青全集》第三卷,花山文艺出版社1994年版,第173页。

· 157 ·

新月派、象征派、现代派等诗人的创作（详见后论）。

其次，诗与大众的关系从根本上指导着诗人对于语言的运用。对口语（日常用语）不遗余力的倡导和实践，视语言为工具、武器，把诗（文艺）当作宣传，艾青的这些观点，都可归结于诗为最广大人民群众服役这一文艺的党性、阶级性原则。关于语言问题前已讨论，此处不赘。在时代语境下，使用大众熟悉、易于接受的口语不仅可以感染、鼓舞大众，而且能够达到教育、引导大众的效果。艾青指出：

> 诗人在社会上有没有价值，就决定于他是否和公众的倾向相一致，是否和公众一起又引导公众前进。这里，就向诗人们提出了一个十分现实的严重问题：诗人能否在最先进的人们当中去吸收自己的营养，使最先进的思想感情成为自己的精神力量，再以这种精神力量去感动千百万人们，这就是他的创作能不能教育千百万人们的关键。诗人必须以人民群众中的最先进的思想感情，去影响千百万人的思想感情。所谓"时代的喇叭"也好，"时代的鼓手"也好，根本的意思就在这里……[1]

做"时代的喇叭""时代的鼓手"决定着诗的社会价值，但由于诗的艺术（美学）属于第二义的东西，社会价值几乎决定着诗的全部价值，其目标是既和公众在一起，又引导公众前进。艾青的这种观点不只是特定时代革命话语影响所致，也延续到其八九十年代的诗文论中。比如，在祝贺全国中、青年诗人新诗评奖获奖者时，艾青说，"有两种个人情感，一种与祖国的独立自由联系在一起；一种是排除了'自我'以外的一切。我们不能把'我'扩大到遮掩住了整个世界"[2]。另一篇序言中说："伟大的诗人，永远是他所生活的时代的忠实的代言

---

[1] 艾青：《诗与感情》，载《艾青全集》第三卷，花山文艺出版社1994年版，第323—324页。
[2] 艾青：《祝贺》，载《艾青全集》第三卷，花山文艺出版社1994年版，第546页。

第四章 艾青:"革命的诗学"与风景的美学

人;最高的艺术品,永远是产生它的时代的思想、感情、风尚、趣味等等之最忠实的记录。"① 在《诗论》(1985)中又说:"用今天流行的口语来说话。诗的语言要为最广大的人民群众所理解。"② 艾青把诗人角色定位于人民大众的"代言人",排斥"自我"情感的抒发,坚持要求诗使用人民大众所能理解的最浅显的语言,这些是他在朦胧诗论争中,引发新一代青年诗人反弹的重要原因(详见后论)。

现实—当下的群众的战斗生活—伟大的艺术作品,与现实—个人的生活—艺术至上主义;语言(形式)—题材、内容决定语言(形式)—语言工具论、武器论,与语言(形式)—形式"大于"内容或内容空虚—为艺术而艺术;诗为最广大人民群众所写—使用浅显易懂的口语—引导大众前进,与诗为自己、为圈内少数人而写—倾心于形式翻新与外国技巧移植、使用佶屈聱牙的语言—自我娱乐:这是艾青诗文论中反复描画出的两条截然不同的路线。一部中国新诗史,被他视为前一条路线与后一条路线战斗的历史,亦即被作为一部革命诗歌史来处理。他在几篇带有综述性质的诗论和序言中,毫不掩饰个人的这种立场和取舍。比如,早在40年代,他在《抗战以来的中国新诗》中如此概述道:

> 中国的新文化是对外要求民族解放,对内要求民主的,革命的文化;中国的新诗,是服役于中国革命的,即以民族解放与民主的要求作为内容的,革命文学的样式。所以,中国新诗是和中国革命的新文学一同开始她战斗的历程的。
>
> 中国新诗,一开始就承担了如此严重的使命……它必须和中国革命一起,并且依附于中国革命的发展,忠实地做中国革命的

---

① 艾青:《〈中国新文学大系1927—1937〉诗集序》,载《艾青全集》第三卷,花山文艺出版社1994年版,第636页。
② 艾青:《诗论》,载《艾青全集》第三卷,花山文艺出版社1994年版,第642页。

代言者。
˙˙˙

今天，中国的诗人们已和中国的政治的发展取得一致的步调，诗人已比关心自己的幸福更关心祖国的命运，诗人已为抗战，为反汉奸运动，为生产运动，为宪政运动……制作了许多诗篇；他们将一天比一天更密切地关心中国的政治，因为只有这样，才能使中国的新诗在中国革命的征程中，发挥它的教育大众和组织大众的力量。①

50年代，他在《五四以来中国的诗》（1954）的结尾总结道：

中国革命的新诗，代替了旧诗而在文学的领域里取得了地位之后，在这十年多里，以社会主义现实主义为武器，十分曲折地发展起来了。它一方面和资产阶级的各式各样的唯美主义、颓废主义进行了斗争；另一方面也和革命文学内部的概念化倾向、标语口号式的空洞叫喊进行了斗争。

假如说，在一九二〇年后的几年中新诗只是一片小丛林，那么，它现在已是一个青翠的大森林了。②

而80年代《中国新诗六十年》（1980）的结尾，几乎是上文的翻版：

中国革命的新诗，代替了旧诗而在文学的领域里取得了巩固地位之后，在这六十多年里，它一方面和各式各样的唯美主义、

---

① 艾青：《抗战以来的中国新诗》，载《艾青全集》第三卷，花山文艺出版社1994年版，第137、155页。着重号为引者所加。
② 艾青：《五四以来中国的诗——应〈人民中国〉日文版作》，载《艾青全集》第三卷，花山文艺出版社1994年版，第309页。

颓废主义进行了斗争；另一方面也和革命文学内部的概念化倾向、标语口号式的空洞叫喊进行了斗争。它十分曲折地发展起来了。

假如说，在开创时期的新诗只是一片小小的灌木林，那么，今天它已是一个葱郁参天的森林了。①

时隔二十多年，除因时间推移——亦是"现实"变化——而作的文字调整，如删去"以社会主义现实主义为武器"和"资产阶级的"等，艾青的观点几乎没有改变。这是令人难以理解而又似乎是极其自然的。他在《〈中国新文学大系1927—1937〉诗集序》中，认为朱自清当年在大系诗集导言中，将十年来的诗坛划为自由诗派、格律诗派和象征诗派，是不科学的。他的划分方法是，从文学研究会的"为人生"的文学和创造社的"革命文学"为一条线，到新月派和象征派为另一条线。② 两人的划分当然都是相对而言的，区别在于，朱自清着眼于新诗初期的诗艺探索，艾青则侧重于诗的内容——后一条线实际上被他视为"艺术至上主义"的、非革命的文学。

早在1923年，党的早期革命运动领袖邓中夏在《新诗人的棒喝》中，反对青年们"不研究正经学问不注意社会问题，而专门做新诗的风气"③，以致薄学寡识，缺乏清醒的人生观和社会观。在同一年的《贡献于新诗人之前》又说，"诗歌的声调抑扬，辞意生动，更能挑拨人们的心弦，激发人们的情绪，鼓励人们的兴趣，紧张人们的精神"，因此对新诗人寄予厚望。但是现在的新诗人"不明白自己所处的是什么样的一个时代和环境。他们对于社会全部的状况是模糊的，对于民

---

① 艾青：《中国新诗六十年》，载《艾青全集》第三卷，花山文艺出版社1994年版，第498页。
② 艾青：《〈中国新文学大系1927—1937〉诗集序》，载《艾青全集》第三卷，花山文艺出版社1994年版，第635页。
③ 邓中夏：《新诗人的棒喝》，《中国青年》第7期（1923），载《邓中夏全集》（上），人民出版社2014年版，第293页。

间的真实疾苦是漠视的；他们的作品，上等的不是怡性陶情的快乐主义，便是怨天尤人的颓废主义，总归一句话，是不问社会的个人主义；下等的，便是无病呻吟，莫名其妙了"。他寄望于新诗人的有三点：一是"须多做能表现民族伟大精神的作品"，"儆醒已死的人心，抬高民族的地位，鼓励人民奋斗，使人民有为国效死的精神"；二是"须多作描写社会实际生活的作品"，"彻底露骨的将黑暗地狱尽情披露，引起人们的不安，暗示人们的希望"，改造社会的目的即可迅速、圆满达到；三是"须从事革命的实际活动"。① 邓中夏承认自己贡献的三条意见，会让那些以"艺术之宫"为至高无上的人，以为他是把文学作为工具，但中国需要这样的新诗人。我们可以明显看到艾青诗文论中的革命话语，包括习用语，不仅来自以毛泽东为核心的共产党人；也来自党的先驱领袖，马克思主义文艺理论家、批评家，如瞿秋白、周扬、冯雪峰等；作为其早期《诗论》核心论述的形象思维，也主要是借鉴、吸收于普列汉诺夫的艺术理论。艾青的诗文论，一部分是对个人创作经验的梳理、深化，对他人作品的引荐、评述；也有相当一部分是紧跟政治形势而做的表态发言。两者的理论价值难以相提并论，但都自觉接受了革命话语的导引和渗透，并逐渐成型为较为完备、成熟的艺术创作的信念和方法。

二 风景的美学：南方人视域下北国景观的无尽意蕴

　　前已述及，本章重点并不在以诗人的诗文论为前提去解读其诗作。著者更感兴趣的是，艾青诗文论中的革命话语与其诗歌创作之间存在某种罅隙。他的诗歌，尤其被公认为第一次创作高潮的三四十年代的诗歌，某种意义上超越了他所接受的革命话语的制约，呈现出斑斓色

---

① 邓中夏：《贡献于新诗人之前》，《中国青年》第10期（1923），载《邓中夏全集》（上），人民出版社2014年版，第326—328页。

彩和逼人才气。唐弢说:"真正从法国象征派中汲取精华,融会贯通,以自由体的格式挥洒自如地加以运用的,是艾青。""他的诗淳朴、流畅、浩荡,读起来朗朗上口,如行云流水,聚散无常。"①《中国现代文学三十年》的著者认为:"艾青的诗在中国新诗发展历史上所完成的是历史的'综合'的任务。一方面,坚持并发展中国诗歌会诗人'忠实于现实的、战斗的'传统;另一方面又克服、扬弃其'幼稚的叫喊'的弱点,批判地吸收现代派诗人在新诗艺术探讨中取得的某些成果,进一步丰富与发展新诗艺术,成为新诗第三个十年最有影响的代表诗人。"②李怡则指出:"艺术选择的独特取向——无论是法国先锋派的反叛精神、叶赛宁式的深情,还是凡尔哈伦式的忧郁、马雅可夫斯基的豪迈,所谓象征主义与充满中国情怀的现实关切的融合——这是中国文学从'艺术自觉'的1930年代进入家国忧患的1940年代的必然,艾青几乎是完整而完美地呈现了这样的艺术过程。"③ 这些要言不烦的评价均聚焦于诗人的"综合"性或"融合"性,正是这一点,使他明显区别于同样自觉接受革命话语的"幼稚的叫喊"的诗人,也不同于借鉴西方诗歌摸索新诗格律的"学院派"诗人,如卞之琳、冯至等。

众多研究者认为,土地和太阳是艾青诗歌中两个不朽的意象。④ 此外,他的诗中还有一系列令人过目难忘的意象(形象),如黎明、北方、手推车、旷野、雾霾、乞丐、池沼、黑夜等,"20世纪的中国读者因为洞悉自身的社会人生而与艾青的意象'相遇',或者说是在艾青的意象中'发现'了包裹自己的世界形象,于是,诗人艾青的创

---

① 唐弢:《我观新诗》,《文艺报》1988年5月7日。
② 钱理群、温儒敏、吴福辉:《中国现代文学三十年》(修订本),北京大学出版社1998年版,第428页。"综合"一说,也被诸多学者用于评价40年代创作《十四行集》的冯至身上。
③ 李怡:《艾青作品新编·前言》,艾青著:《艾青作品新编》,人民文学出版社2010年版,第1页。
④ 如钱理群等认为,艾青诗歌的中心意象是"土地与太阳"。见《中国现代文学三十年》(修订本),北京大学出版社1998年版,第428页。程光炜认为,它们是艾青奉献给中国新诗的两个不朽的诗歌意象。见《中国当代诗歌史》,中国人民大学出版社2003年版,第44页。

造就成为我们挥之不去的中国'记忆'"①。我们认为，作为"行吟诗人"②，作为大地上的漫游者，艾青以一个南方人的视域观察、描摹北方大地上的一切，由此在弥漫于新诗的革命话语中，构建起属于自己的新鲜、独特的风景美学，并将风景与人——意象与形象——完美融合，从而形成以广阔、荒凉、沉郁为主导的艺术底蕴。邵荃麟评论道，《北方》这部诗集"在量上可以说是非常少，可是在质上却是令人惊叹的丰富。其中大部分都是写北国的生活与情调，尤其是《雪落在中国土地上》《北方》《我爱这土地》，使我特别欢喜"③。地域环境是决定区域文化的因素之一，对艺术创作有重大影响。斯达尔夫人在《论文学》等著述中考察了文学与地理因素、与社会因素的密切关联；丹纳在《艺术哲学》中提出"种族、环境、时代"三要素说，这些已为人熟知。王国维说："南人想象力之伟大丰富，胜于北人远甚。……夫儿童想象力之活泼，此人人公认之事实也。国民文化发达之初期亦然，古代印度及希腊之壮丽之神话，皆此等想象之产物。以中国论，则南方之文化发达较后于北方，则南人之富于想象，亦自然之势也。此南方文学中之诗歌的特质之优于北方文学者也。"④ 而在陌生的北方风景中融入南方人丰富、奇瑰的想象，正是艾青诗歌的显著特点之一。他认为，"没有想象就没有诗。诗人的最重要的才能就是运用想象。诗人把互不相关的事物，通过想象，像一条线串连起来，形成一个统一体"；"艺术的魅力来源于以丰富的生活为基础的丰富的想象"。⑤ 中国北方大地上的

---

① 李怡：《艾青作品新编·前言》，艾青著：《艾青作品新编》，人民文学出版社2010年版，第2页。
② 蓝棣之说："流浪与漂泊是二三十年代以及抗日战争时期年轻的投奔革命的文学作家的通常经历，然而艾青在这里面最为典型。与艾青情况有些相似，而能够叫做行吟诗人的，只有蒋光慈一个人。"《现代诗的情感与形式》，人民文学出版社2002年版，第65页。
③ 邵荃麟：《艾青的〈北方〉》，载《邵荃麟全集》第三卷，武汉出版社2013年版，第2页。
④ 王国维：《屈子文学之精神》，载《王国维文集》，北京燕山出版社1997年版，第239页。
⑤ 艾青：《和诗歌爱好者谈诗——在北京劳动人民文化宫》，载《艾青全集》第三卷，花山文艺出版社1994年版，第448页。

一切，为生于南方、长于南方的诗人提供了丰富而新颖的想象的素材。

艾青早期成名作、也是其代表作之一的《大堰河——我的保姆》（1933），作于上海监狱中。透过铁窗外飘落的雪，诗人回忆起永难忘怀的童年时光，相濡以沫的大堰河（大叶荷），陌生的家庭环境，以及故土的风物人情：

> 大堰河，今天我看到雪使我想起了你：
> 你的被雪压着的草盖的坟墓，
> 你的关闭了的故居檐头的枯死的瓦菲，
> 你的被典押了的一丈平方的园地，
> 你的门前的长了青苔的石椅，
> 大堰河，今天我看到雪使我想起了你。

> ……

> 我做了生我的父母家里的新客了！
> 我摸着红漆雕花的家具，
> 我摸着父母的睡床上金色的花纹，
> 我呆呆地看着檐头的我不认得的"天伦叙乐"的匾，
> 我摸着新换上的衣服的丝的和贝壳的纽扣，
> 我看着母亲怀里的不熟识的妹妹，
> 我坐着油漆过的安了火钵的炕凳，
> 我吃着碾了三番的白米的饭，
> 但，我是这般忸怩不安！因为我
> 我做了生我的父母家里的新客了。

"故居檐头的枯死的瓦菲""门前的长了青苔的石椅""乌黑的酱碗"

"红漆雕花的家具""衣服的丝的和贝壳的纽扣""油漆过的安了火钵的炕凳""碾了三番的白米的饭",以及"团箕""冬米的糖"等,都是典型的江南乡村和家庭的物象,有着浓郁而鲜明的地域色彩,在诗人的深情回忆中变得既温暖又冰冷。雪也成为艾青诗中的核心意象之一。我们发现,在以南方,尤其是以故乡为背景、为抒情对象的诗中,艾青几乎很少动用想象,而专注于写实,以期最大限度"还原"记忆中的一切;也因此,他对不同场景中的细节有非同寻常的痴迷:不断延伸的修饰语,一点一滴地"逼近"物象本身,比如"你的——关闭了的——故居檐头的——枯死的——瓦菲",中心词前有四个修饰语。又如"在你补好了儿子们的——为山腰的荆棘——扯破的——衣服之后",有三个修饰语,其中"山腰的荆棘"中还有一重修饰。这些连绵的、鱼贯而出的修饰语,显示着写作中的诗人的记忆由遥远到切近,由模糊不清到宛在眼前的过程。诗的句式因此被拉长,整体的抒情节奏得以放缓,诗人逐渐"沉入"情感记忆的最深处。

同样是写雪,《雪落在中国的土地上》(1937)则呈现出完全不同于南方的景象和气氛。它出自一位南方诗人对于北方(草原)风景的想象与体验:

> 风,
> 像一个太悲哀了的老妇
> 紧紧地跟随着
> 伸出寒冷的指爪
> 拉扯着行人的衣襟,
> 用着像土地一样古老的话
> 一刻也不停地絮聒着……
>
> 那丛林间出现的,

第四章 艾青:"革命的诗学"与风景的美学

赶着马车的
你中国的农夫,
戴着皮帽,
冒着大雪
你要到哪儿去呢?

告诉你
我也是农人的后裔——
由于你们的
刻满了痛苦的皱纹的脸
我能如此深深地
知道了
生活在草原上的人们的
岁月的艰辛。

这首诗写于武汉①,描绘的是北方的草原,草原上艰辛生活的农夫,场景和其中的人物是经由诗人的想象而虚构出来的。对"戴着皮帽,/冒着大雪"赶着马车的农夫的细节刻画,看似写实,实则出自诗人的想象,并不符合实际情况。② 这也可以从诗中较多运用表达情

---

① 艾青自述:"1937年7月,抗日爆发,我到武汉,写了《向太阳》《雪落在中国的土地上》。"见《艾青谈诗及写长篇小说的新计划》,载《艾青全集》第三卷,花山文艺出版社1994年版,第424页。
② 艾青自述,"《吹号者》《雪落在中国的土地上》《向太阳》《火把》这些诗毫无具体事实根据,全是想象的,但成功了";"写《雪落在中国的土地上》那首诗时,我预感到天要下雪了,想象开去,出现了雪的草原,戴着皮帽,冒着大雪的马车夫;雪夜的河流,破烂的乌篷船里的蓬发垢面的少妇……这首诗发表后,重庆一次诗歌座谈会上有人放暗箭说,中国没有戴皮帽、冒着大雪赶马车的。我说奇怪,中国没有这样子的?不过,实际上我写《雪落在中国的土地上》时确实没见过那个场景,而是面对欲雪的天气想象出来的"。见《与青年诗人谈诗——在〈诗刊〉社举办的"青年诗作者创作学习会"上的谈话》,载《艾青全集》第三卷,花山文艺出版社1994年版,第460、461页。

· 167 ·

感的抽象语词,如"悲哀""古老""痛苦的皱纹的脸""苦难的浪涛""暴戾的敌人""生活的绝望的污巷"中可得到印证;其句式也由《大堰河——我的保姆》中叠加修饰语的长句,一改为以二、三音组为主的短句。诗中虽然也经由想象和回忆的交织,描写南方雪夜的景象("沿着雪夜的河流,/一盏小油灯在徐缓地移行,/那破烂的乌篷船里/映着灯光,垂着头/坐着的是谁呀?"),但它起笔于北方的草原,主要书写的也是雪夜的草原。诗人的潜意识中,是以北方大地及其人民代表中国遭受侵略者残酷蹂躏的情状。此外,第三节"那丛林间出现的,/赶着马车的/你中国的农夫"中的"你"字,很值得玩味。从语义上说,"你"字是多余的,附加在"中国"前也不是常规表达方式。然而,它将二音组的诗行转变为三音组("你丨中国的丨农夫"),由此造成的必然停顿使"你"被特意标识出来,作为一个大写的存在。它同时意味着,抒情主体"我"与抒情对象之间具有了审美间距,凸显出"你"对"我"而言既是如此陌生,又是这般熟悉。不经意间,诗歌转入对话的结构方式:"我"凝视、问询、关切着寒冷大地上一个又一个的"你",是他们汇聚成眼前真实的中国——"中国,/我的在没有灯光的晚上/所写的无力的诗句/能给你些许的温暖么?"

在《北方》(1938)中,艾青直抒胸臆道:"而我/——这来自南方的旅客,/却爱这悲哀的北国啊。"在诗人眼里、心中,北国不啻于中国的代名词,也是中国的象征。这不仅是因为侵略战争的烽火越过了黄河,北国的历史和现状即是中国的历史和现状,它的命运也昭示着中国的命运;也不仅因为黄河流域是中华文明的发祥地之一,而且因为,只有在辗转北国之后,诗人才触摸到、感受到一个真实的中国:

我爱这悲哀的国土,

它的广大而瘦瘠的土地，

带给我们以淳朴的言语

与宽阔的姿态，

我相信这言语与姿态，

坚强地生活在大地上

永远不会灭亡；

我爱这悲哀的国土，

古老的国土

——这国土

养育了为我所爱的

世界上最艰苦

与最古老的种族。

正是这片"荒凉的地域""无垠的荒漠"带给诗人"土色的忧郁"，也带给他"淳朴的言语与宽阔的姿态"。这首诗在形式上与《雪落在中国的土地上》相似，诗行多为二、三音组，以频繁的换行和跨行来截短诗句，情感似黄河东流水，一往无前。不同的是，特定的地域使诗人将北国现实的实写与历史的想象融为一体，也就将对悲哀的北方热爱又崇敬的情感，上升到整个"古老的国土"与"最古老的民族"。这一时期的《手推车》《风陵渡》《乞丐》等诗，同样是以南方的"旅客"的视域，敏感捕捉与传递北方"广阔与荒漠"土地的悲哀与人的绝望境遇。艾青的另一首脍炙人口的《我爱这土地》（1938），虽然写作于桂林[①]，诗人也是因武汉失守而从衡阳继续南撤，不过，从它被收入诗集《北方》增补本来看，当是诗人到达"绿荫蔽天的南

[①] 周红兴《艾青传》介绍，1938年11月中，艾青偕张竹如由衡山至桂林。11月17日，艾青创作这首诗。见《艾青传》，作家出版社1993年版，第140页。另参见周红兴《艾青年表》，载《艾青全集》第五卷，花山文艺出版社1994年版，第646页。

方"之后，将对北国的眷念寄托于诗中：

> 假如我是一只鸟，
> 我也应该用嘶哑的喉咙歌唱：
> 这被暴风雨所打击着的土地，
> 这永远汹涌着我们的悲愤的河流，
> 这无止息地吹刮着的激怒的风，
> 和那来自林间的无比温柔的黎明……
> ——然后我死了，
> 连羽毛也腐烂在土地里面。
>
> 为什么我的眼里常含泪水？
> 因为我对这土地爱得深沉……

这首诗的抒情方式与艺术特征，如写实与象征的交织、排比句的使用、抒情视角的转换等，已有众多分析。需要进一步探讨的是，首节四个排比句中存在"这"与"那"的指示代词的转换，是否别有蕴意。从语言学角度说，两个不同的指示代词指示着被描述对象与发声者之间距离的近（"这"）与远（"那"），这种距离既可能是时空上的，也可能是心理上、情感上的。在抒情诗中，前者一般指眼前的、正在发生的；后者一般指过去的、回忆中的，亦可能指未来的、幻想中的。① 艾青诗中前三个"这"指的是眼前的、正在发生的，但不可能是他一路南下的所闻所见，而是他曾亲身体验的、正在发生于北方的。它们是写实（记忆中的）与想象（幻想）的结合。土地、河流、风是诗集

---

① 德语诗人策兰《逆光》中的"那是春天，树木飞向它们的鸟"，"那"字指示的春天，是回忆中的，也可能是幻想中的。见《保罗·策兰诗选》，王家新、芮虎译，河北教育出版社2002年版，第162页。

《北方》中频频出现的意象,既是写实的也是象征的。"那来自林间的无比温柔的黎明"则是基于南方风景的一种幻想:幻想着"黎明"——新的光明与希望——的到来。由于诗人已将北方视为中国的代名词,《我爱这土地》中交织的双重风景不易被辨识。诗人愿意为这片土地而死,"连羽毛也腐烂在土地里面",这种真挚而炽热的情感之所以没有给人以浮夸的"叫喊"之感,并不完全是因为意象的选择及其象征性,还与他作为大西南的"外来者"的身份密切相关:融入或投入这片土地的怀抱,是以先在的"分离"或隔膜为前提的。外来者身份,一方面强化了他所接触的每一样事物的新鲜感、陌生感,另一方面也使他在不断深入这片古老、广阔土地的过程中,萌发了与之融为一体、永不分离的强烈情感。北方风景之于南方诗人艾青的意味和价值正在于此:他从中获得了艺术与生命的双重力量。某种意义上,这是生于兹长于兹的本土诗人所匮乏的。这就是王国维指出的,"诗歌之题目,皆以描写自己之感情为主。其写景物也,亦必以自己深邃之感情为之素地,而始得于特别之境遇中,用特别之眼观之[①]"。人人皆有感情,诗人是"深邃之情感"的表达者和传递者;情感深邃与否,不在于修辞功力,而在诗人是否于"特别之境遇"中拥有一双"特别之眼"。

究其实,风景是属人的风景,风景美学是人的美学。这包含两层意思。一层意思是说,只有人去观察、接触、感受、体验风景,风景才成为风景,才具有对于人的价值和意味。按照艾青《诗论》(1938—1939)中的定义:"诗是由诗人对外界所引起的感觉,注入了思想情感,而凝结为形象,终于被表现出来的一种'完成'的艺术。"[②] 风景是"外界"的重要组成部分,感觉则被认为是艾青独特地感受世界和

[①] 王国维:《屈子文学之精神》,载《王国维文集》,北京燕山出版社1997年版,第238页。
[②] 艾青:《诗论》,载《艾青全集》第三卷,花山文艺出版社1994年版,第6页。

艺术地表现世界方式的中心环节①。另一层意思是说，人在风景之中，成为诗人描摹、吟咏的对象。就后一层来说，艾青在诗中具象显现了人与风景的不同关系：作为南方旅客的"行吟诗人"是一类，在外来者眼里的风景中生存的人是一类，如诗人笔下的"用最使人厌烦的声音/呐喊着痛苦"的乞丐：

在北方
乞丐用固执的眼
凝视着你
看你在吃任何食物
和你用指甲剔牙齿的样子

在北方
乞丐伸着永不缩回的手
乌黑的手
要求施舍一个铜子
向任何人
甚至那掏不出一个铜子的兵士
（《乞丐》，1938）

牛汉赞叹"艾青的许多诗都有这种完美的生命感"，并不是说在乞丐身上体现出"完美的生命感"。牛汉从创作的角度洞察到这首诗"是用岩石般的不可动摇和不可更改的语言创作而成的"。这其中固然有作为画家的艾青观察对象的敏锐和精准，但也与他作为南方的外来者，在初次接触到的形象上所产生的新异感和惊诧感。从写作技法说，乞丐形象与

---

① 钱理群、温儒敏、吴福辉：《中国现代文学三十年》（修订本），北京大学出版社1998年版，第431页。

《雪落在中国的土地上》里的"风——悲哀的老妇人"形象,一脉相承。

当然,艾青也多次着笔于在北方土地上浴血奋战、坚忍不拔的士兵形象。如《向太阳》(1938)中的伤兵,"太阳照在他的脸上/照在他纯朴地笑着的脸上","这太阳下的真实的姿态/我觉得/比拿破仑的铜像更漂亮"。《吹号者》(1939)第一、二部分,抒情者附身于吹号者,以他的目光去看,以他的感觉去感受,其徐缓、沉稳的抒情节奏,应和着吹号者朴素的日常工作、坚毅的信念和徐徐展开的热望:

> 吹号者从铺散着稻草的地面上起来了,
> 他不埋怨自己是睡在如此潮湿的泥地上,
> 他轻捷地绑好了裹腿,
> 他用冰冷的水洗过了脸,
> 他看着那些发出困乏的鼾声的同伴,
> 于是他伸手携去了他的号角;
>
> 门外依然是一片黝黑,
> 黎明没有到来,
> 那惊醒他的
> 是他自己对于黎明的
> 过于殷切的想望

至第三部分开始,抒情视角转为"我们",诗境随着抒情视域的扩展而宕开,犹如朝阳一步步跃出地平线,将光辉"散布在广阔的原野上"——

> 我们呼吸着泥土与草混合着的香味,
> 却也呼吸着来自远方的烟火的气息,
> 我们蛰伏在战壕里,

革命话语与中国新诗

> 沉默而严肃地期待着一个命令,
> 像临盆的产妇
> 痛楚地期待着一个婴儿的诞生,
> 我们的心胸
> 从来未曾有像今天这样的充溢着爱情,
> 在时代安排给我们的
> ——也是自己预定给自己的
> 生命之终极的日子里,
> 我们没有一个不是以圣洁的意志
> 准备着获取在战斗中死去的光荣啊!

在"我们"的直抒胸臆中,吹号者及其号角声已不止于写实[①],成为某种象征(符号)。这种象征也是"我们"中的每个人"自己预订给自己的"。《他死在第二次》(1939)则是叙事诗,更偏重于叙事结构的安排。叙事人在结尾提出的反问,"在那些土堆上/人们是从来不标出死者的名字的/——即使标出了/又有什么用呢?"为这首诗最终涂抹上一层沉重而抑郁的颜色。总体上,艾青的这类诗致力于北方风景与人的完美融合:风景不只是人的活动场域,也不只是借"景"抒情或融情于"景"的中介物,它是独立存在的、有生命的。革命话语在这种近乎完美的融合中被隐匿。

在以诗集《北方》为代表的风景美学的建构中,艾青诗歌的艺术特征体现在哪里?是写实,象征,还是隐喻?写实与象征是历来学者、评论家谈论得比较多的话题。就写实而言,无论诗人的创作是从直接的生活经验出发,还是出于想象——仍然来自生活,来自生活的间接

---

① 前引艾青的自述,称《吹号者》等诗"毫无具体事实根据,全是想象的"。因此,此处所谓"写实",指的是读者从诗文本中获得的一种阅读效果,亦即:诗的语言让读者觉得实有其事,并因此而谓之"真实"。

第四章 艾青："革命的诗学"与风景的美学

经验——写实都是接受者对诗歌文本的一种阅读感受；或者说，是文本的某种写作技法所达到的效果，即写实感。文学史家、传记作者等可以考证某首诗的现实依据，阅读者则只需忠实于自己的阅读感受即可。就象征来说，它从来不只是一种修辞手段，还是一种诗思方式，尤其考虑到艾青曾深受法国象征派诗歌的影响。"象征是事物的影射；是事物互相间的借喻，是真理的暗示和譬比。"① 波德莱尔的《感应》（一译《契合》）是象征主义诗歌的名篇。广义上说，象征是现代诗歌（不限于各种"现代派"诗歌），包括中国新诗在内的基本的而不是特殊的表现方式。值得关注的并不是艾青诗中象征手法的运用，或意象中的象征含义，而是他的诗多用象征，少用隐喻。所有那些为研究者所津津乐道的意象，如本文已提及的土地和太阳，黎明、北方、手推车、旷野、雾霾、池沼、黑夜等，其象征含义都是很明确的，而且在不同语境中不会发生实质性的变化。象征与隐喻的区别是，象征的文化含义是公共性的，是同一个文化共同体中人们的共识，比如太阳象征光明和温暖，黎明象征希望等。象征的基本含义不会随语境变化而改变。隐喻则极具个人色彩，是个人的创造，只能在语境中才能得到阐释；语境变换后，其含义随之变化。也可以说，每一个象征最初都是隐喻，由于人们反复加以使用，其含义逐渐稳定并定型，遂成为象征。艾青诗中多用象征，这使他的诗较少晦涩，容易为大众所接受和喜爱。因此，艾青倡导用浅显易懂的口语来写诗，只是诗的大众化的语言方式；在表达技巧上使用象征性的意象，同样是他的诗广为传颂、深受欢迎的重要因素。在其后期诗歌中，《光的赞歌》等依然保持着这种创作方式，《鱼化石》等则具有隐喻色彩。艾青以娴熟使用象征的手法，顺应了战争年代革命文化共同体的愿望和需要，并致力于建构隶属于革命、隶属于政治的"诗学共同体"。

---

① 艾青：《诗论》，载《艾青全集》第三卷，花山文艺出版社 1994 年版，第 34 页。

三 个案：朦胧诗论争中革命话语的潜流

从 20 世纪 30 年代到 80 年代长达半个世纪中，艾青的诗学观念并未发生实质性变化。他后期的部分诗文论，只是对早中期文章的思想观点略做文字修订，甚至直接照搬。《在延安文艺座谈会上的讲话》后，他的诗文论，尤其是带有概述、总结与前瞻性质的文章，类似于文代会或作代会的大会报告；其宣言式语调中的充沛激情，与他所主张的诗歌要鼓舞人心、激发斗志相当吻合。毋庸置疑，艾青是一位信仰坚定、襟怀坦荡、心口如一的革命现实主义诗人的典型代表。这也正是为什么他在七八十年代之交，于朦胧诗论争中，遭遇"崛起的一代"诗人批评、指摘乃至恶语相向时，深感困惑、错愕以至愤怒。五十多年来，他一直是这样说的，也一直是这样做的，并无任何投机或虚与委蛇；他也一直相信未来属于青年人。本章将艾青介入的朦胧诗论争作为个案立论，是想探讨"革命的诗学"在改革开放新时代所面临的新问题。艾青关于朦胧诗的意见具有代表性，显示着拥有崇高地位和话语权威的老一辈革命诗人，与在"文革"之中成长起来的青年诗人在诗学上的代际差异。同时，朦胧诗论争的焦点涉及新诗的创作、发表、传播与接受，尤其凸显出不同读者在新诗阅读与接受上的多元性、差异化。

首先是关于"看不懂"。艾青因《从"朦胧诗"谈起》（1981）一文引起轩然大波后[①]，一再声明他并没有否认朦胧诗的存在，他不明白的是报刊编辑为什么要发表让人看不懂的诗；他否定的是"崛起

[①] 艾青说："三年前，我在《文汇报》发表了一篇《从'朦胧诗'谈起》的文章，以后又陆续地谈了我对于诗歌的意见，想不到招来了很多的仇恨。有人造谣，有人诬蔑，有人希望我早一点进火葬场。"见《树木总是长在土地上的》，载《艾青全集》第五卷，花山文艺出版社 1994 年版，第 579 页。《从"朦胧诗"谈起》发表于《文汇报》1981 年 5 月 12 日。

论"者吹捧朦胧诗是中国新诗的发展方向。但是,"看不懂"确实是他郁闷难纾的心结。50年代末期的艾青没有料想到,有人批判他的《在智利的海岬上》是"晦涩难懂的坏诗",只是"一堆朦胧、错杂的感觉和印象"。① 时过境迁,如今的他似乎没有反思,当他指斥青年一代的朦胧诗,是否也像当年批判他的人一样,以"政治正确"的革命话语来审视诗的新动向。诗看不懂有创作者的原因,也有读者欣赏、接受水平和能力的问题。然而,作为声名卓著的诗人、诗论家,艾青不可能将看不懂的原因归结到自己身上,自然也无从对自己的欣赏习惯、美学趣味和接受方式予以反思、作出调整。并不是他不承认广大读者在阅读、接受上有不同层次,是他早已习惯将诗歌读者纳入人民大众中,他这一代的革命诗人也早已把自己塑造成人民大众的"代言人"。换言之,除了他诗学话语中的"人民大众"指的是千百万普通的劳动人民,"代言人"身份会使他倾向于认为,自己看不懂,人民大众自然无从看懂;看不懂的诗就没有任何存在的价值。

古今中外文学史上,看不懂的诗是客观存在的;它们的流传或消失,并不以某个读者或某个读者群体的意志为转移。梁启超谈李商隐《锦瑟》《碧城》《圣女祠》等诗时说:"这些诗,他讲的什么事,我理会不着。拆开一句一句的叫我解释,我连文义也解不出来。但我觉得他美,读起来令我精神上得一种新鲜的愉快。须知,美是多方面的,美是含有神秘性的。我们若还承认美的价值,对于这种文字,是不容轻轻抹煞啊!"② "理会不着"说的就是看不懂。艾青当然不会否认诗美的存在,《诗论》第四部分就专论"美学"。不过,现代派、象征派

---

① 黎之在《诗刊》1957年9月号发表《反对诗歌创作的不良倾向及反党逆流》一文,认为:"艾青的'在智利的海岬上',就是一首晦涩难懂的坏诗。它里面所表现的不是情感,也不是思想,只是艾青对现实的一堆朦胧、错杂的感觉和印象。……其实,只不过是艾青在搬弄早已陈腐的资产阶级的现代主义的伎俩,企图在百花齐放中冒充新表现手法,写所谓含蓄的诗,这不是自欺欺人吗?"

② 梁启超:《中国韵文里头所表现的情感》,载《饮冰室文集点校》第六集,吴松、卢云坤等点校,云南教育出版社2001年版,第3473页。

诗人的所谓神秘主义的美早经他否定。更重要的是，艾青的美学观念倾向于实用性，有其社会功利性的一面。他曾说："愿那些把美当作女神而屈膝伏拜的人们有福吧！／而我们却应该把美当作女佣人，要她为人类扫刷门窗，整理床榻啊。"① 他以有用或无用看待美的价值，神秘的美因为令人捉摸不透而不具社会功用，是没有任何价值的。当然，这并不是说朦胧诗具有梁启超所言的美的"神秘性"，但相较于革命现实主义诗歌，确实有含混、晦涩、费人思量的地方；但它们依然有存在的价值。以艾青文章所举两首朦胧诗为例。他认为舒婷的《无题》"只有'星星向我蜂拥'一句比较费解外，全诗都是明白易懂的"②。其实，语境中的这一句是借景抒情，表达一种快乐的幻觉，来自诗人的想象，但它也有生活经验为前提。当我们凝望夜空中的星星，时间越长，就感觉星星越来越多，也越来越亮，以至有"蜂拥"之感。而艾青所举顾城的《远和近》一诗，顾城后来曾有一番自我阐释：

> 《远和近》很像摄影中的推拉镜头，利用"你""我""云"主观距离的变换来显示人与人之间的习惯性的戒惧心理和人对自然原始的亲切感。这组对比并不是毫无倾向的，它隐含着"我"对人性复归自然的愿望。③

自然，读者可从各自角度，依据各自体验做出自己的理解。但这显然不是艾青心目中的诗。两代人诗学上的代际差异在此凸显，包括顾城与他的父亲、军旅诗人顾工之间，也因诗而冲突不断。在与父亲的激烈争辩中，顾城说：

---

① 艾青：《诗论掇拾（二）》，载《艾青全集》第三卷，花山文艺出版社1994年版，第56页。
② 艾青：《从"朦胧诗"谈起》，《文汇报》1981年5月12日。收入《艾青全集》第三卷，花山文艺出版社1994年版，第529页。
③ 参见朱先树《实事求是地评价青年诗人的创作》，《诗刊》1982年第10期。

> 我所感觉的世界,在艺术的范畴内,要比物质的表象更真实。艺术的感觉,不是皮尺,不是光谱分析仪,更不是带镁光的镜头。
>
> 表现世界的目的,是表现"我"。你们那一代有时也写"我",但总是把"我"写成"铺路的石子""齿轮""螺丝钉"。这个"我",是人吗?不是,只是机械。①

第一段引文的观点与艾青完全一致,后者在诗文论中多次阐述,诗歌拥有不同于客观现实的"更加深刻的真实"。后一段引文的观点则是艾青以及顾工不可能同意的。青年诗人顾城要在诗中恢复的是"人",亦即将"小我"(个我)从"大我"(群我)中拯救出来。这一观点当然可以讨论。不过,在"代言人"角色上,艾青等革命诗人与朦胧诗人是一样的;不同的只是,艾青所代言的是人民大众,朦胧诗人所代言的是经历十年浩劫洗礼的一代青年人。

其次,如前所述,艾青是从诗人(创作主体)而不是从读者(接受主体)的角度针砭朦胧诗的。早在30年代,他就要求诗人"不要把诗写成谜语;不要使读者因你的表现的不充分与不明确而误解是艰深。把诗写得容易使人家看懂,是诗人的义务"②。将近半个世纪后,他与青年诗人谈到那些写得难懂的诗,同样认为责任在诗人而不在读者,"一方面,诗人自己认为的美与丑要和群众认为的美和丑和谐一致;另一方面,这种和群众和谐的美和丑,还得有适当的交通工具介绍给读者"③。他认为所谓"朦胧诗"有三种:"一种是写得朦胧,语

---

① 参见顾工《两代人——从诗的"不懂"谈起》,《诗刊》1980年第10期。
② 艾青:《诗论》,载《艾青全集》第三卷,花山文艺出版社1994年版,第26页。
③ 艾青:《与青年诗人谈诗》,载《艾青全集》第三卷,花山文艺出版社1994年版,第463页。

言表达得不清楚。一种是对生活的观察不准确,不深刻。最后一种,最应该指出并要加以反对的,是借朦胧来掩盖自己的肮脏的思想和灵魂。"① 这三种无一例外地指向创作主体。前两种确实存在,不容否认,但第三种批评已超越了对诗人的语言表达和观察生活的要求,跃出了文学论争范畴,回归到他所熟谙的诗人要改造世界观、端正立场和态度的革命话语中,其表述方式与他批判新诗史上矫揉造作、故弄玄虚的艺术至上主义者的方式基本一致。不妨回顾一下40年代艾青对壁岩批评《火把》一诗的反批评。他认为:"在创作上,作者一向抱定一种见解,即:一个诗人不能控制形式与语言,不能制服一切创作上所必然遇到的困难,这就等于一个军事指挥者不能用战略去制胜敌人,击溃敌人的进攻是一样的怯懦无能;而且是一样的危险的。我相信,我现在还不至于这样可怜。"② 艾青作为创作者的自信,既来自他对所选择诗歌道路的坚定信念,来自他所收获的赞誉,也来自他在创作中形成的诗思路径,即:始终立足于创作主体想表达的是什么去阐释诗歌,缺少尊重读者自由解读诗歌的意识。这又与他一贯主张创作者不仅要做人民大众的代言人,而且必须引导他们的诗学主张绾结在一起。倘若诗人不能清楚明白地表达自己的意思,引导的目标就会落空。而所谓引导,就是要把人民大众引导到创作者想要表达的思想情感中来。

艾青虽然否定的只是难懂的朦胧诗,但他称为"迷幻药",把它们与抽象艺术、虚无主义相提并论,体现的是对某种"运动"的警觉。他说:

---

① 艾青:《树木总是长在土地上的》,载《艾青全集》第五卷,花山文艺出版社1994年版,第580页。
② 艾青:《关于〈火把〉——答碧岩先生的批评(上)》,载《艾青全集》第三卷,花山文艺出版社1994年版,第105—106页。

艺术里看不见人民
人民中看不见艺术
不和人的生活相联系
艺术失去了延续的生命

变态的世界
产生变态的艺术
以不被理解为骄傲
以自许的荣誉维护创作的狂热
从放任到放荡
消除现代生活所引起的精神苦闷
这样的艺术
不可能引起普通人思想感情的共鸣
只能为数极少的人所理解
——谁也不可能真正的理解

抽象派的艺术
不是蔬菜和粮食
也不是糖和酒
甚至也不是任何饮料
抽象派的艺术
是艺术的变种
即使不是毒瘤
也是含有吗啡和尼古丁[①]

[①] 艾青:《否定的艺术（艺术论）》,载《艾青全集》第五卷,花山文艺出版社 1994 年版,第 591—592、597、598 页。

革命话语与中国新诗

艾青对"文革"结束后浮出水面的新的美术思潮、诗歌浪潮的不理解,乃至视为沉渣泛起,不完全是美学趣味问题,与他长期接受的革命话语的洗礼有关——即便他完全赞同"百花齐放,百家争鸣"的政治方针——与他将诗人、艺术家定位在"战士""斗士"的形象有关。他在诗论中常用作战比喻写诗这种艺术创造活动,武器是他最常使用的关于诗的比喻;诗文本中,"归来"之后的他依然保持着原有的写作习惯,备受赞誉的《小泽征二》通篇即以"战争""千军万马""侦察""行军""战役""将军"等为比喻。对朦胧诗的严厉批评显示了艾青讲真话的个性和气魄,但其中难以去除的,是在战争时期形成的居高临下、发布指示的口吻,是在某种动向中觉察令人不安的气息的习惯。最令他忧心忡忡的,还不是朦胧诗深受青年人的欢迎,而是青年诗人在狂热中否定一切,否定中国新诗的革命现实主义的传统和方向,这才是他无法容忍和接受的。他是通过批判朦胧诗来为新诗的革命传统正名。

艾青为诗人希克梅特所画肖像,可视为自画像:"这是一个把生命贡献给为了美好的理想而战斗的人。他是我们这个时代的先锋行列中十分出色的成员,诗只是他的英勇行为和至善的观念的记录。在他的诗里,我们可以清楚地感触到一个战士的心脏跳动的声音和血液流旋的温热。他的诗,教育了我们,作为诗人必须首先是一个百折不挠的战士。"[①] 作为战斗的诗人,艾青把一生奉献给了革命,也奉献给了诗歌。他确实是罕见的将革命话语要求与个人诗艺求索融合的优秀诗人。艾青把新诗史作为革命史材料进行处理的做法固然值得商榷,不过,视现代主义诗歌为新诗发展、成熟的标志的研究,其意图是在那些似乎远离革命话语的诗人创作中,寻找研究者自己心目中的"诗",这种做法同样值得反省。

---

① 艾青:《战士和诗人——怀念希克梅特》,载《艾青全集》第三卷,花山文艺出版社1994年版,第318页。

第五章　绿原:精神异域的"陌生的流浪者"

相比于艾青、冯至、卞之琳等,绿原属于"新生代"诗人:他于20世纪40年代开始诗歌创作时,前述诗人已成为推动中国新诗走向第二阶段,并使之日益成熟的中坚力量。绿原极为推崇艾青,称他为三四十年代新诗"领唱的歌手"①,并因提出"七月诗派"中的大多数是在艾青的影响下成长起来而引发争议。② 在习诗初期,《鱼目集》作者卞之琳被绿原奉为"楷模"③,但他选择的诗歌道路使他逐渐远离卞诗。他极少谈论冯至的诗,不过,他仍然把冯至与艾青、卞之琳等一道,列入新诗走向现代诗轨道的第一层次诗人。④ 与冯至、卞之琳相同,绿原兼有翻译家、外国文学学者身份,他的诗受到西方现代诗歌,

---

①　绿原说:"诗人艾青是那个时代的领唱的歌手,他的一重唱引起了千万重的大合唱。"《为诗一辩》,《读书》1981年第1期。又说,作为"七月诗派"年轻的一员,他"一直认为艾青是三四十年代领唱的歌者"。《磨杵琐忆》,《诗探索》1999年第3期。

②　绿原:《〈白色花〉序》,载《绿原文集》第四卷,武汉出版社2007年版,第81页。这一说法引起包括入选诗人在内的人的争议,他两年多后写《关于〈白色花〉及其序》加以补充说明。

③　绿原说,五四以来的前辈诗人中,能以"完整的意境和持久的张力"吸引他的,除了艾青,只有冯至、冯雪峰、戴望舒、卞之琳几位。"真正被我一度奉为楷模的是《鱼目集》的作者卞之琳先生。"《磨杵琐忆》,《诗探索》1999年第3期。

④　绿原说,这个层次"以艾青、冯至、臧克家、卞之琳、方敬为代表,他们从中国新诗的优秀传统走来,分别以自己的艺术个性和审美经验启迪了后来者,其中艾青更以其杰出的创新成果开创了一代诗风"。《中国诗人向德语诗人致意——〈当代中国抒情诗〉德译本序》,载《绿原说诗》,人民文学出版社2006年版,第124页。

尤其是德语诗人如歌德、里尔克等的影响,"断念"(歌德)、"工作"(里尔克)等成为其诗歌与诗论的高频词。

20世纪80年代初,绿原把自己六十年的学诗经历分为五个阶段:《童话》时期的摸索阶段,政治抒情诗阶段,解放初期的欢跃阶段,二十年的喑哑阶段,跟着党和人民继续革命的新阶段。① 至90年代末,他同样将个人创作历程分为五个单元,但与之前的划分有所不同,由近及远分别是:90年代上半叶,80年代平反后的十年,中华人民共和国成立到"文革"十年,抗战后期和解放战争时期,学诗的"童年"阶段。② 诗人自白道,"我在诗这片精神异域作为一名陌生的流浪者,不但在气质上一贯见异思迁,不善于循规蹈矩,而且似乎存心在实践某种偏见"③。他所言的"异域"可理解为诗歌艺术领域,诗人由此进入一个不一样的精神世界;也可理解为,在诗艺领域,在不同历史时期,他都以"破坏者"自居,有别于其他诗人。"破坏"并非单纯为了诗的创新,而是基于其创作感受和诗学体认的一种行动。"陌生的流浪者"指的是,在诗歌所开辟、标识的精神时空中,诗人的每一次写作都是陌生的:既像是第一次写作,也宛如最后一次写作。他曾说:"几十年来,每想写点什么,总像第一次提笔那样窘迫而惶遽。终于发现,诗对于我永远是陌生的;也可以反过来说,我对于诗永远是陌生的。正是这种陌生感才使我与诗日益接近,虽然一不留神,失之交臂,诗还是诗,我还是我。"④ "陌生"是诗人将诗歌视为"严肃的工作"的另一种表述。

绿原的创作开始于抗日战争中期,烽火连天的时代,他很快汇入革命洪流和革命话语的洪流之中。早年的家庭经历,孤绝而不屈的精

---

① 绿原:《〈人之诗〉自序》,《当代》1982年第6期。
② 绿原:《绿原自选诗·集前小引》,载《绿原自选诗》,人民文学出版社1998年版,第2页。
③ 绿原:《〈人之诗续编〉序》,载《绿原文集》第四卷,武汉出版社2007年版,第246页。
④ 绿原:《微型诗话》,载《绿原说诗》,人民文学出版社2006年版,第1页。

神个性、气质，使他更容易倾向于艾青所代表的自由诗的革命现实主义道路，逐渐离开卞之琳、冯至等诗人在当时的现代主义诗歌路向。他写于抗战胜利前后的诗作所引发的强烈社会反响，也强化了他对自己所选择道路的自信，虽九死而不悔。将诗与现实生活紧密结合，反抗外敌侵略，揭露腐朽、黑暗的社会现实，同情底层民众的苦难与艰辛，接受思想改造而为人民鼓与呼，成为绿原诗歌的主旋律。尽管在不同历史时期，都有关于他的诗脱不去"知识分子气""书卷气"的批评，但他对此既不理解，也无法接受。从1955年开始直到十年浩劫，作为"胡风集团"的一分子，绿原和许多受此牵连的诗人一样，遭受了政治上的残酷迫害，身陷囹圄，终止写作。但在获得平反前后，他依然对党和国家抱着无限信任和信心；他将这一段苦难经历视为歌德意义上"断念"的一部分。他很早被誉为"人民诗人"①，终其一生，他都是一位坚定不移的革命诗人。不过，与"七月派"诗人和其他革命现实主义诗人不同的是，绿原诗中的理念化或哲理化倾向一直备受争议。这一倾向当然并非独属于绿原，但由此而生的争议，却与他选择的革命现实主义道路，与他为人民写作的信念密不可分，也与读者大众对革命诗人身上的"西化"色彩——所谓"知识分子气"的说法即来源于此——的敏感和不适紧密相连。此外，虽然绿原多次明确表达，自己是在艾青的引领之下转变了诗风，深受其惠泽，但在七八十年代之交由朦胧诗引发的"看不懂"或"读不懂"问题上，在诗的感性与理性（经验）问题上，在关于形象思维的认知上，两者的观点都有很大差异，甚至截然不同。在上述讨论中，可以见出在不偏离革命话语前提下，绿原以自己的创作经验，也以自己作为翻译家、外

---

① 诗人李瑛早期在评论绿原《给天真的乐观主义者们》等诗时说，"诗人的笔像风雨计上的指针，我们已可看出它是怎样随了时代的风雨在表盘上画着度数的圆弧。艰苦的抗战胜利之后，作为年轻的人民诗人绿原，便写了《终点，又是一个起点》的长诗"。《论绿原的道路》，《诗号角》1948年第4期。收入张如法编《绿原研究资料》，知识产权出版社2009年版，第191页。

国文学研究者的学养，力图从创作主体和接受主体两方面，推动新诗走向新的未来。

一 越过"童年"：从唯美到"入党志愿书"

当绿原晚年回首第一本诗集《童话》，他感到的是"遥远而陌生"，是"怅惘"而不是"隔膜"。[①] 毕竟，这些诗里流淌着他的血液，与他后来的诗同属一个血型。然而，50年代以后在中国大陆无人提及，却在台湾地区备受推崇，杨唤、周梦蝶、痖弦等诗人坦承受其影响[②]。这本青涩小诗集的奇特遭遇，确实不能不让经受革命暴风雨"洗礼"的诗人深感"遥远而陌生"，恍若隔世。如诗人所言，造成两岸迥然不同的评价的主要原因，是大陆地区长期以"政治标准第一"为批评准则，因而更加重视他转向之后的诗歌；身在这一历史语境之外者，则较少受到这一评价标准的左右，而忠实于个人的阅读感受和欣赏趣味。当然，以政治标准衡量诗歌价值的方式固然值得反思，但忽视诗歌产生的个人和历史语境——这两者对绿原这样的诗人来说，往往无法剥离——纯然从诗的艺术角度去欣赏和判断，未见得比前者高出一等。毋宁说，在政治性、革命性指向明确的诗中，艺术将立于何地；或者，艺术上的探索，是否会影响诗的政治观点的表达，削弱其批判现实、鼓动人心的革命力量，是将写诗视为严肃的工作的新诗诗人，必须思考的重大命题。绿原以自己的写作做出了回答。

[①] 绿原说："老人回顾童年，无不觉得遥远而陌生，《童话》对我也是这样。可想不到，它似乎比我后来出版的任何一本诗集，享有着更长的艺术生命。不但当时在国统区由于其异乎一般的诗风，显得新鲜活泼而受到注意；后来在台湾更由于斯泰斗、痖弦等先生的推荐而为人所知，有些诗评家甚至认为《童话》是我的代表作。然而，经过五十年代那场暴风雨的'洗礼'，我对这些令人鼓舞的反馈，却更觉得遥远而陌生。……不过，为了符合我的主观实际，'隔膜'不如改作'怅惘'，似乎更为贴切。"《绿原自选诗》，第五单元《诗与真》前记，人民文学出版社1998年版，第318页。

[②] 参见绿原《答王伟明问》，载《绿原文集》第三卷，武汉出版社2007年版，第471页。

第五章 绿原:精神异域的"陌生的流浪者"

诗人不必悔其少作,也不必因他人见解的不同而违心地拔高它。总体上,绿原对早期诗作的自我评价很低。他在晚年多次提到,"最初只是把诗当作玩具,或者当作与美捉迷藏的游戏,或者当作消愁解闷的手段"①;称第一首公开发表的习作《送报者》"本身很稚拙,并有一些不健康的感情痕迹,但决不是为艺术而艺术的尝试——生活和时代注定我走不成这一条道路"②;《童话》中有"唯美的诗句","有一种虚无缥缈的青春的追求"③。这一方面是写作者对待少作的常见态度,但另一方面不难发现,包括绿原在内的接受革命话语的革命诗人,早已习惯从政治意识形态角度品评、臧否诗歌;对早期创作不同程度的否定,是以转向之后的诗作为衡量标尺的——革命话语已内化为诗人的写作要求,乃至信仰,他们以此来回顾、总结自己的写作历程和新诗发展历程。对绿原转向之后诗歌成就和特色的确认,会促使研究者以之为线索,追溯诗人早期诗作中潜伏的转变的因子。从这一视域出发,《童话》集中的很多诗被研究者认为已具有鲜明的革命色彩,并非只是玩具、游戏或缥缈不定的个人情感的表露。如《憎恨》(1941):

> 不是没有诗呵,
> 是诗人的竖琴
> 被谁敲碎在桥边,
> 五线谱被谁揉成草发了。
>
> 杀死那些专门虐待青色谷粒的蝗虫吧,
> 没有晚祷!
> 愈不流泪的,

---

① 绿原:《金环奖授奖答谢词》,载《绿原文集》第三卷,武汉出版社2007年版,第510页。
② 绿原:《〈人之诗〉自序》,《当代》1982年第6期。
③ 绿原:《刘士杰访谈摘录》,载《绿原说诗》,人民文学出版社2006年版,第65页。

愈不需要十字架；
血流得愈多，
颜色愈是深沉。

不是要写诗，
是要写一部革命史啊。

又如《星的童话》①（1941）：

一天
雪花谢尽了
有人骑马从远方来
说一个远的消息
说那里
四季是春天

把《憎恨》的主题理解为不是简单的理想与现实的矛盾，而是革命与反革命的对立；② 把后一首"有人骑马从远方来"说成从延安来，诗中"隐隐约约地预示延安的今天就是重庆的明天"③，这样的解读并非不可，但明显是对绿原诗歌的革命话语的索隐式批评，而且是以对诗人转向之后写作指向的确认来回溯前作，力求将它们勾连成一个"整体"。因此之故，类似《不是忏悔》（1944）这样的诗，则很难进入研

---

① 《星的童话》未收入诗集《童话》。该诗作于 1941 年 6 月，刊《诗创作》第 9 期，1942 年 3 月 31 日；另刊《文学杂志》第 1 卷第 2 期，1943 年 11 月 5 日。参见《绿原著译系年》，载张如法编《绿原研究资料》，知识产权出版社 2009 年版，第 372 页。此诗也未收入《绿原自选诗》（1998）和《绿原文集》（2007）第一卷"诗甲编"。
② 张如法：《论绿原的〈童话〉》，《河南大学学报》（社会科学版）1987 年第 5 期。
③ 张如法：《射向敌人的子弹和捧向人民的鲜花——论绿原的诗》，《中国现代文学研究丛刊》1983 年第 1 辑。

究者的视野而获得评价:

你固执地活着,活在人间,比地狱更阴惨的人间。
手里只有一支笔和一柄防身的刀,诗人维庸啊,你怎能不
用诗来诅咒这罪恶的世界,同时又怎能不
靠偷窃来养活自己呢?

……

然而,读到你为自己写的《墓志铭》残篇——
读到"让人们别嘲笑我的苦难
但求上帝宽恕我们大家……"时
我怎能不为你的冤屈和善良失声痛哭?
人怎能没有生的苦痛和死的恐怖?
人又怎样没有办法解决生的苦痛和死的恐怖?
假如你从十五世纪活到二十世纪
——从朴素的明月行进到辉煌的太阳,
你一定明白,我所向往的诗人维庸啊,
　　历史是一种颜色的浓淡的反映,
　　光的来源只有一个:
　　你的和我的缪斯只有一个!

不是忏悔!
没有忏悔!
为什么要忏悔?!

无法得知绿原是否因翻阅维庸诗集或传记而写下此诗。绿原所熟悉的

法国象征主义诗人保罗·瓦莱里（一译保罗·瓦雷里）写过《维庸与魏尔伦》一文，简略记述了维庸的一生。作为中世纪欧洲三大诗人之一和法国"最伟大的抒情诗人"，维庸四岁左右因家贫被母亲送到修道院，博学的神甫纪尧姆·德·维庸收养并教育了他。他21岁时获得学士学位，从此混迹于教士这个特权阶层。在瓦莱里眼里，"这个才华横溢的巴黎人是个可怕的家伙"，"在我们这个行当里是绝无仅有的"：他同时是杀人犯、抢劫犯、盗窃犯、拉皮条者、大名鼎鼎的黑道人物。他犯下的最严重的罪行中，包括率领几位职业撬锁匠，夜间盗走某教堂圣器室里的五百金埃居；在出逃期间又偷走另一教堂圣器室中的圣餐杯。① 但在绿原诗中，维庸是一个"用诗来诅咒这罪恶的世界"、蒙受冤屈的善良之人，一个饱尝"生的苦痛和死的恐怖"而永不忏悔的人。信奉"纯诗"的瓦莱里描述维庸的生平，是为了提醒人们注意，"诗人不是一个特别具有社会性的人。只要他是诗人，他就不会进入任何功利主义的组织。对世俗法律的尊重在他锤炼诗句的洞穴门口烟消云散"。他揭示出维庸作为诗人所具有的"不良意识"，即对世俗法律、现存秩序的蔑视和反抗。② 如果留意到绿原的诗写于"1944年9月18日流离中"，即为逃避国民党征调他去"中美合作所"而离开重庆，流离失所，就会理解他为何会把维庸描述为一位令人向往的伟大诗人。这首诗也开启了绿原向政治抒情诗的写作转向。③ 不过，该诗虽作于1944年，却未被诗人收入第二本诗集《又是一个起点》（胡风编辑《七月文丛》第一集）之中。可以推测，由于维庸并

---

① 参见［法］瓦莱里《维庸与魏尔伦》，载《文艺杂谈》，段映虹译，百花文艺出版社2002年版，第7—14页。
② ［法］瓦莱里：《维庸与魏尔伦》，载《文艺杂谈》，段映虹译，百花文艺出版社2002年版，第20—21页。楷体字原有。
③ 《绿原年表》1944年："民族的苦难，人生的艰险，逐渐冲淡写作初期的浪漫幻想色彩，转入政治抒情诗的写作阶段。写《不是忏悔》《给天真的乐观主义者》《是谁，是为什么》《不要怕没有同志》等诗篇，后收入诗集《集合》。"载《绿原文集》第六卷，武汉出版社2007年版，第575页。

不为一般读者所了解，其流氓、恶棍形象也难以作为革命者形象而为大众所接受，更有可能被激进的革命话语判定为具有"不健康情绪"，因此，绿原当时并未自觉地把它视为政治抒情诗。在绿原早期思想意识中，也在其诗中，革命不过是破坏、叛逆的代名词，如同那一时期许多出离家庭的诗人一样，但此时它已明确指向对敌斗争。

以《又是一个起点》为代表，绿原在抗战胜利前后和解放战争时期所写的诗，成为又一个"起点"。就一般情形来说，接受和践行革命话语，沿着艾青、田间等开拓的革命现实主义道路前行的诗人，这一时期的抒情诗皆可以政治抒情诗名之。绿原后期在译介米沃什的诗时说："如果不把政治诗的概念狭隘化或庸俗化，米沃什的这些诗正可以称为政治诗。……一般说，政治诗兴于动荡岁月，而衰于承平时期；承平时期，诗人容易转向内心，绵缠于纤细的感觉，而在动荡岁月，诗人往往无以排遣周围的刺激及随之而来的忧患意识，有所感而发为诗，则无往不是政治诗。"[①] 这一时期之所以要在其抒情诗中凸显"政治"二字，一方面是与他早期唯美的、缥缈不定的、夹杂有"不健康情绪"的诗作予以明确区分，亦即意味着一种自觉的思想、感情的定位和确认；另一方面也是因为，这些诗的题材或内容都清楚地指向生活，指向现实，但已不是从前的个人的生活和现实，而是汇入革命洪流中的"全能的现实的生活"——一种令人热血沸腾、激情澎湃、勇往直前的政治生活。就像诗人在《致自杀者》（1944）中，以箴言、警句方式发出的警示和呐喊："只有生活，才是现实的！／只有现实的生活，才是全能的！／只有全能的现实的生活／才是无敌的！才能／同旧世界拼到底！"自杀者之所以自杀，是因为无法摆脱个人不幸的、有缺陷的生活，无法认清旧世界的丑恶本质，因而其行为"完全是虚妄的"、毫无价值的。还有一点原因，是这些诗确实起到宣传、

[①] 绿原：《发自幸存者的责任感》，为米沃什《拆散的笔记本》中译本序。收入《绿原说诗》，人民文学出版社2006年版，第257页。

革命话语与中国新诗

发动、鼓舞人民大众的社会效果,而有别于其前后诗作。绿原晚年多次提到这些诗在群众集会、朗诵会上所引起的强烈反响;也有许多读者、诗人回忆亲身经历的场景①。遥想当年的荣耀和辉煌,绿原坦承,"这种不以人的意志为转移的巧合,在我的一生中是很希罕的,毋宁说形势比人还强,时代的波涛有时会把一个平凡的诗人推到浪尖上"②。"时代的浪涛"即"革命的浪涛"的代名词,"浪尖"也是革命行列最前沿的暗喻。邵燕祥认为,《童话》之后绿原的诗——

> 不是花园中的玫瑰,而宁肯作鹿寨上的蒺藜。……也许正由于中国的现实是非常复杂的,仅仅靠诗的热情远远不够,他政治地楔入生活,直面敌人,寓热情于冷峻,化呼号为论战,把对客观世界犀利的剖析思索,同内心世界的披沥抒发融合在一起,以一系列尖新深刻的意象发人之所未发。严酷的现实产生严酷的现实主义,然而现实主义的任务正在于动摇对那该死的现实的任何一点幻想……

> 更重要的启发是,战斗的诗之所以为战斗的诗,并不尽在于如实地以至逼真地描绘战斗场面,战斗历程,而首先要求把作为战斗一员的作者的全部的生命和灵魂熔铸在诗里。③

---

① 牛汉说:"这些诗,在当时学生运动的集会上,在民主广场上,曾经广泛地被朗诵过,深深鼓舞了人们的斗志。1947年冬天,我从纱厂林立的沪西一个弄堂走过,听到一个中学校教室里传出女教师朗读《终点,又是一个起点》的因激动而颤抖的声音,我伫立在窗外,感动得流出了热泪。"《荆棘和血液——谈绿原的诗》,《文汇月刊》1982年第9期。木斧说,《你是谁?》这首诗"在水深火热的国统区青年学生中间,曾经产生过广泛的影响。在各种集会上,我听到过这首诗的朗诵不止十次,我朗诵这首诗也不止十次。它像磁铁一样紧紧地吸引住听众,它像火把一样点燃了听众燃烧的心"。《从绿原的诗〈你是谁?〉想到的》,《诗探索》第13辑(1985)。木斧,"七月诗派"年龄最小的诗人。
② 《绿原自选诗》,第四单元《你是谁?》前记,人民文学出版社1998年版,第257页。
③ 邵燕祥:《读〈白色花〉》,《文艺报》1982年第12期。

把战斗的诗视为投枪、匕首、号角,服务于民族战争和反内战的政治需要,这是当时革命现实主义诗人的诗学理念。绿原也曾在《诗人》(1949)中写道:"有奴隶诗人/他唱苦难的秘密/他用歌叹息/他的诗是荆棘/不能插在花瓶里//有战士诗人/他唱真理的胜利/他用歌射击/他的诗是血液/不能倒在酒杯里。"但还没有诗人如此直截了当地把诗的生命当作政治的生命,当作"入党志愿书":

> ("七月诗派"诗人)他们努力把诗同人联系起来,把诗所体现的美学上的斗争同人的社会职责和战斗任务联系起来。这就是说,对于四十年代的这一批文学青年,诗不可能是自我表现,不可能是唯美的追求,更不可能是消遣、娱乐以至追求名利的工具;对于他们,特别是对于那些直接生活在战斗行列中的诗人们,诗就是射向敌人的子弹,诗就是捧向人民的鲜花,诗就是激励、鞭策自己的入党志愿书。①

当然,将诗的美学追求等同于诗的政治理想追求,不可能意味着后者对前者的取代或覆盖——这恰好是层出不穷的、标语口号式的"抗战诗"的作者没有领悟的。如果人们还是在诗的"精神异域"内讨论,美学追求与政治追求是咬合在一起的:一定的美学追求里有一定的政治取向,尽管后者可能是引而不发的。因此,将政治与艺术评价标准分开并给予第一、第二的等级差别,只不过是革命话语的某种策略:它要求文艺成为战斗的武器,为工农兵服务,为人民大众代言,并引领他们前进的方向,为此才从创作主体角度要求诗人作家改造思想,转变立场;为此才形成革命话语在文艺领域里论证逻辑的循环——后者(创作主体改造思想,转变立场)成为前者(文艺成为战斗的武

---

① 绿原:《〈白色花〉序》,载《绿原文集》第四卷,武汉出版社2007年版,第83页。

器)的前提和保障；而只有前者的完全实现，才能证明后者是完成了的。对绿原而言，这一时期的诗已收获人民大众的热情回应和强烈反响，因此，他既可以把诗中的政治追求推向极端——自我感觉居于"浪尖"之上——也可以无所顾忌地谈论诗的美学追求：诗的实践效果——从阅读与接受的角度说——的大获成功，已证明诗的艺术追求的正确。《给天真的乐观主义者们》在《希望》第一集第三期刊发时，编者胡风单就这首"怪诗"说，"以真正诗人或正统诗人自命的诗人大概要投以冷嘲热讽的，像句子太长，用字不妥，甚至技巧不巧之类，但有着平凡的感受，有着平凡的悲愤的我们，确实不能不为作者底痛切的控诉所动的"①。很显然，"怪诗"也好"好诗"也罢，都是出自阅读者的主观感受，是诗的接受效应；有着"平凡的感受"的"悲愤的我们"，为诗人诗中"痛切的控诉所动"，已证明了一切："痛切的控诉"的诗比比皆是，但能否让平凡的人们"所动"则是另一回事；这种"所动"既是个人感受，当然也是因"所动"的个人与写诗的诗人置身同一时代的现实生活中，为同一种"悲愤"的氛围所萦绕。正因如此，绿原晚年在回顾这段创作时提出"原声"说，并不让人感到意外：

> 不难理解，当时基于从实际的艰苦的物质环境引发的政治热情，我决心转变诗风，争取为眼前反内战的现实政治服务。但是，既看不惯一些脱离时代气息的风月伤感之作，也不欣赏少数人引进外国格律的创新尝试，而对另一些标语口号式的，以及投合市民趣味的"民歌"式的政治诗，则深感它们在广大人民的苦难和愤慨面前困顿而窘迫——我才不得不带着自己的原声，试走一条

---

① 参见张如法《射向敌人的子弹和捧向人民的鲜花——论绿原的诗》，《中国现代文学研究丛刊》1983 年第 1 辑。

真正将政治抒情化的新路。①

事实上，从早期的《童话》到《又是一个起点》，以及后来结集的《集合》，绿原诗风的转变体现在两个方面：一个是从个人生活转向"全能的现实的生活"，题材或内容亦随之发生转变，此无须赘言；另一个是从模仿、学习戴望舒、卞之琳、艾青等的诗，转向借鉴欧美现代诗人如惠特曼、波德莱尔、里尔克以及马雅可夫斯基的诗的形式。与此相应，他的诗也由被人称赞的感觉的丰富性，转向将感觉与写实相融合、将感性与理性（经验）相交织。若单就转向后的诗所体现的艺术精神而言，感觉与写实相融合，主要受到艾青面向土地和人民的写作的影响；感性与理性（经验）相交织，则深受胡风"主观战斗精神"，即以炽热的主观感情拥抱、融解客观事物的观念的启发。转向之前的诗，比如收入《童年》的《忧郁》（1941）：

太阳呈扇形的放射没落了，
耶稣骑着驴子回到耶路撒冷去。
行脚者买一只风灯，
摸索向远村的旅栈。

圣人在想：
黄昏的烟水边
（田螺儿回到贝壳里去了），
雨落着的城楼
（晚钟被十字架的影子敲响了），
常有一个透明的声音

---

① 《绿原自选诗》，第四单元《你是谁？》前记，人民文学出版社1998年版，第258页。

召唤着你的名字——
好，你该醒着做梦的客人了。

这是童话。

夜深了，
请给我一根火柴……

这首诗从用典（中外皆有）、插入语、用"你"构成潜在对话关系，到各种意象，再到醒与梦的矛盾修辞，到弥漫着的忧郁情绪，都留下了卞之琳《鱼目集》影响的痕迹。《童话》集中的《惊蛰》《神话的夜啊……》《春天与诗》《夜记》等诗，从抒情结构到句式，都可见到艾青诗打下的烙印。而在第二、第三本诗集中，不仅单首诗的行数远超之前的短制，而且其质地厚重中有刚硬，情感层次更为丰富。在形式上，绿原尝试借鉴不同的写作方法。如《给天真的乐观主义者们》（1944）：

大街上，警察推销着一个国家的命运；然而严禁那些
龌龊的落难者在人行道上用粉笔诉写平凡的自传。
这是一片宝岛：货币集中者们像一堆响尾蛇似地互相呼应，
共同象征着一种意志的实践：光荣的城永远坚强地屹立在
　　地球上。

水门汀，钢筋混凝土……永远支撑着——像陀螺般向半空
　　飞旋上去——
银行，信托部，办事处，胜利大厦，百货商场……
然而，告诉你，灰烬熄灭了，哪怕形状团结在一起，也是

第五章 绿原:精神异域的"陌生的流浪者"

不能持久的!
破裂的棺材怎样也掩不住尸体的臭气和丑样子!
请看,知名的律师充任常年法律顾问,发行了巨批杰作:

扑克,假面会,赛璐珞,玻璃玩具……
坤伶,明星,交际花,肉感的猥亵作家,美食主义者,拆
  白党,财政敲榨者,肉体偶像……
茶会,午餐,鸡尾酒晚宴,接风,饯行,烹调术座谈会,
  金融讨论……
勋章,奖状,制服,符号,万能的 pass,鸡毛文书……
赌窟,秘密会社,娼妓馆,热闹的监狱,疯人院……
鸦片批发,灵魂收买,自行失踪,失足落水,签字、画押,
  走私,诱拐,祈祷和忏悔……

……

可爱的读者,这批评是对的。从前我真是一个神经衰弱的
  无神论者,
曾经荒谬地信奉悲哀的宗教,用弥撒来咒骂耶和华……
但是,今天,那样可笑的我已经完全变了——
我的急剧的心脏渐渐坚硬,像一块浸泡在酒精里的印地安
  橡皮。
我的心脏究竟浸泡在什么里面呢,是演现在世界各处的悲
  惨的历史吧?
是的,是那悲惨的历史像洪水一样冲击着,而人不能是一
  块水成岩……

革命话语与中国新诗

诗中超乎寻常的散文化长句，物象的层层叠加（展览），近乎奔涌潮水的主观感情，感叹号、问号（设问与反问兼有）、破折号、省略号等多种标点符号的运用，确实给读者带来超强的冲击力，其中明显借鉴有惠特曼《草叶集》的抒情方式和句法形式。然而不一样的是，惠特曼的诗折射的是美国的时代精神，讴歌的是美国普通劳动者。绿原的诗聚焦于肮脏、污秽、腐朽不堪的都市和早已异化的劳动者，抒情主体自称"我是一个都会的流氓，没有受过良好教育"，"我不过是一个不相干的旁观者"，因此在物象择取和氛围营造上，亦有浓厚的波德莱尔《恶之花》的色彩："我"仿佛游荡于繁华都市街头的浪荡子，虽说夹杂有对底层民众的同情，但更多投以的是蔑视、讥讽、激愤的目光。而《终点，又是一个起点》《咦，美国！》《悲愤的人们》等诗，则是模仿马雅可夫斯基的阶梯式诗，与田间等的诗并无不同，是绿原诗歌水准线以下的作品。① 最耐读的是《伽利略在真理面前》（1946）、《你是谁？》（1947）。前者因远离中国的现实而获得超越现实时空的启示性力量，颂扬"一切为真理受难的人"，把伽利略视为"人的标准"的存在，并誓言"……要做一个／二十世纪的伽利略，／我要在习惯里怀疑"。后者则以不断变换的"你"，面向不在"眼前"又近在咫尺的读者——"亲爱的人民"和祖国——抒情，呼唤自由，激发反抗。它从惠特曼的诗体中"后撤"了一步，而与自己的声调、与艾青等的革命现实主义诗风合流——

> 暴戾的苦海
> 用饥饿的指爪
> 撕裂着中国的堤岸，
> 中国呀，我的祖国

---

① 由绿原、牛汉选编的《白色花》（二十人集）收入绿原九首诗，未收入这三首。人民文学出版社 1981 年版。《绿原自选诗》在第四单元收入五首诗，亦不含这三首诗。

> 在苦海的怒沫的闪射里，
> 我们永远记住
> 你用牙齿咬住头发的影子。

读者从这首诗中可以嗅到艾青的《向太阳》《复活的土地》《雪落在中国的土地上》等诗的气息。

二 断念、休停与再出发："革命情结"的复杂与纠结

1946年，铁马撰文指出绿原创造了一种新的风格，其优点是"相当能突破诗创作上迂缓、柔弱、纤巧的风气，呈现出宏大的气魄和庄严的斗争"。但他同时认为，"绿原是在思想内容上首先表现诗与人民结合，而语言形式上还有很大的知识分子气"，"当然还不够通俗和大众化"。① 不久，香港某位政论家（署名"E"）针对铁马文章说，"绿原有些诗是热情的，作者内心也是强烈的，但写法有毛病，那完全是给知识分子看的，老百姓是看不懂的"；整个新诗"有一些诗都完全不是中国人的语言，然而却在'孤芳自赏'，这整个代表了一片歪风"；绿原写农民复仇心理的诗、逃荒的诗，是"虚无主义"。另一位副刊编辑诗人（署名"J"）也批驳了铁马的观点，认为"绿原的形式自然有问题，而感情意识也全是知识分子的而不是农民的"。② 这些批评尽管针对绿原诗歌的"写法""做法"没有使用浅显易懂的人民大众的语言，但已上升到新诗的发展方向和知识分子诗人选择什么样的道路的政治层面，当然令习诗初期就喊出"不要

---

① 铁马：《诗的步武——从〈文汇报〉和〈大公报〉的诗特辑想起的》，原刊上海《文萃》第8期，1946年11月28日。节选收入《绿原自选诗》附录二，人民文学出版社1998年版，第411—412页。

② 《内战窒息了新文艺的发展回顾歉收的一念间》，原刊香港《华商报》1947年1月1日。节选收入《绿原自选诗》附录二，人民文学出版社1998年版，第412—413页。

写诗,/要写一部革命史"的绿原大惑不解,也让一些诗人、批评家为其鸣不平。

如果按照"政治标准第一,艺术标准第二"的革命文学评价标准,绿原在政治立场上无可指责,纠缠于语言形式似乎有些小题大做。但实际情况远比诗人想象的要复杂。语言形式上的"知识分子气",是指诗人借鉴西方现代诗歌而出现的西化,其思想感情自然不可能是"纯正"的。在革命话语中,西化是资产阶级、小资产阶级知识分子的惯有毛病,延安时期即要求彻底改造。西化的文艺无法为人民大众服务,既不符合国情,也是文艺大众化的障碍。也就是说,绿原身上的"知识分子气"具现为创作中的西化,而后者显露的是,诗人的思想立场并未完全转到人民大众这一边——语言形式问题在这种逻辑推演中,转回诗人的政治站位;也让自以为与祖国和人民站在一起,"向劳碌的人民/呼喊着万岁……"(《雾季》,1942)的诗人如坠五里雾中。绿原晚年回忆,事后才知晓,香港座谈会的意见大有来头,"果然,不久就通过学习了解到,新诗的出路在于向民歌和古典诗词学习,并非出自凡人之口;那时虽然还没有'一句顶一万句'的说法,看来由于众望所归,诗歌界谁也不会、也不敢朝相反的方向思考形式问题了"[①]。形式与内容的关系,诗人风格的形成,也成为80年代后绿原思考的诗学核心问题。

中华人民共和国成立之初,绿原与大多数国统区诗人一样,面临着写什么和怎么写的困境,他们的诗也一改之前各自的诗风而趋向统一。只不过,绿原刚刚经历"知识分子气""虚无主义"的批判,他自己更为强调思想感情的改造,也更为自觉地向民歌靠拢。"今天我们须要做和能够做的事情实在太多。从任何细小的工作都可以通向'为人民服务'这个崇高而严峻的真理。我希望,今后自己

[①] 绿原:《磨杵琐忆》,《诗探索》1999年第3期。

能够更实际沉进广大人民底精神海洋，从那庄严的大欢乐里汲取勇气，努力生活下去。"① "诗一定要有真实的感情，但必须是健康、进步和广大人民相通的感情，而不是过去一些旧知识分子们所欢喜的、一两个人能懂的'感情'。"他在谈到怎样准备写诗时提出四个根本问题：一是认真进行自我改造，思想改造；二是加强政治理论的学习；三是争取参加一切社会活动，扩大生活，深入生活；四是学好祖国的语言。② 其中只有第四个含混地涉及语言形式。这是诗人服膺新的革命话语并付诸言行的真实心理的反映，也使其十年间的诗作少有艺术价值，不过是印证时代风云变幻的感性的历史材料。诗人自认为"显得相当清新"，"较别致地"歌颂领袖的篇章《沿着中南海的红墙走》③，只是他在与自己之前诗歌的对比中得出的感受。倒是他因"胡风集团"案身陷囹圄、牛棚而喑哑的二十年间留存的几首诗，既袒露着在人生之路、诗歌之路中断念、休停的真实心迹，也因它们是从诗人血管中流出的发烫的血，保留着前期诗作中的思辨色彩，以及"浑身抖索着，铁青了脸来写他的诗章"④ 的令人难忘的形象。如《信仰》（1971）：

  我是悬崖峭壁上一棵婴松，你来砍吧

  我是滔天白浪下面一块礁石，你来砸吧

  我是万仞海底一颗母珠，你来摘吧

  我是高原大气层中一丝氧气，你来烧吧

  我是北极圈冰山上一面红旗，你来撕吧

---

① 绿原：《〈集合〉后记》，《集合》，泥土社1951年版。收入张如法编《绿原研究资料》，知识产权出版社2009年版，第26页。

② 绿原：《"怎样写诗？"——武汉人民广播电台空中大学讲稿》，载张如法编《绿原研究资料》，知识产权出版社2009年版，第30、33—34页。

③ 《绿原自选诗》，第三单元《快乐的火焰》前记，人民文学出版社1998年版，第211页。

④ 唐湜：《诗的新生代》，《诗创造》1948年第一卷第八辑。收入唐湜《新意度集》，生活·读书·新知三联书店1990年版，第23页。

我是十亿个中间普普通通一个,你来揪吧
——还有什么高招呢
哪儿你也追捕不到我
怎么你也审讯不出我
永远你也监禁不了我
在梦里你也休想扑灭我
即使——上帝保佑你
一并取走这个人的生命

诗中"悬崖峭壁上一棵婴松"的意象,令人想到诗人老友、同受残酷迫害的"七月诗派"诗人曾卓的那棵悬崖边的树,"似乎即将倾跌进深谷里／却又像是要展翅飞翔"(《悬崖边的树》,1970);"滔天白浪下面一块礁石"的意象,则唤起人们对艾青写于1954年的《礁石》的回忆;海底的母珠则常被诗人们用作诗的喻象,绿原的挚友亦门曾说他像"采珠人一样深入了生活的深海"[1];高原的氧气与北极圈的红旗则是自创的意象。诗的排句、对句是绿原政治抒情诗阶段常见的句式;由前半节的长句到后半节的短句,则凸显诗人永不屈服于邪恶势力的信念。《自己救自己》(1960)以异域的魔瓶神话为本事,以不分行的、近似散文的行文方式,充分体现了诗人的诗学观,即只要是诗,无论怎样写都是诗;如若不是诗,无论怎样写都不是诗:

我不再发誓不再受任何誓言的约束不再沉溺于赌徒的谬误不再相信任何概率不再指望任何救世主不再期待被救出去于是——大海是我的——时间是我的——我自己是我的于是——我自由了!

---

[1] 亦门:《绿原片论》,原刊《诗创造》第八辑。收入张如法编《绿原研究资料》,知识产权出版社2009年版,第171页。

这种除了句间破折号和句尾感叹号,不使用其他标点符号作语义隔断的非常规写法,在绿原诗中极其罕见。它将诗人在喑哑、窒息中不能发声而又不能不发声,而又在终于发声时思维、情感不受控制地四处冲撞的情状,予以具象化;四处破折号起着停顿的效果,像是一种紧张的思考,一种自我说服,直至发出自己的"誓言"。这首诗也表达了诗人关于诗是独白的论断:

> 诗是一种奇怪的独白,它独自站在人生的舞台上,面对古往今来的无数观众,但是决不装腔作势地挑逗或感染什么人,更不试图进行辩难或说服——它只是自言自语着,讲着人人能讲、想讲而终没讲出来的话,以弥补人类偶尔的木讷和口吃而已。它不预期什么效果,却经常凭借真诚、朴素和新颖产生着效果。①

"自己救自己"的誓言,明白无误地表达对特定时期所谓"革命"势力的反抗和否定,表面上似乎也是对诗人服膺和信任的革命话语的离弃;但实际上,这一誓言只是回归到诗人初期诗作中所言"一部革命史"中"革命"的含义:一方面意味着反抗旧世界,"破坏"旧秩序(1944—1945年写有《破坏集》组诗),另一方面也昭示着与旧的自我的决裂。因此,在《重读〈圣经〉——"牛棚"诗抄第 n 篇》(1970)的结尾,诗人再度转回一以贯之的革命信仰:

> 这时"牛棚"万籁俱寂,
> 四周起伏着难友们的鼾声。
> 桌上是写不完的检查和交代,
> 明天是搞不完的批判和斗争。

---

① 绿原:《诗之我见——并就教于复旦诗社诸君子》,载张如法编《绿原研究资料》,知识产权出版社 2009 年版,第 131 页。

"到了这里一切希望都要放弃。"
无论如何，人贵有一点精神。
我始终信奉无神论：
对我开恩的上帝——只能是人民。

希望与绝望，交织在诗人的生活和写作中；前者是革命诗歌所倡导的，后者则会被归入小资产阶级的不良情绪。诗人彼时或许会想起他所崇敬的鲁迅的话："绝望之为虚妄，正与希望相同！"[1] 不愿放弃希望因而陷于绝望之中，或者说，因濒临绝望而寄希望于希望，这是二十年间诗人形象的写照。

平反之后的绿原，直到80年代都写得很少，他把自己的创作空白期（"休停"）看成三十年。回顾过去，绿原把自己所经受的一切灾难、厄运，视为歌德意义上的"断念"。他在被"禁闭"时期写的一首诗，题目即"断念"（《断念——记一位长者的告诫》，1970）：

你还把诗看得那么神圣，
认为诗人就那么高超？
错了，现实更复杂、更严峻、更重要。
他们只爱打砸抢、黑材料、大字报，
谁还欣赏灵感、想象和词藻？
你的诗一文不值，经不起推敲。

……

还写什么诗啊，脑袋在发烧？

---

[1] 绿原在《高速夜行车》一诗中引用了鲁迅的这句话。

一不妙,就是求之不得的大"毒草"。
何必要吞吞吐吐凑热闹,
何必要言不由衷,追求老一套,
何必要同柏拉图们斤斤计较,
何必要把什么"形象思维"寻找——
更何况人的思维本来有血有肉
饱和着痛苦、悲哀和烦恼。
把你的追求、你的迷惘、你的挫折
你的罪过、你的检讨、你的祈祷
一丝不改,加以白描——
可不就是一部现代的《离骚》!

"断念"在诗中更接近其字面义——断掉写诗的念头——当然是带着愤懑和自嘲如此言说。诗歌在他人眼里一文不值,却不断给诗人带来屈辱和痛苦,以至让人怀疑是否选错了路。80年代后期,绿原在《高速夜行车》(1986—1988)一诗后记中说:

> 人决不甘心做尼采所谓的"末人"虽然他又毕竟不是超人;他总以为看见了自己的前途虽然有时什么也看不见;他一直在迈步向前虽然有时不得不踌躇停顿;他有一步一个脚印的幸运虽然有时难免面临走投无路的困境;他永远希望着虽然又几乎同时陷入绝望之中。然而,人总归会认识:希望不是现实,绝望也不是现实,在任何横逆和挫折面前只能有进无退才找得到出路;因此终点是没有的,即使有那不过是自己的断念和休停,只有永恒的进程才使你不至于成为"末人"。①

---

① 绿原:《高速夜行车》"作者后记",载《绿原文集》第二卷,武汉出版社2007年版,第250—251页。

绿原认为，歌德的高尚品质之一是"从绝望中学习断念"。歌德的谚语集中说："谁不能（承担）绝望，谁就一定活不下去。"同时，歌德又针对绝望提出一个更高级的修养手段："断念"（die Entsagung）。绿原解释说：

> 所谓"断念"决不是无可奈何的听天由命，而是自愿地主动地、虽然不无痛苦地承受客观现实加于自身的种种艰辛和矛盾，并且自觉地作为人类整体的一分子，安于自己的痛苦地位，达到忘我境界，隐约感到美与光明缓缓从自己内心流出。实际上，人们通过断念，可以磨炼自己的性格，使自己能够经受客观上的艰难险阻和主观上的烦恼、沮丧和绝望，继续保持自强不息、一往无前的精神，这不能不说是比节制和忍耐更为高级的、更值得刻苦钻研的一种修养手段。①

他曾引冯至《论歌德》中的相关阐释："断念、割舍这些字不管是怎样悲凉，人们在歌德文集里读到它们时，总感到有积极的意义：情感多么丰富，自制的力量也需要多么坚强，二者都在发展，相克相生，归终是互相融合，形成古典式的歌德。"② 冯至主要是从创作角度，阐明责任与节制、忍耐与承担对于具有丰富情感的歌德的重要意义："古典式的歌德"指向的是因明了自己担荷的人类的责任，而克制一己之私情，不为外物所动的伟人形象。从自身境遇出发，绿原则更强调灾难是人之为人必然遭遇的，要紧的是在痛苦中的忍耐与持守，以便在内心滋养美和光明。这就是绿原所译里尔克诗句所表达的信念：

---

① 绿原：《我们向歌德学习什么》，载《绿原文集》第五卷，武汉出版社2007年版，第107页。

② 冯至：《论歌德》，上海文艺出版社1986年版，第67—68页。绿原的引用见《冯至〈论歌德〉读后散记》，载《绿原文集》第五卷，武汉出版社2007年版，第89页。

第五章 绿原:精神异域的"陌生的流浪者"

"有谁在谈胜利呢?忍耐就是一切。"①

因此不难理解,绿原在获得平反,重新开始正常写作后,并未沉湎于过去的非人经历,而是发自内心地感谢党和人民的睿智。甚至可以说,他是怀着更为强烈的情感投入火热的新生活和写作之中。从《人之诗》自序"别出心裁"的结尾,可以见出诗人一颗滚烫的心,以及不放弃应当担荷的责任和使命的热望:

著名的易卜生写过一篇不很著名的寓言诗,题名《记忆的力量》,大意是:你知道熊是怎样学会跳舞的吗?原来训练者给它在脚上绑了一个铜罐,在铜罐里面烧起了火,然后对它反复奏起同样的曲子;一当温度增高,熊便被迫跳起舞来;此后,每当对它奏起那支曲子,即使不再烧火,跳舞的精灵也会立刻钻进了它的头脑。诗人于是感叹道:他也给绑上了一个铜罐,铜罐里面也有地狱之火在熊熊燃烧,因此他也不得不用韵脚跳起舞来。这个美妙的比喻不也可以借喻社会主义国家的诗人吗?不过,我们被绑上的铜罐是诗人对人民、对祖国的责任感,烤炙我们的烈火是人民和祖国在艰难险阻中奋发图强的革命精神。没有这个"铜罐",没有这团烈火,我们又怎么能够跳舞呢?我们又何必要跳舞呢?②

同样的比喻在一篇访谈里重复出现③。诗人的拳拳之心可鉴。易卜生用被迫跳舞的熊自比,既是自嘲,也有诙谐,易给人以深刻印象;绿

---

① [奥]里尔克:《为沃尔夫伯爵封·卡尔克洛伊特而作》,载《里尔克诗选》,绿原译,人民文学出版社1996年版,第272页。《里尔克》一书译者魏育青译为:"有何胜利可言?——挺住意味着一切。"见[德]汉斯·埃贡·霍尔特胡森《里尔克》,魏育青译,生活·读书·新知三联书店1988年版,第280页。
② 绿原:《〈人之诗〉自序》,《当代》1982年第6期。
③ 参见绿原《答南京〈周末〉编者》,载《绕指集》,武汉出版社2000年版,第153页。文字表述有所不同。

原以此自比（如在访谈里），自然也没有问题。不过，以熊的形象比附社会主义国家的诗人，则多少有些滑稽；尤其把诗人比附为被驯化的、起条件反射的熊，则更难让人理解：熊脚上的铜罐是驯兽师绑上的，诗人脚上的"铜罐"呢？当然，任何比喻都是蹩脚的，但擅长比喻与联想、想象的诗人，对此中存在的某种悖谬的无意识，似可说明歌德式的"断念"、里尔克式的"工作"，已为新时代的革命话语所内化而呈现"异样"色彩。

《绿原自选诗》是除《绿原文集》中两卷诗歌以外，诗人编订的最后一本诗集。从篇幅看，第一、二单元即80年代平反之后的诗，共收录111首，接近于从习诗之初到80年代初三个单元所收诗歌数量的一倍。这一方面当然是因为它们都是新写的，读者相对陌生；另一方面也反映出诗人对这一时期创作的珍爱，他在其中做了一些新的尝试。就诗体来说，除常规的抒情短诗和长诗外，还有多首类似《自己救自己》的不分行的诗，如《漫与》《悼古诗人》，后者句间无标点，以空格表停顿；也有令人意外的诗行整齐的诗，如《你过你的独木桥》。长诗中更兼用多种表现手法。就题材而言，既有域内和域外的记游诗，也有与西方诗人、先哲"对话"的诗，亦有读他人作品有感而发的诗，如《读冯至的〈十四行集〉》。句法形式上，则有他所擅长的长短句变换，排句、对句、复沓句的运用。诗篇结构上，常用显在或隐含的对话方式，主歌与副歌的并行（长诗）。在多样化的探索中，绿原不断扩展自由诗诗体的边界，也印证了每一次写作都像是第一次、也像是最后一次写作的真诚和严谨。这些探索和创新中，某种程度上呈现出艺术精神和表现手法的"回跃"现象；亦即，诗人"跳过"50年代顺应革命话语而向清新、清晰、轻声轻语靠拢的诗风，返身到因政治原因被迫中断的40年代抒情诗的话语体系中，最典型者莫过于八九十年代诗歌中"知识分子气""书卷气"的无处不在的弥散。这种"回跃"当然不是一种简单的重复，而是在重新打通诗歌血脉之后的砥砺前行,主要体现在以下几点。

一是感觉的丰富性。绿原的挚友亦门、路翎在 1947 年就敏感于其诗中纷繁复杂的感觉。亦门引用友人的话说,一般诗人病在感觉不够,绿原难在感觉太多。他认为《童话》以后的诗,特别是政治诗,在组织感觉的能力上已有更加"强力气象"。① 路翎则说,《童话》之后,当绿原不得不与现实生活迎面相撞时,"他自己倒似乎是常常败北,撤退的,于是他经历了真正的战斗,他再冲锋,他的堡垒就随处皆是了";"正因为有着柔和的梦幻的心,其失望之深,造成了其坚决之强,而且那感觉性是特别丰富的"。② 将近半个世纪前的这些中肯评价,仍可用于绿原新时期的创作:在经历残酷的政治迫害之后,他仍然保有鲁迅式的"韧的战斗精神",其病弱身躯内爆发的艺术创造力,不能不令人惊叹。感觉的丰富性、复杂性尤其体现在长诗中,如《高速夜行车》《我们走向海》《读冯至的〈十四行集〉》《庐山九月我们》《天葬台悲歌》《唱歌的马》《歌德二三事》等。这倒不是说长诗的体量必然使之如此——自抗战以来,乏善可陈、寡淡无味的"注水"式长诗比比皆是——而是各种感觉的纷至沓来,使诗人在写作中不可抑制地延宕诗行。如《高速夜行车》:

不是你在开车是车在开着你。
不是轮子在公路上滚动是公路在轮子下面自动缩短。
不是你和车抢到了一切前面是前面一切必然落到你和车后面
不是空间不是黑暗而漫长的空间
在诱惑你在威胁你在向你挑战

---

① 亦门:《绿原片论》,载张如法编《绿原研究资料》,知识产权出版社 2009 年版,第 177 页。
② 路翎:《关于绿原》,载《绿原自选诗》附录二,人民文学出版社 1998 年版,第 399—400 页。

是时间是更黑暗而更漫长的时间
在诱惑你在威胁你在向你挑战。
于是你和你的车变成了一股力
一股不容任何障碍挡住去路的
力一股以加速度粉碎任何单位时间的
力一股在每一次喘息之前总抢先一步的
力。你不是在抢空间在向无限抢一厘米
你是在抢时间在向永恒抢一秒钟。于是
你不是你。你不认识你。你发现另一个你。
你凝视另一个你。你期待另一个你能够
完成你一直完成不了的奇迹。……

"高速夜行车"是诗人生活的时代和其中渺小个人的绝妙隐喻，21世纪的读者依然会与之产生强烈共鸣。诗句看似永无止息的滚动（"不是你和车抢到了一切前面是前面一切必然落到你和车后面"），几乎没有停顿的跨行（"一股不容任何障碍挡住去路的/力一股以加速度粉碎任何单位时间的/力……"），是诗人感觉奔涌的情状的模拟，他仿佛处于柏拉图所言的被神附体的"迷狂"状态。诗人在暗夜里追问着宇宙、时空的本真面目，苦思"你"是哪一个"你"，"我"又是哪一个"我"。以此诗为例，绿原的长诗与艾青的长诗的差异在于：艾青擅长以具象（人与物）的书写获取时代精神的面相，抒情语调是舒朗、沉稳的，精神指向是明确并渐次展开的。绿原则仿佛放任"感官错乱"，更善于氛围的营造（其中有莎士比亚、歌德等的影响）；也如同西方现代主义诗歌那样"向内转"，转向无意识深处。他评述里尔克《杜伊诺哀歌》时说，在其中可以"发现被表现的事物既熟悉又不熟悉，似乎内在和外在的界限被取消了或者被超越了，正是因为作者在创作过程中往往把外在现象视作内在经验的象征，或者说，把外在内在化，从而创造出既外在又内在的艺术形象"①。绿原仿佛有意识地离开凝练、简洁、以一当十等为前辈诗人所看重的诗艺，也就与古典诗歌拉开了距离。当然，感觉的丰富性不只是长诗才能容纳，短诗亦如此。如《读冯至的〈十四行集〉》中《第二首》：

"歌声从音乐的身上脱落，
终归剩下了音乐的身躯
化作一脉的青山默默。"——

那么，迄今瑟缩在
悠远而残破的梦网里的
故乡不知名的黄土坡
也是音乐，也是一只沙哑的小唢呐？
想当年尘埃蔽天，人声鼎沸
忧郁的歌者一路吹着
吹出了无声亦无色的寂寞……
记得吗，你——你枉然追求
赤裸音乐的音乐家？

黄土坡—音乐—小唢呐，这种具有通感色彩的比拟的跳跃，是诗人在阅读冯至诗后感觉被激活的状态的体现。无法确知小唢呐是吹响在喜庆的婚宴还是送葬的行列里，但在"小"唢呐与尘埃蔽天、人声鼎沸的对比中凸显的忧郁、寂寞，是确定无疑的；它的声音破空而来——既在当时当刻，也在诗人写诗的此时此刻。诗人回忆童年时有无限怅惘，似乎也于其中表达了"回跃"到"赤裸音乐"——洗去前尘的某种纯

---

① 绿原：《里尔克诗集浏览》，载《绿原文集》第五卷，武汉出版社2007年版，第284页。

净的诗——的心愿。

二是无法把捉的意蕴。绿原的抒情短诗往往起于某种飘忽的感觉或思绪，不像艾青等的短诗常常集中于一个意象或人物。这种差异从绿原一些诗的标题如《无声?》《漫与》《物语二则》等即可显示。如前所述，这与诗人感觉的丰富性，与强力的"向内转"倾向密切相关。这也给不习惯于此类诗的读者留下晦涩难解的印象。绿原曾被冯至诗中的名句"但愿这些诗像一面风旗，/把住一些把不住的事体"所感染，但却在自问自答中说："我是诗人吗？也许是：/经过风旗传说的启示，/惭愧我竟不是"（《读冯至的〈十四行集〉》中《第二十七首》）。这自然是自谦，不过也说明他的诗因感觉的游移不定，让人无法准确捕捉其中的蕴意。如90年代的《无声?》：

> 无声？无声。听觉荒芜了，耳朵
> 为聋了一千年的石像借走，但愿
> 世界自此无声。愿不可能
> 的一切于无声中完成：愿童年
> 栽的泣柳躲过了刀兵。愿为你
> 作过证的月光小河在我心中
> 流得更深沉。愿蹒跚
> 的梦虫羽化成一抹云。愿苦蜜似
> 的儿歌留得住几赫兹音频。愿久久
> 难愈的伤口凝结成
> 一个不痛不痒的笑柄。愿你和我
> 同时悄悄老去，学会同不说话的石像
> 交交心，学会和他一样欣赏
> 无声，学会从无声中期待
> 莫扎特教给人类的

最后一缕温存。

诗以"愿"字形成排句,忆往昔中期待未来"最后一缕温存",并不难解。但诗人在排句中不断添入的缤纷意象——其早期诗歌艺术手法之一——使它的内蕴呈发散状,难以聚合为一体。其中的"泣柳"(应是指故乡仍留有折柳送客的习俗,故有此说)、"苦蜜"、"梦虫"等,皆是独属于诗人的隐喻。"石像"对应着无声,倘若结合诗人曾有长期被关押在单身囚禁室的境遇,石像则是一种自我形象的指涉。相反,绿原写得比较差的短诗,均败在"纪实",败在直白,如《冠军之歌》《另一种画家》《不是什么障眼术》《兵马俑在耳语》等。

三是思索的深度。无论是抒情长诗还是短诗,绿原诗的理念化或哲理化倾向,从 40 年代开始即有争议,批评家也大都认为绿原八九十年代的诗作在此方面有强化迹象。这一问题决不只是涉及诗中可否有哲理,需要从新诗的传播与接受过程来考察,同时涉及诗的内容与形式的关系。本章第三节专题讨论。

诗是要被感受的,而不是被赞叹的。渡尽劫波的德语诗人保罗·策兰的这句话,完全可以用在绿原身上,基于其诗的多维度感觉,也基于其诗越过单一的民歌体而朝向更为复杂、多元的现代性诗歌方向。

三 理念化、"肉感"与新诗的传播、接受

围绕绿原诗歌最大的争议在理念化(哲理化),肇始于其政治抒情诗阶段,延续到后晚期创作。诗人、翻译家屠岸认为,"寓深沉的思索于强烈的感情之中"是诗集《白色花》的共同特点[①],当然更是

---

① 屠岸:《时代激情的冲击波——读二十人集〈白色花〉》,《诗刊》1982 年第 4 期。

绿原诗歌的特色。在一些批评家看来，理念化不是单纯的创作手法，是诗人身上"知识分子气""书卷气"的表现，在40年代后期被指斥为"走错了路"，有"虚无主义"倾向；在八九十年代的讨论中，这一问题则更多地与新诗的传播、接受效果相联结，并涉及新诗的内容与形式关系的重大命题。诗的理念化指什么；是诗人创作中的一种偏向，还是读者阅读、接受的一种效果；理念化是诗歌内容上的某种表达要求，还是与形式相呼应的一种方式；它是否必然带来诗的晦涩、读不懂……这些问题相互纠结，难以剥离。但无论怎样理解和评价，理念化确实是绿原既区别于前辈革命诗人如艾青、田间等，也有别于同时代如"七月诗派"诗人的诗艺特征。

　　不少研究者注意到，绿原诗歌的理念化受到他所译里尔克诗歌的影响。他曾引用里尔克广为人知的名言："诗并非如人所想只是感情，感情我们已经有得够多了；诗是经验。"① 卞之琳、冯至等同样从里尔克处汲取营养，但主要接受的是其"观看"事物的方式，"物诗"的理念，经验的沉淀，而且主要体现在抒情短诗中；针对绿原的讨论则集中在抒情长诗上，其理念化也很难简单地以哲理或经验来名之。如周良沛使用"知性"一说，认为绿原接受的是歌德而非艾略特的"知性"②。这两种看法各有道理，也都可以在诗人的自述和诗中得到验证。除去这几位西方诗人的影响，理念化也与绿原对20世纪西方现代诗歌走向的体认，与他借此反思形象思维相关。他说：

　　　　（20世纪西方）现代诗以散文节奏战胜陈旧格律的同时，已

---

　　① 绿原：《里尔克诗集浏览》，载《绿原文集》第五卷，武汉出版社2007年版，第280页。
　　② "……在歌德与艾略特之间接受影响，他自然是选择了歌德。同时，更确切地说，绿原诗中表现的全部知性，起先都是来自自身的不幸遭遇和各个时期在底层人民之间而有的活生生的感受、思索和剖析，以及同时接受的先进的——由切合抗战现实的民族的、爱国的思想到马列思想的引导。由于有这些思想准备，他又是诗人，必定会发而为诗，发而为'知性'强的诗，但决不是概念化的诗的哲理和哲理的诗。有思想的自觉，有艺术的自觉，才有'将太阳同向日葵溶解在一起'的诗。"周良沛：《绿原的诗》，《诗刊》1992年第2期。

不满足于歌颂、恋慕、哀悼或诅咒等单纯而平顺的情绪反应,日益倾向于以"爱智"代替抒情,以冥想代替歌唱,以刺激代替感染,以惊异代替欣赏,可以说真正在进行"形象的思维"。这种诗的作者通过自己的艺术,使读者完全忘却他的语言材料,不必借助语言学上的任何参照系,直接面对无须任何中介而体现的诗本身,并从中获得令人颤栗的启示。①

将"爱智"视为形象的思维之一种,可看作绿原间接地为自我辩护。他早期诗作中呈现的感觉的丰富性,正可视作"破坏"抒情诗的"单纯而平顺的情绪反应",是他在精神异域内甘做"陌生的流浪者"的表征,也可视为他于诗中保有自己"原声"的实践。那些或直接或委婉提出批评的诗人、评论家,要么将绿原诗中的理念化与西化挂上钩,要么将理念化与晦涩难懂并论,视为诗歌写作中的一种"病"。他们没有意识到诗人一再声明的,他的诗中流淌着他的血,无论怎样写都扎根于中国的土地,根植于他所面对和经历的现实生活。诗人的一腔热血和一番苦心往往被视若无睹,这是让他深感遗憾的。因此更值得注意的是,理念化与被绿原尊崇为引路人的胡风的文艺观融合在一起:被认为是理念化的东西,实际上产生于诗人以"主观的战斗精神"拥抱现实的过程,而不是创作者为了求新求异强行塞入诗中的。谈到集合在胡风周围的"七月诗派"中的人所理解的时代(现实)的真实与艺术的真实之关系时,绿原说:"真正的诗又不单纯是时代内容所能保证的,还要求诗人非把这个内容放进自己的主观感情的熔炉里加以熔融,从而化为自己的感性血肉不可。没有这种主客观的熔融过程,单凭标语口号式的政治概念,进行冷漠的刻画或空洞的叫喊,在他们

---

① 绿原:《为沙克的诗写几句话》,香港《大公报》1993年5月19日。收入《绿原说诗》,人民文学出版社2006年版,第218页。

看来，同样是不可思议的。"① 当然，任何抒情诗都少不了诗人的主观情感与客观现实的拥抱；避免标语口号似的政治概念的抒情方式，也不只有一种；主观情感与时代内容的熔融方式，也是多种多样的，绿原只不过是以深厚的西方文学学养，以兼收并蓄的审美观，以个性、气质，在"知性"（智性）或"爱智"的道路上走得比较远。

绿原并没有对理念化作出过界定，只是在答记者问中指出："写诗作为人这个感性存在的一种感性活动，我不认为，它和哲学风马牛不相及。不过，哲学和诗的交往必须通过它的人格化或情绪化而实现；换言之，哲学在诗中必须与创作主体的感情相融合。根据中国诗学，诗的哲学基础在于情与理的兼容性。无情的理通向概念化，无理的情通向官能化：对于成熟的诗人，二者均不可取。"② 事实上，诗的理念化这一说法也无法用概念界定，谁也不能否认，艾青、卞之琳、冯至、穆旦、何其芳等的诗中同样存在理念化。由于批评家往往将理念与感性相对立，因而认为无节制的理念化会伤害感性的诗歌。最具代表性的，是与绿原过从甚密的牛汉的观点。他认为，诗虽不能完全排斥理念，但"毕竟是诗人的感性经验的结晶，过多的理念化成分无疑是伤诗的"；绿原50年代后期"多年在孤独中被迫冷静思考问题的经历，他从事文艺理论翻译的习惯，以及他的诗作固有的冷峻的论辩性质，更从诗人主观上助长了那种理念化的倾向"；而现在各种条件发生了变化，"那种足以熔化顽石的高温似乎很难再燃炽起来，非诗的理念材料则往往不免变成一种精神的钙质。随着年岁渐老，这种理念化的钙质可能还会增长"。③ 这种批评反映了批评者的传统诗学观念，即诗是主情的艺术；但也正如批评者所言，感觉和理念皆为诗的"材料"，

---

① 绿原：《温故而知新——关于"七月诗派"的几点记忆和认识》，《香港文学》1986年第2期。收入《绿原文集》第三卷，武汉出版社2007年版，第334—335页。
② 绿原：《答〈新马其顿报〉记者问》，载《绿原文集》第三卷，武汉出版社2007年版，第503页。
③ 牛汉：《荆棘和血液——谈绿原的诗》，《文汇月刊》1982年第9期。

第五章 绿原:精神异域的"陌生的流浪者"

不是诗本身;更不能说,理念材料是"非诗"的。在不同诗人那里,感觉与理念有不同的结合方式。绿原承认他的诗(《歌德二三事》)确实存在缺点,但又说:"就诗的属性或素质而论,感觉、形象、景物是诗的,理论、概念、思辨是非诗的:这是长久不容置疑的常识。但是,能够说写诗只靠感觉、形象,而应把思想、理念摒弃于诗外么?"他再次引证胡风的话:"人知道形象能舞蹈,能飞翔,能歌唱,人却不知道理论或信念之类也能舞蹈,能飞翔,能歌唱,因而他不懂得没有经过热情孕育的形象只是一些红绿的纸片,因而他更不懂得在一个伟大的革命者或思想战士的论文或演说里面我们能够读到庄严的诗。"① 空洞颂歌的出现不能单纯归之于理念,即便有,也是空洞的理念,或者是空洞的革命话语的理念。此外,如前所述,既然人人皆知绿原是德语文学、西方文艺理论翻译家,他接受西方文学文论的影响是很自然的。批评家们可否用理念化来评价里尔克的诗呢?里尔克的诗中是否有理念的"精神的钙质"呢?

实际上,从《童话》时期开始,批评家对此的意见主要是从接受者角度考虑的,故而往往将理念化与晦涩难懂相提并论。他们的批评逻辑是单向循环的:理念化导致晦涩难懂,晦涩难懂是因为诗人理念过强——两者互为前提也互为结果。从这种单向度逻辑出发,要求或善意提醒诗人注意接受者的实际能力,很容易与革命话语所要求的大众化合拍。因此,绿原虽未正面界定理念化的含义,但他始终从诗的传播与接受的角度,间接回应上述批评意见,也就正面阐述自己对诗人与读者关系的认识。他尽管从未直接使用"接受美学"这个术语,但其主张与西方现代接受美学的基本观念是一致的:他把读者提升到"第二义诗人"的位置,希望他们参与到诗艺的创造性行为中。最早在1980年,在谈到朦胧诗"读得懂"与"读不懂"的论辩时,绿原

---

① 《绿原自选诗》,第二单元"另一支歌"前记,人民文学出版社1998年版,第84页。

革命话语与中国新诗

提出"第二个诗人"的说法:

> 难道诗真的需要"读懂"吗?难道又真有"读不懂"的诗吗?诗的基本因素是感情,不是哲学概念,它首先要求和读者的同质的感情发生共鸣和交流,而不要求读者利用理性的武装来"读懂"它。诗的欣赏过程对于读者来说,也就是主动挥发自己的同质的感情,向诗人的呼唤发出回响的过程。这个过程实际上是读者在想象中重复以至扩充诗人的创作活动的过程,是读者自己变成第二个诗人的过程——这时,读者和诗人在感觉、感情以至整个感性的创作活动中合而为一,其深刻程度又岂是一般所谓"读得懂"这种冷淡的机械的被动关系所能比拟的呢?
>
> ……即使是被认为"读不懂"的诗,也让他写下去吧。他们的诗之所以"读不懂",我看在相当大的程度上,是人们多年养成的非诗的读诗习惯和它们不相适应的缘故。即使他们有癖好,坚持按照自己的艺术特点来写"读不懂"的诗,我斗胆说一句,这未尝不也是对于人们多年来恣意蹂躏艺术创作规律的抗议。你虐待了诗,诗就要报应,不是吗?[①]

希望读者在想象中重复以至扩充诗人的创作活动,最终变身为"第二个诗人",这可以看作对刘勰《文心雕龙·知音》篇的现代阐释:"夫缀文者情动而辞发,观文者披文以入情,沿波讨源,虽幽必显。世远莫见其面,觇文辄见其心。岂成篇之足深?患识照之自浅耳。"[②] 朦胧诗的"朦胧"究其实并不与理念化直接相关,不过重点在于,绿原提出读者要改变"非诗的读诗习惯",以适应不同写法的诗。读者要有

[①] 绿原:《为诗一辩》,《读书》1981年第1期。着重号原有。
[②] 周振甫:《文心雕龙今译》,中华书局1986年版,第439页。

"患识照之自浅"的自省意识，而不是一味指责诗人"成篇之足深"。更进一步的，他认为诗与读者应该是双向互动关系，后者不能安于被动接受文本的位置，而要在主动的创造中超越自身：

> ……诗与读者之间不应是一个单向的关系，这个关系应当是相互的。就是说，诗为其本质所规定，将对读者产生这样一种神奇的效应，使他能够在阅读中重复诗人的创作过程，以至成为与诗人心心相印的所谓"第二个作者"，而不是一个被动的、旁观的、自然也是肤浅的欣赏者。可叹的是，像这样的读者竟是古今诗人一致渴望的稀罕事物。①

> 诗能站起来，是很难得的，因为它似乎并不以独创性自满自足，往往会超越自身，通过波的形式，向同质的感觉器官传播、放射、渗透和弥漫。出于本能，一首诗需要向更多的读者产生这样神奇的效果，使他们能够主动地追溯作者的创造过程，作为一名所谓第二义的探路者，而不是一个被动的、旁观的、自然也是肤浅的鉴赏者。②

> （现代诗学提出的原则是）诗的意义不在于作者的原始意图，而在于文本和读者的相互生发，在于阅读所造成的另一层思维沉淀。也就是说，诗人必须在逻辑架构之外为读者提供超越主题的想象空间，使他在阅读中不至停留在文本表面，按惯例直奔主题，而将自发而又自主地经历着先由陌生而惊异、再由

---

① 绿原：《答马其顿作家协会主席问》，载《绿原说诗》，人民文学出版社2006年版，第131页。
② 绿原：《金环奖授奖答谢词》，载《绿原说诗》，人民文学出版社2006年版，第137—138页。

同情而感激、更由共鸣以至从共鸣生发自己的和弦而喜悦这另一个创造过程。……在这个意义上，包括现代诗在内的一切诗，决非如某些人所误解，其作者只是为自己而写；恰巧相反，任何诗都需要、现代诗比任何诗更需要读者，更要求读者超越被动的单向的鉴赏地位，作为另一个诗人主动地和作者合作，通过再一次感情加热，共同完成这首用隐显墨水写成的诗篇有待显现的艺术效果。①

可见，绿原在"读得懂""读不懂"的观点上，与艾青等前辈革命诗人截然不同。他并不认为能以简单的"读得懂"来判断诗的价值，这一点与不少朦胧诗支持者的意见相同；他明确提出"读不懂"往往出于读者在欣赏接受中的被动、冷漠乃至懒惰，又从不反省自己，这也与"崛起论"者的意见一致。他也不同意某些青年诗人认为自己的诗是写给未来读者的，而是应该意识到读者是现代诗得以生存和发展的不可或缺的一方，与诗人平等。如前述及，这也是因为绿原对形象思维的理解，不同于艾青对诗的想象、感性的阐发。绿原认为，想象对于诗固然十分重要，但却不是唯一因素。对于有人主张排斥"概念"而推崇感觉和想象，他指出：

诗作为人类的一种审美创造，不可能是无意识的，不可能是唯美的，不可能没有普遍的稳定的思想效果。问题仅在于：那种思想究竟是死的、是从身外捡来的，还是活的、是从实际生活中生发出来的。如果是后者，它必然带有感情的血肉，具备诗的成分，而拒绝任何既成概念的形式。我以为，鲁迅的杂文无不是诗，就充分证明了这一点。②

---

① 绿原：《不是灵芝，就是琥珀》，载《绿原说诗》，人民文学出版社2006年版，第211—212页。
② 绿原：《〈人之诗续编〉序》，载《绿原文集》第四卷，武汉出版社2007年版，第251—252页。

文体上，杂文与诗自然有别，不过绿原强调的是，思想如果是"活的"，带有"感情的血肉"，即是诗的而不再是既成概念。理念化不会成为诗的问题，诗的问题在于干瘪的、无生命的概念化。唐湜1948年以"用身体的感官与生活的'肉感'（Sensuality，依卞之琳的译法）思想一切"①，盛赞绿原的诗"突击"到生活的深处，突出表现了独特的个性，是十分恰切的。法国象征主义诗人瓦莱里提出"抽象的肉感"一说，也点明了理念与感官在诗中的浑融一体。

T. S. 艾略特认为："诗是许多经验的集中，集中后所发生的新东西，而这些经验在讲实际、爱活动的一种人看来就不会是什么经验。"②他赞扬哲人歌德为伟大诗人，是因为在歌德身上"同时具有智慧和诗歌语言这两种禀赋"；并且，"最伟大的诗中有的并不仅仅是那种我们必须接受或摒弃并表现于某种使整体成为艺术品的形式中的'思想'。无论但丁、莎士比亚、歌德的'哲学'或是宗教信仰对我们来说是否可以接受……也总还有那我们大家都可以接受的智慧"。③绿原在引发"理念化""钙质倾向"争议的诗《歌德二三事》中写道：

> 未必存在的真是合理的？
> 试问谁能懂得
> 他生活中没有的东西
> 谁又能欣赏
> 他所不懂得的东西
> 谁能为了懂得

---

① 唐湜：《诗的新生代》，《诗创造》1948年第一卷第八辑。收入唐湜《新意度集》，生活·读书·新知三联书店1990年版，第23页。
② ［英］T. S. 艾略特：《哈姆雷特》，载王恩衷编译《艾略特诗学文集》，王恩衷译，国际文化出版公司1989年版，第8页。
③ ［英］T. S. 艾略特：《哲人歌德》，载王恩衷编译《艾略特诗学文集》，樊心民译，国际文化出版公司1989年版，第263、280页。

    而耗费大量思维之后
    仍然能保持审美欣赏的兴味？

  今天的年轻诗人与伟大的哲人诗人歌德及其诗作存在巨大的鸿沟，这并不可怕；可怕的是，人们可能丧失歌德所教诲的"断念"与蜕变的品格和勇气，故步自封，沉溺于个人狭窄的审美趣味。在诗的创作与欣赏、接受过程中，同样需要"化无常为不朽/不折不挠而又兼容并蓄/不偏不倚而又日新月异"（《歌德二三事》）。

  胡风 40 年代说："……诗人底声音是由于时代精神底发酵，诗底情绪的花是人民情绪底花，得循着社会的或历史的气候；开了的要谢，要结果……这说明了诗人底生命要随着时代底生命前进，时代精神底特质要规定诗的情绪状态和诗的风格。"[①] 绿原的诗是时代精神的回响，他把生命交付给了诗，诗也以自己的生命拥抱了他。他曾把诗比喻为一种"奇怪的旅行"，"它有各种各样的起点，但永远没有一个终点"[②]；他像永在流浪的犹太人一样，在广阔无垠的精神异域中走进宇宙的广阔无垠。

[①] 胡风：《四年读诗小记》，载绿原、牛汉编《胡风诗全编》，浙江文艺出版社 1992 年版，第 633 页。

[②] 绿原：《诗之我见——并就教于复旦诗社诸君子》，载张如法编《绿原研究资料》，知识产权出版社 2009 年版，第 132 页。

第六章 废名:从诗性的自觉到革命的自觉

废名曾把新诗界定为用散文的文字自由地写诗,并宣称"新诗将严格的成为诗人的诗"。他认为从"诗界革命"和白话文运动而来的"新诗"是不是真正的新诗,需要具体分析辨别。新诗的特征是"立体的",内容"完整",写作过程"偶得",诗意具有"普遍性"。废名还反对任何形式的格律,认为"新诗本不必致力于形式,新诗自然会有形式的"①。这些观点本身可能有诸多歧义,也与其他诗人和理论家有分歧,但从现代汉语诗歌的发展来看,它们似乎比其他新诗理论更契合当下诗歌写作的路径或潮流。

废名写在现代时期的白话新诗与当代时期的诗歌作品的差异十分醒目,不能简单地说他背离了自己早先的诗歌理论主张和审美追求,也可视为随着社会情势和文学处境变迁而自然"发生"的一种演进,是深谙佛理禅宗的现代文人在革命话语作用下为自己描画的精神历程。

一 从"诗人之诗"写到"白话旧诗"

废名在当代文学时期的诗歌创作,集中在1959年。《废名集》第

---

① 废名:《集外·〈十四行集〉》,载《新诗十二讲》,辽宁教育出版社2006年版,第207页。

六卷收录有《歌颂篇三百首》和另外两首歌谣体的抒情短诗。这些诗歌都没有公开发表，发表在报刊上的是另外几首短诗，如《工作中依靠共产党》《欢迎志愿军归国》等。《歌颂篇三百首》手稿标明完成时间为1959年5月10日。仅从这些文本来看，很难令废名诗歌和诗歌理论的读者相信这些"作品"出自他的手笔。《歌颂篇三百首》的文体类似于顺口溜，如"前言"篇的第20首："歌颂篇，歌颂篇，／老汉心事万万千，／要为青年歌颂党，／以上一篇是前言。"或者勉强可以算作歌谣体。除了"前言"中的第一首多一行"'中国人民站起来了！'"，其他299首都是句式整齐押韵的四行诗，故而《歌颂篇三百首》总计有1201行诗。分为16个专题，按序排列为：一、"前言"20首，二、"半封建半殖民地"17首，三、"歌烈士"15首，四、"优先发展重工业"15首，五、"抗美援朝"10首，六、"矛盾论颂"20首，七、"再颂矛盾论"5首……以下还有"整风和反右""大字报赞""跃进篇一、二"等。诗人将新中国十年物质文明和精神文明的成就，或者说是社会运动和经济建设的方方面面尽数入题，进行了热情的唱赞，很显然这是他为中华人民共和国成立十周年而准备的献礼。尽管这些诗歌的形态特征和内涵气质，与诗人在现代文学时期的写作别如霄壤，与他的新诗主张完全对立，但也不宜简单地判断为诗人对自己过去的否定或背叛。正如在"百花齐放，百家争鸣"时期，废名言之凿凿地制订了两个五年计划——要完成两部长篇小说——但是最终没有付诸实施。这不是说他改变了计划或不守信用，而是在当时的环境中，他的身份、职务不容许，或客观情势使他无暇顾及这个计划。但从他留下的文字看来，此时的他与新中国之前判若两人，至少直到1948年底，他自己也绝对没有料到这种转变，尽管他的转变很自然也很费力。从读者的角度看，如果的确看到的是诗人的转变，实际上，也就能够将此理解成一位老去的文化人对新中国所抱持的恳切的心意和周到的礼数。当然，其中也有害怕落伍而急着赶上时代步伐的心理。

第六章 废名:从诗性的自觉到革命的自觉

在完成《歌颂篇三百首》之后不久,废名又作了两首在内容和形式上类同于前者的短诗,题为《五九年"七一"作抒情诗二首》。其一曰:"党的生时我无知,七尺之躯已二十,今日三十八年后,一颗红心不怕稚。"其二曰:"丢掉包袱真不轻,文学哲学极唯心,最初不惯听改造,十年改造知恩深。"虽题为"抒情诗",但更像是坦率的检讨、自我的反省,文本无可解亦无须解,题旨与"歌颂篇"也没有什么分别。把这些诗与他早年的诗放在一起,差异不言自明,简直就是当年的他所否定的用白话写的旧诗。现代文学时期的废名的新诗写作,时间跨度为1922—1948年。《街头》发表于1937年的《新诗》:

> 行到街头乃有汽车驰过,
> 乃有邮筒寂寞。
> 邮筒PO,
> 乃记不起汽车号码X,
> 乃有阿拉伯数字寂寞,
> 汽车寂寞,
> 大街寂寞,
> 人类寂寞。

废名坚持认为,李商隐、温庭筠乃现代汉诗的精神源头,这一点后文将要讨论。有论者将此诗与李商隐的《乐游原》相对照,并分析两者的区别。其一在于意象的使用及效果上。李商隐诗中的意象往往是象征性的符号,如"夕阳";废名诗里的意象则是偶然的、具体的,如"邮筒""汽车""大街"都没有固化的象征意涵。此外,在诗歌成规的沿袭或突破上也有区别。[①] 这说明现是代诗人在继承传统的同时,

---

[①] 参见 [美] 奚密《从边缘出发:现代汉诗的另类传统》,广东人民出版社2000年版,第58—60页。

自觉地进行艺术探索。由于诗人有意识地、努力地打破陈规，才有可能为现代汉语诗歌贡献新质。除此之外，他的创作中也不乏跟性情贴合、与处境相关，或出自本能的表达冲动、体现个人趣味的诗。在写于 1931 年、发表于 1934 年、由 40 首诗组成的诗集《镜》中，除了两三首写到海、醉和死，绝大多数诗歌的主题、意象都不出梦、镜、灯这三类，因而整体上笼罩着一种空无和虚幻的意境，显示出诗人在诗艺追求和运思方式上的近"佛"倾向（集子中也有些诗歌写到耶稣和上帝，但透露出的依然是佛意）。从这个集子中随意撷取的例子足以证明这个时期的废名，处于诗歌观念、人生态度和处世方式高度合一的状态中，虽然有着空幻颓靡的调子或凄清孤寂的色彩，但不失其浑然和完整，给读者以和谐的感觉。

比方说，这些各自独立的诗中，梦、灯、镜是有关联的，可以说是一个相互呼应、相互生发的有机构成：灯使人看见，镜子使看见的呈现为一种反相或幻象，所有这一切交织出现实人生和世界皆如梦的境界，清幽而朦胧。眼泪、寂寞、空无、影子，是点缀或贯注其间的闪烁变幻的形象和情绪。于是，除了各自独立而彼此牵连，这些诗歌所释放的讯息，看似抒情实际是悟道：心如明镜台，时时勤拂拭。但这种悟道又绝非为了"传道"，而是实实在在反射着个体人生及寻常日子的体验和悲欢。如《镜铭》：

> 我还怀一个有用之情，
> 因为我明净
> 我不见不净
> 但我还是沉默，
> 我惕于我有垢尘。

又如《壁》：

> 病中我轻轻点了我的灯,
> 仿佛轻轻我挂了我的镜,
> 像挂画屏似的,
> 我想我将画一枝一叶之何花?
> 静看壁上是我的影。

意境看似玄远，其实与诗人的生活很切近。虽然充满凄清和苦闷，但诗行间透露出一份孤独和自我陶醉，也透露出写诗时极有主张、极为自信的沉静。

废名早年的诗歌自然是他的诗歌观念的集中演练。诗集《镜》中的诗正是他所说的"严格的诗人之诗"。相形之下，50年代写的新颂歌，至少从形式上看很像是他所反对的、好懂的"白话旧诗"。后面我们将专门阐述和分析30年代的废名何以那样作诗，继续探讨革命话语对他和其他诗人的塑形力量，以便更充分地证明废名的新诗理论，确实是越过了现当代的种种新诗观念而直抵当下，而与现时诗人达成声气相通。这里且先阐述当代时期的废名何以创作出与此前作品完全不同的东西。

中华人民共和国成立后，废名在东北人民大学（后改名吉林大学）任教，讲授新诗、《诗经》、鲁迅研究、新民歌研究等课程。他并不像其他诗人那样被动地卷入政治运动，而是以极大的热情参与新中国的文化建设事业，积极主动地反省自己。他自述早年也是有政治热情的——

> 然而我的政治热情没有取得作用，终于是逃避现实，对历史上屈原、杜甫的传统都看不见了，我最后躲起来写小说乃很像古代陶潜、李商隐写诗，——这个判断是真实的，不过从我今天的思想感情说，我一点没有肯定我有成绩的意思。从一九三二年《莫须有先生传》出版以后，我压根儿没有再读一遍我自己的小

说，我把它都抛弃了。我那时也说不出所以然来，只感到我写的东西没有用。解放后，大家提出现实主义的口号，我很有所反省，我衷心地拥护，我认为现实主义就是反映现实，能够反映现实，自己的政治觉悟就一定逐渐提高，提高到共产党人一样。①

他的文字中的自我剖析和批判显得自然而然，看不出有压力和惶恐之态。他甚至对自己过去的创作也颇为自信，即使是在全新的现实和激进的政治语境中——

> 就表现的手法说，我分明地受了中国诗词的影响，我写小说如同唐人写绝句一样，绝句二十个字，或二十八个字，成功一首诗，我的一篇小说，篇幅当然长得多，实是用写绝句的方法写的，不肯浪费语言。这有没有可取的地方呢？我认为有。运用语言不是轻易的劳动，我当时付的劳动实在是顽强。②

从这些自省的文字可以看出他的自我反省与何其芳一样，都有一种诚恳坦荡、问心无愧的磊落之感，相信自己肯定是需要改造和进步的，但也绝不是无可救药的，也绝非无用之人。这些看似平淡的语言里充满了自信：

> 总括一句，我从外国文学学会了写小说，我爱好美丽的祖国的语言，这算是我的经验。陶潜饮酒诗云："但恨多谬误，君当恕醉人！"我丝毫没有求原谅的意思，我确实恨我过去五十年躲

---

① 《〈废名小说选〉序》，载《废名集》第六卷，北京大学出版社2009年版，第3267—3268页。
② 《〈废名小说选〉序》，载《废名集》第六卷，北京大学出版社2009年版，第3268—3269页。

第六章 废名:从诗性的自觉到革命的自觉

避了伟大的时代。在前进的伟大的时代里,我希望我能有贡献。要符合人民的利益才算贡献,要对创造社会主义文化有贡献才算贡献,我很有这番良心。①

就他们二人那些紧跟时代的诗作而言,何其芳在延安时期的诗是他耐心细致地做思想工作,与同志们亲切交谈的记录;废名的"歌颂篇"是为了贯彻落实新民歌的主张而身体力行的成果,是作为一位人民教师和革命干部的责任感和示范作用的显现。他们都是真诚而勤勉的,同时也都是背离了他们自身的诗歌趣味的。

与何其芳一样,新中国的每一项事业都引起废名的激动并引发出热忱的赞美。废名有一篇题为《歌颂》的散文刊发于 1956 年 8 月 15 日的《人民日报》,开头写道:"我平日看报,——看《人民日报》,常常默默地动了歌颂的感情。歌颂共产党,歌颂人民政府,歌颂人民政府的政策,总括一句就是歌颂革命,仿佛到现在我也真懂得革命似的。我又要求我怎样把我的感情表达出来,换句话说,取什么体裁写成文学作品?这却是一直没有决定的事。因此日子默默地过去了。"②所以,他也希望尽快适应新时代前进的步伐,为新中国做出自己的贡献。他在《高潮到来了》一文中说:

我这几天一天天地变个样儿,真像春天里欲开未开的花一样,现在快要开了,——就说开了吧!是的,应该当家作主,再也不要迟疑,有困难再克服。我说出"开了"二字,便表示我要订计划,订两个五年计划,第一个五年写一部长篇小说,第二个五年写又一部长篇小说。中国古人造一个信实的"信"字道:"人言

---

① 《〈废名小说选〉序》,载《废名集》第六卷,北京大学出版社 2009 年版,第 3269—3270 页。
② 废名:《歌颂》,载《废名集》第六卷,北京大学出版社 2009 年版,第 3275 页。

为信。"造吉祥的"吉"字道:"士口为吉。"我是一个守信的人,我又是一个知识分子,向来说话谨慎,何况在社会主义竞赛当中我又懂得什么叫做纪律,不是满心欢喜,而又确有信心,不会像今天一样报告一枝花开的消息的。①

多么纯朴又美丽的文字!不由得读者不信任。这些文章虽然都可以说是应景之作,但是,这些朴实的语言实在是对当时已经流行的假大空文风的一种平衡。时至今日,当历史在非此即彼的言说中被简单化、抽象化时,这些文字还能使当下读者感受到,从那个年代传来的一些和悦的声息。也许这些文字虽然热诚却不够劲道,但面对如此柔韧、温热的拥护者,再严苛的批判者也无从抹下脸来厉声喝问。

废名在前述《歌颂》一文中还谈到一个具体而微的小事:简体字令他感到非常喜悦,并且"替今日的儿童感到幸福"。他在这篇文章结尾写道:

> 毛主席在《论联合政府》里有这样一句话:"到达这一天,决不是很快和很容易的,但是必然要到达这一天。"这里面有一个"和"字,连接"很快"和"很容易"以便共一个"的"字。"和"和"或"怎样用法,"的"字加在哪里,在口语里本不成问题,在汉字拼音上恐将有问题,如果不把它们弄清楚。我们作革命干部的人,一切问题要联系实际,要解决问题,建立汉语语法正是一件革命工作。②

这种密切行文、细微用语的表达方式,决不是当时的主流。许多与废名的出身、学养、气质相似的文化人,此时已不再说话,他却以这种

---

① 废名:《高潮到来了》,载《废名集》第六卷,北京大学出版社 2009 年版,第 3281 页。
② 废名:《歌颂》,载《废名集》第六卷,北京大学出版社 2009 年版,第 3277 页。

第六章 废名：从诗性的自觉到革命的自觉

"细声细气"话语响应了时代的要求；也可以说，他的语言是对那个时代的语汇不可多得的充实。很多紧跟潮流顺势应变的诗人、文人，在当时或后来引起人们的反感，比如郭沫若、吴晗、臧克家等。废名却不同，他在报纸上发表了很多应景的文章，却没有遭受像郭沫若等受到的苛评和责难。一来由于他真诚谦逊，二来也因为他确实很"小"——地位低微而不像其他诗人作家那么引人瞩目，他的"歌颂"也是从微小处着手而令人信服。此外，因为他"小"，所以，虽然非常热忱地加入革命话语，却很难达到革命的要求，也只能是老老实实地说具体的话，做具体的事。比如在《读古书》一文中，他先表示"极其坚决地反对今天的右派"，接着说在报纸上看见揭发的材料，"右派头儿"章伯钧主张读《论语》之类古书，而他不同意。他谈的读古书是要人们读《孟子》，"如果我们以无产阶级的宇宙观武装我们的头脑，则孔孟之书到今天是值得一读的，它首先能够教育右派分子要有是非之心"。[①] 显然，这些说辞以当时的革命话语来衡量，完全不对头，令人啼笑皆非，但废名写这些文字时绝无反讽之意。

1957年，废名在《人民日报》《吉林日报》上发表了《必须党领导文艺》《必须做左派》《腐朽的资产阶级文艺思想，伟大的工农兵方向》《伟大的文艺工农兵方向》等文章，以及关于新民歌的讲稿和系列文章。从这些文章的题目就可以看出他对新时代及其话语方式的服膺和响应。他甚至也参与了大鸣大放，曾经在接受采访时对何其芳、卞之琳等文艺领导的工作提出质疑，批评《文学研究》《文学遗产》是"一副面目"，"没有生气"，"似乎是独鸣"。采访的最后他表示：

> 我相信毛主席的领导，相信"百花齐放、百家争鸣"的方针，所以心里很快乐，情绪总是很好的。但是，怎样在写作上打

[①] 废名：《读古书》，载《废名集》第六卷，北京大学出版社2009年版，第3283页。

开一条路,怎样使自己发挥更大的作用,我迫切希望得到帮助。大旱望暴雨,我像枯苗一样地期待着雨水的润泽。①

如前所述,何其芳延安时期的诗与废名的"颂歌"不同,但都出于至诚,也都背离了各自的诗歌趣味。值得注意的是,虽然废名否定了自己的过往(他说自己"文学哲学极唯心",自然是他针对自己早年诗歌小说追求禅意,以及哲学著作《阿赖耶识论》而言的),另外,也许正因为他深受佛法禅宗的熏陶,才能在新时代、新语境中这样柔顺地转变。用今天的话说,他的转变是从禅修到佛系的转变;如果说早年的诗是空寂、直觉、唯美的,现在的颂歌则大有顺时应变的安忍、和悦之情态。也可以说,如果没有被他自己批判为"文学哲学极唯心"的过往——学佛修禅并用于自己的文学和哲学实践——所打下的基础,如此巨大的转变绝不会这般平顺。下面将要阐述的废名的新诗理论观念,也会充分证明这一点。

二 "新诗将严格的成为诗人的诗"

废名的新诗理论,集中体现在两个系列文本之中,即《新诗十二讲》(《谈新诗》)和《新民歌讲稿》,分别成书于1937年之前和1957年以后,是他在北京大学和吉林大学中文系授课讲稿的结集。当然,在他的古代诗歌阐释中(古诗讲义包括《古代人民的文艺——诗经讲稿》《杜甫的诗》)也反映着他的新诗观念。

他在现代中国文学的"现代阶段"的新诗论稿,除了《新诗十二讲》,还有1937年以后至40年代初期的诗歌评论,包括关于卞之琳、林庚、朱英诞、冯至等诗人的评论。这一时期的现代汉语诗歌,无论

---

① 沛德:《迎接大鸣大放的春天——访长春的几位作家》,《文艺报》1957年6月16日。此处引文见《废名集》第六卷,北京大学出版社2009年版,第3401页。

是理论还是实践都已经发展到相对成熟的阶段。废名的新诗理论是诸多新诗论中的一种，当然也是极具启发性和超前性的一种。正如他认为温庭筠、李商隐等古代诗人越过了众多古诗，甚至白话诗，而达到与新诗的声气相通、精神相通一样，他的关于新诗的主张，似乎也越过现代文学史上各种潮流、各种论说而达成了与当下汉语诗歌的相互贯通。因此，他的新诗理论作为当时众多理论之一种，也为现代汉语诗歌传统的形成奠定了基础。

关于新诗的渊源，废名认同那种普遍性的看法，即新诗作为五四新文学运动的一部分，白话文运动、晚清时期以梁启超为代表的诗歌改良运动都是其源头。但对于白话新诗和旧诗的关系，以及新诗自身的新与旧的问题，废名却有不同的观点。他认为很多所谓新诗毋宁是"白话旧诗"；另外，在许多旧诗中却蕴藏着新诗的精神，因而从"诗界革命"和白话文运动而来的"新诗"是不是真正的新诗，还需要具体分析辨别。

废名多次表达过这样的观点，即新诗之所以是"新"的，在于它以散文的形式写出了诗的内容；旧诗则相反，是以诗的形式表达散文的内容。他在谈胡适的《尝试集》时说，"旧诗的内容是散文的，其诗的价值正因为它是散文的。新诗的内容则要是诗的，若同旧诗一样是散文的内容，徒徒用白话来写，名之曰新诗，反不成其为诗"[1]。在《新诗应该是自由诗》中说，"如果要做新诗，一定要这个诗是诗的内容，而写这个诗的文字要用散文的文字。已往的诗文学，无论旧诗也好，词也好，乃是散文的内容，而其所用的文字是诗的文字"[2]。在《已往的诗文学与新诗》中说，"白话新诗是用散文的文字自由写诗"[3]。在评周作人

---

[1] 废名：《谈新诗·〈尝试集〉》，载《新诗十二讲》，辽宁教育出版社2006年版，第7页。
[2] 废名：《谈新诗·新诗应该是自由诗》，载《新诗十二讲》，辽宁教育出版社2006年版，第25页。
[3] 废名：《谈新诗·已往的诗文学与新诗》，载《新诗十二讲》，辽宁教育出版社2006年版，第39页。

的《小河》等诗时,他又发挥了这个观点,认为梁启超、黄遵宪,以及遵奉"我手写我口"主张而以通俗白话入诗的诗人,做的只能是旧诗;白话诗运动中的诗人也没有摆脱旧诗的思维方式、趣味习性,写出来的依然是旧诗:

> 他们用白话做诗,又正是做一首旧诗。我们这回的白话诗运动,算是进一步用白话作诗不做旧诗了,然而骨子里还是旧诗,做出来的是白话长短调,是白话韵文。这样的进一步更是倒霉,如果新诗仅以这个情势连续下去,不但革不了旧诗的命,新诗自己且要抱头而窜,因为自身反为一个不伦不类的东西……①

上述诸多言论,虽然谈论的是诗歌的语言形式,属文学内部的问题,但从论者思路和观点看,他似乎正在逆潮流而动。因为在世界范围内看,20世纪正是所谓语言转向的世纪。在中国范围内,白话文运动及五四新文学运动正是汉语文学形式的一次最彻底的革命。在这一情境下审视废名的新诗观念,确实令人惊异。他似乎并不看重诗歌写作中语言的作用,或者说,他不像新文学运动中的人那样把白话/现代汉语视为新诗写作中当然的、先决的条件。他以为诗歌的新旧不在乎语言的新旧,也就是无关乎文言和白话,而关乎诗歌的内质——内容、情感、精神、意趣等。

废名一再强调新诗的情感不同于旧诗,如果说以白话写出的诗歌还是"旧诗",就是因为情感的容量不够。但废名并不否认旧诗在语言方面的长处,如简洁、含蓄、清新、有韵味等;也认为这些长处应该在新文学里得到继承发扬——不过是要在新散文中去继承发扬。新诗所亟须的是语言文字之外的素质,那种素质其实早就存在于旧诗中。

---

① 废名:《谈新诗·〈小河〉及其他》,载《新诗十二讲》,辽宁教育出版社2006年版,第82页。

第六章 废名:从诗性的自觉到革命的自觉

于是,他越过白话文运动,越过晚清的"诗界革命",还越过宋元明词曲小令,在唐朝诗人那里发现了新诗的精神!废名列举和解读了许多旧诗中那些足以作为新诗渊源的案例。比如,在谈《尝试集》时,他列举的是陈子昂的《登幽州台歌》和李商隐的绝句《东南》(东南一望日中乌,欲逐羲和去得无?且向秦楼棠树下,每朝先觅照罗敷!)。他把这些诗视为旧诗中的例外,因为它们有着真正的诗的内容,而与新诗的精神是相通的。所谓诗的内容,是指因一事触发而当即成诗,诗里透露的是灵魂的消息,是内容丰厚、想象阔达的真正的诗,而不像其他古典诗文那样只有诗的形式。废名一再征引旧诗中有新诗精神的诗,借以说明新诗的源头并不是胡适等看重的通俗易懂的元(稹)白(居易)一派,而是被人认为难懂晦涩的温(庭筠)李(商隐)一派。

所以,在废名看来,新诗和旧诗的区别不是用白话和文言的区别,也不是易懂和难懂的区别。他这样评说鲁迅写的新诗《他》:"这首诗用旧诗来写恐怕还要容易懂些,那就要把作者的情调改削一些,要迁就于做旧诗的句法。新诗真是适宜于表现实在的诗感。"[1] 新诗和旧诗的区别是思维方式和情感内容的区别,也是作者的价值观念和精神气质的区别。基于这一认知,他发现了新诗写作中存在的刻意为之的倾向。他批评后起(1920年代以后)的新诗人乃是有心"做"诗,指出这种刻意求新的"做"怎样给新诗带来新的套路或束缚,变成新诗的"自由"的障碍:

> ……他们根本上就没有理会旧诗,他们只是自己要做自己的诗。然而既然叫做"做诗",总一定不是写散文,于是他们不知不觉的同旧诗有一个诗的雷同,仿佛新诗自然要有一个新诗的格

---

[1] 废名:《谈新诗·鲁迅的新诗》,载《新诗十二讲》,辽宁教育出版社2006年版,第78页。

式。而新诗又实在没有什么公共的、一定的格式,像旧诗的五言七言近体古体或词的什么调什么调,新诗作家乃各奔前程,各人在家里闭门造车。实在大家都是摸索,都在那里纳闷。与西洋文学稍微接近一点的人又摸索西洋诗里头去了,结果在中国新诗坛上又有了一种"高跟鞋"。①

可以看出废名对新诗的形式很不满意。新诗沿用旧诗的形式自然是不行的,但不用旧的形式也可能沿袭了旧的思维模式,向西洋诗学习又有可能落入外国的模式中,总之是不能摆脱对"格式"的依赖。那么,废名的新诗观念到底是开放的还是偏执的?为什么他一面主张新诗什么都可以写,怎么写都可以,一面又对种种的诗艺探索都不认同?何以如此否定新诗的"格式"?

我们可以从他具体的诗歌批评中体察其立场。他发现,讲究格式或注重形式的诗人,在思维方式和趣味方面总显出老旧;即使是模仿外国诗,"字句之间却还是旧文人一套习气的缠绕"②。他还看到诗人对格律、音韵的专注,会分散和削弱对所写之物事的专注,使作者沦陷于自我欣赏。用他的话说,就是不知不觉间失掉了一个"诚"字。这个问题后面还会谈到。

他反对新诗作者追求新的形式还有一个更重要的理由,是担心给大众(读者和作者)造成误解,以为新诗就应该有某种形式。这是有悖于新诗诗体解放的宗旨的,也是妨害新诗前途的。为此,废名对冯至把自己的诗集取名为《十四行集》很不以为意。他认为这个诗集名称对诗人自己来说是一种方便,但对天下人却是一种误导——废名担心的是新诗读者可能会买椟还珠,读了冯至的诗集或看到诗集名称,

---

① 废名:《谈新诗·新诗应该是自由诗》,载《新诗十二讲》,辽宁教育出版社2006年版,第24—25页。

② 废名:《谈新诗·〈湖畔〉》,载《新诗十二讲》,辽宁教育出版社2006年版,第121页。

以为"十四行"便是新诗的普遍样式。这可以说是废名借题发挥。在他看来,只要是"做"诗,不论是古典式的还是西洋新式的,总是一种模式,与新诗的自由精神相违背。废名颇为意气地说:"不了解诗而闹新诗,无异作了新诗的障碍。私心尝觉得这件事可恨,故常想一脚踢翻那个诗坛,踢翻那个无非是要建设这个,即是说要把新诗的真面目揭发出来。"① 那么,新诗应该是何种面目呢?

废名说"新诗应该是自由诗","我们只要有了这个诗的内容,我们就可以大胆的写我们的新诗,不受一切的束缚"②。但同时他对新诗也作了限定,"新诗将严格的成为诗人的诗":

> 你是诗人你便可以写诗,所以容易得很,世间有多少诗人便有多少新诗,便有多少新诗的内容……但你如不是诗人,你也便休想做诗!新诗不同旧诗一样谁都可以做诗了,你做了贪官污吏你还可以做得好旧诗了,因为旧诗有形式,有谱子,谁都可以照填的,它只有作文的工巧,没有离开散文的情调,将散文的内容谱成诗便是诗的情调了。③

这里的"诗人"特指写新诗的诗人。诗人是有特殊气质和禀赋的人,他真诚,怀有赤子之心,尤其是不为潮流习气所动。废名对历来人们众口一词称道的经典作品持有异议,就是因为它们的内容不符合他所定义的"诗人"的秉性——

> ……胡先生举了辛弃疾的几句词,"落日楼头,断鸿声里,

---

① 废名:《〈冬眠曲及其他〉序》,载陈建军编《我认得人类的寂寞:废名诗集》,新星出版社2018年版,第149页。
② 废名:《谈新诗·新诗应该是自由诗》,载《新诗十二讲》,辽宁教育出版社2006年版,第25页。
③ 废名:《集外·〈十四行集〉》,载《新诗十二讲》,辽宁教育出版社2006年版,第203页。

江南游子,把吴钩看了,栏杆拍遍,无人会,登临意",说这种语气决不是五七言的诗能做得出的。不知怎的我很不喜欢这个例子,更不喜欢举了这个例子再加以主观的判断证明诗体的解放。我觉得辛词这些句子只是调子,毫不足取,用北京话说就是"贫"得很,如此的解放的诗,诗体即不解放我以为并没有什么损失。①

废名当年反感胡适所赞赏的这些词句,在又经历了八十多年的流传之后,今天的诗人也许更能感觉到它的"贫",更能认同废名的意见。它们在一代又一代人的传诵和引用中,越来越成为陈词滥调!尽管实际上当时诗人写下它们时也许是出于至诚,也得之于灵光乍现,只因为一再被人赞颂、模仿、重复而变为套话。总之,废名强调新诗必须"修辞立其诚"。他既讨厌"白话韵文",又反对模仿外国诗体,都是因为它们只顾追求文字的"新",忘了"字句之间却还是旧文人的一套习气的缠绕",而与自由和诚实的精神相背离。

被废名不看好的经典古诗还有许多,他的理由也如前所述,多是因为那些看似完美的语言遮盖了个体的人的真性情。他这样解读《天净沙·秋思》,"正同一般国画家的山水画一样,是模仿的,没有作者的个性,除了调子而外,我却是看不出好处来"②。好诗除了要有调子,更要有性情;调子是其次的,是依真性情而自然生成的。换句话说,作者的个性不仅仅是语言的个性,不仅仅是诗歌发声的特殊腔调。

他说刘半农的诗"能将一个难得表现合式的感情很朴质的表现着了",说刘半农是"很结实的人物",他的诗是"蕴积的""收敛的",

---

① 废名:《谈新诗·已往的诗文学与新诗》,载《新诗十二讲》,辽宁教育出版社 2006 年版,第 29 页。
② 废名:《谈新诗·〈尝试集〉》,载《新诗十二讲》,辽宁教育出版社 2006 年版,第 6 页。

是由于"他的感情深厚之故"。① 废名对新诗的成果很乐观，同时也有一层忧虑。他鼓吹新诗的生机、朝气、天真、诚恳，也看到新诗露出的衰老迹象，就是如前所述的新诗诗人往往不知不觉地沾染旧习气，变得不诚。他在康白情的诗里，在汪静之后来的作品里，都看出这种苗头。废名在赞赏一首诗时，经常会使用"天籁""完整""偶然""天真"之类的词，我们从中可以归纳出废名新诗理论的主要范畴。

其一是"完全性"（完整性）。废名说新诗应该"是天然的，是偶然的，是整个的不是零星的"②，以此为标准来衡量他自己的诗，他感到颇为自信、自得，因为他觉得自己的诗比卞之琳、林庚、冯至的诗都更为完全。但他最推崇的一首诗是郭沫若的《夕暮》："一群白色的绵羊，/团团睡在天上，/四围苍老的荒山，/好像瘦狮一样。//昂头望着天，/我替羊儿危险。/牧羊的人哟，/你为什么不见？"他甚至宣称，在迄今为止的新诗中只能选一首做代表的话，那就是这一首，其杰出之处也在"完全性"——"若就诗的完全性说，任何人的诗都不及它"③。

其二是"偶得"（偶然）。刘半农《扬鞭集》里的有一首《母亲》："黄昏时孩子们倦着睡了，/后院月光下，静静的水声，/是母亲替他们在洗衣裳。"废名极为赞赏，说"这首诗表现着一个深厚的情感，又难得写得一清如许"，"比月光下一户人家还要令人亲近，所以点头之后我又有点惊讶，诗怎么写得这么完全，这么容易，真是水到渠成了"。④ 后来他再次评价道："那首诗只有三行文字，写得那么容易，那么庄严，那么令人亲近。正非偶然，是作者整个人格的蕴积，遇着

---

① 废名：《谈新诗·〈扬鞭集〉》，载《新诗十二讲》，辽宁教育出版社2006年版，第60、66、70页。
② 废名：《新诗讲义——关于我自己的一章》，载陈建军编《我认得人类的寂寞：废名诗集》，新星出版社2018年版，第189页。
③ 废名：《新诗讲义——关于我自己的一章》，载陈建军编《我认得人类的寂寞：废名诗集》，新星出版社2018年版，第189页。
④ 废名：《谈新诗·〈扬鞭集〉》，载《新诗十二讲》，辽宁教育出版社2006年版，第50页。

一件最适合于他的题材,于是水到渠成了。"① 废名的"偶得"一说,在许多中外诗人那里,从正反两方面也都能得到验证。比如美国"垮掉派"代表诗人金斯伯格就说过,他想再写一部《嚎叫》,把 80 年代的观念和问题写入其中,"但我明白不能刻意而为,诗几乎总是偶然得来的"②。

值得注意的是,废名认为新诗应该是"偶得"的,又说刘半农的《母亲》"正非偶然",看似矛盾,其实是一个意思。同时我们也应该能够理解,他说的诗写得这么"容易"也并非容易。此外,他这里首肯的诗歌写作的普遍性与他反对的诗歌写作的普泛性(如习语、套话、贫嘴)也并不矛盾,一如他之所谓散文的写法实际指非散文的写法,他所谓诗的写法也如他所说的散文的形式一样,在具体的语境中是可以辨认和理解的。下面这一段文字就是典型的例子:他称赞冰心《繁星》第七十五首(父亲呵!/出来坐在月明里,/我要听你说你的海)写得"干净无遗",认为"像这样的诗乃是纯粹的诗,是诗的写法而不是散文的写法,表现着作者的个性,而又有诗的普遍性了"。③

其三是"普遍性"。它也是废名所认定的新诗的基本要素之一。他认为一首诗写的是实事、真情,如果没有普遍性也就算不得好诗。他举郭沫若的《偶成》(月在我头上舒波,/海在我脚下喧豗,/我站在海上的危崖,/儿在怀中睡了)为例,认为这首诗确属真情实景,极有可能也是偶成,但它不如刘半农的那首《母亲》动人,就因为没有后者的"普遍性"。④ 另一个例子是冰心的诗句:"我的朋友!/雪花飞了,/我要写你心里的诗。"废名称道它令读者觉得很有意思,因为

---

① 废名:《谈新诗·〈扬鞭集〉》,载《新诗十二讲》,辽宁教育出版社 2006 年版,第 75 页。
② 参见 [美] 安妮·沃尔德曼《观念的在场:〈嚎叫〉笔记》,李栋译,《今天》2017 年第 4 期。
③ 废名:《谈新诗·〈冰心诗集〉》,载《新诗十二讲》,辽宁教育出版社 2006 年版,第 135 页。
④ 废名:《谈新诗·〈沫若诗集〉》,载《新诗十二讲》,辽宁教育出版社 2006 年版,第 154 页。

写得很真实、很别致,"这首诗大约是女诗人才能写的诗,然而这首诗写得很有普遍性"①。从这些实例可以看出,废名所说的"普遍性",是指诗能表达人们共通的情感体验,因而容易引起共鸣或给读者以启迪。可以说,废名强调的"普遍性"并非什么新异的概念,但确有可商榷之处。因为以现在读者的眼光看来,郭沫若诗里所描绘的真情实景,与刘半农诗中所写相比,何者更有普遍性,不同的人可能有不同的感觉,并不取决诗中描写的两个事情本身,即"……儿在怀中睡了"和"……是母亲在替他们洗衣裳"。废名认为前者是"一件偶然的事情,不足以构成诗的普遍性"②,但实际情况是,即使是同一个行为,在不同时代其普遍性程度有所不同;所写之事是否具有普遍性,也与文本语境和社会语境有关,也可以说是与读者的接受和认知倾向有关。甚至我们可以套用废名的表达方式说,正因为诗中所写之事是独异的、偶然的,所以成就了其普遍性。无论如何,废名在这一点上是正确的:他明确地道出诗的普遍性蕴含在独特的个人化的表达之中;真诚、完整是诗歌普遍性的条件,普遍性更是新诗基本的,也是最高的要求。

三 "新诗本不必致力于形式"?

如前所述,废名一再指出新诗是诗的内容而用散文的文字写出,还宣称新诗没有形式,但他同时也认为诗的写法和散文的写法是截然不同的。诗歌的散文化是一种在表达上"行无余力"的现象,在新诗写作中还很普遍。诚然如此:以散文的文字自由写诗,与用写散文的

---

① 废名:《谈新诗·〈冰心诗集〉》,载《新诗十二讲》,辽宁教育出版社 2006 年版,第 138 页。

② 废名:《谈新诗·〈沫若诗集〉》,载《新诗十二讲》,辽宁教育出版社 2006 年版,第 154 页。

方法写诗，其间的区别反映着诗歌诗意的丰简和诗人诗艺的高下。

废名批评有些新诗不好，原因就是写得太像散文了。如康白情的《妇人》中的句子，"好比'小麦都种完了，驴儿也犁苦了，大家往外婆家里去玩玩罢'这三句诗弦并不紧张，通篇也是有意来描写，写得好也不能算诗，是活泼泼一段文章罢了"。还有一种情况是"有时诗情倒是紧张的，即是说音乐很成功，却写不出，作者又舍不得不写"，于是就啊啊呀呀，"只能算是哑巴做手势，算不得做诗了"。[①]"活泼泼一段文章"显然是指好的散文，但算不得诗歌；而如果诗人一味地感叹，更不是诗了。

另一个例子是废名对冰心《春水》第一一六首（海波不住的问着岩石，/岩石永久沉默着不曾回答；/然而他这沉默，/已经过百千万回的思索）的评价，更能说明问题。他认为，"无论就诗趣说，就诗里的意思说，是一首很高的诗"，但写法，尤其是后两行的写法太散文了——"有一首诗来就直接的写出来了"，诗行中还时常出现"然而""但是"之类的转折![②] 废名多次说过只要是诗，即使写得像散文也还是诗，那时他强调的是诗情的实在、朴质，语言的诚恳、质朴。此时在这里，他又否定了"直接的写出来"的做法。但稍加辨别就能发现，此直接非彼直接！这里所说的"直接"，其实是指平铺直叙、照猫画虎的表达，而转折连词的使用是为了逻辑的周详严谨，这些可能消弭了诗性所需要的别样空间。从废名所推崇的泰戈尔的诗可以看出，他所肯定和否定的"直接"，分别对应着诗情直接道出的"直接"（妙手偶得、和盘托出、完整）和语言表达的"直接"（拘泥本事、平铺直叙、逻辑连贯）。这是两个不同层面的问题：前一个"直接"相当

[①] 废名：《谈新诗·〈草儿〉》，载《新诗十二讲》，辽宁教育出版社2006年版，第100、101页。

[②] 废名：《谈新诗·〈冰心诗集〉》，载《新诗十二讲》，辽宁教育出版社2006年版，第137页。

于直觉、感悟，与逻辑、理性相对应；后一个"直接"则相当于直露、粗拙，与他主张的"清净""别致""有意思"相对。后一个"直接"是他说的那种有感情而写不出说不出，就啊啊呀呀地喊出来，或者像哑巴打手势，至多是让"读者理会得有一种感情用语言唱不出来"的情形，缺乏新诗应有的表现力。

废名的新诗观念的确时有歧义，也不能否认他对自己诗观的阐述还有许多有待辨析、厘清的地方。但这些含混或歧义，在很大程度上与废名独特的思维方式有关，或者说，这就是他的新诗观念的独特性之所在。例如，废名经常谈到诗的"意思"和"语言"，诗的"感情"和"写法"，但他在具体讨论时从来没有把内容和形式分开过，或者说，他有意无意地避开了传统的二分法；他之所以强调新诗的"完全性"、"偶得"性，也源于此。从废名倡导自由地写诗，又强调诗情诗意的实在，从他判定最完美的诗歌是偶然得之、水到渠成，我们能看出，在他的新诗观念中，诗人的秉性、情思和灵感，诗歌的形式和内容，都是浑然一体、不可分割的。

此外，他最看重的新诗的品质，是以自由、通达的文字营造出无穷的空间。如前所述，废名对于胡适的遵从通俗易懂的元白一派，视为新诗的先声大不以为然，宣称"新诗将是温李一派的发展"。不仅如此，他认为新诗的诗体解放也可以直接师承温李：

> 以前的诗是竖写的，温庭筠的词则是横写的。以前的诗是一个镜面，温庭筠的词则是玻璃缸的水——要养个金鱼儿或插点花儿这里都行，这里还可以把天上的云朵拉进来。

总之，"这个解放的诗体可以容纳得一个立体的内容"。[①] 当然，温李

[①] 废名：《谈新诗·已往的诗文学与新诗》，载《新诗十二讲》，辽宁教育出版社2006年版，第34页。

的诗词毕竟是旧诗,其容量相对于新诗还是有限的。在废名的想象中,"我们的白话新诗里头大约四度空间也可以装得下去"①,容量大到无可测度,同时又是各自独立的世界。废名尊温李的诗为白话新诗的先声,所遵奉的是他们诗中丰富的幻想和想象、蓬勃的生气,以及无限的自由。这些素质正是一种"现代"的精神。

也许是由于废名钻研佛理,深谙禅宗真义,他阐述观点和主张的方式,读者感觉到是矛盾的也罢,是辩证法式的也罢,是有禅机的也罢,于他自己而言不过就是大实话:"有人说新诗的范围窄,其实不然,旧诗因为有形式而宽,谁都可以写;新诗因为没有形式而宽,谁都可以写。"② 这两个"谁都可以写"也是不同的:旧诗有一套做诗方法,只要掌握了那些方法,即使没有诗情诗意也能做诗。旧诗的"谁都可以写"说的是对作者的心性禀赋不做要求。而新诗的本质在于自由精神及自由表达,这个"谁都可以写",虽然是指无论谁、写什么、怎么写都行,但写出来的是不是诗则需要鉴别。如果说废名自己论说中的矛盾是可以自圆其说的,他跟同时代的同道中人的观念的差异,则是需要特别解释且很值得重视的。

第一个是朱光潜。朱光潜与废名的观点在很多方面是相通的。比如,朱光潜说过旧诗有音乐的架子,有固定模型可利用;也说过新诗是情感的自然流露,新诗意味着诗体的自由,而草创时期新诗人往往是"用白话写旧诗,新瓶装旧酒";还说过"诗不是一种修词或雄辩",等等。这些都与废名的看法是完全一致的。他们诗歌观念的差异也很明显。朱光潜在《诗论》中说,"诗是有音律的纯文学"。虽然朱光潜在讨论节奏和声韵时所用实例都是古诗,但当他说"诗是最精

---

① 废名:《谈新诗·已往的诗文学与新诗》,载《新诗十二讲》,辽宁教育出版社2006年版,第38页。
② 废名:《集外·〈十四行集〉》,载《新诗十二讲》,辽宁教育出版社2006年版,第211页。

第六章 废名:从诗性的自觉到革命的自觉

妙的观感表现于最精妙的语言,这两种精妙都绝对不容易得来的,就是大诗人也往往须费毕生的辛苦来摸索",针对的是新诗。他还说,"如果用诗的方式表现的用散文也还可以表现,甚至于可以表现得更好,那么,诗就失去它的'生存理由'了。我读过许多新诗,我很深切地感觉到大部分新诗根本没有'生存理由'";"许多新诗人的失败都在不能创造形式,换句话说,不能把握住他所想表现的情趣所应有的声音节奏,这就不啻说他不能做诗"。① 朱光潜明确指出新诗要创造形式,而新诗的形式主要就是声音节奏:"情感的最直接的表现是声音节奏,而文字意义反在其次。文字意义所不能表现的情调常可以用声音节奏表现出来。诗和散文如果有分别,那分别就基于这个事实。散文叙述事理,大体上借助文字意义已经很够;它自然也有它的声音节奏,但是无须规律化或音乐化……"② 这就跟废名的观点相对了。但这两种相对的观点能够互为补充,对现代汉语诗歌来说可谓善莫大焉!如果说朱光潜对新诗形式的解释诉诸听觉,侧重于听觉,废名的则是诉诸视觉的:"我觉得新诗最好是不要铺张,宁可刻画,能够自然的描绘出来当然最好。"③ 有时又是超感觉的,比如他借说温庭筠的词几乎不用典而李商隐写诗经常用典,温词像立体的水缸而李诗如平面的水,来说明新诗正该如此:不仅像镜子一样反映,而且像水一样可以容纳。并且,因为废名反对的是"做"——刻意做作——所以他也不会刻意地反对或排除音乐性。以他最为欣赏和推崇的《夕暮》来看,诗中的音乐性也是很明显的,但这种音乐性与文字的抒情写意是浑然一体的。废名所反对的是刻意地谋求音乐性,比如为了叶韵而把

---

① 朱光潜:《给一位写新诗的青年朋友》,载《朱光潜全集》第三卷,安徽教育出版社1987年版,第268、270—271页。
② 朱光潜:《给一位写新诗的青年朋友》,载《朱光潜全集》第三卷,安徽教育出版社1987年版,第269—270页。
③ 废名:《集外·〈十年诗草〉》,载《新诗十二讲》,辽宁教育出版社2006年版,第185页。

悲哀说成"哀悲"。所以他希冀新诗"自然会有形式",而刻意地追求形式会使情感、内容削足适履。

  第二个是沈从文。他的观念与废名也多有不同。沈从文很重视新诗的形式,并且把新诗的形式与音乐性、节奏感紧密相连。针对同一个诗人的同一本诗集《扬鞭集》,如前所述,废名赞赏的是作者情感质直,抒情时的收敛而非发泄;沈从文虽然也夸奖诗人以散文的形式,纯熟地表现出平凡的境界,但他更看重的是诗人在形式探索方面的先锋性,以及对音韵美的自觉追求。他对刘半农评价极高:"为中国十年来新文学作了一个最好的试验,是他用江阴方言,写那种方言山歌。用并不普遍的文字,并不普遍的组织,唱那为一切成人所能领会的山歌,他的成就是空前的。"并热切期待着诗人对中国新诗发展做出应有的贡献:"《扬鞭集》的作者作为治音韵的学者,若不缺少勇气,试作江阴方言以外的俗歌,他的成就,一定可以在中国新诗的发展上有极多帮助。"① 废名的与此针锋相对的观念,在谈论康白情的《草儿》时表达得更直接:

  ……有一派做新诗的人专门从主观上去求诗的音乐,他们不知道新诗的音乐性从新诗的性质上就是有限制的。中国的诗本来有旧诗,民间还有歌谣,这两个东西的长处在新诗里都不能有,而新诗自有新诗成立的意义,新诗将严格的成为诗人的诗,它是完全独立,旧诗固然不必冒牌,歌谣亦不是一个新的东西了。②

  虽然沈从文与废名也有一致的地方,他也时常以"完全"作为评价诗情诗艺的一个重要指标,但他更推崇新月派诗人在韵律、色彩、节奏

---

  ① 沈从文:《论刘半农〈扬鞭集〉》,载《沈从文文集》第十一卷,花城出版社、香港三联书店1984年版,第135、138页。
  ② 废名:《谈新诗·〈草儿〉》,载《新诗十二讲》,辽宁教育出版社2006年版,第106页。

上所下的功夫和所具有的功力。这就与废名刺之为"新月一派诗人当道,大闹其格律勾当"完全相反。并且,沈从文还把朱湘的《草莽集》、闻一多的《死水》视为胡适时代之后"两本最好的诗";又大赞徐志摩诗集《翡冷翠的一夜》中的诗,有着"那充实一首诗外观的肌肉,使诗带着诱人的芬芳的词藻,使诗生着翅膀从容飞入每一个读者心中去的韵律"。[①] 沈从文和朱光潜在诗歌形式方面的主张可以说是完全一致的,他们坚持新诗应该探索自己的形式,并且认为"从主观上去求诗的音乐"是必要的、值得的。从现代汉语诗歌的发展来看,时至今日,废名的主张又似乎更加切合当今诗歌写作的路径或趋势。

关于废名诗歌观念的歧义,还有一个问题值得探讨,就是废名在自己的创作实践中是很注重形式的。这一点也早已为其他作家批评家所瞩目。比如,周作人称废名对现代中国文学的独特价值,在于其"文章之美"。鲁迅说他在作品中"有意低回、顾影自怜",如此看来他就不可能是一个不讲究形式的人。李健吾评废名道:"唯其他用心思索每一句子的完美,而每一完美的句子便各自成为一个世界,所以他有句与句之间最长的空白。他的空白最长,也最耐人寻味。"[②] 以上各位谈论的是废名的小说、散文。而废名自己则又说,"我的诗是天然的,是偶然的,是整个的不是零星的,不写而还是诗的,他们则是诗人写诗,以诗为事业,正如我写小说"[③]。由此可见,他所说的诗歌不讲究形式,并非指诗歌不要形式,而是指这形式是妙手偶得、可遇不可求的,好比佛家说人人即佛、当下成佛一样。他说人家写诗如他写小说,也就承认了他在写小说是精心、着意地追求形式的。如此看

[①] 沈从文:《论徐志摩的诗》,载《沈从文文集》第十一卷,花城出版社、香港三联书店1984年版,第202页。

[②] 李健吾:《〈画梦录〉——何其芳先生作》,载《咀华集·咀华二集》,复旦大学出版社2005年版,第85页。

[③] 废名:《新诗讲义——关于我自己的一章》,载陈建军编《我认得人类的寂寞:废名诗集》,新星出版社2018年版,第189页。

来,"新诗本不必致力于形式,新诗自然会有形式的"与其说是一种主张,不如说是一个恃才自傲者的放言,标示的是新诗的至高境界。

上述废名诗论都发表在"现代"时期。废名在那一时期的诗歌观念,相对于中华人民共和国成立之后,差异之大真是不可相提并论。迟至1948年,废名在与同人讨论"今日文学的方向"时还抱持着这样的信念:"我以为文学家都是指导别人而不受别人指导的。他指导自己同时指导了人家……历史上那有一个文学家是别人告诉他要这样写、那样写的?我深知文学即宣传,但那只是宣传自己,而非替他人说话。文学家必有道,但未必为当时的社会承认。"[①] 参加这次讨论的一批老少先生,如朱光潜、沈从文、冯至,以及汪曾祺、袁可嘉等,他们的观点、主张在当时已经显得孤异和落伍了。在即将到来的社会主义新中国,在火热时代的感召和迫使之下,他们终会各自出现看似不可思议的改变,而废名诗歌观念的改变尤其如是。

[①] 朱光潜、沈从文等:《今日文学的方向——"方向社"第一次座谈会记录》,载陈建军编《我认得人类的寂寞:废名诗集》,新星出版社2018年版,第203页。另见《废名集》第六卷,第3390页。

第七章 徐玉诺:泯然众人的新诗先驱

徐玉诺的诗歌创作集中在 20 世纪 20 年代初期,主要作品包括诗集《将来之花园》(商务印书馆 1922 年版),与他人的合集《雪朝》(商务印书馆 1922 年版)、《眷顾》(商务印书馆 1925 年版),还有一些诗作散见于《晨报副刊》、《晨报副刊》"文学旬刊"、《小说月报》、《时事新报》"文学旬刊"、《时事新报》"学灯"、《诗》、《语丝》、《明天》、《骆驼草》等报刊。30 年代前后也有一些诗作面世。中华人民共和国成立后也曾结集出版诗文。不过,相关研究的基本共识是,徐玉诺诗歌创作时间很短,这一判断很大程度上是基于早先(20 世纪二三十年代)的几位文学大家对他的评论。比如茅盾在《中国新文学大系小说一卷》导论中说,"1926 年起,就没有看见他(我不知道他是否尚在人间)";鲁迅 1934 年 10 月间给萧军的复信中说过,关于徐玉诺"名字很熟悉","不知道哪里去了"等语。这些话足以说明他从诗坛消失得很彻底,以至于给曾经很看好他的创作的人留下了特别的印象,并有惋惜之意。但徐玉诺的文学生涯虽然很短暂,在现代中国文学史上却并不是特例。事实上,很多诗史留名的人,除了天才早夭者如朱湘、徐志摩等,长命的诗人的创作时期似乎也都很短。我们论及的几位诗人,他们作为诗人的标志性成果,其文学史地位和读者对于他们的印象,几乎都生成于一个很短的时期内。我们没有专门讨论的诗人诗作，比如田间及其抗战诗，闻一多的《红烛》《死水》，李金发及其《微雨》，还有戴望舒、汪静之及其诗作等，无论其文学史地位如何重要，在文学史中显现的创作时间最长也不过三五年，更不要说与徐玉诺同时的那些诗人了。所以值得探究的是，面对这许多性情、才具、趣味各不同的诗人，为什么专业读者们只说徐玉诺"消失"了？这个"消失"是否具有非同寻常的含义？现有的关于徐玉诺在文坛的"消失"有很多解释，概括起来也不过一句话，即：他为生活所迫行无定踪而不再写作。不再写作的诗人有种种原因，而动荡艰危的时代、困苦漂泊的生活也成就过很多诗人，历史上的例证则更多。那么，生活迫使一位诗人写出诗来和生活迫使一个人不再写诗或再也写不出诗来，就更需要探究了：同一个"生活"究竟如何对着诗人变出两种不同的戏法？

实际上，虽然徐玉诺的声名在文坛消隐了，但直到1958年去世之前，他还是写过诗的，自由体的、旧体的、歌谣式的都有，不过几乎没有产生任何影响。考虑到在四五十年代，其他很多诗人也遇到过写不出诗歌的窘境，或者写出诗来也无从发挥影响，我们或可初步做一个判断：把徐玉诺定义为在文学史上走失的诗人，并非因为其创作时间短暂或作品很少，而是因为他早先的诗人声名之隆盛，与后来身份变化及地位、处境之低微的反差；还有文学史叙事、读者的认知接受，以及文学批评本身的各种定势、模式和习气的作用。下面分析徐玉诺诗歌与时代话语的关系也正是出于这一目的：从徐玉诺的生存及文学处境，从文学史、读者和批评家对其诗歌的传播与接受，探讨现代汉语诗歌的另一种可能性。

一　现实人生与现代性体验

徐玉诺诗歌的主要内容，叶圣陶在《玉诺的诗》中谈到了酸苦的记忆、春天的赞颂、恋念故乡、恋爱的抒情诗等；后来的论者谈到的是"出色的民俗风情"（解志熙），"高唱自己的挽歌""战斗的呐喊"（刘忱、刘济献《徐玉诺和他的创作》）等。这些似乎概括了作为新诗诗人的徐玉诺的全部创作，但其中有几个内容在今天值得特别注意。

其一是抒写人生失意以及宿命意识。徐玉诺的这一类诗对当下读者有着令人惊奇的"当下感"，仿佛是他在近百年之前对21世纪新人类的生活体验和表达冲动的呼应。如《小诗》之三（1922年2月）：

　　失意的影子静沉沉的躺在地上；
　　生命是宇宙间的顺风船，
　　——不能作一刻的逗留；
　　总是向着不可知的地方。

再如《船》（1922年2月）：

　　旅客上在船上，是把生命全交给机器了：
　　在无边无际的波浪上摇摆着，
　　他们对于他们前途的观察，计划，努力，及希望全归无效。
　　呵，宇宙间的没趣味，再莫过于人生了！

人生失意、生命虚无的感叹自古以来比比皆是，但他的书写透露出"现代"的特征。"宇宙""不可知""机器""无效"这样的词语，以及"影子"和"静沉沉"、"顺风船"和"不可知"、"波浪上的摇摆"和"宇宙间的没趣味"等对照、矛盾而形成的张力，把沉重、悲愁、孤苦的个人感觉，转化为神秘、寂寥、晦暗、抑郁的现代性的存在体验，仿佛生成徐玉诺诗歌的季候与现时的人的处境相重合了。当然，其诗中的虚无空寂的情绪及表达虽然能激起共鸣,也并非与当下生存和言说方式完全一致。所不同者,在于现时青年所追求的是快乐和有趣,即使是十分无聊的生存状态,或者说无论怎样悲观和无趣的生活,人们也要找到一种讥诮而又机巧的方式说出来。这一特点在徐玉诺的诗中体现为明哲和迷茫的矛盾。比如他写到命运:"立在黑暗中的是命运——他挥着死的病的大斧,截断了一切人的生活和希望。"(《命运》,1922 年 1 月)还有:"人生最好不过做梦,/一个连一个的/摺叠了生命的斑点。"(《小诗》,1922 年 3 月)事实上这也很贴合现时人的思维和表达方式:含蓄与直露、隐晦与夸张、无力与激烈都融为一体。

其二是为母爱、亲情、友谊而写的。这一类诗已为众多论者注意,就题材而言并无特出之处,但在细腻的情感表达、具体而微的意象选择之外,构造了一个多维错综的文本世界,使读者能够置身时空重叠、主客互融的意境。如《给母亲的信》(1922):

当我迷迷苦苦的思念她的时候,就心不自主地写了一封信给她。
——料她一字不识——
待我用平常的眼光,一行一行看了这不甚清晰的字迹时,我的眼泪就像火豆一般,经过两颊,滴在灰色的信纸上了。

在这首诗中,诗人构筑的是一个多重文本。这个多重文本以思念母亲、给母亲写信、自己看写给母亲的信而禁不住哭泣……这一情境为联结,形成第一重"中间世界"或"显明世界";因为"我""料她一字不识"而"一行一行看这不甚清晰的字",诗人的想象与读者的想象两相联通而形成一重想象的世界,仿佛看到一位不识字的妇人看那些出自远方儿子之手的字迹,只能用目光和手指来回扫视、摩挲那些字迹。

还有一重文本，似乎是静止而单纯的。当读者读完最后一行，再回看标题而了解这一纸信，写给母亲的、被泪水浸湿的信。虽然它是因"平常的眼光"里生出的"火豆一般"泪珠而起，但终究不过是一张"灰色的信纸"。在这个文本中，"诗人"却也俯瞰这一切：他刻画的一位悲苦的、思念的母亲形象，他营造的那种氛围终究还是烘托"宇宙间的没趣味"的主题。所以，这首诗中的"平常的眼光"，实在是一个现代人在体验存在、表达存在时的一种刻意的态度。它以客观、节制、压抑而希求、引起、唤醒读者的注意和参与。

其三未曾得到充分重视的内容，是徐玉诺诗所传达的世界多元共生及众生平等的观念。"人类"是徐诗中的高频词，其用法相对我们习见的"人们""人""人生"，有一种异样的感觉。另外，尽管诗中常常出现"人类"如何如何，诗人却并没有采取所谓的上帝视角，没有那种刻意的居高临下或冷眼旁观的姿态，而是以人类的一个个体的视角，将"我类"与"非我族类"同等相待，并将久远以来不同时空的众生，同时置于整体性情境中。如《人类的智慧》："宇宙本是自由的；人类出来了，在自然的面目上划界了许多圈儿"；"上帝的爱本是普遍而且广博的，人类在里边打起许多界墙"。又如《小诗》（1922）："听呵，人类！／你们是你们祖先的笼中鸟；／你的天天哭笑在你们祖先留给你们的幻想里？"再如《杂诗三首》（1922年4月）："看那一滴滴的眼泪吧！／那是在黑暗的路上／一次回转一次回转的足迹——／——人类生活之历史！""人类用记忆把自己缠在笨重的木桩上。"还有另一组《小诗》（1922）："假如人类知道世界同一只小船一样"；"人类说着狡猾的语调"。在这些诗句中，抒情主体或发声者并不是为了批判或审视人类，他一方面视自己如小羊、小鸟一样，同时又保有明确的自我意识，在发出声音显现自身时，一面呈现时空的广大，一面将自己呈现为无尽时空中的无量存在者之一。诗中之"我"与写作之"我"既可别如天渊也可等量齐观，这意味着诗人在说"人类"时,他的眼睛和思绪是在无限广博的宇宙和无穷深奥的内心中穿梭的。

徐玉诺的诗歌集中在20年代的头几年,这一段时间在中国新诗的百年历史中是很小的一截,他的诗歌的内容和风格都因此显得相对统一而特色鲜明。上面略述的几个方面,与他当时的巨大影响和其后的彻底消隐都有很大关系,也可能是他在后世被再次发现和重新解读的因由。当然,直至现在,从文学史的角度看,他依然是一种类似"不存在"的状态,虽然有他的诗集出版,也有地方性的专门研究机构,有研究资料印行,但是我们在各个时期各种重要的诗歌选本中都见不到他的名字①。因此,他的出世和消失与时代潮流及革命话语有怎样的关联,值得深入考察。

二 先行者的标记与影响

纵览徐玉诺诗歌研究资料,可以看出许多研究者和新诗爱好者们的一个共识:徐玉诺是现代汉语诗歌真正的先行者。

在叶圣陶20年代的专论之后,30年代署名周佛吸的文章《二十年来河南之文学》这样评价徐玉诺的新诗创作:

> 徐君在民八五四运动之后,为新思潮所掀动,非常努力,对于文学,尤特加注意,在《尝试集》《草儿》之后,要以他的《将来之花园》为最早,最有价值。《尝试集》之浅薄,《草儿》又于浅薄外加以芜杂,除大胆摧残旧古典主义之外,似皆毫无可取。……郁达夫的颓废主义,太戈尔的哲理主义,和西洋象征主

---

① 2011年修订再版的《中国文库》大型丛书中现代文学类的诗集,无论以流派分、以社团分、以时间分、以个人分,都没有徐玉诺的作品。海因、史大观2014年12月编订的《徐玉诺诗歌精选》,由长江文艺出版社2015年9月出版。

义的神秘色彩,在《将来之花园》里,早已深浓的彻透的表现出来了。我们倘若把时间前后,稍加以精密的计算,我可说句笑话,徐玉诺君,怕是我们中国文坛上的先知先觉呢!①

闻一多对徐玉诺也曾大为赞赏。1922 年 11 月,闻一多致信梁实秋,"《海鸥》《故乡》是上等的好作品,《夜声》《踏梦》那可是属超等"。1923 年 3 月 25 日,闻一多致信胞弟闻家驷:"徐先生有个性,我说他是文学研究会里第一名。"② 多年以后,台湾诗人痖弦在《特立独行徐玉诺》一文中的引证,既表达出他个人对徐玉诺的激赏,也可看到朱自清对徐玉诺的重视:

> 朱自清目光如炬,在其主编《中国新文学大系》诗集中,一口气选录徐玉诺 9 首诗,其中《杂诗》选了十、十二两则,加起来有 10 首之多。同集胡适获选 9 首,刘半农 8 首,沈尹默 1 首,鲁迅 3 首,田汉 5 首。从选诗的比重可以看出,朱自清是把徐玉诺当作重要诗人看待,给了他很高的文学评价,且在《选诗杂记》文末,除了介绍他是河南鲁山人,《雪朝》作者之一,曾出版《将来之花园》个人诗集,还特别征引了叶绍钧《玉诺的诗》中的一段评述……③

当年周作人对徐玉诺的赞赏虽不见诸专门的评论,却有一篇散文《寻路的人——赠玉诺君》(写于 1923 年 7 月 31 日)。其最后一段文字是:

---

① 周佛吸:《二十年来河南之文学》,刊发于《河南民国日报》1932 年 1 月 15、16、17 日第七版。此处引文见史大观、李晓编著《爱国为民的大诗人徐玉诺》,徐玉诺学会内部资料 2017 年版,第 311 页。
② 参见史大观、李晓编著《爱国为民的大诗人徐玉诺》,徐玉诺学会内部资料 2017 年版,第 95 页。
③ 痖弦:《特立独行徐玉诺》,载刘振军主编《徐玉诺君》,中国文史出版社 2007 年版,第 10 页。

"他的似乎微笑的脸,最令我记忆,这真是永远的旅人的颜色。我们应当是最大的乐天家,因为再没有什么悲哀和失望了。"① 这段文字很能提示我们去探究徐玉诺写诗的动因及其诗的独特性。

也有一些论者注意到徐玉诺诗歌写作的超前性,并认为他的文学史地位被严重地低估了。这些声音或可等待更多的对话加入,无论如何我们可以从具体文本中看到徐玉诺的经验和表达,与许多同时代人和后来者的不期而遇。除了有论者陈述的徐玉诺诗歌与鲁迅的散文诗《野草》②的某些相似之处,还可以找到其他的例子来见证这种遇合。比如冯至的《蛇》③:

> 我的寂寞是一条长蛇,
> 冰冷地没有言语——
> 姑娘,你万一梦到它时,
> 千万啊,莫要悚惧!
>
> 它是我忠诚的侣伴,
> 心里害着热烈的乡思:
> 它在想着那茂密的草原——
> 你头上的,浓郁的乌丝。

---

① 周作人:《寻路的人——赠玉诺君》,载刘振军主编《徐玉诺君》,中国文史出版社2007年版,第7页。

② 日本徐玉诺研究专家、九州大学副教授秋吉收《鲁迅与徐玉诺》一文,通过比较发现《野草》中的几篇,跟徐玉诺《将来之花园》的某些篇章有相似的诗歌意境,认为两者的某些篇章存在着"承袭"关系。参见史大观、李晓《徐玉诺初探》,载史大观、李晓编著《爱国为民的大诗人徐玉诺》,徐玉诺学会内部资料2017年版,第310页。

③ 《蛇》初收《昨日之歌》,收入《冯至诗文选集》时略有改动,后曾收入《冯至诗选》《冯至文集》。《冯至全集》第一卷据《冯至选集》编入。解志熙编《冯至作品新编》据《昨日之歌》校录,且有详细的版本说明。此处据《冯至作品新编》的校录版,人民文学出版社2009年版,第14—15页。

> 它月光一般轻轻地，
> 从你那儿潜潜走过；
> 为我把你的梦境衔了来，
> 像一只绯红的花朵。

对这首广为传诵、被认为是冯至代表作的诗，历来有众多诗人评论者分析解读。《蛇》的题写时间是 1926 年，徐玉诺有一首诗《跟随者》，写于 1921 年，发表于 1922 年 1 月 5 日《诗》第一卷第一号：

> 烦恼是一条长蛇。
> 我走路时看见他的尾巴，
> 割草时看见了他红色黑斑的腰部，
> 当我睡觉时看见他的头了。
> 烦恼又是红线一般无数小蛇，
> 麻一般的普遍在田野庄村间，
> 开眼是他，
> 闭眼也是他了。
> 啊！他什么东西都不是！
> 他只是恩惠我的跟随者，
> 他很尽职，
> 一刻不离的跟着我。[①]

两首诗的相似性或关联度很明显，可以进行更具体而深入的辨析；以其相似和关联，它们的区别和差异更有意味。一般说来，诗歌文本中的人物有抒情主人公（诉说者）、被讲述（表现）对象（客体）、倾诉

[①] 海因、史大观选编的《徐玉诺诗歌精选》收录该诗，并对其版本变动情况有注释说明。长江文艺出版社 2015 年版，第 113 页。

对象（倾听者）或想象的倾听者，这些人物之间的关系在两位诗人的文本中是不同的。其一，徐玉诺写的是"他"（蛇）与"我"，"我"向读者诉说；冯至写的是"我"与"你"，"我"对"你"倾诉，"蛇"（表现对象）是使"我"和"你"发生某种关联的纽带。其二，《跟随者》中的蛇，到最后显现出一个无以摆脱的"跟随者"的完整形象；在《蛇》中，蛇一开头就是一个独立完整的形象，它作为忠诚的伴侣为"我"所用。可以说，冯诗中的"蛇"作为被讲述的对象一开头就是完整的，一个象征物，但自始至终作为一个附属物存在于"我"和"你"之间。徐诗中的蛇起先是一个标志物，逐渐地显露其完整的形象，即最终呈现为一个追随者的形象，因此可以说，"他"（蛇）也是跟"我"对等的一个形象。其三，徐诗写的是一个彻底的孤独者，冯诗写的是一个因为有所依待而备感寂寞的人；徐诗写出深刻的孤独和空无，干枯的笔调渗透着厌世的躁郁，冯至的笔下是欲望在流泻、幻化。读者可以从冯诗所写的"寂寞"看出世家子的浪漫颓废，从徐诗所写的笼罩并激荡一切的"烦恼"看出农家子的怨愤。徐玉诺没有后来的冯至的知识储备、刻意追寻的现代意识，以及小资情调，他只是对生存体验如实道来。可以说，徐玉诺是本能地、自发地为现代汉语诗歌贡献了"现代"的体验方式及表达方式，甚至无意间为此后新诗写作提供了母题。

再看徐玉诺的《路上》（1921年10月）。此诗先写"从地狱到鬼门关那条路上／尘埃翻天似的荡着，／太阳是黑灰的"；再写往地狱走去的通行者，"醉汉，娼妓，／大衙门的老官僚，／赌棍，烟鬼，土匪……"；又写女乞丐背着"未成形的孩子"；还有教师、政客等，在争先恐后地到地狱下沸油锅，上狼牙树……下地狱之前，则是堕落和邪恶的场景；既下地狱，各色人等还是各逞其狂。这首诗和1921年11月5日刊发在《晨报附刊》的《疯人的浓笑》一样，堪比波德莱尔的《恶之花》，其狂放和凌厉甚而有过之而无不及，激烈

第七章 徐玉诺：泯然众人的新诗先驱

尖锐的措辞无一不是为现实所刺激的本能反应。再看一首《生命》（1921年8月）：

> 当恶魔重重围住我
> 把我的气和血全行抽出的时候，
> 亲近我的人都说我已经死了。
> 但我记得，
> 医生用针刺入我的心房时候，
> 我的灵魂是平安的；
> 在另一个地方，
> 得到极浓厚极甜蜜的安慰。

诗人似乎又安静下来了，但最后的平和安详仿佛在宣称死才是对生命的延续、肯定和赞美。诗中描述的形象、场景所引起的阅读反应的转折，既具体又自然，令读者在惊奇叹息或无法认同之余，不由得接受或认同了。相形之下，李金发、王独清等师承的虽是法国象征主义，即使不是大有步徐玉诺之后尘的征状，也可以说他们刻意的冶炼近乎为赋新词强说愁了。

徐玉诺的写作并非全凭本能冲动或一时兴起，他也有自觉的形式探索。现代文学史、诗歌史为冰心、王统照、宗白华等的小诗实践颇费笔墨。事实上，此时的徐玉诺也写了很多小诗，很多作品被冠以"小诗"之名，但这些小诗与他的"轻歌"相似也有不同，他的"轻歌体"与其他诗人的小诗文体也不尽相似。"轻歌"可以说是徐玉诺有意识地实验着的一种文体，以承载诗人的幽思冥想，使个人化诗情的传达既涵容现实经验，又可作为自足完整的审美对象，"轻歌体"是一个稳固的结构和空间。与当时流行的小诗相比，徐玉诺的轻歌并不"轻"。因而，徐玉诺"轻歌体"的典型代表，并不是标为"轻歌"

的《"旅客的苍前山"》轻歌二首（1922年3月）：

  细风吹，白云踏过林梢走；林梢常依风摆动，白云一去不回头。

  细风吹，白云踏过林梢走；白云远远随风去，空留林梢思悠悠。

这两首小诗确实很"轻"，如即兴小唱，还带着明显的古风。徐玉诺的"轻歌体"，不是这类小曲式的语调韵律和行云流水般的意境，他为数众多的"小诗"，以及没有以此题名的短小诗歌，都是一种有全新意味的沉思冥想，非常讲究对当下体验的灵机一动式的疏泄。上面这两首轻歌可以说是例外，碰巧用了旧体的语义、语调，他的其他轻歌绝大多数是与古语、古风、古意背道而驰的。这两首诗毋宁说不过标明了"轻歌"这个称谓的来历而已。还有一些诗，如《问鞋匠》《铁匠的音乐》《小孩子》等，也有歌的特性，更多的则是自由体式的。轻歌的特性既不在于遣词造句的古韵轻灵，也不在于歌谣俚曲的轻巧上口，而在于神思幽远、感觉新奇、语言灵动——轻歌之"轻"，乃是缥缈玄远之"轻"。

  徐玉诺的很多小诗，其深邃空灵是冰心等不可同日而语的。白话诗虽说立志于革除旧体诗的腐旧陈滥，事实上很多用白话写出的新诗，无论从哪个角度看，都还远远达不到古诗已达到的高度，还显得比古诗更加腐旧。但徐玉诺的诗却多有新奇超拔之处。如前引的《小诗》（1922年3月）：

  人生最好不过做梦，
  一个连一个的

摺盖了生命的斑点。

又如据信是寄给林语堂的两首小诗之一[①]的《小诗》（1925年3月）：

> 光明近捷的路，
> 　是无数人一脚一脚踏成的；
> 　但没一个是为着别人。

再如《不可捉摸的遗像》（1922年3月）：

> 在这苍前山住着，我的眼泪像小泉一般刻刻不停的透过密密的树林，曲曲折折的流下山去。
> 　我和我的一切隔离着，这些异乡的美景简直与我生不出关系来；
> 　那鲁山城外高低不平的地，小学校里不很诚实的夫役，墙角旁一棵半死不活的小柳树，……在在都使我疯狂一般的思念着。
> 　呵，我实在……醉了……

诗题"不可捉摸的遗像"是对他的家乡苍前山的美景表述。从诗的开头很容易看到一位多情善感的诗人，总是哭着，总是触景生情地流泪。这种愁病之态也许是时代病，在郁达夫、冰心以及湖畔诗人的诗文中都看得到，是新的、流行的，却也是泛滥的情绪。但在徐诗中，这种情绪与特定的苍前山树林中小泉的关联方式，赋予其真正的诗意。次节的"隔离着""与我生不出关系来"，则是一种典型的现代性生存体验：人的处境及人与处境的分裂感，这种分裂，使他抗拒地避开身处

[①] 参见海因、史大观编《徐玉诺诗歌精选》，长江文艺出版社2015年版，第237页注①。

其间的情境，而返身已经疏隔的旧乡山水。第三节中摹写的景与人的具体性，是旧体诗所不能传达的。这才是徐玉诺轻歌的"新"之所在。当他在这首诗的结尾呼喊出"呵，我实在……醉了……"，口语十足的"实在"，古意十足的"醉"，和新式十足而又莫名其妙的省略号，确乎勾连起旷大十足的空间和丰富细微的含蕴。当读者再次回到标题"不可捉摸的遗像"时，可以想象该有多么完整的一个现代浪游者的形象浮现于脑海。

"轻歌体"也被徐玉诺着意地赋予了一种语言表达方面的特性。在徐诗中，玄远之思、幽冥之想和抽象之理，总是与个体的当下体验及具体性连在一起的，如："我想些什么？/是这样的：/什么也不是，什么也没有了！/小鸟总是那样的唱着，/细风总是那样的吹着，/我总是一步一步的走着。"（《一步曲》，1922年3月）他信手就把细微的眼前事物如一点墨、一个字、一片枯叶、一声鸟鸣、一抹晚霞、一朵小花、一棵草、一刹那……化为轻歌，此"轻"也实在是举重若轻之"轻"。我们还可以借他的诗歌标题来证明这一特点。在众多"无题"和"小诗"之外，徐诗还有这样一些小诗标题："其次""妖镜""思念""真实""不一定真实""人与鬼""梦""心""鬼""可怕的字""踏梦""醒""没趣味""迷""为什么""偶像""寂寞""废园""死的斑点"，凡此种种。"轻歌体"之"轻"，相当于荧幕之轻，甚或相当于全息影像的无重量；但这"轻"的载体显现的，却好似繁复深奥的宇宙。

徐玉诺确实是独特的、超前的，无愧于新诗的先驱或"中国文坛上的先知先觉"的称号。但他最终还是、毕竟还是从文坛走失了。他甚至不如方仲永，因为后者毕竟借一篇《伤仲永》而存迹于历史。

三　时代话语的关联与扞格

鉴于徐玉诺在现代文学历史中的走失，在《百年中国文学总系》①各册中不见其名并不奇怪。总系之一的《1921：谁主沉浮》令人惊奇之处，不在于全书对徐玉诺只字未提，而在于书后附录的年表（1921—1925）中，竟然有两处提到徐玉诺。其一为1922年10月，"商务印书馆出版徐玉诺《将来之花园》、王统照长篇小说《一叶》"；其二是1923年6月，"《小说月报》第14卷第6期发表庐隐《丽石的日记》、徐玉诺《一只破鞋》"。②

对照《徐玉诺诗歌精选》，1923年6月10日《小说月报》第14卷第6期发表徐玉诺的两首小诗。③《小诗一》：

　　在这个骄奢争逐的世界里，
　　遽然有高唱"到民间去"的，
　　我很感谢他们的厚意；
　　但是我们的兄弟，
　　却都"从民间来"。

《小诗二》：

　　美女颊般鲜红而且丰满的毒蕈，
　　恶的恶的美人呀，

---

① 谢冕主编，孟繁华副主编：《百年中国文学总系》丛书，山东教育出版社1998年版。
② 孔庆东：《1921：谁主沉浮》，山东教育出版社1998年版，第282、284页。
③ 参见海因、史大观编《徐玉诺诗歌精选》，长江文艺出版社2015年版，第142页注①、第143页注①。

看在眼里却已毒在心中了。

这两首小诗也显示出诗人是反映和应和潮流的,不过是以一种对立和质询的方式。而后一首中的"毒蕈"与稍后的《恶花》(1923年7月),很容易见出波德莱尔的印记了。

除前文引述的当时专业人士和读者对徐诗的评论,21世纪以来也有论者对徐诗及其创作进行解读,其中有盛赞,有针砭,有质疑,更有后世亲友的浓情蜜意、浓墨重彩的回忆。其中有一种现象脱离了文学,或可说是缺乏文学专业精神,即强调徐玉诺的"爱国为民""为革命工作",并就此方面或在此思路上进行渲染和发挥,将徐玉诺人生故事传奇化。这种解读徐玉诺其人其诗的方式,导致一种阅读印象或接受效应,仿佛不把诗人徐玉诺纳入主流话语体系中,不用流行的时代语汇为他加冕,就不能保证其文学史地位;仿佛不用一套凸显其政治或道德的合法性的语汇,诗人及其诗歌存在的理由便不充足。在这种功利驱动下,论者将徐玉诺纳入那个话语体系,对他来说并没有具体性及针对性,乃至造成对诗人的再次"遮蔽"。因为,"革命""爱国为民"等诸如此类的断语即便不是泛泛而论,其他许许多多的现代诗人身上也不乏这些特质,而且往往比他更为突出。因此,这些出于一时功利的修饰限定语,要么是对诗人的敏感、慈悲乃至"先知先觉"的一种误读,从而遮蔽了其个性本色,要么因为这些特质在其他诗人诗歌中表现得更为显赫,从而造成对徐诗的独特性的弱化。当然,这种解读、评价的心理动因是可以理解的。

从徐玉诺1950年写的《怎样学习鲁迅先生》一文,可以看出他是竭诚融入时代潮流的,同时也是在跟伟大的鲁迅进行对话——以一种隐晦而隐忍的尊敬,以一种因时空错位而导致的落寞态度进行的对话。鲁迅在1934年10月9日写给萧军的信中说:"徐玉诺的名字我很熟,但好像没有见过他,因为他是做诗的,我却不留心诗,所以未必会见面。现在久不见他的作品,不知道那里去了?"① 在同一封信中,鲁迅还谈到自己的《野草》②:"我的那一本《野草》,技术并不算坏,但心情太颓唐了,因为那是我碰了许多钉子之后写出来的。我希望你脱离这种颓唐心情的影响。"③ 鲁迅不会没见过徐玉诺,也应该不至于忘记他,一是由于艾罗先珂的关系,另一个原因是鲁迅曾经辗转联系过徐玉诺,为了要出版他的小说。

1934年写信给鲁迅谈及徐玉诺的萧军,后来又有文字忆及徐玉诺谈鲁迅《野草》的情形。萧军回忆录《人与人间》第二部第五章《江城诗话》里有一节《一座公园、一位诗人、一本书》,就是回忆与徐玉诺交往的。当年他和徐玉诺在松花江南岸的公园偶然相遇,相谈甚欢。两人谈到新体诗,"他突然站起来把我面前的《野草》抓到了一只手中,用另一只手啪地一声打了一下那封面,斩然地说,'……这才是真正的诗!! 尽管它是用散文写的,它不押韵、不分行,但它是真正的诗啊!'"④。萧军回忆的是1927年的事,这段文字中又说"五十多年的时光已经过去了",所以其回忆录应该是写于1980年前后。他让读者看到的徐玉诺是"那时期我偶然遇到的第一位文学界知名的诗人。也是我所遇到的第一个称赞鲁迅先生《野草》为真正的诗的人"⑤。

徐玉诺50年代曾经回忆过鲁迅和茅盾都注意到他的创作,鲁迅还

---

① 鲁迅:《致萧军》,载《鲁迅全集》第十二卷,人民文学出版社1998年版,第531页。
② 将日本学者秋吉收所用的材料及分析联系起来看,也许是这一信件给他的研究提供了线索,或者以下的话可作为秋吉收的观点的印证(还有待进一步考证)。秋吉收比较鲁诗《影的告别》与徐诗《别》,鲁诗《狗的驳诘》与徐诗《可怕的字》等篇章的内容与语句,发现鲁迅的《野草》作品形态与徐诗的相似性,情绪上都带有浓重的黑暗色调,许多细节也表明两者之间存在着存续关系。他认为,鲁迅对徐的承袭是与他对李贺、李商隐等古典诗意的摄取,与对夏目漱石、厨川白村等日本文学的接受,特别是与他对尼采、波德莱尔、屠格涅夫等欧洲文学的吸收,是一致的。鲁迅正是通过这种"有时和剽窃只隔一纸"的承袭,构筑了自己艺术品位极高的《野草》世界。参见史大观、李晓《徐玉诺初探》一文所引海因的评述。载史大观、李晓编著《爱国为民的大诗人徐玉诺》,徐玉诺学会内部资料2017年版,第310页。
③ 鲁迅:《致萧军》,载《鲁迅全集》第十二卷,人民文学出版社1998年版,第532页。
④ 萧军:《人与人间——萧军回忆录》,中国文联出版社2006年版,第148—149页。
⑤ 萧军:《人与人间——萧军回忆录》,中国文联出版社2006年版,第150页。

几次嘱咐孙伏园给徐玉诺写信，让他把发表在《晨报》副刊等处的二十来篇小说收集出版，并表示愿为之序。徐玉诺写道："鲁迅先生，我怎对你得起！一方面我说是'受宠若惊'；一方面由于小资产阶级意识与个人英雄主义作祟，深恐出版幼稚的作品，网包抬猪娃，露出蹄爪，损坏了虚名。自以为'老鼠拉木锨，大头在后头'哩！不好爽快拒绝，诈以二十来篇新作正在整理，搪塞了你那深厚的心情与殷切的期望。而新作并未做出一篇来。从此就一直沉湎在苦难没落的生活里与知友绝缘，更不写作了。"[1] 这些话不无过分之处，但他自责沉湎于苦难却大体属实。所谓苦难没落的生活，指的是贫困、匪灾、战祸对他的连连打击。徐玉诺有一首诗《始终对不起他——怀念鲁迅先生》（1954 年 5 月）：

> 收拾《良心》作长序，
> 重托伏园传心意；
> 恨我怕名婉拒绝，
> 事后才知对不起。[2]

把这些似有若无地关联着的文字放在一起相互参照，仔细品味，对鲁迅给萧军的那一封信，不妨还可以另有理解。鲁迅预先为自己做了辩解——因为直到现在，无论个人化的回忆还是文学史论述或批评研究，还都残存着一种习气，拒绝接受一个伟大的作家身上哪怕有一点点的瑕疵落在旁人眼里，也就无法理解他在写作方面可能有学习、借鉴或重复，甚或不如他人之处；如果竟有了，就有损他的伟大，或

---

[1] 徐玉诺：《怎样学习鲁迅先生》，原刊《河南日报》1950 年 10 月 19 日，转引自王予民、谢照明《徐玉诺的一生》，载刘振军主编《徐玉诺君》，中国文史出版社 2007 年版，第 102 页。

[2] 参见王予民、谢照明《徐玉诺的一生》，载刘振军主编《徐玉诺君》，中国文史出版社 2007 年版，第 102 页。该诗有作者附记："1920 年鲁迅先生收我《良心》等二十篇小说，拟出版，并作序，由孙伏园致函相商，被我婉绝。""1920"为"1923"之误。

者从此竟会走到与"伟大"相对的另一极。在评价徐玉诺时，之所以有许多论者和回忆者，竭力将其生平和写作纳入时代的正确语汇构成的解释框架中，将其个性化的、质朴的、对自己生存处境所做的几乎是本能的反应，也一定要纳入"为民""爱国""先进"诸如此类的话语中，也是出于这种习气。相形之下，早年对徐玉诺的论说，无论褒贬，这种习气就少得多。比如，周佛吸（周仿溪）30年代这样谈到徐玉诺的消失："他的声名，初时更在郭沫若之上，后来因他特重主观生活，漠视时代需要，遂至销声匿迹似的不闻不响了。这在我觉得他是吃了叶绍钧的《诗的源泉》之大亏了，因他的夙性偏此，而又极端信仰着叶绍钧故。"[①] 正因为不曾带有后来的那种习气，当时间又过去将近七十年，这样的言论可以表明，有些视为缺点或失败的东西，时过境迁后看来未必不是优点或成功之处。无论如何，重新研究和评价徐玉诺，并不是因为他的成就高过那些文学史里的大人物，也不是因为文学史对他的评价不公，而是为了分析他是怎样在文学史里消失的，之后的再现又有何意义。

论及徐玉诺的退隐文坛，众多论者都会谈到的一个重要原因，是他浪迹于十多个省份的几十个城镇。显然，对于一个诗人来说，这不应该是写作中断的原因，而只是一种诗人气质的表现而已。有人说，"除生活的打击外，还有两个主观方面的原因：一是他'为人生'的求索过程，无论是在社会思想上还是在文艺思想上，都表现出了既缺乏相对稳定的求索方向，也缺乏开放式的多方面吸收营养的素质，小生产者农民身上的保守烙印与影响，在这里起了作用；二是他的气质、乃至整个个性构成中，其浪漫主义因素，已同他过分悲哀后的消极情绪、小生产者农民的自由散漫的影响，以及小资产阶级知识分子的弱

[①] 周佛吸：《二十年来河南之文学》，转引自史大观《爱国为民的大诗人徐玉诺——〈徐玉诺研究丛书〉序言》，载史大观、李晓编著《爱国为民的大诗人徐玉诺》，徐玉诺学会内部资料2017年版，第5页。

点等相互沟通融合,出现了可怕的放任自流到近于糊涂的发展趋势,因而限制了他的'为人生'的深入求索"。① 在这段剖析中,小生产者、小资产阶级、自由散漫、知识分子、消极、保守等,是一整套关于"改造"的行话及语汇,也许完全正确,但可以放在所有那个时代过来的写作者(文化人)身上。这样的批评还不如说,徐玉诺是按照传统的士子文人、古代的大诗人的模子在塑造自己。

徐玉诺写诗时,白话写作,包括新诗还没有很多的经验,也还没有任何有效的戒律。那是一个畅行个性自由、个人解放的时代,阶级的革命的话语还未获得主导地位,民族话语也还包含在社会性的除旧布新的话语之中。徐玉诺的表达方式依着个人的人生轨迹或生命节律,已自然而然地出离了时代话语的场域。诗人们忙着"白话"时,他热衷的是观察和体验,所以在小诗、歌谣流行的时候,他写出了"荒诞"和"荒诞感"。比如《抬棺材的人》(1922年5月):

有些人抬着一口黑棺材过来,
又有些人抬着一口红棺材过去;
他仍然兴奋的工作,
有兴的唱着邪邪许许。

再如写一个人——早夭的"唯一的姊姊"——在回忆中活转过来:"但是奇怪呵!/这是她,一定是她,/还是她那精神模样!//难测呵!/她怎能活在'现在'/又在这/白亮而且光润的纸上?"(《她》,1922年5月)

本章前面阐述过徐玉诺的"轻歌体"是一种"幽暗的轻":朦胧、象征、隐喻、直觉、体验融为一体。他不是理论家,但他的诗歌观念直接以诗的形式显现。徐诗有几首都以《诗》为题,1922年5月8日

---

① 刘忱、刘济献:《徐玉诺和他的创作》,载刘振军主编《徐玉诺君》,中国文史出版社2007年版,第33页。

的一首写道：

> 轻轻的捧着那些奇怪的小诗，
> 慢慢的走入林去；
> 小鸟们默默的向我点头，
> 小虫儿向我瞥眼。
>
> 我走入更阴森更深密的林中，
> 暗把那些奇怪东西放在湿漉漉的草上。
>
> 看呵，这个林中！
> 一个个小虫都张出他的面孔来，
> 一个个小叶都睁开他的眼睛来，
> 音乐是杂乱的美妙，
> 树林中，这里，那里，
> 满满都是奇异的，神秘的诗丝织着。

当然，在普罗文学、革命诗歌滥觞之际，他也写了穷苦人的诗歌。如《砍柴的女郎》（1922年5月）：

> 成群结队的穷家女人
> 上了山又下了谷，穿过一层层的树林；
> 她们走且谈笑，
> 她们各自带着斧头和粽饭，
> 她们的歌唱悠扬而且清脆。

这首诗中有着徐诗少有的欢快的调子，虽说是悲欣交集的，且一面是字句通俗易懂，一面又是格调意蕴的脱俗孤高。这样的诗在时代语境中，到了评论者的思维里，如果不以"歌颂劳动妇女的淳朴、健康、乐观"这类判词来论断，很难被左翼或革命诗歌接纳。或者，如果有人说诗人描绘的是人与自然的和谐，或者说诗人将人当作自然的一部分时，就从平凡和艰苦中看到美丽清新的一面，如此的解读，也肯定不符合人定胜天、改造自然的话语模式。因此，从一开始，徐诗就与时代话语是脱节的，直至最后也许诗人自己努力想要连接起来，也无非再次错位；也正因为脱节，他才成为一个诗人。所谓脱节，在徐玉诺的写作中包括两种表现或两种形式：疏离于时代潮流或者超越于它。

写于1921年12月的《歌者》一诗，在题记中这样描写歌者的形象："——一个赤着脊背而披散着短发的中年农夫，立在昆仑山中峰的一块怪石上，抗着他那强壮的胸膛，痛快淋漓地唱着，以他那壮大的拳头作无聊的手势。"歌者是中年农夫，诗人也总以农夫自谓。这个不像农夫的农夫——无论是举动还是气质或者身形，都不像人们所见的中国的中年农夫——显然是诗人自我形象的投射：披头散发，胸膛强壮，拳头壮大，无聊——狂狷而又颓废。这个中年农夫被设置在昆仑山中峰的一块怪石上：这是远离尘嚣的一个制高点。他歌唱的内容是"我们的兄弟，/都中了魔术"，这一句如副歌一样，在全诗中反复出现了七次。主歌的内容则可概括为：大地荒芜，民不聊生，遭人杀戮，自相残杀。诗人描述的农夫歌唱的基调是："——他的声音很大很壮地唱着，满宇宙都/起了神秘而凄惨的疏密；全世界都在/摇撼着。"但是此"摇撼"非彼摇撼，绝非当时狂飙突进的革命诗人的歌唱所带来的那种摇撼：不是天狗和女神，也不是告别哥哥献祭革命的青年，更不是蒋光慈情绪偾张的愤怒嘶吼；这个农夫也不是战士，也不是过客。可以说，被历史和"大诗"讲述成开天辟地的时代，在这个农夫歌者的眼里却显出中了魔的样貌，亦即混乱不堪。由此可见，徐玉诺在诗中不仅出离于自己置身的时代，还出离于自己的身份。他自诩农夫而远非农夫，更像是幽愤隐忍的士子，愤世嫉俗的隐者，慈悲喜舍的求道人，浪迹独行的游吟者……

徐玉诺创作于同一时期的《魂底平安》（1921年8月）一诗，可以说充满奔放的抒情、热烈的呼告。但与郭沫若的诗相比，也还是处在与之相对的一极——冷峻、怀疑的一极。诗的开头几节是：

　　山、河、原、林……

　　苍苔一般的景物，
　　渺渺茫茫……

　　我的同伴在哪里？……
　　同伴呀！
　　蚂蚁似的扰攘着的小东西，
　　我向那里找你！……

郭沫若诗集《女神》中常见的大到不可测度的主人公，在徐诗中成为"蚂蚁似的扰攘着的小东西"。诗的结尾三节写道：

　　一阵风，
　　一阵风吹得我轻轻的飘去；
　　苍苔一般的世界，
　　又深深的沉入渺茫……

　　同伴呀……

　　再见……

………再见………

除了语词本身，长长的省略号（包括在语词两端使用的）更强化了诗的那种虚无的效果：仿佛一切随风而散，化入无始无终的时空。甚至我们可以不避偏激地说出徐诗的一个旨趣或特点，即：在同时代诗人（和所有时代诗人）歌颂光明的时刻，他看见了并歌唱着黑暗。《黑暗》《我的世界》《在黑暗里》《偶像》《别》《夜的诗人》《我并不寂寞》，以及其他许多小诗都是写黑暗的。试读《黑暗》（1923年5月）：

> 世界再没有比黑暗更深奥更耐爱更全备的处所了；
> 在那里有人类所要有而且取不尽的东西，
> 在那里有人类所爱看而且看不穷的美丽，
> 在那里有人类所要听而且听不到的低微而且浓厚的音乐……
> 自由莫过于在黑暗中，
> 快乐莫过于在黑暗中……
> 罩在人类头上的，将要重重落下的黑暗哟！

再读《我的世界》（1923年5月）：

> 每在沉默而且黑暗的夜间，
> 一切东西都藏在黑影里，
> 一点声响也没有，
> 我一个立在海岸上，
> 前边是无边无尽的黑暗，
> 我就得到莫名其妙的平安了。

与上面两首诗同时发表于1923年5月《诗》第二卷第二号的，还有下

面这首《偶像》。这首诗似乎更出格,也可使读者更理解他为什么歌颂黑暗:

> 见过游神会的人
> 一定会想着人类生活的现象;
> 拥着一匹极大的人样的偶像,
> 大吹大打的
> 在嘈杂而带着各种味道的街上经过;
> 一般有气力的青年在下边舞弄,
> 那偶像就大摇大摆的走起来。

诗中说"一定会想着",其实未必。即使见过那景象的人中有极少的一部分可能会有这联想,但这极少的人中只有更少的人会有所感悟,有所感悟的人中只有更少的人会把他的感悟写出来,试图达到一种启示的效果。所以,人的理性、开悟的机会,少于盲龟值浮木孔。在新诗革命化年代,更确切地说在无产阶级革命诗歌滥觞时期,徐诗比"革命"诗更出格,已走到其对立面,见出其中的黑暗。这是因为他在自己的处境中,直写个人的感觉和体验;到30年代前后,文坛已经不见其踪迹时,新诗中的各种现代主义兴盛时,他又以一种粗拙的语体为劳苦者而歌哭起来。这还是因为他依然在自己的处境中,依然在直写个人经验。当然,左翼革命文学及其倡导的大众化无疑对他起了作用。

有论者评论徐玉诺的长诗《最后咱两个换了换裤子——闲情之什之二》说,"这首长诗既没有五四及20年代启蒙文人那种高高在上悲天悯人的人道主义语调,也没有30年代左翼文人那种刻意高看工人农民的阶级革命腔口"[①]。这首长诗写于1929年4月,同时期还有《云

---

① 谢志熙:《出色的民俗风情诗及其他——徐玉诺在"明天社"时期的创作再爆发》,《中国现代文学研究丛刊》2015年第12期。

破天青的月夜》和《麻花王的争论》(发表于 1930 年 8 月 25 日《骆驼草》第 16 期),也适用于这一论断。对徐诗的表达方式,还有论者概括为好懂、易读。这是指其"诗歌语言无意间回避了那个时代一些标志性语法和词汇,只留下了最本真的情感元素"。此外,他的诗"很难写出来",是因为他的创作"与时代无关、与名利无关、与诗歌语言无关(无意于诗歌语言的构制),他把所有能量都集中在歌唱和言说之上"。[①] 也许,他对时代流行语汇的回避与其说是"无意间"的,不如说是出自本能的。任何一个人在现实面前都有自己的本能反应,对于诗人徐玉诺来说,当时代语汇不能抒发他个人的情感体验时,他也无须刻意地选择使用它们。台湾诗人痖弦说:

> 有人说"诗人即真人",我认为徐一诺就是一个真人,一个真得不能再真的人。他的狂与痴,乃是来自对文学艺术的狂热、执着;他的笑与闹,是对这变异世界、失序社会的反讽。他把屈原"举世皆浊我独清,众人皆醉我独醒"的感叹,李白"我本楚狂人,凤歌笑孔丘"的旷达,金圣叹的嘲人而又自嘲,梁实秋、林语堂的诙谐幽默,全部融合在一个总的风格之中。徐玉诺绝对不是装疯卖傻的怪人,而是有属于他自己的传统与师承。[②]

这是中肯而有见地的评价。一个真正的诗人活在自己的处境中,视野和心灵则飞翔在时空,为时代所裹挟但不能被役使。这样,从更长远的历史角度,从他们身上(他们的写作和他们的人生),受众可能更真切地认识他的时代。

[①] 海因:《徐玉诺诗歌的当代性(代序)》,载海因、史大观选编《徐玉诺诗歌精选》,长江文艺出版社 2015 年版,第 8 页。
[②] 痖弦:《特立独行徐玉诺》,载刘振军主编《徐玉诺君》,中国文史出版社 2007 年版,第 10 页。

不妨再看几则徐玉诺个人的"生活史料"。

在远离文坛,为了生活而奔波多年后的1938年春,徐玉诺回到鲁山创办民众教育馆,组织"鲁山抗战巡回宣传团",油印《民舌日报》。这一年10月,大武汉陷落,徐玉诺因在《民舌日报》上对国民党军放弃武汉一事作了如实报道,而触犯了县党部。[①] 小报被查封。

1939—1945年,徐玉诺辗转各地,曾担任鲁山第一小学校长,在省立淮阳师范(战时迁至鲁山)、商丘中学等校教书。1943年到南阳中学教书,又去皖西乡村师范教书。或因薪金不足以养家糊口,或因他抗日情绪激烈又不善逢迎,在皖西乡村师范的第二学期,学校当局欲解聘他。拥护他的学生罢课闹学潮,校方暂时收回成命,但在1944年8月还是将其解聘,支持他的学生也被开除。他再到邓县汲滩镇中学教书,校长是他的老同学。1945年春天,邓县被日军占领,校长当了维持会会长,徐玉诺只得与他绝交,逃到附近小村子开私塾为生。[②]

诗人苏金伞在《悼念我最尊崇的叶圣老》一文里提到,徐玉诺在新中国成立后被安排在河南省文联,被聘为省政协委员、人大代表。1951年,他和徐玉诺等在许昌五女店参加土改。徐玉诺"感情激荡,老嫌斗争不彻底",遂写打油诗一首:"土地改革五女街,斗争地主如煮鳖,大鳖小鳖一起煮,可惜锅里水不热!"[③]

1951年,徐玉诺女儿徐西兰参加中国人民志愿军航空学校,他感到欣慰。10月1日在日记中写到此事时,体现出很高的思想敏感度。针对有人提醒他女儿参军离家要及早安排,他写道:"全是旧思想,

---

[①] 史大观、李晓编著:《爱国为民的大诗人徐玉诺》,徐玉诺学会内部资料2017年版,第163—164页。

[②] 史大观、李晓编著:《爱国为民的大诗人徐玉诺》,徐玉诺学会内部资料2017年版,第171—172页。

[③] 苏金伞:《悼念我最尊崇的叶圣老》,《新文学史料》1988年第3期。

对人民大家庭起疑心，应注意分析情况。"① 此外，像 1958 年 1 月 17 日日记：

> 眼前局势认得清，五项原则是救星
> 社会主义长优势帝国侵略算难成
> 民族独立涌浪潮，殖民政策大厦倾
> 冷战"先锋"成笑话红色卫星绫地开
>
> ……最近发现癌不仅是局部肿胀机关麻痹，它同事（时）还是通连全身经络贯穿三脏的一个流子（瘤子），在这点上正式（是）张光年所说虽有名医无可如何了。②

1 月 18 日日记：

> 因此在此后一个月或四十天中
> 必须加紧做完以下三事
> 1. 改变（编）火焚白崔寺戏本，或作文表明三皇姑是汉明帝次子刘英（封□父城在宝丰□山寺后）第三女就是观世音女身根源
> 2. 必须作歌颂索伽助□山辛庄建成九龙口水库
> 3. 为终身辛勤的父亲作小传。③

可以看出，徐玉诺由一个新诗先锋到泯然众人的过程，是一个大时代下小人物求生的历程，也是一个个性化的自我与席卷大众的潮流相应答和缠斗的过程，亦是一个有情怀的人文主义者深陷俗世而关怀

---

① 史大观、徐帅领编校：《徐玉诺日记书信》，徐玉诺学会内部资料 2017 年版，第 64 页。
② 史大观、徐帅领编校：《徐玉诺日记书信》，徐玉诺学会内部资料 2017 年版，第 84 页。
③ 史大观、徐帅领编校：《徐玉诺日记书信》，徐玉诺学会内部资料 2017 年版，第 85 页。

现实的过程。他是一位受现代文明洗礼,为民族苦难分担,被革命话语裹挟,而始终没有褪去农耕文明赋予的中国传统文人士子基因的知识分子。他个人的人生经历、心路历程及创作过程,跟其他诗人也有相似相交之处,尤其是在革命及革命话语的席卷加速诗人的走失这一点上。可借暮年冯至的《自传》(1991)一诗做结:

  三十年代我否定过我二十年代的诗歌,
  五十年代我否定过我四十年代的创作,
  六十年代、七十年代把过去的一切都说成错。

  八十年代又悔恨否定的事物怎么那么多,
  于是又否定了过去的那些否定。
  我这一生都像是在"否定"里生活,
  纵使否定的否定里也有肯定

  到底应该肯定什么、否定什么?
  进入了九十年代,要有些清醒,
  才明白,人生最难得到的是"自知之明"。

或者也提出了新的问题:这些诗人在很短的时间里,就写出了百年诗史中影响贯穿始终的诗,那么,一些可谓天才的诗人为什么只有那一瞬间的创作爆发力?我们可以用其他案例从不同的侧面进行讨论。

第八章 穆旦:希望我们能有一个希望

从一个积极参与现实的热血诗人到一个时代话语的疏离者,穆旦的生存和写作状态,代表着我们尚未充分认识其意义的一种现象。在中国当代文学史的各种"现象"中,"穆旦现象"堪与"何其芳现象""赵树理现象""孙犁现象"等相提并论,尽管并没有像后几位那样受到重视。这里所说的"穆旦现象",指的是当时代洪流或革命话语席卷思想领域及一切精神活动,当个体生命价值和生存体验消融于整体结构中时,作为社会疏离者的个人持守恒常的文学信念,默默写作,赖以支撑自己在精神上的独立。诗人穆旦的生存及心灵状态,具有比人们所了解的更为深远的意义,他主动或被动地逃离了意识形态威权的裹挟,在丧失写作和发表资格的情况下,在卑贱的境遇中保持了身心的独立,为当代中国文学奉献了丰厚的资源。从穆旦的整个人生经历来看也是如此,无论早年在原始森林里逃生,还是后来成为革命的对象,他都曾经沦落到极卑屈微贱的境地,但他的诗歌似乎也因此脱离了各种话语力量的摆布而获得超越性。所以,穆旦诗歌的现实意义和文学史价值,可能就在于他以隐忍和退避的方式持守文学的理想和人性的完整。鉴于文学在 20 世纪的中国自始至终既是各种政治力量争夺的对象,也是各种意识形态话语纠集展演的场域,考察穆旦的诗歌写作及其与革命话语的关联,既是为具体地认识、反思当代中国的思想文化积累案例，也是为现代汉语诗歌的价值走向和形式探索提供经验和启示。

一 赋予普通生活以诗性

诗人穆旦无论是被同代人誉为"新诗现代化的第一人"，还是被重排大师座次的后代人排在中国现代诗的第一位，都曾引起很大的争议。可以说，后来者给现代文学大师排序或重排座次的行为本身也代表了一种争议的声音。这表明穆旦是一位有个性的诗人，不至于获得最广泛的众口一词的赞赏，却能得到一部分人的极大认同和推崇。许多人认为穆旦诗歌的个性集中体现在"现代性"方面，这一特征又凸显在他于西南联大时期的创作中。一般说来，无论是"现代诗歌"还是现代主义诗歌，使之获得"现代"之名者在于其"诗性"内质，此诗性并不是非理性或反理性的，毋宁说是理性之一种，是与逻辑相对的直觉体验式的思维和表达方式。虽说在穆旦晚期诗歌中，通常所谓的现代主义的特征并没有那么突出，但以"诗性"方式表达哲思感悟，使他的诗歌获得了超越"现代"或现代主义的深邃的力量和美感。

在探究革命话语之于穆旦及其诗歌的关系之前，我们从三个文本来理解穆旦诗歌写作的诗性追求。这三首诗即使不全是诗人的代表作，也可以说是标示诗人创作历程和心路历程的重要作品，分别是早期的《时感四首》、最后时期的《冥想》和表达诗人诗歌观念的《诗》。"我们希望我们能有一个希望"，这一行诗出自穆旦《时感四首》之四：

> 我们希望我们能有一个希望，
> 然后再受辱，痛苦，挣扎，死亡，
> 因为在我们明亮的血里奔流着勇敢，
> 可是在勇敢的中心：茫然。

我们希望我们能有一个希望,
它说:我并不美丽,但我不再欺骗,
因为我们看见那么多死去人的眼睛
在我们的绝望里闪着泪的火焰。

当多年的苦难以沉默的死结束,
我们期望的只是一句诺言,
然而只有虚空,我们才知道我们仍旧不过是
幸福到来前的人类的祖先,

还要在无名的黑暗里开辟新点,
而在这起点里却积压着多年的耻辱:
冷刺着死人的骨头,就要毁灭我们一生,
我们只希望有一个希望当做报复。

《时感四首》写于1947年1月,人民文学出版社1986年出版的《穆旦诗选》,以《时感》为题辑录了其中第三和第四首;1981年江苏人民出版社出版的诗人合集《九叶集》中没有出现此诗。现在,大众读者对此诗的认可广泛地见于网络自媒体,在任意一种搜索引擎上搜"时感四首"或"我们希望我们能有一个希望",都有数量惊人的结果;古诗文网等平台以"穆旦最好的诗"选录此诗。列举这些事实意在说明,在不同时期,编选者自有理由选或不选同样的诗歌,这些理由反映出一个时代的话语方式和价值观念对诗的取舍,也是革命话语对诗人、对诗歌、对同一位诗人的诗歌进行选择的一个例证。了解这四首诗的内容和写作时间,也就容易理解《穆旦诗选》为什么选其中的两首诗。《时感四首》的主题可以说是批判国民党的腐败、残忍和虚伪,1986年的读者很容易从第三和第四首中读出这一主旨,从第一和第二首中就看不那么明显；即便能够看出也很可能引起其他不必要的联想。诚然，这组诗跟许多经典的现实主义作品一样，仿佛对每一个时代的问题都能有所触及，有所批判。1986年也不例外。1986年，可能是新时期以来最为开放的年份。尽管如此，它也有不能触碰的敏感地带，它也用自己的敏感词"击毙"了四首中的前两首。可以设想，如果这四首诗出自其他时代的有名无名的诗人之手，将很难发表出来，即使第三和第四首也是如此。尤其是今天的网络审核程序，更容易将它的用语和词汇判为不当而不予通过；即使发送出来了也可能很快地被删除。这种种的推测、设想，意在表明此处讨论的不是文学的现实性问题，而是诗歌传播的可能性问题。当然，《时感四首》也是一组现实性很强的诗。在1947年前后，作为年轻的现代主义诗人的穆旦，只需用他这一组诗就足以表明，现代派写作也可以有强烈的现实性，更表明了现实性远不是抨击时弊那么简单。这几首诗在几十年里的传播、接受则表明，抨击时弊的使命绝非简单粗暴的表达所能胜任的；最重要的则是表明，无论现代主义还是现实主义，诗的现实性——无论古诗还是新诗——不会随着世易时移而丧失。在同一时期，同属于九叶诗人的杜运燮——穆旦的同学和朋友——有一首诗《追物价的人》，被收录在《九叶集》中。开头写道："物价已是抗战的红人。/从前同我一样，用腿走，/现在不但有汽车，坐飞机，/还结识了不少要人，阔人，/他们都捧他，搂他，提拔他，/他的身体便如烟一般轻，/飞。但我得赶上他，不能落伍。/抗战是伟大的时代，不能落伍。"这是一首很明显的抨击时弊的诗，读者很容易发现诗人对蒋介石国民党政府的犀利嘲骂。相形之下，含蓄的《时感四首》没有这么明显和痛快淋漓。读者可以明确感受到杜运燮对腐败的国民党政府的深恶痛绝而又无可奈何，忍无可忍之下便采取了锋芒外露的批判和讽刺、嬉笑与怒骂。这首诗在新时期比穆旦的《时感四首》更受重视（或许在当时也是如此），正是因为它的"明显"。"抗战"这样的语词以及时代主流话语的指向性，保证了它在当下语境中的合法性。相对于这种更为大众所喜闻乐见的喜剧性的滑稽展现，穆旦抒写现实的、具有悲剧性的沉郁就不那么"大众化"了，诗中屡屡出现的"欺骗""绝望""沉默的死""OOOOOOOO""茫然""苦难"等则显得很可疑，可能会激发读者的怀疑意识……两位诗人在当时可能处在同样的激愤、同样的决绝中，但穆旦诗中显现的现实精神比起他的同道来，似乎多了一重冥思，而透露出一种倔强且落落寡合的气质。只有在个人意识和独立思考能力复苏的人群中，穆旦的感时伤生才会遇到真正的共鸣。而感时之作之所以超越它所感的那个特定时代，与那些流传千年的古诗经典一样，因为它所体现的"人性"，因为它真正表达了对作为个体存在的人的深切关怀。

《冥想》一诗写于穆旦生命最后时光的 1976 年。这首诗传达的人生感喟可谓有普适性。那种饱含宿命意味的抒怀，似乎没有什么特别深刻的神思，也没有采用独特新异的形式，不过是以沉静的调子，完整而准确地传达出一个人的"冥想"的当下状态。诗的最后写道：

    但如今，突然面对着坟墓，
    我冷眼向过去稍稍回顾，
    只见它曲折灌溉的悲喜
    都消失在一片亘古的荒漠，
    这才知道我的全部努力
    不过完成了普通的生活。

无论是在当时还是今天来看，也无论从哪种意义上说，"普通"一词都很难说是对穆旦的"生活"的合适概括。这不是因为穆旦的人生有多么崇高伟大，而是恰恰相反，无论以世俗眼光、时代精神或历史语境等任何维度来衡量，他的处境、遭际及结局，很容易使俗人生下劣

第八章 穆旦:希望我们能有一个希望

想;也就是说,穆旦的生活远远够不上"普通",除非艰难、残酷、轻贱、屈辱……的生活可以算"普通"!

穆旦刚上大学,正值日本侵略者全面侵华,中国大地放不下一张安静的书桌,学校南迁继而西迁,他随之从清华大学的学生变成西南联大的学生。当他从西南联大的学生变成西南联大的青年教师时,又应国民政府征召而投身抗战,于1944年2月加入中国远征军赴缅甸参战,经历了惨绝人寰的野人山撤退。这一程可谓九死一生,回国以后则继续谋生。穆旦1946年到东北,和朋友在沈阳创办《新报》。这段经历后来成为界定他的"历史反革命"身份的主要证据之一,虽然这份短命的报纸是因为开罪于国民党地方政府而被查禁的。1947年7月29日,国民党辽宁省政府限令《新报》即日停刊。此后,穆旦辗转北平、南京、上海、重庆、曼谷等地,于1949年——这是许多知识分子纷纷投身于热火朝天的新中国建设的历史性年份——去美国,1953年回国,在南开大学外文系任教,很快又因历史问题被审查,1958年受到正式宣判。

从穆旦这些经历看,他本来确实是一个普通的人,像社会大众中的绝大多数个体一样,有的是强烈的民族情感和对自由的向往。在生死存亡的年代,他像绝大多数人那样并没有那种偾张的革命豪情和政治敏锐性,因而也不曾主动投身于任何社会运动。总体上看,他不过是为了生活而四处奔波的芸芸众生之一,即便是参加革命工作,也是一种"工作"而非"革命"。"工作"是生活的来源、保证和形式。类似的情形让人想到孙犁的经历。孙犁写于新时期的系列散文《乡里旧闻》中有一篇《新春怀旧·同乡鲁君》,其中他回忆了自己当年是怎样参加革命的:"七七事变,有办法和有钱的学生,纷纷南逃,鲁有一个做官的伯父,也南下了。我没有办法,也没有钱,就在本地参加抗日工作……"[①]众所周知,文学史中的孙犁是以革命作家的身份,

---

① 孙犁:《新春怀旧·同乡鲁君》,载《曲终集》,人民文学出版社2012年版,第33页。

以描写抗战大后方的生活图景著称，也是开一代风气的宗师。但在他的回顾中，"参加革命"却是一种很偶然的、不得已的选择。这一点令当时一般读者，更不用说令革命（或文学）回忆录的读者感到惊愕。孙犁的自我描述不仅在左翼作家和革命文学家的同类文字中，即使在新时期文学的"归来者"的类似文字中，也属另类。孙犁的例子从一个侧面反映出同属另类的穆旦的经历也可能有相当的代表性。虽然穆旦没有机会像孙犁这样来回顾、细数自己的人生经历，生存处境也远远不及孙犁，但与孙犁相同的是，穆旦从来不会对个人的历史进行文饰，不会为了符合时代潮流及话语规范而倒换言辞。

比如，穆旦将自己在改造期间、在繁重的体力劳动之余，用几年时间偷偷翻译的《唐璜》成稿寄给人民文学出版社，其后几年没有音信。直到1975年偶然得知出版社编辑一直保留着书稿，而且很赏识他的翻译。为此他感到非常高兴，但在给巫宁坤的信中他写道："你别替我高兴太早，那本译诗只是编辑先生赏眼而已。我的傻劲、神经、太闲和不甘心，才支持我弄这些劳什子。"谦逊中透露出清醒和理智，不甘心的他似乎也很甘于自己的不甘心，正如身处绝望中对自己的绝望有清醒的认知，而希望能够心怀希望一样。在普遍意义上说，我们任何一个人都只能是普通人，但诗人穆旦具有的这种普通人的意识却是绝大多数普通人所缺乏的。于是，当他的内省而自持行诸文字时，他作为普通人的状态也就成了一种启示。众所周知的是，穆旦去世的直接原因是摔跤导致骨折，后在治疗过程中诱发心脏病。这些自然与他的抑郁不得志有很大关系，但很少有人会设身处地感受他的心态，理解他的抑郁不得志并非怀才不遇。他自己能够看淡、看透生死荣辱，但因为自己而一再耽误孩子的前程，却令他难以忍受。仅从这一点看，他也未能完成"普通的生活"。所以，当我们将他坎坷艰难而卑屈的一生，与"不过完成了普通的生活"的平静、淡然两相对照，仿佛看到了"诗性"对普通生活的烛照，怎样地实现了对苦难深渊中的生存的救赎，并使一个残缺病弱而隐忍的人,以诗的方式圆满地完成了自己。

再回到《冥想》这首诗的文本,在讲求节制的诗艺原则或美学趣味,乃至谦逊品格之外,读者还可以看到他自尊自傲态度的从容显现。一方面,"完成了普通的生活",这一辈子的坎坷艰辛和屈辱也没有什么大不了的,不过是"普通的"而已。另一方面,当一个人被贬抑到极其卑微的境地时,要保持住一种普通人的状态,也就是保持凡人都有的一份尊严,必得付出凡人难以付出的坚忍努力,因而这一种"普通"以其难度极高而获得了一种非凡性:表达着一个在威势者面前不卑不亢,而在精神上凌驾于施压者、凌辱者之上的沉静泰然的风度。"在没有英雄的年代里/我只想做一个人",这是那个时期的青年诗人北岛的抒写,命途多舛而进入老境的穆旦没有这样宣言似的告白,但他用此时的全部诗歌写作再现的正是这样一个人的形象。也就是说,他是北岛宣言的一个默默的践行者。穆旦的另一首诗,也写于生命的最后时光,题目就叫《诗》(1976年4月):

  诗,请把幻想之舟浮来,
  稍许分担我心上的重载。

  诗,我要发出不平的呼声,
  但你为难我说:不成!

  诗人的悲哀早已汗牛充栋,
  你可会从这里更登高一层?

  多少人的痛苦都随身而没,
  从未开花、结实、变为诗歌。

>   你可会摆出形象底筵席，
>   一节节山珍海味的言语？
>
>   要紧的是能含泪强为言笑，
>   没有人要展读一串惊叹号！
>
>   诗呵，我知道你已高不可攀，
>   千万卷名诗早已堆积如山：
>
>   印在一张黄纸上的几行字，
>   等待后世的某个人来探视，
>
>   设想这火热的熔岩的苦痛
>   伏在灰尘下变得冷而又冷……
>
>   又何必追求破纸上的永生，
>   沉默是痛苦的至高的见证。

穆旦的这三首诗有三个维度：《时感四首》表达对现实的批判，《冥想》表达人生体悟，《诗》可以说诠释了他的艺术观念。作为一个普通人，一个历尽坎坷艰辛的诗人，一个执着于艺术探索并以诗支撑自己生命的人，《诗》无疑地具有特别的意义。从这首诗可以看出他的心态：无论是"千万卷名诗早已堆积如山"，还是"火热的熔岩的苦痛""变得冷而又冷"等，透露着一种悲观到虚无的情绪。他对诗的理解，分担"心上的重载"的"幻想之舟"、发出不平的呼声、含泪强为言笑……又分明在隐忍和节制中显示出尊严感，也自然地表露了对读者的尊严的认同——"没有人要展读一串惊叹号"。所以，当写出最后的句子"沉默是痛苦的至高的见证",一个被践踏到淤泥里的肉身,他的灵魂还抗争,精神在高扬。也就是说,这首表达有关诗歌创作的节制美学的《诗》,倾注了他所有的人生体验。不妨以徐玉诺的同题的《诗》(1922年5月)作一对比:

> 轻轻的捧着那些奇怪的小诗,
> 慢慢的走入林去;
> 小鸟们默默的向我点头,
> 小虫儿向我瞥眼。
>
> 我走入更阴森更深密的林中,
> 暗把那些奇怪东西放在湿漉漉的草上。
>
> 看呵,这个林中!
> 一个个小虫都张出他的面孔来,
> 一个个小叶都睁开他的眼睛来,
> 音乐是杂乱的美妙,
> 树林中,这里,那里,
> 满满都是奇异的,神秘的诗丝织着。

此外,徐玉诺还有一首只有两行的、同样题为《诗》(1922年4月)的诗:"这支笔时时刻刻在微笑着;/虽在写着黑浊的死墓中的句子。"可以说,他的第一首《诗》用形象体现、诠释了穆旦以诗为"幻想之舟"的观点。第二首《诗》以矛盾和反差的两行诗句营造了一个张力场,促使读者体悟诗性的复杂。徐玉诺是新诗的先驱,更是中国现代主义诗歌的先驱,但他没有穆旦那样的诗学习得和诗歌技艺的自觉锤炼,也没有他后来的人生际遇。所以,他的诗歌的层次肌理,他的创作的完成度、丰富性不如穆旦。穆旦的《诗》传达艺术观念，却仿佛有心灵内里的椎心泣血的呼应，正如他在抒写人生感悟的《冥想》中，充满关于人和世界的诗性思考和审美观照一样。同样的，在他早期的感时讽世的诗歌里，可看出诗人的好思悟的秉性气质，思考和表达的独立性追求和责任意识。基于这一些理由，可以说，穆旦是新诗史上最完整的诗人，他将人生、社会和精神活动的复杂性、矛盾性转化成醇和的诗意和深邃的诗性。

谢冕认为，"穆旦把他的诗性的思考嵌入现实中国的血肉，他是始终不脱离中国大地的一位，但他又是善于苦苦冥思的一位，穆旦使现世的关怀和永恒的思考达于完美的结合"；"穆旦的始终努力在于通过这些丰富的事实进入关于整个民族生命存在的久远的话题：他的诗句穿透大地的表层穿透历史的沉积，他展现人们感到陌生的浩瀚的精神空间"。[①] 穆旦诗歌所展现的"精神空间"之所以浩瀚，一定是因为他有高于一般的视野；而此"精神空间"使人们感到陌生，一方面源于他的另类，另一方面可能源于人们认知和接受的受限。而无论是哪一方面，都值得深入的探究。历来穆旦诗歌的研究者都会注意到他的早年经历和学养，注意到现代主义、外国文学，以及他的翻译工作对他的诗歌写作的影响，也会研究其诗歌的形式特征及美学贡献，但似乎没有人注意到，他的写作及其语汇与时代主流话语之间的关系，事实上是以一个普通人在革命洪流中的自我挣扎和持守，而深刻地诠释了某种"非暴力不抵抗精神"的意义。

二 相向而行的写作

新时期以来的文学史讲述，每以"归来的诗人""重放的鲜花"

[①] 谢冕：《一颗星亮在天边——纪念穆旦》，载李方编《穆旦诗全集》，中国文学出版社1996年版，第15页。

作为开篇,但诗人穆旦并没有等到归来,也就无所谓"重放"。此外,他与归来诗人还有很大的不同。归来诗人的作品大多完成于劳改期间(大致从打倒"胡风集团"直至"文革"时期),穆旦在新中国时期的诗,集中在1957年和1976年两年。他的诗歌数量不多,也不属于当代中国的任何一种文学潮流或阵营,但在90年代以来一再被"重新"发现和解读,就是因为穆旦写作的深广的阐释空间激发了研究者的灵感。近年又有论者将他和海子进行比较。其实,除了都是"真正的诗人"——"真正的诗人"自然也是具有无限多样的丰富性、复杂性的"存在物"——除了他们拥有同一个姓氏,把他们放在一起"比较"似乎只能从不同看到不同。但我们不妨让他们在现代汉语诗歌的生态系统中各自待在自己的"原位",这样更能清楚地认识他们的位置和价值。也正是在这个意义上,做比较论证的研究者下面的论断是成立的,即穆旦与海子"真正为中国的诗歌带'新鲜的'生机:前者给中国诗歌带来的是分析与怀疑的智慧和现代性复杂意识,后者则带来了民族文化传统所匮乏的神(超越)的维度和原始的创造力"[①]。并且,海子的"神(超越)的维度"和"原始的创造力"在穆旦那里也毫不逊色。

  穆旦诗歌写作与革命话语的关系,是一个慢慢疏离的过程。这个过程也可以说是诗人的自我从时代语境中逐渐收缩的过程。这与同时代诗人何其芳形成了一种对照——将他们进行比较最明显的一个理由是,两人在30年代相继走向诗坛又在文学新时期来临前夕相继离开人世,虽然何其芳比穆旦早生几年——从中我们能够清楚地看到一位与何其芳逆向而行的穆旦。何其芳在《预言》《画梦录》时期,即所谓"逃避现实"的自我吟唱时期,穆旦的表现是相当激进的,他十分热切地关注并参与着火热的现实。写于1935年的《哀国难》,与何其芳

[①] 钱文亮:《寻找中国诗歌的自新之路——穆旦与海子比较初论》,《文艺争鸣》2018年第11期。

同时期的作品，可以说是第一个鲜明对照。这时的穆旦"洒着一腔热泪"大声疾呼：

> 眼看祖先们的血汗化成了轻烟，
> 铁鸟击碎了故去英雄们的笑脸！
> 眼看四千年的光辉一旦塌沉，
> 铁蹄更翻起了敌人的凶焰；
> 坟墓里的人也许要急起高呼：
> "喂，我们的功绩怎么任人摧残？
> 你良善的子孙们哟，怎为后人做一个榜样！"

如艾青所说，年轻的何其芳身上的确有着"大观园的小主人"的精神特质，而年轻的查良铮那时的确是一个不折不扣的热血青年。

1937年七七事变后，穆旦10月随大学南迁到长沙的国立长沙临时大学，次年2月随校继续南迁，徒步远行至昆明西南联合大学。1939—1940年在香港《大公报》副刊发表《合唱二章》《防空洞里的抒情诗》《从空虚到充实》等，联大时期还在联大文艺刊物《文聚》上发表《赞美》《诗八首》等具有代表性的作品。最著名的要数《赞美》（1941），其中虔诚地反复吟颂人民，热切地呼告"一个民族已经起来"。

1937年，是穆旦和何其芳两位诗人在人生道路上相向而行错身而过的一年，是他们的情感和精神相交汇的一年，两位诗人心中都鼓荡着强烈的民族情感和爱国热忱。何其芳那首广为流传的《成都，让我把你摇醒》，与穆旦此时诗歌的底色和基调非常接近。但短暂的交汇很快岔开了，何其芳即将走进"革命"，而一旦他被带入革命，就很快地将革命代入他的诗歌。在《成都，让我把你摇醒》之后不过半年，他写出了《大武汉的陷落》。此诗同样是为了抗战和唤醒民众而写，但更是为了宣传《论持久战》而敷陈其事。这是何其芳以社会政治意义上的革命话语入诗的开始，并从此不再回头。比他年轻六岁的查良铮此时还是一个大学生，作为一个时代青年，同样满怀爱国激情和民族意识，热切关注时势，但他并没有机会遇到革命文学，尤其是延安文学惯用的一套语汇。1938年以后，何其芳奔赴延安而逐渐脱胎换骨，查良铮仿佛与时代主潮逐渐远离。直至中华人民共和国成立后，日益位高权重的何其芳因为写不出诗而苦恼，日益委顿沦落的查良铮却私下里依赖诗而活着。

穆旦在中华人民共和国成立后的遭际系于此前的三个重要经历：参军、办报、去国。如前所述，所有这一切都是为了生活，而不是出于革命的动机或别的什么更伟大的追求，虽然他曾经那样热切关注现实，以强烈的民族情感和社会责任意识投身抗战事业。为什么众多作家诗人走进革命洪流，逐渐把诗歌写成革命语汇的集合体时，他诗中的激进色彩逐渐消退了？

两位诗人的第二个对照是：何其芳经受着革命熔炉中的冶炼，查良铮作为一个现代青年在民族危难中体验着个体存在的煎熬。何其芳置身延安的革命熔炉中时，查良铮是西南联大的学生，接受着燕卜荪灌输的西方现代诗歌经验和观念；何其芳即将成为马克思主义文艺思想的代言人时，查良铮还在学习成长，远离革命中心的他进行着典型的个人主义的尝试：在新月派诗歌、现代派诗歌的限于个人的感兴，与中国诗歌会和七月诗派为代表的政治鼓动诗之间、之上，探索诗与人生和现实的结合。他这一时期的诗歌，正如论者所说，"这种充满生命锐气和能量的诗，不同于二三十年代诗坛那种感伤、沉闷、颓废的调子，也有力地突破了早期'象征派'或'现代派'的范围"[①]。可见此时的查良铮，既有艺术上的探索精神，又有时代青年的现实精

[①] 王家新：《"生命也跳动在严酷的冬天"——重读诗人穆旦》，《文艺争鸣》2018年第11期。

神。可以说是高度自觉的。他明确主张五四时期"人生派"和"艺术派"都有待超越，必须在崭新的高度将二者进行弥合。并且，从他的诗中我们仿佛看到一种自然的趋势，似乎他也终将汇入革命大潮，但实际走向却并非如此。民族的、阶级的话语在他此后的诗中几乎完全为另一种思想意识及表达所替代，即对人、命运、生命的思考或怀疑。穆旦从缅甸回来三年之后写成了长诗《森林之魅——祭胡康河谷上的白骨》，有论者指出：

> "野人山经历"之后，穆旦从死亡线上活了下来，"自由了"，但也"从此变了一个人"，他不再怀有"雪莱式的浪漫派"梦想，不再像《赞美》那样热切呼唤"一个民族已经起来"，不再单一地从文化层面提出"控诉"。他最终着眼的，是对那种牢牢控制着自身命运的外在强力的感知。由此而来的，是对于个体命运的强烈审视——"不幸"最终成为诗人对于个体命运的终极指认；而作为"不幸"的诱因的现代社会同时遭到严厉的"控诉"。①

这首诗是否对"现代社会"进行了"严厉的'控诉'"另当别论，原先那种民族的、阶级的、道德的正义真理的表达转变为对个体存在的感悟，则是毋庸置疑的。只能说这一次的死里逃生过于严酷惨烈，对他的心理、性情、精神、人格各个方面造成常人难以想象的冲击。《森林之魅——祭胡康河谷上的白骨》在形式上采用对话体，是人和森林的对话，也是孤弱的个体与不可思议地吞噬、淹没一切的自然界的对话。人，看似作为对话的一方，实则与之难以匹敌，只能深陷其中听任摆布，在无以名状的饥饿、恐惧驱使下，向冥冥之中的主宰不由自主地告白，当然同时也自觉自主地挣扎着说出自己的感觉体悟，

---

① 易彬：《穆旦评传》，南京大学出版社2012年版，第153页。

作为自己不失为人的独立和尊严。

此前几年，穆旦曾在大学西迁的"三千里步行"途中，写了《出发》《原野上走路》等。那一次远征也充满艰难险阻，甚至危机四伏，但诗人是带着满腔的家国情怀和豪情意气。几年后参加抗日远征军，也是基于这种思想情感而做出的更明确、更成熟的选择。始料未及的是，当为民族、为真理而战沦落为溃败和求生时，其感觉、思想、身份都发生了转变，民族的、阶级的、社会的意识在原始森林中还原为个体性的、动物性的存在感。正是这种沦落客观上产生了一种效果，取缔了各种社会差异和区隔，使个人对存在的体验、对处境的认识获得了超越阶级、种族、血缘、地域的视角。国家民族危亡变成个人的逃亡，正义与邪恶的较量变成生命和死亡的较量，阶级的对抗、文化的对抗变成人和自然的对话。

穆旦是一个幸存者。"幸存"的经历一层层剥除了他身上的社会性身份的外衣，成为一个活着的人（这种劫后余生的心态，至少在很大程度上是他能够忍受并度过历次运动的原因）。与他形成对照的何其芳，全身心投入革命，一层层地为自己披挂上这些身份，从小资产阶级变成时代青年、革命者、毛泽东思想代言人、改造好了的知识分子、继续革命的不断进步的人……从这里我们也能看到何其芳和穆旦的相同之处，他们都是谦逊而真诚的人，对文学都怀着坚定的信仰。这种"相同"因为诗人处境的不同而造就了完全不同的诗歌。

50年代，穆旦的诗歌也很少，但从不多的作品中也可看出他是怎样诚心诚意地像一滴水一样地汇入历史潮流。他也很努力地配合形势，但他仿佛不好意思说那些流行的大词和套话；与此相对，何其芳由于他的身份及所担负的责任，如果不使用那一套通行的语汇便无从下笔。所以，这一时期他们的创作状态也是相似的——都是想写而写不出诗来，但是在这相似表面之下的区别更富意味：何其芳极为推崇李商隐和李贺，但这两位晚唐诗人的诗实在难以匹配革命意识形态的要求。

万幸的是何其芳又一次欣逢其时，毛泽东发表了关于新诗发展道路的指示，何其芳完全可以把自己的个人趣味融入"民歌加古典"的思路中并大加发挥。只是到了"文革"时期，革命的权威对写作者及其写作的革命要求更为严苛时，何其芳才必须在自己的诗中标明与二李的界限，以无损于革命话语的纯洁性。如果说何其芳在思想"上去"的过程中逐步失去了作为诗人的自我，穆旦则以其自觉不自觉的疏离，而保持了他的自我。也就是说，或许不得不感谢他的命运，因为精神和肉体的多重受难，使穆旦在个体人生的逐步沦陷中被动地获得一种超越性。革命话语运作下的阶级、队伍、组织，甚至工作单位，所有这一切都将他丢弃了，使他变成一个单独的、孤立的个人，渺小的、轻贱的但也是具体而完整的一个个体生物，而不是非个性、非人化的一颗螺丝钉或一块砖。失去的社会身份使他既无所皈依也没有牵绊，他因此也得到一个机会，如后来一代的诗人、翻译家所言，"他深入到自身的内在世界中，充分揭示了一个现代心灵的全部敏感性和矛盾复杂性，他还能跳出来，拥抱一个更广大的苦难世界"[①]。

三　沉默的声音

自从 1954 年南开"外文系事件"以后，穆旦的身份完全变成一个异己分子和批评改造的对象。从他写于 50 年代的诗中，看得出他一直在真诚地探询和苦苦挣扎，试图跟上革命形势，融入时代氛围中。

据《穆旦诗全集》，穆旦在 50 年代的诗歌，1956 年有一首短诗《妖女的歌》，1957 年有七首诗，分别是《葬歌》《问》《我的叔父死了》《去学习会》《三峡水利工程有感》《"也许"和"一定"》《九十九家争鸣记》。无论如何，现在的读者从这些标题就看得出它们的时

[①] 王家新：《"生命也跳动在严酷的冬天"——重读诗人穆旦》，《文艺争鸣》2018 年第 11 期。

代印记，但在当时语境中却是明显异质性的或充满另类色彩的。

1957 年第 5 期的《诗刊》发表穆旦的《葬歌》，诗的最后一节是：

就这样，像只鸟飞出长长的阴暗甬道，
我飞出会见阳光和你们，亲爱的读者；
这时代不知写出了多少篇英雄史诗，
而我呢，这贫穷的心！只有自己的葬歌。
没有太多值得歌唱的：这总归不过是
一个旧的知识分子，他所经历的曲折；
他的包袱很重，你们都已看到；他决心
和你们并肩前进，这儿表出他的欢乐。
就诗论诗，恐怕有人会嫌它不够热情：
对新事物向往不深，对旧的憎恶不多。
也就因此……我的葬歌只算唱了一半，
那后一半，同志们，请帮助我变为生活。

发表于 1957 年第 7 期《人民文学》的《诗七首》之一的《我的叔父死了》这样写道：

我的叔父死了，我不敢哭，
我害怕封建主义的复辟；
我的心想笑，但我不敢笑：
是不是这里有一杯毒剂？

一个孩子的温暖的小手
使我忆起了过去的荒凉，
我的欢欣总想落一滴泪，

· 295 ·

但泪没落出，就碰到希望。

平衡把我变成了一棵树，
它的枝叶缓缓伸向春天，
从幽暗的根上升的汁液
在明亮的叶片不断回旋。

他的诗明显缺少当时诗人们热衷使用的言辞和语调。以上几首诗虽然都是应时而作，但是，除了个别字词、短语如"旧的知识分子""并肩前进""同志们""复辟"之类，极少有当时的通行语汇和表达法，因而这仅有的几个流行词在语调谦卑的告白和感觉特异的隐喻的诗行中，显得极不协调，比如"我的葬歌只算唱了一半，／那后一半，同志们，请帮助我变为生活""我害怕封建主义的复辟"，就很容易让"同志们"看出他是在兜售个人主义的颓废货色，因此反而加重了他的另类性。今天看来，当时这些努力迎合潮流的诗，恰恰是因为个人化、另类性而显得至为真诚。在前面那首《葬歌》中，他先是把自己喻成一只"飞出长长的阴暗甬道"的鸟，后来又说"不知写出了多少篇英雄史诗"的时代，他所写的"只有自己的葬歌"，又坦陈自己是"一个旧的知识分子"，真诚地请求"同志们，请帮助我变为生活"……正是使今天的读者容易理解和认同的那些因素，是当年的他遭致嗤笑和攻击的原因。

在另一首发表于1957年5月7日《人民日报》的"感时诗"《九十九家争鸣记》中，同样有"同志"字样，还有几个加了引号的称谓，如"'应声虫'""'假前进'"等——他的这首诗的确像是加在"百家争鸣"所指上的引号，他在诗的开篇说"百家争鸣固然很好，／九十九家难道不行？"，"附记"中又说："在九十九家争鸣之外，／也该登一家不鸣的小卒。"

第八章 穆旦:希望我们能有一个希望

诗人面对现实时的怀疑和迷惘当是出于本能,一旦周遭环境不允许任何怀疑存在时,只能代之以沉默、疏离、躲避。如此看来,他的被打倒,乃至被定性为"历史反革命分子"可以视为某种机运。如前所述,穆旦在西南联大接受西方现代诗歌理念时,在延安的何其芳已经是毛泽东文艺思想的信奉者,正待成为话语权威的阐释者和代言人。何其芳比穆旦年长,等穆旦活到何其芳当时那个年纪时,中国的社会及文学环境、诗歌生态发生了根本的变化。穆旦没有机会向何其芳的道路靠近,他是革命的对象。当年艾青对何其芳的批评,是对同志的挽救和争取。虽然查良铮此时也请求同志们帮助他改造,但1957年是更进一步的"革命"要更进一步清除异己以保持革命队伍纯洁的时候,他不具备"同志"的资格,而是要被惩罚,甚至是要消灭的"分子"。如果他改造得很成功而被"同志们"所接纳、认可、赞赏,乃至屡屡评为先进分子,会怎么样呢?会不会成为又一个何其芳?

穆旦不是何其芳,他没有因为身居要职却写不出作品而苦恼,而是在诸般难以忍受的苦恼中以诗歌为生存的支柱。这是现代汉语诗歌的幸事。

当时诗歌的主潮或正统是政治抒情诗。政治抒情诗的抒情主体只能是革命和建设年代里的"无我"或"大我",个体的人固然是革命人民或群众的一员,但作为一颗螺丝钉,必须在运转的机器上才有意义;但对于诗歌创作来说,"我"的消失不可避免地带来空泛的激情和狂热。所以,这时出现了一股"生活化"的小潮流,代表性诗人是顾工、雁翼、蔡其矫、闻捷等,出自他们之手的一批诗歌是对诗歌中的假大空态势的一种矫治。但即便是他们的那些生活化的诗,现在看来,其中也并没有真正的个性化的自我,即便它们最终无一例外因"小资产阶级情调"或"个人主义倾向"而遭到批判——在这一对比中,就可以想象当时的穆旦是多么另类了。比如雁翼的《在云彩上面》:

我们的工地，在云彩中间，
我们的帐篷，就搭在云彩上面，
上工的时候，我们腾云而下，
下工的时候，我们驾云上天。

……

篝火的青烟升入高空，带着我们的欢笑飞过群山，
它告诉远近的人民，云彩上面有了人烟。
它告诉我们亲爱的领袖，我们正按照你的意志改变荒山，
它告诉我们亲爱的祖国，你的儿女战斗在云彩上面。

又如顾工《我站在铁索桥上》：

啊！
当年激烈战斗的楼房，
如今成了孩子们的课堂；
勇士们洒过鲜血的地方，
满树的梨花正在开放。
人民捧着美丽的鲜花，
轻轻地，轻轻地撒在这英雄的土地上。

还有闻捷《夜莺飞去了》：

夜莺飞去了，
带走迷人的歌声；
年轻人走了，

第八章 穆旦:希望我们能有一个希望

  眼睛传出留恋的心情。
  ……
  夜莺还会飞来的,
  那时候春天第二次降临;
  年轻人也要回来的,
  当他成为一个真正矿工。

  这些诗中的"我""我们""年轻人"看似以个人面貌出现,但无一例外地都归属于富有时代气息的身份"铁路建设者""战士""矿工"。这些个"我"都是群体的无个性的一分子,不过因为具象化而使那种空洞昂奋的形象变得清新可感了一些。穆旦诗中的个人与他自己是同一的,因而总显出一股落落寡合的孤寂颓唐的气息。

  当穆旦以他自己的方式投入新生活,从当时的价值立场衡量,他显得那么落后、顽固、酸腐,但换以个人化的眼光而将心比心,现在的我们也可看出,他的另类很大程度上源于他的性情。虽然他很想跟着时代前进,但却羞于用别人都说的话、用大家都用的腔调来写诗,也不好意思豪情万丈地大呼小叫。这也只能怪他觉悟不够。他没能理解,在那个革命的熔炉中,"个人的声音""自己的方式"根本不符合规范的格式。

  回到前面的比较和对照,客观地说,何其芳和穆旦都是才华横溢的诗人,但他们并没有写出很多杰出的诗歌,也就是说,他们都是没有将自己的才华完全发挥的诗人。但值得庆幸的是,何其芳最早的诗歌和查良铮最晚的诗歌,都可以说是现代汉语诗歌中真正的杰作。

  何其芳由一个为艺术的颓废青年,被现实所激发、吸引、卷裹,全身心投入革命。革命由外而内,最终成为他身心的主宰。在人生收场的时候,他的思想究竟"上去"没有是一个问题,但艺术"下来"了是无疑的。穆旦由一个为人生的热血青年,被现实所教训,最终被革命话语所驱逐。当他彻底沦为革命对象之后，在凄惨的人生晚景中，写就了代表其个人成就，也代表现代汉语诗歌成就的作品。当年他随着溃败的远征军迷失在野人山和胡康河谷，完全丧失了为祖国、为正义而战的情境及能力，逃脱死亡成了唯一的目标；在新的时代里，当他没有资格去赞颂革命歌唱领袖的时候，文学及个体精神倒成了一种纯粹的信仰。穆旦诗歌与革命话语的疏离，除了是一种由处境决定的状态，更是出于这种文学信仰和原则的自由选择，越到人生晚景越如此。他的 1976 年的诗歌，一方面规避了依然盛行的政治意识形态意味浓厚的语汇，在使用那些无法规避的语词时，也将其中约定俗成的象征色彩进行了过滤，因而也具有解构压抑性语汇，对习语和流行语汇进行扬弃的效果。

写于 1976 年 10 月的《停电之后》，开头即是"太阳最好，但是它下沉了"。设想一下，那个时代还没有完全结束，这样来写"太阳"在广大人民群众中会引起何种反应。新时期开始前后，人们的思维方式和话语方式与此前并无根本区别。接下来诗中写道"可是突然，黑暗击败一切"。当然，这首诗后面也写了对太阳的憧憬，但这个"太阳"完全没有赫然的象征色彩，它只是那颗东升西落的恒星。诗人为了避免它染上别的意思，专门把它放在与光线微弱的蜡烛对比中，于是"蜡烛"也就只是蜡烛而已。尤有意味的是，诗人随后又把有关蜡烛的象征性一一敷回到它身上：

　　次日睁开眼，白日更辉煌，
　　小小的蜡台还摆在桌上。
　　我细看它，不但耗尽了油，
　　而且残流的泪挂在两旁：
　　这时我才想起，原来一夜间，
　　有许多阵风都要它抵挡。

于是我感激地把它拿开，

默念这可敬的小小坟场。

简言之，这首诗先剥除了加在"太阳""黑暗""蜡烛"等语词（意象）上的固化了的重重象征，还原其本真所指。当我们适应了它们单纯、原始的含义时，诗人又用"小小的"蜡台、"残流的泪"、"可敬的小小坟场"，恢复蜡烛的具象及其象征性，以此完成了一曲别致的光的赞歌。与此对照的是"归来"诗人的代表艾青。他的《光的赞歌》发表于1979年1月号的《人民文学》（此时穆旦已经去世两年，即将得到平反）。这首长诗分为九节，从各个角度对光进行赞颂：写实的、象征的，科学的、人文的，心理的、感觉的，隐喻的、白描的，浪漫主义的、现实主义的……在四十多年之后的今天，读者把艾青的《光的赞歌》与穆旦的《停电之后》放在一起读，也许能够体会到，行话、习语、套话乃至谎话，以及言说的惯性，如永恒的幽灵——同时是作者和读者心中的幽灵——最伟大的诗人如不警惕也会成为其俘虏。穆旦在其惨淡的人生结局处，依然不屈不挠地用自己的诗一字一句地驱逐着，不，应该说是逃离着它们……远在40年代初，在时代浪潮驱使下，他激情洋溢地反复歌咏"然而一个民族已经起来，/然而一个民族已经起来"之后，这种驱逐和逃离慢慢成了他的一种自觉意识。就他那时的诗歌写作，论者有言，他"给新诗带来了一种更强烈、陌生、奇异、复杂的语言。这不仅和他对英语现代诗的接受有关，更和他执意走一条陌生化、异质性的语言道路有关。可以说，他一生都在探索一种更适合他自己和现代知识分子的说话方式……因而也不断招来了非议"[①]。因此，现今我们很难认同"穆旦的胜利却在于他对

---

① 王家新：《"生命也跳动在严酷的冬天"——重读诗人穆旦》，《文艺争鸣》2018年第11期。

古代经典的彻底无知。甚至于他的奇幻也是新式的"① 的判断。穆旦的选择是基于早已有之的一贯信念，"要排除传统的陈词滥调和模糊不清的浪漫诗意，给诗以 hard and clear front"②。

鉴于穆旦诗歌的低产和他在世的凄凉，其诗歌写作更像是一种求生之外奢侈的业余爱好。生存是他不得不全力应付的一切，但这一切之中必须有诗歌作为最重要、最内在的支撑。同时，无论如何重要，诗歌也只是其生活内容之一。易言之，一方面，诗人的真实生活不能被所谓的文学事业所吞噬；另一方面，也须防备人的灵魂及其光耀被真实生活所吞噬。所以，穆旦的诗人写作生涯，很符合洪子诚讨论诗歌写作时使用的"手艺"概念。洪子诚认为，"'自弃'地选择'业余性'，也是一种积极的生活和精神取向"，因为——

> 所谓的业余性就是，不为利益和奖励所动，只是为了喜爱和不可抹杀的兴趣，而这些喜爱和兴趣在于更远大的景象、越过界线与障碍、拒绝被某个专长所束缚、不顾一个行业的限制而喜好众多的观念和价值。③

我们回头再看《冥想》，想到很多人为他叹息，为他的悲剧而掬同情之泪，或者为他感到不平，或者也把他作为千千万万在浩劫中受难的知识分子的代表，或者认为这是他的人生行将终结而心犹不甘……只能说这一切都是以己之心度诗人之腹。诚然，"普通的生活"之于穆旦，终其一生是一种颠沛流离乃至卑屈悲苦的存活，这么多的苦难，

---

① 王佐良语：《一个中国诗人》，原刊英国伦敦"LIFE AND LETTERS"1946 年 6 月号，北平《文学杂志》1947 年 8 月号。收入曹元勇编《蛇的诱惑》（穆旦作品集）为代序，珠海出版社 1997 年版，第 7 页。
② 穆旦：《致杜运燮》（1975），载《穆旦诗文集》（增订版）第二卷，人民文学出版社 2018 年第 3 版，第 174 页。
③ 洪子诚：《诗人的"手艺"概念》，《文艺争鸣》2018 年第 3 期。

总是在、仍然在苦难之中,但他一旦进入诗歌,就可等闲视之。穆旦的诗中那种无喜无悲的冥想和不卑不亢的吟唱,最终塑造了一个被撕裂的人的完整性,最终表达出一个富于人性的人,是如何焕发出无上的尊严和荣耀:在颠沛流离的旅途上,在历史车轮的碾轧下,在时代洪流的袭卷中……

革命话语之于穆旦的作用与反作用,让人联想传播学领域曾经引人瞩目的"沉默螺旋"理论。这种理论认为,当人们发觉自己的观点流行时就发表,不流行就沉默,这一过程存在于一螺旋中一方大声喧哗而另一方则以沉默待之。如果一个人对某一话题的看法与大多数人一致,就会毫无顾忌地自由地谈论这个话题;如果不一致就放弃不谈。沉默者不仅是为了站在胜方一边,而且是为了避免自己被群体所孤立。①"沉默螺旋"是不同的意见,尤其是少数人的声音被席卷、吞噬的过程。但当穆旦写出"沉默是痛苦的至高的见证",读者可以看到一种声音从"沉默螺旋"里突围,并穿越时间。

---

① 参见[美]斯蒂文·小约翰《传播理论》,陈德民、叶晓辉译,中国社会科学出版社1999年版,第594页。

结论 新诗百年与现代汉诗传统的建构

通过对中国新诗代表性诗人的个案分析，可见革命对诗人的影响是全方位和根本性的。尽管如此，中国现、当代文学及新诗的发展史中也出现过"溢出"的情况。虽然时代潮流中的诗人与革命的疏离都是被动的、迫不得已的，但也还另有一种现实客观地存在着：在新中国最初十年就开始出现当代文学中所谓"潜在写作"的暗流，这一种现实的意义在今天看来是非常深远的。此外，我们选择的研究个案都属于出生于20世纪初的那一两代人，但革命话语的影响远不止发生在他们身上，也不止发生在现代汉语诗歌的现代时期和从现代到当代的转变时期。革命话语对新时期以后直至当下诗歌的影响同样深重。在革命话语塑造诗歌的形态，甚至改变了其成长基因的情况下，现代汉语诗歌有着怎样的未来，是否存在着其他的话语及思维方式，或者说，如何在为革命所化育的历史中找到建立和延续传统的材料、方法，都需要更进一步的讨论。

一 新诗百年：革命与传统的纠结

新时期以来的现代汉语诗歌，在中国社会的巨大震动和转折中，开始有机会获得不同的灵感之源泉，发现新的目标和表达方式，使用新的语汇，但诗人及其创作，并没有也不能迅速放弃既有的思维惯性和话语模式。即便如朦胧诗人那样激进的反叛者，也必须仰赖他们所对抗的一切——作为其探索和表达的支点和参照。并且，许多朦胧诗人的决绝和狂热的姿态，也与新诗肇始以来的每一次"革命"多有相类之处。所不同的也许是，后来者开始萌发独立思考的意愿，暂时享有展示差异性及个性化表达的机会，这使他们的激进、狂暴显出不同于现代文学史上的革命青年的面貌。

由于社会大环境走向宽松和开放，抵制和否弃——虽然不再全然以革命的语汇来表达——在"文革"之后变得更容易，这刺激并加剧了年轻诗人的自我表现欲望。于是，当读者对朦胧诗人与"归来"诗人之间的争斗和抗辩还记忆犹新时，自命为第三代的更年轻的诗人就举起了"pass 北岛"的旗帜。此后，"下半身写作"、"民间写作"、口语诗等陆续走马招摇，诗歌的生产和传播似乎越来越简单和随意。任何一个人，无须知识积累和人格养成，也无须写作训练，只要充满激情和敢于标新立异，就可望一鸣惊人。自新旧世纪之交，现代汉诗生产传播中的暴虐和非理性成分日益加重，"反智主义"成为诗歌领域的一个重要特征，以至人们不得不重新考虑，包括当下诗歌在内的中国新诗作为革命养育的后代，应该如何寻找并延续一个真正的诗的传统？

诚然，在现代中国文学的发展史上，至少可以说，诗歌比叙事文学更缺乏传统。相对于叙事文体的特性而言，诗歌文体或外表的一致性和内在精神气质的承续性，似乎都更容易被颠覆、毁弃，这与其短小的体式及抒情言志的功能有很大关系。在弃绝了中国古典文学传统以后，白话新诗进入法无定法的持续震荡的状态。五四新文学中的诗歌尝试很快被革命文学的诗歌所冲决，左翼的、革命的诗歌后来在延安文学、当代文学情景中，遭遇各种次第而来或同时降临的革命和更革命的标准，迅速地发生各种代换。虽然文学史叙述曾把延安时期的文学看作五四新文学的一种演进,事实上,延安时期的文学也是对五四时期文学的扬弃。此时的革命必须将个人主义的思想意识,以及资产阶级、小资产阶级的精神气质作为颓废腐朽之物进行淘汰,诗歌生产也随着诗人的洗心革面而接受了新的话语规范。此后,文学及诗歌追随历史及革命的脚步不断净化,直至20世纪70年代后期从"无产阶级专政"时代断然地进入"新时期",这时是极端的革命话语遭遇彻底清算。"新时期"之后,诗歌领域的任何"革命"都是在较小的规模上,也可以说是在文学自身内部进行的,但革命时代的思维惯性和话语模式,在过来人那里还随身携带着。汉语新诗与传统文学的距离似乎越来越遥远。

另外,耐人寻味的是,当下诗坛的流弊与遥远的过去却并非毫无关联。在漫长的中国古典文学时期,或者所谓"前现代"时期,科学、民主、自由、博爱以及革命的观念,远远不能形成一种社会意识,历史也还远远没能造就出具备集体性意识形态的群众。现在,在所谓后革命时代和后现代语境中,打量20世纪的各种革命与前现代时期造反起义式的革命,人们很容易辨别其间巨大的差异。在旧制度、旧社会被革命彻底摧毁的"现代",诗坛的那些习气,是在从前现代社会改朝换代的"革命"中沾染的,或是在后来的阶级斗争话语中习得的。人们也很容易看出,某些诗坛盟主的那种气焰,与千百年前写诗的农民起义者黄巢,以及王小波之间的差异或相似;还能看出各种各样的习气——造反有理者的习气与古老的占山为王的习气,清客幕僚的习气,邀宠恃宠的习气——以及种种在群众性运动中承袭的暴虐话语,纷然杂陈于诗坛。在这种情形下,我们更需要理智而警醒地探究,左翼的、革命的诗歌对五四时期白话新诗的打倒,到"崛起的一代"朦胧诗人对前辈诗人的打倒,再到第三代诗人对朦胧诗人的打倒,其间有何差异,这种差异对现代汉诗的发展有何意义。

无可否认的是,诗的工具化或功利性在现代文学时期,曾有着充

足的存在理由,有无可置疑的社会道义上的合法性。下面关于延安怀安诗社①的写作即是例证:

> 在民族生死存亡的紧急关头,抗击日本帝国主义的侵略,在日寇铁蹄下拯救中华民族,是那个时代的主旋律;加上怀安诗人有的本人就是横戈马上,雄才大略的将领、军事家,所以,他们中不少人都以抗战为题材,热情讴歌抗日军民血与火的斗争,和从中表现出来的与自己的敌人血战到底的英雄气概。②

文学巨大的社会作用和崇高的历史意义在这样的历史情境中,是怎么评估都不过分的。整个抗战时期,反抗侵略的民族情绪及爱国话语被革命话语所整合,其势正如百川归海。彼时彼刻是一个紧急关头,文学是"紧急关头"所采取的必要手段之一,于是,征战疆场的将军们自然而然地使出了诗人的解数,而过去的诗人也自然而然地变成保家卫国大军中的一分子:

> 最令人难忘的是,在20世纪40年代初的几年面对日寇的反复"扫荡"和残酷的"三光"政策,西战团的同志们经受了十分严峻的考验。由于边区经济困难,粮食奇缺,他们同所有干部群众一样,吃的是饲养牲畜的"花料"(高粱、豌豆、黑豆)、萝卜干甚至树叶。冬季没有棉袄,就把单衣全穿在身上,写作时用棉被裹身。特别严重的时候吃不上食盐,人人感到浑身困乏,但大家仍然奋力地投入到抗日救亡运动中去。加强对敌人攻势,恢复

---

① 怀安诗社于1941年9月5日在延安成立,发起人为边区政府主席林伯渠,边区政府高等法院院长李木庵被公推为社长。关于诗社始末及其诗词创作,参见艾克恩主编《延安文艺史》,河北教育出版社2009年版,第204—208页。
② 艾克恩主编:《延安文艺史》,河北教育出版社2009年版,第207页。

抗日政权，投身抢收抢种，实行减租减息，搞好坚壁清野等等。在这中间，他们汲取了无穷的感人素材，迸发出丰富的创造力，写出很多艺术佳作。①

生死存亡的年代，革命的伦理完全可能并且必须突破艺术的规律，凌驾于艺术之上，同时，革命的实践也必定给艺术提供最丰厚的养料。在这样的时代里，艺术无论如何不能仅仅以自身为目的。这一点从艺术创作者的自我认知中也可以看出来。当年，有无数文学青年、艺术家奔赴延安，在他们的动机中也的确是革命的伦理准则高于艺术的追求的，也就是说，他们无一不是怀着救国图强、追求自由解放的理想投身革命的，虽然在投身革命时怀有浪漫化、个人化的情感，或者说极有可能是在诗人气质，甚至是在小资产阶级情调驱使下走上革命之路。无论出于哪种动因，他们都希望自己成为有用的人，因此后来才那么努力地改造，努力抛弃自我而成为革命的一分子，甚至甘愿成为献祭于革命的牺牲。

在一个更大的历史视野中，民族战争、改朝换代都是社会发展的特殊时期。作为特殊时期，它可以是文学书写的内容和对象，也可以左右特殊时期的文学书写，但在"一般状况"下，它作为特殊时期的"特殊性"也应该被特别对待。

正如诸多研究者已注意到的，在延安时期，文艺也不是从一开始就属于政治性的。即便在政治上较为成熟的革命文艺理论的先行者——文艺界的领导——在整风改造运动中，也不是一开始就有政治敏锐性或自觉的政治意识的；而且，还有一些作家诗人之所以奔赴延安，确实是考虑到延安的开放而积极的环境，可以任意来去、安心创作，并且相信在那全新的氛围中会有源源不断的灵感。同时，共产党的领导人

---

① 艾克恩主编：《延安文学史》，河北教育出版社2009年版，第181—182页。

为了延揽人才,在整风之前,"对文化人实际上颇多姑息隐忍,给他们以相当宽松的环境,甚至是黾勉迎合"①。但是,富有艺术气质的一个人慢慢地或迅速地成为革命的一分子,在这个特殊时期和特殊环境中,确乎有其必然性。也正因为这些艺术家还远未成为完全纯净的革命者,所以革命才得以进行并一再地进行。

在延安文学时期,虽然"艺术家""诗人""作家"对其所指的那些人而言,不一定是个适宜的身份称谓,但他们实际上也算不上文艺工作者。毋宁说,"文艺工作者"只是一种谦辞,在表达对革命的皈依之心的同时,标示着这部分人身上的还有需要改造的属性。革命召唤着他们尽快成为匹配这个称呼的人,成为满足革命要求的合格品,为此还得进行反复的锻炼。也就是说,当时他们的"身份"虽然已经纳入"工作者"范畴,"文艺"却意味着他们仍然是革命的(可以团结合作的,或帮助拯救的,或批判斗争的)对象;如果他们不再是对象而成了真正的主人翁,就意味着他们身上属于"文艺"的性质(比如个人性、个性化、独自作业等)完全消弭于"工作"中了。比如,《在延安文艺座谈会上的讲话》后的诗人艾青在领导秧歌队时,他的工作跟赵树理领导农村基层的土改工作,跟孙犁、柳青等的工作,其性质都是一样的。他们都是当时的基层干部,同时也是文学作品的生产者。文学作品的生产与他们所做的组织安排的其他工作,都在革命工作者这个身份的职责范围内;他们的写作活动及其作品传播,跟领导军队的将军和讲授毛泽东文艺思想的鲁艺领导的工作,也是一样的性质。在社会历史的层面看,革命之于现代中国的文学,是目的之于手段。古代历史上改朝换代的起义有时需要传闻歌谣、预言檄文来引发,20世纪的民族战争、阶级斗争则需要更高级的文学形式。到了人民主权的和平年代,文学的身份更为确切了,在加强社会大众的组织团结、

---

① 李洁非、杨劼:《解读延安——文学、知识分子和文化》,当代中国出版社2010年版,第47页。

革命话语与中国新诗

提升国家民族的整体文化素质的意义上确立了其合理性。文学作品即便是写作者个体劳动的结果,也必须纳入集体劳动、组织传播的轨道中才有存在的理由,只有在"革命人民""人民大众"的场域中才有价值。创作者既已是人民群众的一员,相应的,人民群众自然也能成为文学作品的生产者,可以向掀起生产建设的新高潮一样,掀起诗歌或其他艺术创作的高潮。有论者就50年代的新民歌运动评述道:

> 1958年中国的领导人为半文盲找到一种文化消遣和受教育的方式,迅速改变着他们生活其间、不乏理性的社会。如果这些业余文艺社团成立的背后没有党施加的压力,如果他们没有用歌功颂德的陈词滥调代替思想上不合要求的文人诗歌,业余社团或许还是满足人们文学需求的不错的方式。[1]

论者在这里似乎忽视或漏掉了一些事实:他所说的"半文盲"确实是需要"文化消遣和受教育"的,但在新中国这一时代语境中,人民大众、工农兵、革命群众,是革命和建设力量的主人翁,同时是改造者和教育者。虽说没有指导和帮扶他们可能无法成立文艺社团,但他们也绝不是被动的;他们的"歌功颂德"不但不是陈词滥调,反而是清新热情的心声,是革命话语所生产和积累的新语汇、新财富。同时,这些业余文艺社团正因为所产出的内容——论者所谓的"歌功颂德"——符合这一层次人们的心意,而极大地满足了他们的文学需求,提升了他们精神生活的品位,使他们产生了归属感,强化着他们的存在体验和人生价值。可见这一现象包含着多方面的问题,其中某些重要方面却一直被人忽略或回避。比如,中外许多文学史家和文学理论批评家持有的一个共识——诗歌/文学"沦为"了政治的工具——

---

[1] [荷]佛克马:《中国文学与苏联影响(1956—1960)》,季进、聂友军译,北京大学出版社2011年版,第192页。

并不符合 20 世纪 40 年代以后中国文学的实际。在政治一体化时代，政治需要利用一切可以利用的工具，作为工具的文学是社会历史及政治实践的一部分。不如说，社会政治实践拿起了文学/诗歌这个工具，而作为人类精神创造活动的文学则无关乎"沦落"与否，因为它并非一定要在这一场域中存在。好比自然界中这个生态系统跟那个生态系统的构成，不可能完全相同一样，"中国当代文学"作为"革命事业"的一部分，处于与传统的中国文学史不同的另一个界面。

历史地看，权力机制需要控制文学生产，也足以掌握文学的形式，但艺术生产也有其自身规律。所以，一方面是革命在不断地发生再发生，以至无止境地进行，作为工具的文学也在不断革命中技术性地、一步步地现代化了。另一方面，在不断革命中，也从来不乏那些作为革命的对象或潜在对象的诗人，当他们的生存成为难题时，却依然在文学的支撑下活着。由此可见，把"革命"和"文学"理解为两个不同界面的事物，对于现代汉语诗歌和活在现代汉语中的个人是很有意义的。

"现代"文学时期的作者进入"当代"时期，把遵命写作当作自己的责任，无可置疑地具有道义正当性。各种各样的写作者们经过不断的改造和锻炼，终于成为社会主义集体中有文学专长的成员；什么时候需要文学，文学需要怎样的文学性、在多大程度上需要文学性，对于这些问题，他们理所应当、自然而然地要按照组织、宣传和武装群众的需要来实行。文艺工作者作为革命工作者的组成部分，他们的工作还必须在这一过程中不断调适、改进，或者磨合、淘汰。这一过程对于许多身为文艺工作者的人来说备感折磨，也是因为他们并没有真正具备革命工作者的身份意识。

如其所是地理解、还原包括"写诗"在内的"文学写作"在历史情景中的位置，可以取消许多琐屑而牵强的讨论或问题纠结，也可避免武断的伦理或政治评判。比如，在延安文艺座谈会召开前夕，革命

革命话语与中国新诗

领袖很重视知识分子，很注意了解他们的心声，显然不是为了推尊艺术，而是为了统一认识。毛泽东对作家诗人的重视，对反面意见的重视（他曾数次写信给欧阳山、草明、艾青等，请他们代为就文艺方针诸问题收集反面意见），是出于消除异议达成一致的需要，使文艺更好地服务于革命。①

在这种情境中，诗人就不该是原来意义上的诗人了，他所产出的作品也就无须过去的那种诗性了。但是不断进步的诗人，其认知还有待于进到这一步，所以他们尽最大努力以满足革命需要。当自我意识和思维习性难以跟上形势的要求时，他们的写作就会出现错位和偏差。艾青当时的一首长诗《吴满有》，曾经被视为文艺整风的重要成果，是文艺为工农兵服务的典型代表。可是不久以后，这首诗中的主人公、陕北农民吴满有"出事"了，这一首诗也随之作废，人为地终止了传播。在当代文学的发展过程中，类似的情况还会一再发生。如果说这是个值得追问的现象，既不必问为什么因人废诗，更不必问吴满有这个先进分子为什么出事、出了什么事，而是要问，革命的诗人——革命文艺思想的践行者——怎么会看不到或没有预计到这个人会出事？他作为革命者、革命文艺实践的代表，应该从中吸取什么教训？革命话语的传播为什么受制于某个单个的人或偶然性的事件？虽然这首诗终止了传播，但读者此前所接受的，以及这种传播终止行为本身会有什么影响？这是革命工作需要面对的问题，其他的从文学角度提出的问题则是没有可讨论性的。唯一有效的前提是不断演进的革命话语的效力。诗人艾青不是任何一种传统意义上的诗人（如荷马、屈原或李白、杜甫或拜伦、雪莱等），他是作为革命工作者，用"诗"那种形式完成了当时具体的工作；因为是具体的工作，所以也就会随时过境迁而成为明日黄花。

---

① 参见艾克恩主编《延安文艺史》，河北教育出版社2009年版，第304页。

革命需要文学，政治统驭文学自有其具体的合理性；反过来，文学利用或依赖政治则不符合文学的伦理。于是，我们可以现实地理解作为革命话语构件的诗的特性，理解"大众化"和"为工农兵服务"：在民众文化水平亟待提高的时代，出于社会进步的需要，"革命"曾经针对民众的相对低下的文化水准，以大众化为手段，把民歌、曲艺、地方戏，以及方言俗语等民间形式，作为一种普及提高、教育宣传的工具，是行之有效的。但是，从文学发展的历史及规律来看，把民间形式视同大众化，并作为诗歌生产的源泉，则遏止了诗的成长。特别是当时过境迁，曾经服务过工农兵的形式和内容反而有了歧视和丑化工农兵的嫌疑，因为它似乎把大众/工农兵当作只配接受那种粗俗浅陋的作品的人，或者把大众/工农兵直接视同作品中的那些人；即使能够迎合和满足某一类大众的需要，也可能会抑制他们的提高和升华的可能性。如此看来，这也是一种必然趋势：从延安时期的叙事诗，到新中国时期的新民歌，到后来集民歌之大成者的诗人作品等，被革命话语一波一波地渐次淘汰了；未被革命话语淘汰者，也为后来的读者所淘汰。

所有这一切意味着，革命话语在整合包括诗歌在内的文学样式时，取缔了其独立存在的理由。过去艺术家或诗人所看重的文学精神自然而然地被革命话语的规范所涤除，诗歌/文学由个体人的独自创作，变成革命文艺工作者的产出的成品，这是特定时代的社会历史现象。

二 "回跃"与超越：建构新诗传统的可能性

新文学的每一次演进都以革命的方式推进，每一种新的文学现象的登场，都以宣告既有文学的腐朽或反动或死亡为标志，接连不断的革命使"传统"难于获得足够的时空来积累资质。当20世纪20年代末"无产阶级文学"宣告五四新文学死掉时，在为之送终的同时也在践行它的革命精神：抛弃旧有的一切。因而不妨说"革命"也算一种"传统"，可谓弃绝传统的传统，即"一种玉石俱焚的破坏，一种解体"的传统。

在新诗百年历史中，几乎所有的革命先驱都会被更革命的后来者打倒。及至现时，诗坛有过几个可以算作盟主或领军者的人，差不多都是帮派老大式的人物。依循那种"革命"惯性，他们的追随者动辄成为新的造反者。于是，诗人之间的关系，也是偶像和崇拜者、信徒和教主的关系的翻版，有时则是戏子和票友的关系，以及其他的生意关系。这一切虽然有别于政治一体化时代诗歌的存在状态，但依然是诗和人的工具化的表现。

在这种背景下，当年朦胧诗潮中显现的一个倾向值得重视——其实不独朦胧诗人如此，其他新起的文学书写也有类似追求——在否弃被判为极左的话语模式时，诗人们表现出"回跃"的愿望或态势。朦胧诗人所追求的新异，使他们发现了以九叶诗人为代表的40年代"现代主义"诗歌的意义；循着九叶诗人创作中不羁的"个人"性，又与更早的、更富人文精神的话语相对接。朦胧诗人只是一个突出的例子，"回跃"的倾向或许出现得更早，存在于作为地下诗人的白洋淀诗人或其他各种"潜在写作"中。这意味着，在当代中国诗歌及革命话语治下，"新诗"的精神追求以潜隐的形式在延续，在政治一体化的现实世界之外、之下，还有"革命"未触及的另一个幽暗时空。另外，诚如论者所说："从孔子起两千多年的古典文学史上甚至连一次革命性事件也不曾发生，骚赋、近体诗、长短句以及戏曲小说，每个重要演进只是文体间由兴而盛、由盛而衰的自然嬗替。"[1] 如果将朦胧诗的"回跃"放在更广阔的时空来观察，我们或许能更完整地认识汉语诗歌的传统，更积极地理解中国新诗传统的建构与古典汉诗的关联。

---

[1] 李洁非、杨劼：《解读延安——文学、知识分子和文化》，当代中国出版社2010年版，第19页。

结论　新诗百年与现代汉诗传统的建构

自"诗界革命"和五四新文学以来，须臾不离"革命"的诗歌的生产与传播，使现代汉诗的现代化自始至终难以独立而自足。即便在最为主动而激进的时期，也离不开一个庞大的敌人，一个无以摆脱甚至须臾不可离分的参照，那就是中国古典诗歌。当革命及其思维方式也成为一种深固的惯性，现代汉诗也就需要对它加以扬弃了。百年中国文学对于现代中国及现代化极其重要，对于当代人也极其重要，但中国也是一个有三千年诗歌历史的国度，从诗经、楚辞的时代直至当下，中国新诗的百年在三千年中国诗史中不过是一个小劫而已。把这一百年和那三千年截然断开，可以说是习惯于革命话语者的一种执念。放下这一执念，百年新诗的地位和实绩即使不如我们所设想或希求的那么重要，却也有了更为阔大而自然的观照视野和生长空间，而种种关于新诗的令人耿耿于怀的问题，也相应地缩小了尺寸。更重要的是，生存于当下，正在经历或见证现代汉诗生产传播及演进的文学生产者和读者大众，以这样一种历史意识和宽广通达的眼光，更能看出诗歌的每一次卓有实效的革新，都建立在反叛与"回跃"并重的基础上：反叛的是已成为陈词滥调的一切，"回跃"是从更久远的积累中寻找新生的机会。前人留下的一切永远是革新者的资本和导向。

五四新文学之前，"我手写我口"需要作为主张提出来，足见当时诗歌精神沦落到何种程度。这一主张之所以值得宣示并践行，至今仍值得探究，也在于它是出于"革命"的动机，在于解放手、口进而解放"心"。较之作为不言自明的常识的"我手写我心"，"我手写我口"的功德主要在于后来所谓的大众化及口语化，以及对历来文人之诗的文言化、八股化的除弊。同时，即便是"我手写我口"的倡言者，也要向遥远的过去求援：他"回跃"到了《诗经》。《人境庐诗草》手写本的题记有言，"十五国风妙绝古今，正以妇人女子矢口而成。使学士大夫操笔为之，反不能尔"。

黄遵宪有题名为《今别离》的一组诗，以"熔铸新理想以入旧风

· 315 ·

格"而为梁启超等"诗界革命"同道激赏。在当下读者眼中,这组诗无论是形式还是内容,将同时显得何其新也何其旧!也可以说,这组诗早已表明诗的形式和内容之分难以成立。黄遵宪在这组诗中以乐府旧题写新生事物、写科学知识,他把眼前事物填充于思妇之怨、怨妇之思的表达模式里,并不显得乖悖,很大程度上赖于诗人的现代意识。他在诗中设置了一位讲述者,以显明其"虚构""叙事"的特性,也凸显了讲述者面对客观世界的好奇心、探索精神,以及个人的表达欲。诗人将为客观事物传神写照,直陈客观世界及科学规律,书写个体的存在体验等各种意旨融为一体。值得注意的是,诗中的"体验"也包含这一情形,即当讲述者以老旧的方式叙事抒情,所面对的却是新事物新经验,因而不可避免地感到工具不够用,以及"我手"所写并非"我口"的尴尬。

晚清的社会情势与五四之后或有不同,但救亡兴邦的主题与后来的革命文学则是相通的。主题相通而作为"诗"的命运却大为不同。这种"不同"在千百年的文学长河中也是亦新亦旧的,所谓"屈平辞赋悬日月,楚王台榭空山丘"。当下读者可以看到的黄遵宪,是作为文人诗人,尤其是"诗界革命"领袖的黄遵宪,而作为改革家、外交家的黄遵宪早已消隐了,作为诗人的他则在文学史中被一再讲述。这种情况与屈原大为相似。以此对照后来的革命诗人、在不同的社会情景中竭诚为革命而写作的诗人,他们中绝大多数既没能以诗歌,更无法以革命存留在历史中。此中差别很明显:黄遵宪虽然是官员,但在写作时可以保留、显现诗人的个体性;后来的诗人投入革命后,丢弃个体性成为头等大事。抛弃和否定来得干脆也很容易成为习惯,但要恢复以独立的个体发出声音的意识和能力却很难。迄今种种似乎很有个性的叛逆乃至激进的"革命"行为,实际上只是欲望冲动并入了"革命"的习惯或模式,并没有真正的独立或承担责任。

因此,现代汉语诗歌的反思,不可能在激进的革命及其暴躁的后代那里实现，而总是落在默默坚持的写作者的肩头。所幸，这种的反思不曾中断。走过中国文学的"现代"和"当代"的诗人在世纪之交如是说：

> 中国现当代新诗的创作一直是按照最初五四时陈独秀等人提出的语言观进行的，也就是要完全埋葬古典书面语，这样就割裂了传统与创新。中国新诗一直沿着这条道路往前走，好像谁要是回顾传统，那就是在污染新诗。把中国的语言分割为文言文和白话文，书面语和口语，把它们对立起来，这影响了中国新诗的创作。①

诗人所说的对新诗创作的影响就是，这种对立是不可能的——前文曾有陈独秀的例证——很多人明知不可能，却还是要"对立"。这种习气发展到朦胧诗之后的第三代诗人时，就成了明知打不倒的却还要高喊"打倒"。事实上在30年代，诗人就已经有了这一认识：

> ……文艺上的创造，并不像一般人所想象的，是神出鬼没的崭新的发明，而是一种不断的努力与无限的忍耐换得来的自然的合理的发展；所以文艺史上亦只有演变而无革命：任你具有开天辟地的雄心，除非你接上传统的源头，你只能开无根的花，结无蒂的果，不终朝就要萎腐的。那些存心立异或固执逆流的更不用说了。②

因而，现代汉诗的写作者或诗艺探索者的"回跃"，也意味着在更大的

---

① 郑敏：《遮蔽与差异——答王伟明先生十二问》，载《诗歌与哲学是近邻——结构—解构诗论》，北京大学出版社1999年版，第464—465页。
② 梁宗岱：《论画》，载《诗与真·诗与真二集》，外国文学出版社1984年版，第49页。

时空中取缔各种争执，汲取前人的经验而超越后继者每况愈下的重复：

> 我们并不否认旧诗底形式自身已臻于尽善尽美；就形式论形式，无论它底节奏，韵律和格式都无可间言。不过和我们所认识的别国底诗体比较，和现代生活底丰富复杂的脉搏比较，就未免显得太单调太少变化了。我们也承认旧诗底文字是极精炼纯熟的。可是经过了几千年循循相因的使用，已经由极端的精炼和纯熟流为腐滥和空洞，失掉新鲜和活力，同时也失掉达意尤其是抒情底作用了。
>
> 这两点，无疑地，是旧诗体最大的缺陷，也是我们新诗唯一的存在理由。
>
> ……虽然新诗底工具，和旧诗底正相反，极富于新鲜和活力，它底贫乏和粗糙之不宜于表达精微委婉的诗思却不亚于后者底腐滥和空洞。①

旧诗形式尽善尽美，然而流入"腐滥和空洞"。理解这一点也就理解了新诗诗人对形式的刻意追求，这也是理解现代汉诗的探索者与诗歌爱好者、接受者的差异或错位的一个契机。

更重要的是，"回跃"的需求只能来自解决现实问题的需求。毕竟，当下现代汉诗所遭遇的是更多的质疑、更深的误解，诗歌的生产传播与普通读者的关系比以往任何时候都更远地疏离着。

三 生产与接受：有待跨越的鸿沟

新诗和旧体诗的写作者有着天然的鸿沟，诗人与读者大众似乎也

---

① 梁宗岱：《新诗的纷歧路口》，载《诗与真·诗与真二集》，外国文学出版社1984年版，第168—169页。

有天然的鸿沟。于是,建构新诗传统的任务,首先是不得不面对读者大众对它的怀疑。

自新诗以来,包括旧体诗爱好者在内的读者大众,对现代汉诗的指摘和鄙夷最甚的便是它的"不押韵"。这一认知与作为新诗写作者的诗人的观念之间,有天然的巨大错位。押韵对大多数现代诗人来说是一个要竭力摆脱的圈套,除了前面各个案例分析所论及的"散文化""自由体"等明确的主张和实践,其实也有更多的诗人对于押韵不免生出欲罢不能的苦恼。比如九叶诗人郑敏提到的同人就是一例:

> ……唐祈在年青的时候李健吾就说他是一个比较好的抒情诗人,同时他跟西北的关系一直非常密切,所以他写来写去一直带着西北的抒情味。可他一直想跳出来。有一次他写信给我,他就说:"押韵怎么总是像苍蝇似的老在我脑子里转,我想跳也跳不出来。"①

这也许只是最肤浅的问题,但应该注意的是,它既是民间文化的风习造成的,也是历史遗留的:50年代和70年代两次全民性的诗歌运动,其后果和影响恐怕远远超出当下诗人、批评家和研究者的想象。全民诗歌运动这种方式在人类文化中也许是绝无仅有的,随之而来的以顺口溜为诗也是一种全民性的理直气壮的现象,很难不形成一种集体无意识。因此,新诗诗人避之唯恐不及的事情,社会大众却常常盯住不放,对此诗人自身显然也要承担相应的责任。

所幸在专业读者中这已不成问题。共识也是早就有的:诗的对立面不是散文,而是科学,散文的反面是韵文;诗重直觉、感性、印象,

---

① 徐丽松等:《读郑敏的组诗〈诗人与死〉》,郑敏:《诗歌与哲学是近邻——结构—解构诗论》,北京大学出版社1999年版,第429页。

科学讲究实证、逻辑、理性、连贯，所以科学的表达可以用散文也可以写成韵文。正如废名说过的，押韵可能是习惯性的，而且是会走向诗的反面的，新诗中的自由诗，是可以在古典诗歌中找到对应的。可以说，是废名证明了现代汉诗中的自由体是有着古典的传统的。诚然，我们稍加梳理便能看到，历代诗人传世作品中也有比现代汉语诗更"自由"的诗，不押韵，不齐整，兴之所至得心应手呼啸而出，如屈原的《离骚》《天问》，如李白的《蜀道难》，如苏东坡的《欧阳少师令赋所蓄石屏》，等等。

　　要建立现代汉诗的传统，不仅要弥合现代与古典的断裂，更要弥合诗的生产传播与接受的裂缝。中国新诗的反思一旦有了三千年汉语诗史这一视野，有了过去现在、古诗新诗、格律体自由体……你中有我我中有你的意识，就能提出具体的建设性的问题。比如，对于继承古典与借鉴外来形式的关系，在新诗发展百年以后，真正需要关心的不是是非短长，而是追问，为什么在那么多可能的外来模式里，有些落地生根，有些只是昙花一现？也许答案还是很简单：要看它们跟传统的契合度，以及是否符合本土实际和当下现实或民族心理。在后现代语境中，越简单明快的答案，越需要认真对待。也就是说，在当下，需要审视和重新审视的还是一些典型的、由来已久的问题，比如诗的大众化、散文化、现实性等。所幸许多诗人一直在独立思考，坚持自己的理解。关于如何理解大众化问题，台湾诗人余光中说："一般人口中的大众化，往往只指空间的普及，而不包括时间的持久。其实真正的大众化应该兼顾两者，不但普及，还要持久。畅销书往往一时普及，但十年百年之后，便已湮没无闻，那样的大众化是靠不住的。"①以此类推，也可以说一般人提到现实，立刻就想到社会现状，其实现实的世界应该扩大到全面的人生。人性，乃"内在的现实"。不能说

---

　　① 余光中：《谈新诗的三个问题》，载《余光中谈诗歌》，江西高校出版社2003年版，第6页。

不革命或不那么应和主旋律的作品就没有现实性，更不能说旧体诗与时代精神格格不入。相反的，通常被誉为反映了时代风云的文本，其所谓现实性也可能只是"一时性"。历史上的旧体诗在今天看来依然具有现实性的作品也很多，甚至完全可以说，传统文学作品的经典性就在于，不管过去了多长的时间，依然保持着其现实性；也不管它是用什么文体写成的，都不减损其现实性。突出的例子，远者如杜甫的诗，近者如陈独秀的旧体诗。陈独秀晚年，"抗日军兴，余出狱避寇如蜀卜居江津"时，有一首诗《悼老友李光炯先生》（1941年夏）。这首诗表达的是极其私人化的情绪，但在那种凄恻寂寥的基调中也透出了深切的现实关怀：

> 自古谁无死，于君独怆神。
> 撄心为教育，抑气历风尘。
> 苦忆狱中别，惊疑梦里情。
> 艰难已万岭，凄绝未归魂。

或者，我们还可以做些对比。比如郭沫若《上海的清晨》和杜甫《茅屋为秋风所破歌》，这两首诗有着相似的主题和立场，都对民众有所关切同情，也就是说，都有革命话语所判定的"阶级性""现实性"。但两者表达对百姓的"认同"又似乎透露着不同的动因：郭沫若认同的是"赴工的男女工人们"，杜甫的认同则是普天之下的"寒士"。郭诗从时代的观念出发，杜诗从个体的经验出发。于是，在两诗结尾我们看到两位诗人的不同：郭诗怀着革命的激情，勇敢地召唤着的是革命行动；杜诗是推己及人，忧心天下寒士。再看得深入一点：《上海的清晨》里的暴动，诗人郭沫若是否准备参加，他并没有明确的说明；《茅屋为秋风所破歌》里的愿景，诗人杜甫却誓以"吾庐独破受冻死"来换取。在郭诗的时代语境中，人们会批评杜甫的意识跳不出

"知识分子小圈子",郭诗却因代表着无产阶级,更有革命性因而更"现实"、更先进。当时间又过去将近一个世纪的今天,真正令普通读者感动并产生认同感的肯定不是郭诗,《上海的清晨》甚至处于被遗忘的状态,而《茅屋为秋风所破歌》却依然在盛传。

除了被指摘为"不像诗"和缺乏"现实性",新诗面对的另一种普遍性质疑就是"读不懂"。虽然在诗人这方面自有许多理由,专业读者也有自己的解释,但这仍然是需要认真对待的问题:为什么普通读者觉得古诗好懂,反而认为白话新诗"晦涩"而始终抱以疏离的态度?这是否就是接受的无能为力?在无数的争论中,下面这种解释可谓颇具"了解之同情":

> 现代作品的晦涩并非源自语言上的人为设置(例如倒装和省略句法,这些在古典诗中并不少见),或因为像古典诗歌那样经常采用深奥的典故。它更多来自将外部世界转化为内在景观的内视镜。如果说传统汉诗体现人和自然的和谐的话,那么,现代诗则往往揭示出一种既被创造的、又是创造性的自我认同。①

"好懂"的目的在于沟通,"晦涩"或"不好懂"出自诗人确立自我、表现自我的需要;写诗作为最具个体独立性的表达方式,所追求和强调的不是传播符号解码的通约而是独一无二的体悟。但是,无论诗人如何追求不可通约的自我,最终目的还是要得到读者承认,否则就不必"传播"了。正是从这里,我们可以发现读者大众的所谓"不好懂"包含着深刻的"专业"问题:现代汉诗,在外来语、文言文和口语的交替作用下,如何体现汉语的特点,以自身的语言特点比肩世界上其他语言的诗歌。

---

① [美]奚密:《从边缘出发——现代汉诗的另类传统》,广东人民出版社2000年版,第73页。

诗人郑敏认为:"中国的汉语是世界上少有的具有特色的语言。其特点之处在于它不是语音中心,而是表意文字。它的每个字就是一个文本,不是按发音记录下来的符号。它既照顾音,又以象形手法照顾音所代表的内容,所代表的事物的状态、环境,以及这一事物与其他事物之间的关系。"她批评道:"现当代中国人用汉语写作时抛弃了方块字的表意特点,只把每个汉字当成声音的符号,这完全是由于盲目崇拜西方拼音文字的不正常心态造成的。"[1]"盲目崇拜""不正常心态"等断语透出她的意见或有愤嫉而偏执的成分。一方面,汉语诗人所崇拜的可能是西方文化(包括其生活方式、思维方式、价值观念等),绝非仅仅崇拜其拼音文字。另一方面,众所周知的是,汉语的平上去入声调确实是独特的,正如汉字既有形声和会意又有象形和指事也是独特的。中国人写作时是"盲目崇拜西方拼音文字",还是崇拜拼音文字所代表的西方文化暂且搁置,可以肯定的是,作为声音符号的汉字的特点还远未发挥出来,这也与中国社会及文化的不断革命而无暇内省有关。事实上,"革命"原不该与发挥汉语的优势相冲突。朦胧诗以后诗人的"革命",很大程度上正是出于这样的冲动:发挥汉字声音和字形的特点,最终目的是激发自由的感觉和能量,调动一切方式以实现最大限度的自我解放。

现代汉诗传统的建立,有赖于长时间的实践积累和探索。多元化、差异性、自由和谐等事关诗歌生产与传播、写作与阅读的良性状态,无论在现代还是当代文学时期,远非理论上或想象的那么简单。对此,即便远距离的旁观者,站在历史的高度,他的理解也未必能做到客观。例如荷兰学者佛克马曾说:"郭沫若在 1958 年 4 月接受采访时强调,古代的采风与 1958 年对民歌的搜集整理非常相似,但是,古代诗歌与现在的诗歌有着本质的不同,前者常常批评当权者或表达人民的苦难,

---

[1] 郑敏:《遮蔽与差异——答王伟明先生十二问》,载《诗歌与哲学是近邻——结构—解构诗论》,北京大学出版社 1999 年版,第 465 页。

而后者则仅仅歌颂统治者。"① 所谓"本质的不同"参考的是陈世骧的观点,佛克马显然认同这一观点。两位论者能够想象或已经知悉但不会认同的是,所谓的"统治者"在当时的革命话语中绝非统治者,所以他们看见了"不同",却没有也不打算探究原因。在本土解读者看来,"本质的不同"是肯定有的,但应该是统治者和臣民与人民领袖和拥护者,这两组关系的不同。所以,两位论者意料不到也可能无法理解的是,如果他们有机会在现场提出这一问题,无论是专业人士还是普通人,都会对此进行驳斥:古代的诗歌和现在的诗歌都表达了人民的呼声,古代的当权者是残暴专制腐朽没落的,所以才会被批判,而现在的诗歌歌颂的是人民领袖而非"统治者"。可以说,诗歌的传播、接受和阐释,都有社会背景和文化语境的差异,不仅存在于空间,也存在于时间和代际之间。

在新文化运动初期,新诗倡导者革除旧体诗,践行诗体大解放,同时也着力建立新的诗体。他们或在新诗写作中以双声叠韵作示范(如沈尹默),或倡导"无韵的自由体"(刘半农、胡适),或实践歌谣体、散文体等;然后,从新月派到40年代的现代主义诸团体,关于新诗形式的探索也是持续不断的。现在,现代汉诗的接受者基本上都能够看到,关于诗歌的形式和内容,"新瓶装旧酒"和"旧瓶装新酒"的说法都不再适宜。如果把古典诗歌的形式和内容,或者诗与生活的关系,比为容器和水,那么,现代汉诗甚或所有现代自由体诗,它们的形式之于内容,诗体之于诗人所要表达的一切,恰如风之于风中的旗帜。最重要的是,在经历了许多的毁弃之后,保持、包容、生长、延续的重要性日益明显。事实上,面对异己不抱以革除和排斥,而是抱以交流和对话,这种意识或观念在30年代就很普遍了:

---

① [荷]佛克马:《中国文学与苏联影响》,季进、聂友军译,北京大学出版社2011年版,第188—189页。

> 万百事情，假使你没有能力去理解，你总会觉得可笑。我们会觉得那般一天到晚在动兵遣将的人可笑；我们会觉得那般拼命刮钱而到死来不及享用的人可笑；我们会觉得那般相信主义是真理的人可笑；我们会觉得鲁迅可笑，田汉可笑；但是你假使有一个真正的艺术家的了解力，你便会看出他们各自的苦衷，而加以同情或怜惜。伟大的艺术家都有这种宽大的气量，只有被"名利"所指挥的艺术家才会固执或倔强。艺术的至高价值便在这种地方。①

在百年之后的新语境下，相关认知带上了差异性和多元化所必备的"反思"性：

> 从"差异"的角度来观察新诗的发生，的确可以认知到新诗的一些本质的东西，从而摆脱以往"文言/白话""保守/革命""平民/贵族""新/旧"等二元论，或过度强调历史语境的论断。它的视角是从诗歌内部的生成机制、读者的阅读期待出发的，我们可以看到，相比于"革命"这样的强硬词汇，"差异"更符合诗歌的现实，新诗与"旧诗"不是更替关系，而是一种同存的两套诗歌话语系统；新诗因"差异"于"旧诗"而产生，而其受众群体的阅读期待也是建立于对"差异"想象的基础上的，新诗的创作者也需要不断地展示"差异"，来证明自己的创造力。②

需要指出的是，上述阐述示例了一种认知方式，但其阐述的状况与历

---

① 邵洵美：《文艺闲话·一个艺术家的劝告》，载陈子善编《洵美文存》，辽宁教育出版社2006年版，第137页。
② 徐传东：《新诗发生"差异说"：现代汉诗的一个身份》，《北方文学》（旬刊）2016年第13期。

史现实在多大程度上相吻合，尚可存疑。不妨说，"革命"符合新诗写作和发展的实际，"差异"体现的是后现代语境中解读者的心意，也是现代汉诗传播和接受的愿景。无论如何，现代汉诗在一百年之后，在避免惯性思维方面，在对话方面，在理性地建构诗性传统方面，都可以找到机会。这也是后革命时代最鼓舞人心的现实：文言与白话、新与旧、古典与现代、大我与小我、集体与个人、崇高与优美、形式与内容，都可以获得超越而彼此涵容。老诗人所表达的希望也是现代汉诗的希望：

> ……我希望在我们自己民族的语言还没有完全死去的时候，我们能够恢复和我们的过去对话，和我们的古典文学以及几千年的汉语进行对话，重新找回我们语言中深深埋藏的我们民族的智慧。诗歌的创作要求整个中华民族汉语的复活。[1]

恢复诗歌写作的文学本位和人性本位，也就是复活诗歌生产的真实状态。在任何时代，所有的艺术创造活动，都应该是一个活生生的人想要做、必须做、值得做的事情。现代汉语诗歌之于所有说汉语的人，之于中国文化和世界文化，正如任何一个自足完满的生命与其处境一样，理应达成自然而深切的契合。

---

[1] 郑敏：《遮蔽与差异——答王伟明先生十二问》，载《诗歌与哲学是近邻——结构—解构诗论》，北京大学出版社1999年版，第470页。

参考文献

一 诗人作家文集（论文集）

何其芳、张松如编：《陕北民歌选》，新文艺出版社1951年版。

冯雪峰：《论文集》上卷，人民文学出版社1981年版。

绿原、牛汉编选：《白色花》（二十人集），人民文学出版社1981年版。

卞之琳：《雕虫纪历（1930—1958）》（增订版），香港三联书店1982年版。

梁宗岱：《诗与真·诗与真二集》，外国文学出版社1984年版。

《沈从文文集》第十一卷，香港三联书店1984年版。

《冯至选集》（二卷），四川文艺出版社1985年版。

《朱光潜文集》第三卷，安徽教育出版社1987年版。

《瞿秋白文集》"文学编"第三卷，人民文学出版社1989年版。

绿原、牛汉编：《胡风诗全编》，浙江文艺出版社1992年版。

姜义华主编：《胡适学术文集·新文学运动》，中华书局1993年版。

《艾青全集》（五卷），花山文艺出版社1994年版。

蓝棣之编：《何其芳诗全编》，浙江文艺出版社1995年版。

李方编：《穆旦诗全集》，中国文学出版社1996年版。

曹元勇编:《蛇的诱惑》(穆旦作品集),珠海出版社 1997 年版。

《王国维文集》,北京燕山出版社 1997 年版。

《鲁迅全集》第四、六、十二卷,人民文学出版社 1998 年版。

《绿原自选诗》,人民文学出版社 1998 年版。

《冯至全集》(十二卷),河北教育出版社 1999 年版。

蓝棣之主编:《何其芳全集》(八卷),河北人民出版社 2000 年版。

绿原:《绕指集》,武汉出版社 2000 年版。

《卞之琳文集》(三卷),安徽教育出版社 2002 年版。

李健吾:《咀华集·咀华二集》,复旦大学出版社 2005 年版。

废名:《新诗十二讲》,辽宁教育出版社 2006 年版。

陈子善编:《洵美文存》,辽宁教育出版社 2006 年版。

《绿原说诗》,人民文学出版社 2006 年版。

《绿原文集》(六卷),武汉出版社 2007 年版。

《废名集》(六卷),北京大学出版社 2009 年版。

李怡编:《艾青作品新编》,人民文学出版社 2010 年版。

陈独秀:《独秀文存》(影印本),外文出版社 2013 年版。

《邵荃麟全集》第三卷,武汉出版社 2013 年版。

任建树主编:《陈独秀著作选编》(六卷),上海人民出版社 2014 年第 2 版。

《邓中夏全集》(上),人民出版社 2014 年版。

海因、史大观选编:《徐玉诺诗歌精选》,长江文艺出版社 2015 年版。

史大观、徐帅领编校:《徐玉诺日记书信》,徐玉诺学会内部资料 2017 年版。

陈建军编:《我认得人类的寂寞:废名诗集》,新星出版社 2018 年版。

冯姚平编:《悲欢的形体:冯至诗集》,新星出版社 2018 年版。

《穆旦诗文集》(增订版)(二卷),人民文学出版社 2018 年第 3 版。

[奥]里尔克:《里尔克诗选》,绿原译,人民文学出版社 1999 年版。

二　研究专著（论文集）

李广田：《诗的艺术》，开明书店 1943 年版。

王瑶：《中国诗歌发展讲话》，中国青年出版社 1956 年版。

伍蠡甫主编：《西方文论选》（上下），上海译文出版社 1979 年版。

周伯乃：《早期新诗的批评》，成文出版有限公司（台北）1980 年版。

朱自清：《新诗杂话》，生活·读书·新知三联书店 1984 年版。

袁可嘉：《论新诗现代化》，生活·读书·新知三联书店 1988 年版。

唐湜：《新意度集》，生活·读书·新知三联书店 1990 年版。

《毛泽东选集》第三卷，人民出版社 1991 年第 2 版。

周棉：《冯至传》，江苏文艺出版社 1993 年版。

於可训：《新诗体艺术论》，武汉大学出版社 1995 年版。

王泽龙：《中国现代主义诗潮论》，华中师范大学出版社 1995 年版。

杜运燮、周与良等：《穆旦逝世 20 周年纪念文集：丰富和丰富的痛苦》，北京师范大学出版社 1997 年版。

钱理群、温儒敏、吴福辉：《中国现代文学三十年》（修订版），北京大学出版社 1998 年版。

孔庆东：《1921：谁主沉浮》，山东教育出版社 1998 年版。

钱理群：《1948：天地玄黄》，山东教育出版社 1998 年版。

郑敏：《诗歌与哲学是近邻——结构—解构诗论》，北京大学出版社 1999 年版。

冯姚平编：《冯至与他的世界》，河北教育出版社 1999 年版。

陈建华：《"革命"的现代性——中国革命话语考论》，上海古籍出版社 2000 年版。

许纪霖：《二十世纪中国思想史论》，东方出版中心 2000 年版。

[美] 奚密：《从边缘出发——现代汉诗的另类传统》，广东人民出版

社 2000 年版。

江弱水：《卞之琳诗艺研究》，安徽教育出版社 2000 年版。

谢冕：《谢冕论诗歌》，江西高校出版社 2002 年版。

蓝棣之：《现代诗的情感与形式》，人民文学出版社 2002 年版。

唐湜：《九叶诗人："中国新诗"的中兴》，上海教育出版社 2003 年版。

陆耀东：《冯至传》，北京十月文艺出版社 2003 年版。

余光中：《余光中谈诗歌》，江西高校出版社 2003 年版。

王光明：《现代汉诗的百年演变》，河北人民出版社 2004 年版。

李健吾：《咀华集·咀华二集》，复旦大学出版社 2005 年版。

陈太胜：《象征主义与中国现代诗学》，北京大学出版社 2005 年版。

魏天无：《新诗现代性追求的矛盾与演进：九十年代诗论研究》，湖北教育出版社 2006 年版。

萧军：《人与人间——萧军回忆录》，中国文联出版社 2006 年版。

孙玉石：《中国现代解诗学的理论与实践》，北京大学出版社 2007 年版。

刘振军主编：《徐玉诺君》，中国文史出版社 2007 年版。

刘振军主编：《徐玉诺先生的故事》，中国文史出版社 2007 年版。

王泽龙：《中国现代诗歌意象论》，中国社会科学出版社 2008 年版。

李洁非：《典型文坛》，湖北人民出版社 2008 年版。

艾克恩主编：《延安文学史》，河北教育出版社 2009 年版。

张如法编：《绿原研究资料》，知识产权出版社 2009 年版。

陆耀东：《中国新诗史（1916—1949）》（三卷），长江文艺出版社 2009、2015 年版。

李洁非、杨劼：《解读延安——文学、知识分子和文化》，当代中国出版社 2010 年版。

李洁非：《典型文案》，人民文学出版社 2010 年版。

资中筠：《启蒙与中国社会转型》，社会科学文献出版社 2011 年版。

许纪霖：《当代中国的启蒙与反启蒙》，社会科学文献出版社 2011 年版。

高华：《革命年代》，广东人民出版社2012年第2版。

袁伟时：《文化与中国转型》，浙江大学出版社2012年版。

易彬：《穆旦评传》，南京大学出版社2012年版。

程光炜：《艾青评传》，北京十月文艺出版社2015年版。

史大观、李晓编著：《爱国为民的大诗人徐玉诺》，徐玉诺学会内部资料2017年版。

张枣：《现代性的追寻：论1919年以来的中国新诗》，亚思明译，四川文艺出版社2020年版。

[德] 汉斯·埃贡·霍尔特胡森：《里尔克》，魏育青译，生活·读书·新知三联书店1988年版。

[英] T. S. 艾略特：《艾略特诗学文集》，王恩衷编译，国际文化出版公司1989年版。

[丹麦] 克尔凯郭尔：《恐惧与战栗》，刘继译，贵州人民出版社1994年版。

[美] 斯蒂文·小约翰：《传播理论》，陈德民、叶晓辉译，中国社会科学出版社1999年版。

[法] 波德莱尔：《1846年的沙龙：波德莱尔美学论文选》，郭宏安译，广西师范大学出版社2002年版。

[美] 马泰·卡林内斯库：《现代性的五副面孔》，顾爱彬、李瑞华译，商务印书馆2002年版。

[法] 保罗·瓦莱里：《文艺杂谈》，段映虹译，百花文艺出版社2002年版。

[德] 卡尔·雅斯贝斯：《生存哲学》，王玖兴译，上海译文出版社2005年版。

[丹麦] 克尔凯郭尔：《非此即彼：一个生命的残片》，京不特译，中国社会科学出版社2009年版。

[荷] 佛克马：《中国文学与苏联影响》，季进、聂友军译，北京大学出版社 2011 年版。

[英] 约翰·沃森：《T. S. 艾略特传》，魏晓旭译，江苏人民出版社 2016 年版。

[英] W. H. 奥登：《染匠之手》，胡桑译，上海译文出版社 2018 年版。

[美] 王德威：《史诗时代的抒情声音：二十世纪中期的中国知识分子与艺术家》，生活·读书·新知三联书店 2019 年版。

三 期刊论文

顾工：《两代人——从诗的"不懂"谈起》，《诗刊》1980 年第 10 期。

卞之琳：《今日新诗面临的艺术问题》，《诗探索》1981 年第 3 辑。

屠岸：《时代激情的冲击波——读二十人集〈白色花〉》，《诗刊》1982 年第 4 期。

牛汉：《荆棘和血液——谈绿原的诗》，《文汇月刊》1982 年第 9 期。

卞之琳：《〈徐志摩选集〉序》，《新文学史料》1982 年第 4 期。

朱先树：《实事求是地评价青年诗人的创作》，《诗刊》1982 年第 10 期。

张如法：《射向敌人的子弹和捧向人民的鲜花——论绿原的诗》，《中国现代文学研究丛刊》1983 年第 1 期。

唐祈：《论中国新诗的发展及其传统》，《西北民族大学学报》（哲学社会科学版）1984 年第 2 期。

流沙河：《客观对应物象》，《星星》诗刊 1984 年第 11 期。

方敬：《沉思的诗——读冯至的〈十四行集〉》，《抗战文艺研究》1986 年第 3 期。

张如法：《论绿原的〈童话〉》，《河南大学学报》（哲学社会科学版）1987 年第 5 期。

苏金伞：《悼念我最尊崇的叶圣老》，《新文学史料》1988 年第 3 期。

张曼仪：《卞之琳与奥登》，《蓝星》诗刊（台北）第 16 号，1988 年 7 月。

卞之琳：《人事固多乖——纪念梁宗岱》，《新文学史料》1990 年第 1 期。

袁可嘉：《一部动人的四重奏——冯至诗风流变的轨迹》，《文学评论》1991 年第 4 期。

周良沛：《绿原的诗》，《诗刊》1992 年第 2 期。

蓝棣之：《论冯至诗的生命体验》，《贵州社会科学》1992 年第 8 期。

王家新：《冯至与我们这一代人》，《读书》1993 年第 6 期。

谢冕：《从诗体革命到诗学革命》，《诗探索》1994 年第 1 期。

卞之琳：《难忘的尘缘——序秋吉久纪夫编译日本版〈卞之琳诗集〉》，《新文学史料》1991 年第 4 期。

张法：《从诗歌革命到革命诗歌》，《中国人民大学学报》1997 年第 5 期。

龙泉明：《对于一种社会成规的革命——创造社诗歌创作综论》，《西南师范大学学报》（哲学社会科学版）1998 年第 4 期。

陈林：《穆旦研究综述》，《中国现代文学研究丛刊》2001 年第 2 期。

何休：《个人话语与时代语境的脱离与融合——何其芳前期思想与创作》，《文学评论》2003 年第 2 期。

南帆：《四重奏：文学、革命、知识分子与大众》，《文学评论》2003 年第 2 期。

李遇春：《论何其芳的旧体诗创作》，《长江学术》2007 年第 3 期。

赵思运：《何其芳晚年旧体诗探幽》，《文学评论》2015 年第 6 期。

解志熙：《出色的民俗风情诗及其他——徐玉诺在"明天社"时期的创作再爆发》，《中国现代文学研究丛刊》2015 年第 12 期。

张武军：《文学革命到革命文学的另一种叙述——中国青年党视野下的革命与文学》，《文学评论》2018 年第 2 期。

洪子诚：《诗人的"手艺"概念》，《文艺争鸣》2018年第3期。

钱文亮：《寻找中国诗歌的自新之路——穆旦与海子比较初论》，《文艺争鸣》2018年第11期。

王家新：《"生命也跳动在严酷的冬天"——重读诗人穆旦》，《文艺争鸣》2018年第11期。

［日］秋吉久纪夫：《卞之琳〈尺八〉一诗的内蕴》，何少贤译，《新文学史料》1993年第4期。

［英］W. H. 奥登：《以叶芝为例》，叶美译，《上海文化》2014年第11期。

［美］安妮·沃德尔曼：《观念的在场：〈嚎叫〉笔记》，李栋译，《今天》2017年第4期。

四 其他

袁可嘉、冯至等：《一个座谈会的纪录：今日文学的方向》，天津《大公报·星期文艺》第107期，1948年11月14日。

卞之琳：《开讲英国诗想到的一些体验》，《文艺报》1949年11月10日。

沛德：《迎接大鸣大放的春天——访长春的几位作家》，《文艺报》1957年6月16日。

唐弢：《我观新诗》，《文艺报》1988年5月7日。

后　记

　　这本书是在国家社会科学基金重大项目"中国新诗传播接受文献集成、研究及数据库建设（1917—1949）"（编号：16ZDA240）研究成果基础上撰写而成。魏天真为项目子课题负责人，魏天无为项目组成员。在项目框架内，魏天真拟定了子课题研究计划。

　　本书的撰构方式由两人商议而定，其中，魏天真撰写了绪论、第一章何其芳论、第六章废名论、第七章徐玉诺论、第八章穆旦论和结论，其余四章即卞之琳论、冯至论、艾青论和绿原论由魏天无撰写。魏天无对全书做了统稿。

　　我们两人中，魏天真长期从事当代中国文学与文化研究，讲授新闻传播学和当代文学相关课程，最近十年来介入现代汉语诗歌的批评写作。魏天无则长期从事文学批评学、现代诗学和马克思主义文论研究，讲授文学文本解读、文学理论相关课程，在批评写作中较多涉及现代汉语诗歌。两人曾在《汉诗》开设批评专栏，并结集出版《真无观：与他者比邻而居》。

　　以革命和话语分析观照、阐释中国新诗，对我们来说是学术研究中的一次挑战，其间甘苦自知。尽管这种视角、方法已为不少研究者、批评家所重视，并产生了不少严谨、扎实的著作和论文，它们成为我们写作时的重要参考，不过我们认为，在对革命话语体系自身的理论反思上，在中国新诗领域，尤其是在代表性诗人的个案研究上，仍有很大拓展空间。而个案研究正是我们两人一向感兴趣的研究方式。我们平素各自所写文章、论文，均会交换阅读、讨论、修改，这本书的各章节亦不例外。全书统稿仅限于按出版规范统一体例、格式和字词用法，两人在表达方式和语言个性上的差异，读者自会理解。我们也真诚期待读者的批评、指正。

　　本书成稿之后，项目首席专家王泽龙教授提出了中肯的意见，我们分头对书稿做了修订。书中的部分章节曾在《华中学术》《华中师范大学学报》等刊发表，并被《诗收获》等转载，谨一并致以诚挚谢意。

作　者

2021 年 4 月 30 日于天天宅